# 龍闕 2

# 目次

# 壹之章

# 桂榜題名換門庭

秦鳳儀絕對是個神人，他一直用功到吃晚飯，吃過晚飯不忘同秦太太道：「娘，我從京城帶回來的東西，先取出一份包好了，明天我去方閣老那裡，給他老人家帶去。」

秦太太笑道：「這個無須你操心，有我呢，原也準備先把方家這份先備出來。」接著她又問兒子：「我看景川侯府回的禮不輕，還有幾件料子很不錯，在咱們揚州也是不多見的。」

秦鳳儀道：「那是李家老太太給娘您穿用的，是宮裡賞賜的料子。這眼瞅就是中秋，您做幾件衣裳，出門叫那些太太奶奶們瞧瞧，也風光風光。」

秦太太笑，「我享我兒子的福了。」

「這算啥？」秦鳳儀道：「等我中狀元，您就是狀元娘，我爹就是狀元爹。」

秦老爺和秦太太皆是眉開眼笑，秦鳳儀與爹娘說會兒話就回房給阿鏡妹妹寫信去了，一寫就寫了半宿，第二日起床後先背書，待吃過早飯，就帶著東西去方閣老那裡了。

秦太太與丈夫道：「你該與阿鳳一道去，這才顯得鄭重，他還是個孩子呢！」

秦老爺自有見識，「妳不明白，妳看趙才子，跟咱們阿鳳交情好，對我也不錯，但也就是個面子上的交情，遠不似與阿鳳的來往。方閣老也是一樣，我要是在一邊，那就只能寒暄些客套話了。咱們阿鳳不一樣，阿鳳年紀小，是正經的後生晚輩，又是個招人喜歡的，反而是好講交情。」

秦太太微微點頭，「咱們阿鳳自小就這般，人見人愛的。」

秦鳳儀提著東西到方家，直接就見到了方閣老。方閣老看他長高了些，還是那副神完氣足的俊模樣，心下就有幾分喜歡。

秦鳳儀笑嘻嘻地作揖行禮，「方爺爺，我回來啦！」

方閣老笑問：「什麼時候到的？」

「昨天到的，我帶了一些京城的土儀回來，您老在京城好幾十年，您嘗嘗可還道地？」

方閣老謝過秦鳳儀想著，方悅笑，「看阿鳳你這神采，就知必是有好消息的。如何，跟阿鏡妹妹的親事可定了？」

侍女捧上茶來，秦鳳儀接過，先奉給方閣老，自己也接了一盞，卻是不急著吃茶，「應該算是定了吧？」

方悅與李家兄妹都有交情，不由問：「這話怎麼說？」

「沒去京城前，我哪裡知道我岳父這樣難說話。我的天啊，哪裡是岳父，簡直就是個黑面閻王。我剛一到京城，門都不叫我進，後來見著我的誠意，才讓我到侯府住去了。」秦鳳儀道：「我跟岳父提了親事，岳父點頭了，不過有條件。」

「什麼條件？」

秦鳳儀吃口茶，「讓我下科春闈考中進士，就把阿鏡妹妹許配給我。岳父劃下道來，我做女婿的自然得接著。我請酈公府的酈三叔，還有戶部程尚書做了個見證，與岳父定了盟約。這離下科春闈還有四年，我就先回來念書考功名。我同岳父說了，考進士算什麼，下科我一準兒能中狀元！」

饒是方閣老見多識廣，都忍不住多看了秦鳳儀一眼。確定了秦鳳儀不是在說笑，方閣老也是開了眼界。這口氣，便是當年狀元出身的方閣老在未中狀元前，也不敢有此大話啊！

方悅更覺不可思議，秦鳳儀已開始與方家祖孫說自己的計畫，「我在船上就開始背書了，明年先考秀才。方爺爺，您覺得我這規劃成不？」

方閣老點頭，「成。」

「我有事想求方爺爺。」秦鳳儀先發表了自己在科舉上的理想，方笑著引入正題。

方閣老不問也知秦鳳儀所為何來了，方閣老道：「科舉的事，我也幫不上忙啊！」

「科舉那得我自己來，我過來是有別事相求。在京城那邊的老太太、我大舅兄、阿鏡，都想我去國子監，我不想沾岳家的光，以免被岳父瞧不起。我在京城就想好了，這揚州城沒有比方爺爺您更有學問的，您要是覺得我還成，能不能收我做弟子？」

方家祖孫真是見識到了，秦鳳儀這種說考狀元如探囊取物的已是世間少有，便是人家大才子，說到春闈也得謙遜一二。秦鳳儀不一樣，自己屁個學問沒有，偏生口氣大過天。難為人家秦鳳儀還不是吹牛，人家是真正認為下科狀元非他莫屬了。再者，秦鳳儀這直咧咧地說出拜師的事，方悅都有些不明白秦鳳儀的大腦構造了，這小子是正常人嗎？他家與秦鳳儀有所來往，全是因李家兄妹而起。說來，方秦兩家並無交情，就是當年李釗拜師，也沒有秦鳳儀這樣直接就說的啊！

秦鳳凰，你這臉真不是一般的大啊！

在方悅看來，祖父必不能應的。

不過，方閣老並沒有直接拒絕，思量一二，道：「我收徒弟，有個規矩。」

「什麼規矩？」

「從不收白身弟子，起碼得是個秀才。」

秦鳳儀笑，「方爺爺，我發現你們在京城做過大官的人，做事都喜歡設個門檻。這也成，方爺爺，我從此要發奮了。現在咱們雖不是師徒，可我大舅兄是您的弟子，咱們也不算是外人，是不是？我要是學問上有什麼不懂的，能來請教你不？」

對於秦鳳儀這以退為進的把戲，方閣老只是淡淡一笑，「自然是可以的。」

秦鳳儀並未強求拜師之事，他放下禮物就要告辭，方閣老道：「你這老遠回來，特意過來看我，留下吃午飯，也與我說一說如今京城風物。」

「好。」儘管拜師的事沒成，秦鳳儀依舊是那副神采飛揚的模樣，臉上未有絲毫沮喪，他說起京城之事，更是眉飛色舞，引人入勝，「說來，京城真是好地方，以往我還覺得這世間再沒有比咱們揚州城更好的地方了，結果我一去京城就發現，哎呀，真不愧是天子腳下，就那氣派，便是咱們揚州城比不了的。就是一樣，京城人吃東西的口味與咱們真是不一樣。京城館子多，天南海北的吃食都有，但淮揚菜還是咱們揚州的最好。有一回，我去一家飯莊吃飯，見他那裡的水牌上寫著獅子頭，哎喲，把我給饞得……咱們淮揚的獅子頭，講究的是鮮而不膩，潤而不油，嫩如豆腐，入口軟糯，可那飯莊的獅子頭，濃油赤醬一大堆，我當時就看傻了。咱們揚州的獅子頭向來是用調羹舀著吃，那個不是，這麼大一獅子頭，跟鐵打的一般，咬都不好咬。我的天啊，我問那飯莊的夥計，你家獅子頭咋這麼硬啊？人家說，這是京城風味，叫鐵獅子頭。」

方悅自小長在京城，只是微微一笑，方閣老卻是大笑，「北方人吃小丸子吃的多，獅子頭原就是咱們南面傳過去的菜色，有一些飯莊另想的做法，模樣是咱們南面獅子頭的大小，但做法卻是北方丸子的做法。他們是先用油炸了，再上鍋用秋油來燒，既是過油炸了，自然就硬了。咱們這裡的獅子頭，是先蒸熟再略加清湯頭，故而清潤軟糯。」

秦鳳儀說了不少在京城的見聞，他本就風趣，說起事情來活靈活現，就是他在京城出的那些洋相，秦鳳儀自己說都覺得有趣，更是聽得方家祖孫笑聲不斷。

秦鳳儀道：「要是知道京城這麼有氣派，我早去了。」

待中午方家設宴，秦鳳儀只是小小吃了一盞酒，他道：「我是想多陪方爺爺你吃幾盞，只是一會兒回去還得背書，不敢多吃。等我明年中了秀才，咱們祖孫好生痛飲一回。」

方閣老笑，「咱們江南文脈頗盛，念書的學子們也多，你可得加把勁。」

「我曉得，我已是把四書背熟了。」秦鳳儀道：「我準備再去背五經。待都背好了，方爺爺，我有不懂的再過來請教。」

方閣老十分乾脆，「只管過來就是。」

用過飯，秦鳳儀告辭回家，原是準備背書的，結果見到了漕運羅家大公子，當下一臉喜色，幾步跑過去，兩人把臂相抱。

秦鳳儀笑道：「我正想說什麼時候打發人過去你那裡，問一問你可回來了。羅大哥，咱們可是好幾個月沒見了。」

來人是漕幫大當家的長子羅朋，羅朋三月隨船北上，待他回揚州時，秦鳳儀又與方家兄妹去了京城。這樣算來，兩人四個月沒見了。

羅朋道：「昨兒在碼頭聽說你回來，我本想昨天就過來，一則碼頭卸貨我得親自盯著。二則，你剛回來，車馬勞頓，得好生歇一歇才好。今日早上我過來，你又去了方家，我乾脆不走了，等你回來。」

秦鳳儀忙問羅朋可吃過午飯，羅朋笑，「有嬸子在，還能餓著我不成？」

兩人見面，十分歡喜。

如果說秦鳳儀在揚州城還有個同齡好朋友的話，就是羅朋了。羅朋比秦鳳儀年長兩歲，不同於秦鳳儀這大紈絝，羅朋早早就在自家鋪子裡幫著做事了。兩人許久未見，有說不完的話，秦鳳儀請了羅朋去自己院裡說話。

羅朋道：「我回來後聽說了你的喜事。剛也聽嬸子說了，你去方家拜師，可還順遂？」

「我這大咧咧的說拜師，原就沒打算能成。」丫鬟捧上茶，秦鳳儀遞給羅朋，才道：「師不師的，有什麼要緊？我是想著，我這念書得有個請教的人。拜師的事，雖則方爺爺沒應，不過，我說了，要是有什麼書本上不明白的，想過去請教，方爺爺一口就應了。」

秦鳳儀繼續道：「只要他肯指點我，師徒只是個名分。再者，眼下我秀才都沒考出來，方爺爺想多看看我的本事，也是人之常情。」

羅朋點頭道：「咱們小時候念書，我是一看書就頭疼，天生不是那塊料。你小時候成天蹺課，背書啥的，不比方灝差。要我說，你收收心，考個功名，以後成親，面上也好看。」

「是啊，這次到京城，我也長了很多見識。」秦鳳儀道：「要是早知要娶阿鏡妹妹，我早就開始用功了。」

羅朋哈哈一笑。他是羅家庶出，幼時讀書，完全沒有那根筋，就與秦鳳儀結下深厚的友誼，後來兩人雙雙輟學。羅朋跟著鋪子裡的管事學做生意，秦鳳儀依舊做著大紈絝，兩人是自小到大的交情。

羅朋道：「我有個朋友在關外行商，我弄了兩匣子關外參，成色不錯，給你帶了一匣子回來，還有些鹿茸啥的。你要念書，多補一補。」

「這個好這個好，我是得多補補。」秦鳳儀道：「要不是為了娶媳婦，唉……」

羅朋看他那苦惱模樣，又是一陣笑。

羅朋念書不成，做事卻是精明能幹，今天是特意過來瞧秦鳳儀的，看秦鳳儀都好，他鋪子裡事多，未多留便告辭了。

秦鳳儀送了羅朋出去，「羅大哥，我帶了些京城土物，是送甜井胡同，還是送你家？」

甜井胡同是羅朋的自己置的私宅。

羅朋道：「送我家吧。」

兩人又在門口說回話，羅朋回去做事，秦鳳儀則回房念書。

秦鳳儀在家背了幾日書，就不在家背了，他每天吃過早飯就去方家背書，待下午天色將晚吃晚飯時才回家。秦鳳儀與方閣老道：「我在家不成，我娘心疼我心疼的緊，一會兒打發丫鬟給我送燕窩，一會兒給我送雞湯的，叫我不能專心。方爺爺，我到你家來。你家有沒有清靜又不怕吵的地方，我就過來背書，你們誰都不用理會我。」

方閣老笑，「琅琅讀書聲，最是好聽。你就在我家花園背吧，那裡有亭子有敞軒，都隨你用。現下秋風送爽，在園中背書最好。」

秦鳳儀就這麼每天來往方閣老這裡背書，把方家南院大奶奶給眼紅得，直念叨兒子：「咱們與閣老叔叔可是正經血親，你也是念書的，如何不過去念？」

方灝很鬱悶，「我沒秦鳳儀臉皮厚！」

在方灝看來，秦鳳儀真不是一般的臉皮厚，人家閣老又沒收你為徒，明明是拒絕你了，居然還這樣上趕著到人家去哇啦哇啦背書的，擾了人家一府的清靜，多討厭啊！

偏生那個討厭的傢伙似乎一點都不覺得自己討厭，方灝去過閣老府好幾遭，明明都在那傢伙跟前，那傢伙就像瞎子似的，竟看不到他，只知道閉著眼睛搖頭晃腦地背書。

那目中無人的鬼樣子，比以前更加討人厭了。

方家大奶奶可是不這樣認為的，方大奶奶道：「我說你，要那虛面子做什麼？他一個外人還過去呢，你是咱們方家正經的小爺，如何就去不得了？以前族長大伯在京城，離得遠，咱們想孝敬都不能，如今好不容易族長大伯回來了，應該多親近才是。尤其是你，我的兒，別說人家秦鳳凰臉皮厚，族長大伯當年可是狀元出身，那不是一般的學識。阿灝啊，你平常也常去請教學裡的先生，可那些先生的學問，怎能與族長大伯相比呢？你只管去，老人家就喜歡你們這些上進的孩子。」

方灝要是不去，他娘就施展嘮叨大法，方灝實在沒法，他是個臉皮薄的，不好直接求方閣老，雖然禮法上是同族，其實血緣已是有些遠了，再加上方灝有些個拘謹，好在，他與方悅關係不錯，就與方悅說了。

方灝道：「阿悅哥，大祖父原是回鄉休養的，按理，我不該總過來是叫大祖父費神，可我娘見著秦鳳儀過來念書，成天念叨我，我是沒法子了。阿悅哥，我能來不？」

方悅笑道：「你要是不嫌阿鳳吵，只管過來。他嗓門真正好，每天一早過來背書，一背一天，嗓門還是那麼清亮。」

方灝道：「他早就是大嗓門，現在還好些了，小時候嗓門更大。我們一道上學，他總不寫先生留的課業，先生拿戒尺敲他手心，剛打一下，他就嚎得全書院都不得清靜。後來學得賊了，只要先生一抄戒尺，還沒打，他就先嚎得驚天動地。」

方悅直笑，「阿鳳現在可是用功了，他一過來，我都覺得專心許多。你也來，咱們正好一道。明年你們可一併秀才試，後年秋闈，咱們若能一起，也是族裡的佳話不是？」

方灝笑，「阿悅哥，那我下午就來。中午回去跟我娘說，我娘一準兒高興。」

多了個一道背書的方灝，秦鳳儀背書背得更起勁了，他當真是極擅背書的，把詩易兩本背完，也不過半月而已。這兩本背過，秦鳳儀又問方閣老要背什麼，方閣老這些天沒少聽他背誦，問：「背得挺熟的，明白這裡面的意思嗎？」

秦鳳儀大聲道：「不明白。」

方閣老：不明白咋還這樣理直氣壯？

方閣老只好跟他通篇講一講。這一講詩易才發現，四書秦鳳儀也背得很熟，卻也完全不通。方閣老都說：「虧你也算上過學的。」

秦鳳儀陪笑，給方閣老端茶遞水地服侍一回，「方爺爺，浪子回頭金不換，金不換。」要不是秦鳳儀背書用功，方閣老真不願意教他，說基礎太差還是輕的，根本沒有基礎。方閣老通篇講解過，又尋了幾本帶有註釋的書給秦鳳儀看。

秦鳳儀是真的用功，他用功太過，頭髮一把一把地掉，秦鳳儀嚇得唯恐自己變禿頭，阿鏡妹妹又是個好色的，萬一看他美貌值有所下降，阿鏡妹妹變心可怎麼辦？於是，秦鳳儀叫家裡下人去藥鋪買來何首烏，隔三差五喝首烏湯。他還特別注重容貌保養，每天把頭臉打扮得光鮮亮麗，什麼他娘慣用的珍珠膏、潤膚脂，他堅持每天用，好保持那蓋世容顏。

好在秦家有錢，秦太太和秦老爺又是心疼兒子的，看兒子這般用功，每天拿一隻老母雞燉湯外，更是燕窩雪蛤不斷，啥滋補就吃啥，把秦鳳儀補得紅光滿面，更加耀眼三分。

秦鳳儀便是去平珍那裡畫畫，也要帶著書本去的，他念書，平珍作畫。秦鳳儀這般用功，便是小郡主出來，他也沒空與小郡主說話。說來，也就秦鳳儀這沒眼色的，不然依小郡主的身分，不要說小郡主特意出來找著你說話，便是沒這機會的人，還要創造這樣的機會來巴結。偏秦鳳儀不一樣，小郡主特意尋他說話，他都是一句「我得念書，妳別擾我」把人打發了。至於小郡主問秦鳳儀是不是要考進士，秦鳳儀道：「妳這不是傻嗎？我要是不考進士，念什麼書啊？行啦，妳繡花去，別跟我說話，我得背書。」

這話把小郡主噎得午飯都省了。

秦鳳儀在平家一樣是念到天色將晚，平珍不畫了，他便告辭。

平珍都說：「阿鳳是真的要進取了。」

小郡主是中秋後回京城的，秦鳳儀根本不曉得這事，還是重陽的時候偶然聽平珍說起，他方曉得了。此時，秦鳳儀除了念書，心裡記掛的唯有李鏡罷了，與小郡主根本無甚交集，更不必提那些夢中之事，秦鳳儀早就忘得差不多了。

倒是重陽節後，趙才子之子趙泰要乘船北上，參加明年的春闈試。

秦鳳儀特意去送人，「阿泰哥，你好生考，待金榜題名，衣錦還鄉，可得傳授我些春闈經驗，我大後年也要去考了。」

趙泰笑，「承阿鳳吉言。」

秦鳳儀完全不覺得自己現在連個秀才都不是白身說這話有什麼問題，方悅知他就是這麼副性子，只是一笑。方灝則素來與秦鳳儀不合，白了秦鳳儀一眼，「還大後年春闈，你先過了明年的秀才試再說吧。書念得比誰都少，口氣倒比誰都大。」

秦鳳儀道：「趕緊閉嘴吧，說得好像你是秀才似的，你今年考秀才還落榜了呢，學問也比我強不到哪兒去。」說完，朝方灝做個鬼臉。

方灝氣得手心癢。

兩人拌了一回嘴，待送走趙泰，趙才子與秦鳳儀關係不錯，給秦鳳儀提個醒，「你現在背書是背得不錯，可你那筆字也得練一練，不然，憑你如何錦繡文章，就你那筆歪歪扭扭的爛字，想中也難。」

哎喲，這可真是給秦鳳儀提了大醒。

秦鳳儀也就一事不煩二主了，趙才子精丹青，字自然寫得也不錯，他便請趙才子指點他寫字的事。趙才子深恨自己多嘴，他與秦鳳儀關係是很好，他兒子北上，秦鳳儀還特意寫了封信給景川侯府大公子，讓他兒子帶在身邊。

窮家富路，便是趙家不是窮家，趙泰往京城去，倘有個萬一呢？

秦鳳儀的意思是，景川侯府畢竟是大戶，帶封信在身上，若遇著事，總是一條路子。倘趙泰願意多走動，也隨趙泰。

當然，秦鳳儀還託趙泰帶去了他給阿鏡妹妹的信。

秦鳳儀出身尋常，做事也不似有什麼章法的人，但他有時做的事特別暖人心。故而，雖則秦鳳儀那字爛得可以，趙才子還是願意指點他一下。如此，秦鳳儀除了念書，還多了練字的營生。秦鳳儀在方家敞軒尋了面乾淨的牆壁，把紙張貼牆壁上，如此這般懸腕練字。

秦鳳儀為了能娶上媳婦，展現出了極大的毅力與執著，把一雙如玉般的手都練出了繭子來。秦鳳儀每天用蜂蠟護手都沒用，很是苦惱地與方閣老道：「怎麼辦，方爺爺，你看我這手。」將一雙欺霜賽雪的手伸到方閣老跟前。

方閣老本就老花眼，這會兒沒戴眼鏡，看不清，便問：「怎麼了？」

秦鳳儀將中指裡側磨出的一小塊顏色微深的繭子亮出來道：「看我磨得，萬一阿鏡妹妹不喜歡我了，可怎麼辦好呢？」

方閣老……

方閣老敲了他後腦杓一下，「給我閉嘴，好生練字，阿鏡豈是這樣膚淺之人？」

秦鳳儀道：「您是飽漢子不知餓漢子飢，哪裡曉得我的擔心？」

阿鏡妹妹相中他，全因他生得好。

秦鳳儀想著，方閣老上了年紀，怕是不懂年輕人的心思，而方悅和方灝兩個皆是光棍，秦鳳儀面對光棍一向很有些優越感，根本不會去問他們。秦鳳儀就在信中跟阿鏡妹妹提及了自己練字把手磨粗的事，如今秦鳳儀文采大增，在信中寫道：「忽見手生薄繭，略失完美，知卿好色，甚為擔憂，恐卿變心，痛煞我也。」

秦鳳儀遠道送到侯府的信，都會先經景川侯的檢驗，看信中可有什麼不合適的內容，如果有的話，景川侯會把那幾頁沒收。故而，李鏡時常發現信中內容不大連貫，待去問她爹，景川侯道：「妳與他說，少寫些亂七八糟的事。」

李鏡被她爹氣得沒法，對於她爹沒收阿鳳哥書信的事也是無法。

真是的，她就愛看阿鳳哥寫那些亂七八糟的事好不好？

景川侯對於秦鳳儀這種亂七八糟的信也頗有不滿，你跟我閨女的事，八字還沒一撇，你就寫那些話合適嗎？

景川侯一向待人嚴厲，不過，對家裡的女孩兒則比較溫和，尤其是偏愛長女，但這一回看過秦鳳儀的信後，景川侯還是說了長女一回，「男人啊，關鍵是有本事，人品上佳，這便夠了。阿鏡，妳莫太過糾結於男人的外表。這小子原就有些笨，妳並不是只看相貌之人，他卻是會當真的。」

李鏡看過秦鳳儀的信，也頗是哭笑不得，連夜寫信安慰了秦鳳儀一回。

把信送出去，李鏡與她爹道：「看阿鳳哥的進境，不論文采還是字體，都大有長進。」

景川侯道：「他進步快，是因為以前基礎差。」

李鏡一笑，「基礎差怕什麼？阿鳳哥現在這樣用功，總有補上來的一日。」

阿鳳哥是為自己才這樣上進的，李鏡的心情很好，「很久沒陪父親下棋了，今日我陪父親殺一盤如何？」

景川侯打趣，「我沾那小子的光，總算不與我賭氣了。」

父女倆在棋枰兩側相對而坐，李鏡道：「先時是父親對阿鳳哥也太嚴厲了，他在家自小嬌慣著長大，瞧著是有些嬌縱，心地卻是極好的。」

景川侯道：「阿鏡，不論哪個家族對子女的教導，都有好的地方，也有不好的地方。大家族的女孩子，多是端莊大方，遇事也能幹，非小戶人家女子可比。像妳，妳相中秦鳳儀，覺得與他在一起開懷。妳雖不說，我卻是知道妳是如何想的。秦鳳儀才幹不足，這無妨，妳有才幹。秦鳳儀出身不好，這無妨，妳有出身。妳認為，自己能挑起很多東西，他只要能讓妳高興，這便夠了。倘妳是東家，他是夥計，妳倆這麼搭夥做生意，這是足夠了，但要想把日子過好，這樣還遠遠不足。人最不會珍惜的，就是唾手可得之物。而人最珍惜的，多是汗水澆灌出的花朵。」

● ● ●

秦鳳儀因著練字，手都變粗了，不過，好在他家阿鏡妹妹在看到他相貌美的同時，又看到了他的內心美。阿鏡妹妹說了，一點都不介意，待他的心還是一樣，秦鳳儀便放下心來，裡裡外外誇阿鏡妹妹有內涵，並非那等俗人可比。

秦鳳儀用起功來，頗有些不知寒暑的意思，更甭提過節了。以往過節，哪怕清明節，他都是提前好些天便張羅著裁衣打扮，或是家裡節下吃啥喝啥的事。現在秦鳳儀連做新衣的心都淡了，更甭提吃啥喝啥，都是家裡給了吃啥他就吃啥，先時那挑衣撿穿的臭毛病都沒了，八月十五、重陽節還往方家去呱啦呱啦地背書。

原本方家大奶奶每每見著秦鳳儀去閣老府就酸溜溜的，如今方大奶奶倒是極歡喜，還送了秦太太不少鮮亮衣料子，給秦鳳儀做衣裳穿。無他，自她家兒子與秦鳳儀在一處念書，較先時更加刻苦起來。因方灝家離閣老府近，他必要比秦鳳儀早去晚回的。

這兩人自小就不對盤，如今念書更是較勁。

秦鳳儀大年三十都去方家念了半日書，不過，他沒在方家吃午飯，走前與方閣老說：「方爺爺，我下午就不來了，下午家裡得祭祖。初一跟我爹出去拜年，初二我再過來。」

方閣老笑，「去吧。」

秦鳳儀這般用功，秦老爺和秦太太都覺得，真是祖宗顯靈祖墳冒青煙兒子開竅了。夫妻二人特別支持兒子念書，連擦祭器的事，秦老爺也不叫兒子做，自己一個人給祖宗擦，讓兒子只管念書。秦太太瞧著灶下，把祭禮用的魚肉供奉煮出來，只在給祖宗磕頭時，秦鳳儀出來磕個頭就是了。

待祭拜過祖宗，磕過頭，秦老爺割了一大塊祭肉放在盤子裡，帶出去給兒子吃。

秦老爺道：「都吃了，祖宗保佑我兒明年秀才試順順利利的。」

秦鳳儀看那肥多瘦少的大肉，抱怨道：「爹，您就不會割塊小些的給我，還割這麼大。這肉煮的時候沒放鹽，一點都不好吃。」

秦老爺連忙道：「童言無忌，童言無忌。」

秦太太已命丫鬟拿來鹽碟，再讓丫鬟把這肉切成小塊，這樣兒子比較好入口。

秦鳳儀勉強把祭肉吃完，祭肉實在不好吃，哪怕秦鳳儀現下不挑吃穿了，他也不愛吃這個。一面吃，一面又囑咐了一回：「爹，下回別割這麼大塊，割塊小的，意思意思就成。」

「傻孩子，這吃的多，祖宗才能保佑你。」

秦鳳儀噘嘴，「那下回讓廚下煮得好吃些。」

秦太太笑咪咪地瞧著兒子，與丈夫道：「去墳上祭拜的香燭我都預備好了，這就去吧。多燒些紙錢給祖宗，明年咱們阿鳳要考秀才啦。」提前賄賂一下祖宗，以求祖宗庇佑。

秦老爺笑應，帶著兒子去給祖宗上墳燒紙。

當晚一家子歡歡喜喜吃過團圓飯，秦鳳儀跟著爹娘守歲，一直守到午夜，父子倆跑出去放炮仗，震得左鄰右舍也極歡。待放過炮仗，秦鳳儀才回自己屋睡了。第二天起床，秦鳳儀穿上過年的大紅袍子，收拾停當，瓊花就帶著大小丫鬟給主子拜年。秦鳳儀嘻嘻一笑，散了紅包，便由丫鬟提著燈籠，去父母院裡，向父母磕頭拜年。

秦家不愧是暴發戶，秦老爺給了兒子兩錠大金元寶，秦太太也是兩錠金元寶。秦鳳儀接了，讓瓊花擱他屋的箱子裡去。他爹娘每年都是兩大金元寶，秦鳳儀都攢兩箱子了。吃餃子自是不必提，尤其那魚肉餡的餃子，秦鳳儀吃了三碗才算飽，還吃出了好幾枚象徵好運的花錢。

秦鳳儀說他娘：「放一個就成了，放這麼多，險些硌了牙。」

「我的兒，今年不是不同以往嗎？看咱們家這福錢，也是我特意說了新花樣，叫匠人打的，你瞧瞧上頭寫的啥？」

此時，丫鬟已將花錢都洗乾淨了。秦鳳儀拿起來看，就見還是外圓內方的嶄新銅錢。以往秦家過年包餃子裡的銅錢，刻的都是發財吉祥，今年不同了，上頭刻的是秀才必中。

秦鳳儀樂了，一面喝著餃子湯，一面道：「好彩頭，好彩頭。」

秦太太笑，「是吧？」

秦老爺還補充道：「就包了這六個吉祥餃子，我跟你娘就一個都沒吃著，可見我兒今年考秀才必中的。」

秦鳳儀道：「這還用說嗎？爹，您不曉得我現在的學問，連方爺爺都誇我進步極快。我覺得，起碼得是個案首。」

「能中秀才就成。」秦老爺笑咪咪的。

秦鳳儀說他爹：「爹，您可真沒野心，我可是奔著案首去的。」

「好好好，案首就案首。」

一家子說了回話，待天色將明，有人過來秦家拜年，秦老爺也帶著兒子往要緊的幾處走動一二。除了交好的朋友那裡，也要去向父母官章知府拜年。其實知府衙門這種拜年，就是去門房遞個帖子。秦家是鹽商，一般是見不到章知府的，今年卻是與往年不同，門房讓秦家父子稍候，一時有小廝出來，便帶他們進去了。父子倆還見了章知府一面，不過，章知府很忙，也只是略說了兩句拜年的話罷了。

然而，這相較於往年，已是大大不同。

秦老爺腹中自有一番思量，秦鳳儀卻是向來不多想這些事的。因秦家是外來戶，揚州城也沒什麼親戚，再者，時人拜年多是上午，下午秦鳳儀便不出門了，在自己院裡讀書寫字，片刻功夫都不浪費。

第二天，秦家少不得戲酒應酬，秦鳳儀往年最喜這些，何況他也要跟著他爹一道應酬。今年卻不管了，他去方閣老那裡念書。方家戲酒，只比秦家更熱鬧的，不過，方閣老指了處書齋給秦鳳儀使，秦鳳儀自己在書齋用功。

方閣老上了年紀，應酬自有兒孫，便是大節下，也願意消消停停地歇一歇。於是，就與秦鳳儀同在書齋，秦鳳儀寫文章，方閣老聽著小丫鬟給念書。他老人家眼已經有些花，現在多是聽人念書。

倘是旁人寫文章，怕是要怕吵的，秦鳳儀不一樣，他為人有些愣頭，做起事來卻極容易專心，讀書猶是如此。任小姑娘聲音婉轉清脆，秦鳳儀完全聽不到。

秦鳳儀這種精神，便是中了秀才也不是什麼稀罕事。

便是一向與他不睦的方灝都說：「大傻子念起書來還是挺用功的。」

秀才張榜的那一日，方灝早早邀了秦鳳儀一道去等著張榜。

秦鳳儀一副十拿九穩的樣子，道：「這還用去嗎？我必是案首無疑的。」

方灝說他：「你小心著些吧，春天風大，當心閃了舌頭。」

秦鳳儀換了身朱紅袍子與方灝一起去，結果上榜倒是上榜，就是名次讓秦鳳儀不滿意。

秦鳳儀皺眉，「我覺得我文章作得極好，怎麼才七十五名啊？」

方灝是三十八名，比秦鳳儀高三十多名，方灝人逢喜事精神爽，道：「你才念了幾日書，能在榜上都是你家燒香燒得靈驗。走吧，得去會一會同年了。」

不過，秦鳳儀雖說是七十五名，但風頭較案首更是風光，那些傾慕他的揚州女娘們早替鳳凰公子關注著榜單，一聽說鳳凰公子中了秀才，女娘們更是要生要死地替鳳凰公子高興。以往秦鳳儀走在街上，無非就是有人丟個帕子扔個香包什麼的，今日不同，騎著那匹照夜玉獅子在路上經過，不少女娘們是買了鮮花往秦鳳儀身上丟，鬧得多少賣鮮花的小販專愛打聽著鳳凰公子的行程，跟在秦鳳儀屁股後頭做生意，一時生意紅火。

至於案首，是一位三十多的大叔，有妻有子，儘管也斯文清秀，但跟鳳凰公子沒得比。秦鳳儀回家時，好幾百號女娘們或是乘車或是步行，是送著鳳凰公子回家的。那種氣派，好吧，鳳凰公子也見慣了。

秦鳳儀的心情不是特別好，他原是奔著案首去的，結果考個七十五。秀才一共一百名，他這算起來，就是倒數第二十五。

待他回家，秦老爺和秦太太顯然早得了信，夫妻二人已是歡喜得哭過一場。見到兒子回來，秦老爺先帶著兒子去拜了回祖宗。

秦太太雙手合十，「沒白給祖宗燒香，也沒白給菩薩、佛祖、三清祖師燒香，過幾天我得還願去。」因著寶貝兒子要考秀才，這位女士把揚州城內外能拜的神仙菩薩都拜了個遍。

秦鳳儀現下對自己要求高了，他道：「唉，我是覺得能中案首的，怎麼沒中呢？」

什麼案首不案首的，兒子能中秀才，秦老爺和秦太太就歡喜得不得了，秦太太笑，「我的兒，這已是很好了，整個揚州城的學子們都來考，秀才才一百個，我兒就考了七十五名。我兒，人家都是念十好幾年書的，你才念多少日子，可見我兒聰明。」

秦老爺也道：「這就很好。」

秦鳳儀被父母一安慰，也就高興起來，畢竟要擱一年前，秀才啥的，他是想都想不到的事。秦鳳儀與爹娘道：「爹、娘，我們新中的秀才都約好了三日後去茶樓吃茶，也是彼此認一認，以後就是同年了。」

秦太太笑著撫摸著兒子細緻的臉頰，欣慰溢於言表，「我兒，越發有出息了，以後就是秀才相公啦！」

秦鳳儀揚著腦袋，「秀才相公不算啥，我去年八月才開始用功，再怎麼用功，也是晚了些的，故而沒能考好。現下離明年秋闈還足有一年半的時間，我保管不浪費一點時間，明年秋闈必是解元。到那時，我就是解元老爺啦！」

解元不解元的，只要兒子能中舉人，秦太太就默默發了宏願，必給揚州城大大小小的菩薩佛爺重塑金身。想到這裡，秦太太與丈夫道：「咱兒子這是秀才了，趕緊把門口那兩白面鎮宅石換了，換成刻書箱的，以後咱們家就是書香門第了。」

這也是時下講究，時人住宅，門外有兩個石墩擺著，這叫鎮宅石。若這家是書香門第，鎮宅石上刻的便是書箱花朵，以說明這家人是念書的。若這家是武將行列，便要刻些刀劍，說明這家人是行武的。像秦家先時是做生意的暴發戶，只好擺兩白面石墩，啥都不刻。

如今家裡出了秀才，秦太太立刻打發人換新的鎮宅石去。

從此以後，秦家就是書香門第了。

秦鳳儀中了秀才，一家人歡喜不盡，秦老爺帶著兒子去祠堂給祖宗上了香，告訴祖宗這個好消息。秦太太也把去廟裡觀裡還願的事提上日程，兒子榜上有名，可見菩薩神仙是多麼的靈驗。秦家人歡喜得都有些傻，一時，秦太太方一拍腦門想起來，「瞧我，都高興懵了。咱們阿鳳能中秀才，多虧閣老大人這些日子的教導，禮物也早就提前備下了。老爺，你帶著咱們阿鳳親自過去道謝。」

秦老爺笑，「這是這是，剛我還想著呢，一時喜得忘了。」

秦鳳儀有些發怵，「考秀才前，我跟方爺爺誇下海口，說必中案首的。這沒能考上案首，方爺爺會不會笑我啊？」

秦太太笑道：「如何會笑？就是笑，也是看你中了秀才，高興地笑。」

她摸摸兒子的臉，鼓勵了兒子一回，讓父子倆去了。

秦家父子到方家的時候，顯然方家已得了秦鳳儀中秀才的消息。因秦鳳儀常來方家，門房都與他相熟，見到秦家父子連忙道喜行禮。

秦鳳儀一人發一個銀錠，背著手笑道：「同喜。」

門房對秦鳳儀親熱，與這位秦公子出手大方不無關係，當下便有小廝殷勤地上前引路，引秦家父子進去。秦家父子到時，方灝已經在了。方閣老坐在正中太師椅上，正笑咪咪地看著秦鳳儀。秦鳳儀上前就磕頭，他雖覺得沒考好，但也知道沒有方閣老的細心指導，他怕是秀才都中不了的。

方閣老笑道：「好好好，起來吧。」

秦老爺也親自謝了一回，方閣老笑道：「阿鳳考完後把當時寫的文章卷子默給我看了，我估量著差不離，不錯不錯。」看向秦鳳儀的眼神中透出欣慰來。

秦鳳儀道：「不錯啥啊，又不是案首。」

方悅好笑，「阿鳳，我們考秀才，哪個不是十年寒窗，你這才用功多長時間，就能榜上有名，一舉中了秀才，這已是極好了的。」因秦鳳儀每日過來念書，與方悅早就熟了，方悅還打趣，「我原想著你該早就過來了，這會兒才來，是不是覺得沒中案首，不好意思上門？」

秦鳳儀道：「這倒不是。我跟阿灝看了榜，就回家給我爹娘報喜。我回去時，我爹娘剛哭完第一場，見著我，一高興，又哭了一回。你看我爹，現下眼還是腫的。」

秦老爺道：「小廝跑回家報喜，我都不能信，我跟他娘看了三遍那秀才榜，才算是信了。沒想到這極歡喜時，竟然會落淚。」望著兒子，「阿鳳肯用心學，也是遇到老大人這樣的善心人，悉心指點，不然哪裡有阿鳳今日呢？」說著，十分感激。

方閣老道：「師傅領進門，修行在個人。」

秦鳳儀有時很笨，有時又很靈光，一聽「師傅」兩個字，他立刻接話：「方爺爺，當初我就想拜您為師，您說不收白身弟子，我現在是秀才了，不算白身啦，您收我不？」

方閣老哈哈一笑，「我隨口一句話，就被你逮住話柄了。好吧，就收下你。」

方灝十分羨慕，不過，他與大祖父本就是同族，沒有再拜師的道理。讓方灝生氣的是，這姓秦的傢伙果然小人得志，剛得了大祖父收為弟子的話，便眉開眼笑地同他道：「阿灝，你管師傅叫祖父，以後就得叫我師叔啦！」

方灝拉住方悅，「你先跟阿悅哥說這話吧。」

秦鳳儀道：「我跟阿悅哥各論各的，你可不成，你得叫我叔。」

「為啥？」方灝大是不滿。

「不為啥，我想占你便宜唄！」

方灝氣得直翻白眼，「等你什麼時候考過我再說吧！」

「嘖嘖嘖，我明年一準中解元。」

方灝嘿嘿一笑，「笨蛋，你要明年能中解元，我就叫你叔。要是中不了，你叫我叔。」

秦鳳儀剛要答應，就見大家都含笑看他。

秦老爺輕咳一聲，提醒兒子，「阿鳳，明年不是秋闈之年，後年才是。」

秦鳳儀伸手指算了算，一拍腦門，「可不是嗎？今年我大舅兄剛中了傳臚，秋闈得後年了。哎喲，這麼說，我又多出一年的時間來準備秋闈了。」

秦鳳儀歡喜道：「原本我算著是一年半的時間，其實對解元把握不是很大。這多出一年，竟是有兩年半的功夫，我看，解元就在我與阿悅哥之間了。」

方悅連聲笑道：「不敢不敢，解元肯定是阿鳳你的啊！」

秦鳳儀道：「阿悅哥，你就是太謙虛了，這有什麼不敢的，你可是中過案首的人，而且你書念得比我好。再說，咱們秀才只要考秋闈的，哪個不想中解元？我可想中解元啦，我不但想中解元，還想中狀元！」

秦鳳儀發表了一通解元狀元論，神情之自信，語氣之篤定，讓眾人都相信：這白癡先時說要考案首的話，真不是隨口說的，人家的確就是奔著案首去的，只是沒考中罷了。

在方家說了會兒話，秦老爺就帶著兒子告辭了，要回去準備拜師禮。這正式拜師，自有規矩，秦家要親自按拜師的禮儀，帶著拜師的禮物，在孔聖人跟前燒過香，向方閣老磕過頭，才算拜師的。

秦太太得了兒子要拜方閣老為師的喜訊，越發歡喜，中午宴席甭提多豐盛了。

秦鳳儀道：「娘，拜師禮後，我就去京城看看阿鏡妹妹。再者，我大舅兄中了傳臚，前些日子我忙著考秀才，這回也親自去賀一賀他。」

秦太太笑，「我已是把給親家的禮物備出來了，李大公子那裡額外另備一份，都寫籤子上了，侯府一看就能明白的。那一會兒就打發管事去碼頭訂船，只是這一去要多久才回？」

秦鳳儀道：「阿鏡妹妹生辰在五月，過了端午我就回來。」

秦太太道：「這剛拜了師，你要去京城的事，還需與方閣老說一聲才是。」

「我曉得，還得讓方爺爺給我指幾本書，我好在路上學習，不然大好光陰豈不浪費了？再者，解元可不是秀才，秀才背一背就會了，解元就要看積累了，我得多多看書才行。」

秦鳳儀說得頭頭是道，秦太太夾了一筷子海參給兒子，滿眼笑意，「我兒多吃點，這考秀才累得都瘦了。」

拜師之後，秦鳳儀還參加了新秀才的茶會。

說來，很受了回冷待。

還有人跟秦鳳儀說了通禮儀啊端莊啊之類的話，一堆之乎者也，聽得秦鳳儀頭暈。待茶會散了，秦鳳儀還問方灝：「怎麼大家都不愛理我啊？」

方灝也不想搭理秦鳳儀，奈何不是他不想搭理便可不搭理的，秦鳳儀道：「你說不說？你要不說，我就把你去花樓吃花酒的事告訴你娘！」

方灝氣狠，「你少給我造謠！」

「快說！」秦鳳儀催他。

方灝沒好氣，「你看看你這一身是個什麼樣子，都是秀才了，還成天穿得像個紈絝似的。秀才得有個秀才樣子，知道不？」

秦鳳儀大大的桃花眼一斜，挑出個欠扁模樣，繼而一抖身上的大紅織金的袍子，「什麼是秀才樣兒？像你們似的，一個個烏漆抹黑、老氣橫秋的，分明就是嫉妒我生得俊！」

方灝實在跟這等混人說不來，暗道：這等白癡竟也能中秀才，真是天地不公！

小時候就這樣，他與這姓秦的同桌，他傍晚回家背一個時辰才背會的書，這小子總是在先生檢查時才臨時抱佛腳，結果竟背得不比他差。先生考試，他不就沒給這小子抄嗎？半路還被這小子截道揍一頓，如今又是這樣的不識好歹。

方灝冷哼一聲，不與混人打交道，拂袖而去。

所以，秦鳳儀中了秀才，因他總這般花團錦簇、光彩耀耀，諸秀才很看他不上，秦鳳儀竟沒能結交到幾個朋友。

不過，他也不喜歡那些之乎者也的傢伙們。這眼瞅就要去京城看媳婦了，被酸秀才集體排斥啥的，早被他拋腦後去了。四月初，秦鳳儀辭過父母師長，乘船北上，直奔京城。

說來，這回租的是漕幫的大船，羅朋也要往帝都做生意，便與秦鳳儀一道。秦鳳儀跟羅朋說起自家媳婦的事，羅朋聽到他這段夢中姻緣，就問秦鳳儀：「你這夢裡難不成就夢到成親了？有沒有夢到科舉考題啥？」

要是這個能夢到，他兄弟不就省事了嗎？

秦鳳儀鬱悶，「我要是能夢到就好了。唉，我夢裡就沒考過功名。」

「那你如何把弟妹娶了來的？」

「不知道啊，就記得娶了。」

羅朋道：「你這夢，要緊事一點都沒夢到。」

「我媳婦還不是要緊事？」

羅朋忍俊不禁，「別說，這是最最要緊的。」

「是啊！」秦鳳儀道：「阿朋哥，等我娶媳婦時，你可得給我做迎親使。」

羅朋笑道：「這一準兒沒問題。」

兩人在船上，彼此說了不少事，秦鳳儀主要就是在為自己的親事而奮鬥。羅朋比秦鳳儀年長，他的親事，家裡倒是給他定了，是漕運提督的乾閨女。

羅朋很不願意，「消停消停再說吧。」

秦鳳儀頗知這裡頭的貓膩，什麼乾閨女，說不得就是漕運提督家丫鬟使女一類。要是個清白的還好說，倘是個被收用過的，不是現成的一頂綠帽子？但有時商賈為了巴結做官的，這些也是常有的。

秦鳳儀家裡也是商賈，但他家就他一個，再者，秦鳳儀的性子，哪裡受得了這個？

秦鳳儀道：「一看就是你那後娘給吹的枕頭風。」

羅朋不是後娘，是嫡母。

秦鳳儀道：「阿朋哥，你還不如自己去闖一番事業，何必擠在漕運爭家裡這三瓜兩棗？你越是能幹，你那後娘越是怕你搶家裡產業。與其如此，不如自己幹，掙多少都是自個兒的。縱不比在漕幫威風，少生多少閒氣。」

羅朋當時並沒有說什麼。

待到了京城，羅朋自去將貨物送去鋪子裡，秦鳳儀便騎著自己的照夜玉獅子，後面雇了許多車馬帶著禮物，花團錦簇又滿面春風的，直奔景川侯府。

結果，他看到了什麼？

這鑼鼓喧天，鞭炮齊鳴的，它它它……景川侯府竟然在辦喜事！

秦鳳儀來京城是坐船過來的，坐船極快，他便沒有提前給景川侯府送信，因為即便是送信，也就是這個速度了。

不過，侯府也不是外人，是他岳家，秦鳳儀就大搖大擺地去了。

秦鳳儀簡直是熱炭團一樣的心啊，結果，一到侯府他就懵了，這這這……闔府披紅，張燈結綵，人來客往，車水馬龍這是幹啥？

他剛考了秀才，這殺千刀的老傢伙就把他家阿鏡妹妹許給別人了？

秦鳳儀整個人都懵啦！

其實他還沒能近前，因為景川侯府辦喜事，整條街都給堵了，但秦鳳儀當下已是怒髮衝冠，氣得兩眼血紅，跳下馬他就跑過去了，到門前一看，他岳父和他大舅兄正是一臉喜色兩身紅地與人寒暄。

秦鳳儀氣得，奔過去就是一聲大吼：「景川老頭兒！你當初是怎麼答應我的？你竟然敢背著我把阿鏡妹妹許給別人！你對得起我嗎？你不是一口吐沫一個釘？你不是君子一言、快馬一鞭嗎？你不是一言既出，駟馬難追嗎？說，你把我媳婦許給哪個王八蛋了？」

也就是沒刀在手，不然，秦鳳儀當真能一刀捅死景川侯。

秦鳳儀這橫空出世的一聲怒吼，所有在門口賀喜的人都傻了。

連正與景川侯說話的那位鬢髮花白的玉冠老者也不由轉過頭側過身，看向秦鳳儀，更甭提其他賓客，大家都傻了，目光全部集中在秦鳳儀身上。

秦鳳儀誰都沒理，他就兩眼冒火直盯著景川侯，彷彿景川侯是他上輩子的仇人。

景川侯氣得兩步上前，大巴掌都掄起來了，李釗連忙拽住他爹的手臂，對秦鳳儀道：「你是不是瞎啦？是我成親！」

秦鳳儀這才看到大舅兄胸前綁著大紅花，他眨巴眨巴眼，也知道自己誤會了，再一看他岳父的黑臉。秦鳳儀嘿嘿陪笑兩聲，連連作揖，一副諂媚樣，「岳父，對不住啊，我誤會了。對不住，對不住啦！」

生怕景川侯揍他，秦鳳儀連忙繞過景川侯與那老者，就要溜著門邊進去，突然看到那老者身邊還有個眼熟的，不由腳下微停，「平嵐，你也來啦！」

那劍眉星目，一身英姿的，可不就是以前跟阿鏡妹妹傳過親事的平嵐。不過，阿鏡妹妹一點都不喜歡平嵐，早就拒絕了，所以，情場勝者秦鳳儀，面對平嵐時特有優越感。

平嵐一笑，「秦公子，好久不見。」

秦鳳儀還想再多說兩句，結果眼尾掃過他岳父那黑臉，便朝著平嵐一拱手，道：「我岳父要噴火，我先進去了，咱們有空再聊。」腳底抹油溜府裡去了。

秦鳳儀跑了，景川侯還得與人寒暄，「小子無禮，讓王爺見笑了。」

平郡王笑道：「我聽阿寶說，這個秦公子，在揚州人都叫他鳳凰公子，在京城，人們叫他神仙公子，果然儀表不俗。」

「十分跳脫，叫人頭疼。」景川侯真是愁死了。

平郡王只是一笑，景川侯請平郡王進府。

景川侯府正是李釗娶親的大好日子，秦鳳儀這「準女婿」又來了，雖然鬧了通笑話，讓人哭笑不得，架不住人家秦鳳儀臉皮厚，他進去向李老夫人請過安，又見過阿鏡妹妹，而且他恰是一身大紅織金的衣裳，正應今日這喜慶，便出去幫著待客了。

這會兒景川侯府已不在門外，便是李釗和李欽兄弟倆迎客，秦鳳儀過來幫著招呼。

李釗偷個空問他：「看你今日這氣焰，想必是秀才試有所斬獲？」

「還成還成。」秦鳳儀道：「原是想考案首的，結果沒發揮好，只得了七十五名。」

李釗道：「你去歲開始用功，江南讀書人多，能榜上有名已是難得。」

「眼下秀才已是考過了，案首沒得，只得往解元上努力了。」秦鳳儀笑嘻嘻地打聽，「大哥，你這傳臚是被哪家捉去的？」

李釗輕咳一聲，有些不好意思，「就是隔壁襄永侯府的姑娘。」

「哎喲，我去歲在家住這麼些日子，竟沒看出來！」秦鳳儀賊兮兮地問：「大哥，你們什麼時候看對眼的？」

李釗不理他，見有賀喜的客人來，連忙過去招呼。

秦鳳儀非但幫著待客，待喜宴一開，還跟在李釗身邊幫著擋酒，很是有眼力。就是晚上鬧洞房時，他那些個層出不窮的花樣，把李釗氣得不輕，直接把人攆出去，還得提防有人聽壁角，洞房都洞房得提溜著個心。

第二天晨起，新娘子要拜見翁姑，李釗不忘同妻子說一句：「要多備一份見面禮，昨兒被我趕出去的那小子就是阿鳳。」

崔氏對鏡簪上一朵牡丹，笑道：「我曉得，那就是神仙公子。以往遠遠見過他，已覺神采不凡，昨兒近著一瞧，生得可真俊。」

李釗佯作板臉樣，「當著妳相公的面，竟然誇別的男人俊，晚上定好生罰妳。」

崔氏既羞且嗔，「快快閉嘴。我聽說，昨兒可是鬧了笑話。」

說到昨日之事，李釗也是好笑，「要不是我攔著，父親得給他兩巴掌。阿鳳年紀小，平日裡又是個跳脫性子，遇著事也不深想，只見咱們家辦喜事，就誤會了去。」

崔氏道：「難怪妹妹總是記掛著他，他定是怕妹妹被許給別人，才沒看清楚就急了。」

小夫妻二人說一回話，都收拾好了，便往李老夫人院裡去了。他們到時，秦鳳儀已是到了，正坐在李老夫人身邊說話，李老夫人被他逗得滿臉笑意。

見到新人過來，秦鳳儀連忙起身。待兩人與老太太見過禮，秦鳳儀給大舅兄和新娘子見禮，嘴甜得很，「大哥好，大嫂好。」

李釗扶著妻子坐了，秦鳳儀就要下去坐。他現在頗知禮數講究，李釗比他年長，他不好與李老夫人同坐，坐大舅兄上首。

李老夫人與秦鳳儀道：「你是貴客，只管坐就是。」又笑，「昨兒阿鳳來的時候，咱們家正辦喜事，來的客人多，我也沒得空問一問阿鳳考秀才的事。這正說呢，阿鳳與你倒做了同門師兄弟，方閣老已是收他做了門下弟子。」

在李老夫人這樣的身分看來，能做方閣老的入室弟子，可是比考中秀才更叫人歡喜。

李釗問：「不是去年來信說，拜師沒拜成嗎？」

「我去年一回家，第二天就去拜師了，不過，方爺爺沒收我，說不收白身弟子，其實他是想瞧瞧我是不是真心想念書。那會兒他沒收我為徒，可我過去念書，有不明白的，都是方爺爺教我。我本想中了案首好拜師，結果沒中，但方爺爺看我這人品、相貌，還有這樣的努力奮進，也就收下我啦。我是行過拜師禮才過來京城的，原想著提前送個信，可先時秀才榜沒出來，等秀才榜出來，這送信的速度估計也不比我北上快，就沒送信，直接過來了。」秦鳳儀還與崔氏道：「嫂子，我大哥可是一等一的人才，妳把他捉了去，是極有眼光的。」

他又與李釗道：「大哥，下科我中了狀元，你可得提前安排人手，幫著阿鏡妹妹把我捉過來，不然，萬一別人家把我捉走，可如何是好？」

崔氏實在忍不住，唇角翹了起來。

李釗沒好氣，「你先中了舉人再說吧。剛中個秀才，看把你狂成什麼樣？」

「我這也是以防萬一。」

正說著話，李鏡與兩位妹妹就過來了，彼此自然有一番見禮。

秦鳳儀朝李鏡眨眨眼，先報喜，「阿鏡，我中秀才的事，妳知道沒？」

「知道了，一進祖母的院裡就聽到你連中狀元後的事都安排好了。」李鏡打趣一句。

秦鳳儀道：「我主要是怕被別家捉住，不過，阿鏡，妳只管放心，便是被別家捉去，我也是死都不從的。」

大家皆笑出聲來。

於是，景川侯夫妻過來時，便聽得滿室笑聲。因是長子大喜的日子，哪怕昨兒被這不穩重的女婿丟了回醜，景川侯仍是面色溫和，道：「說什麼呢，這樣高興。」

李欽道：「阿鳳哥在說他以後中狀元的事。」

這狂妄小子！

景川侯問：「狀元尚遠，聽說你中了秀才，不知多少名次？」

秦鳳儀不論何時都是一樣的自信，「岳父，七十五！」

考了個七十五名，有什麼臉臭顯擺啊？

景川侯幫他翻譯了一遍，「就是倒數二十六。」

原想讓秦鳳儀明白一下自己在秀才裡還處於末端的位置，殺一殺這小子的狂勁，結果就聽秦鳳儀認真道：「不是倒數二十六，是倒數二十五。岳父，您怎麼算的啊？唉，算術太差。秀才是取一百名，一百減七十五，不是二十五嗎？」

景川侯看到秦鳳儀這個腦子，就不禁後悔當初的約定，便不再與這笨蛋說話，轉頭與李鋒道：「一會兒教他算一算。」

秦鳳儀這會兒已是算明白了，他哈哈一笑，「原來是是二十六啊！嘿嘿，沒想到，我還長了一名！」像占了多大便宜似的。

景川侯懶得理秦鳳儀了，尚有新人的奉茶禮，侍女端上香茶，新人先給老太太奉茶。

李老夫人極是欣慰，笑咪咪道：「要好生過日子，和和睦睦的才好。」接了新媳婦做的針線，給了新媳婦一套光華耀彩的貴重首飾。

之後，便是新人與父母見禮。

秦鳳儀在一旁羨慕地感慨：「再有三年，捧茶給岳父吃的，就是我和阿鏡妹妹了。」

景川侯正在吃兒子奉上的茶，一聽這話，當下一口熱茶橫在喉間，險給噎個好歹。

總而言之，儘管李釗大婚的日子有一點小小的意外，但秦鳳儀的到來，仍然讓景川侯府多了那麼一份歡快。

尤其是，秦鳳儀哪怕是個倒數二十六，也是正經秀才了。

他私下與李鏡說話時，還要求李鏡不要叫他「阿鳳哥」了，「要叫『阿鳳秀才哥』。」

李鏡啐道：「誰稀罕叫這麼長的名兒？你再聒噪，我就叫你阿鳳了。」

「叫聲秀才哥。」

「世上秀才多了，我要是叫『秀才哥』，要是別個秀才聽到了，是應還是不應？」

秦鳳儀道：「這裡又沒別個秀才。快，先叫一聲。」

李鏡不叫，秦鳳儀喚她：「秀才嫂。」

李鏡大笑，捶秦鳳儀，「快給我閉嘴！」又問秦鳳儀，考秀才可還辛苦，「我聽大哥說，考秀才的時間倒是不長，第一場只考一天，只是得自己帶桌椅，吃的不許帶，只准買考場供應的那些吃食。」

秦鳳儀道：「辛苦倒是不辛苦，就是我們家也沒出過讀書人，我還是我們家第一個考功名的。我娘興頭上，為我置了三套考試的桌椅板凳。其實哪裡用自家做，我們揚州有舊貨鋪子支的攤子，專在城隍廟門口租賃考試用的桌椅。要是有離城隍廟遠的，根本不用自己帶，到了門口租一套，還有小子幫著搬進去。我娘非要自家做，我都說白花錢。看她興奮，又不好潑冷水，只好讓她做去了。還有考試時吃的燒餅，都是衙門裡的兵丁挎著個籃子賣，一聞味兒就知難吃得很。不過，我沒吃，我很早就把題目寫完，就回家吃飯去了。」

李鏡笑，「還真是自信。」

「這有什麼不自信的？有一些就是默寫書中段落，我都背過。再有，題目也很簡單，寫好就成了。」秦鳳儀道：「就是我發憤的時間晚了些，不然能考得更好。」

李鏡安慰道：「秀才只是開始，後頭還秋闈和春闈。」

「是啊，離秋闈還早，這回我要好生準備，爭取能爭一爭解元。妳看岳父，就因為我沒中案首，待我便陰陽怪氣。」

「你是因為沒中案首嗎？你可真行，就是看我家辦喜事，也得弄明白是誰的喜事啊？不明就裡跳出來對父親吼了一聲。當著外人，父親又要面子。也就是大哥的好日子，父親把火壓下去了。」李鏡道：「你也想想，大哥比我年長，就算我要出嫁，也得是在大哥之後。」

秦鳳儀老實巴交地道：「我這麼急著念書，就是怕岳父哪會兒突然改變主意，故而也沒多想，就急了。」

「莫說父親並不是那樣出爾反爾的人，難道我是會變心的人嗎？我的心一直沒變過。跟我說說，現在你出門，是不是還有許多揚州女娘們跟著？」

「現在都知道我有喜歡的人了，也就是我出門有人愛多看兩眼罷了。我現在除了念書，就是想妳了。」

李鏡心裡甜絲絲的，看向秦鳳儀腰間的半隻鴛鴦佩，「鴛鴦佩，你一直帶著呢？」

「我沒摘下來過。」往李鏡身上一掃，秦鳳儀大為不滿，「妳沒帶？」

李鏡指指頸間，「在這裡。」

秦鳳儀壞主意頓生，「我瞧瞧。」

李鏡未多疑，便自頸間將半隻鴛鴦佩取了出來，那紅繩是沒在衣裳裡面的，李鏡將鴛鴦佩取出來時，秦鳳儀兩隻賊眼恨不得貼過去瞧。李鏡又不瞎，一隻手就把他腦袋給推一邊去了。秦鳳儀壞笑，「看到了。」

「真個登徒子！」李鏡道：「你再這樣，我可揍你了。」

秦鳳儀哼哼兩聲，不滿道：「妳敢打妳相公，當心我到京兆府去告妳。」

「你告我什麼，在家挨揍了？」

秦鳳儀小小聲，「胭脂虎行凶。」

結果，鴛鴦佩沒看成，被李鏡按在榻上打了好幾下。秦鳳儀為了男子漢大丈夫的面子，也不好喊「救命」，尤其媳婦揍他屁股，就是喊進人來，也丟人得很。

這已是入夏，夏天穿得薄，秦鳳儀還怪疼的，跳起來道：「哎喲，還真打！」

「誰叫你不老實。」

秦鳳儀到底是個厚臉皮的，他一會兒又湊過去挨著李鏡坐了，說道：「妳一準兒把我的屁股打腫了。妳說，要是丫鬟看到，我可怎麼說？」

李鏡瞪他，「你還給丫鬟看？不嫌丟人？」

「不嫌。」

「那你就去給人看好了。」李鏡真惱了。

秦鳳儀哄她道：「看妳，我就說著玩的。妳還不知道我？別看我屋裡丫鬟多，我洗澡都是自己洗，從來不讓丫鬟給我洗，哪裡會被人看到？我一直為妳守身如玉呢！」

李鏡道：「這樣才對。雖則你家裡不缺服侍的，可男子漢大丈夫，又不是小孩子，難不成穿衣吃飯都叫人服侍？」又問秦鳳儀：「真打疼你了？」

「可不是嗎？」

李鏡道：「那一會兒我拿些藥給你，你回去自己敷一敷吧。」

「你不給我敷？」

「我看你是又欠捶。」

「那我就不疼了。」又沒人給敷藥，還疼個啥啊！

李鏡被氣倒，秦鳳儀又道：「剛剛妳那麼壓著我，我都動彈不得，那是什麼功夫？」

「不算什麼功夫，就是看我哥練武時，偶然學的三招兩式。」李鏡握著他一隻手臂比劃一下，「這叫小擒拿手。」

秦鳳儀道：「妳也教教我唄。」

「你學這個做什麼？我也只會簡單的幾下。」

「方爺爺說我現在每天念書，得要好好鍛煉身體，只有身體結實了，以後考秋闈才能支撐得住。秋闈可是得在貢院考間裡住九天的，方爺爺說，要是身子略差些的都堅持不住。我跟他學了五禽戲，現在每天都練，不過，那個一點也不威風，我想學些威風的。」

李鏡心下一動，道：「我這點子功粗淺得很，你跟父親學吧，父親功夫好，而且，父親每天早上起床打拳。」

秦鳳儀大驚，「這不是叫我去送死嗎？」

他可是剛得罪過岳父！

李鏡好笑，「胡說什麼？父親其實可喜歡你了，就是不擅表達。大哥說，你在平郡王跟前失儀，父親都替你圓場。」

「平郡王？哪個平郡王？」

「就是你來的第一天，父親出去迎接平郡王，你突然跳出來。你沒見到平郡王？」

「沒啊，我就見著平嵐了。」

李鏡便是未在現場，也猜出當日情形，「平嵐定是陪著平郡王一道來的。」

秦鳳儀想了半日，方拍著腦門道：「莫不是平嵐身邊的那個老頭？哎喲，我沒注意！」

「也不知道你都注意什麼了？」

「我注意岳父唄，我最怕岳父發脾氣了。」

李鏡笑，「你不用怕父親，他真的很喜歡你。」

她努力向未來的丈夫灌輸父親很和善的認知。

秦鳳儀這軟耳根，被媳婦這麼三說兩說的，他道：「那妳早上也一起來唄，要是岳父欺負我，妳可得替我說話。」

「你就放心吧。」

秦鳳儀此人吧，有著非同尋常的思維路數。

他自己說怕景川侯趁機揍他對他下黑手啥的，結果早上他一身勁裝去了練功的小校場，人家景川侯府的男人們都有晨練的習慣，枉秦鳳儀先時也在人家住一個多月，竟然不曉得。

當然，那一個多月，他都是忙著一大早去老夫人房裡見媳婦的事，根本沒留意人家景川侯府男人們的生活習慣。

李鏡也早早過去了校場，其實，秦鳳儀想像中被景川侯尋機教訓的事根本沒發生，因為景川侯隨便指了個侍衛，讓侍衛教秦鳳儀去了。

秦鳳儀這人呢，先時還說怕被打擊報復，可景川侯讓侍衛教他，他又有些不樂意，覺得受了冷落。不得不說，這就是一種典型的小人屬性。

聖人曾總結了一句話，很適用於此，叫：近則不遜，遠則怨。

秦鳳儀看岳父竟然不親自教他，要別個女婿。哪怕真是人家女婿，便是不滿，也只有憋著的。何況，你還不是人家女婿，女婿的名分尚未拿到。秦鳳儀卻不肯憋，他走過去，拽拽景川侯的袖子，朝遠處使個眼色，意思是，到邊上說話。

景川侯甩開他的手，「有話就說。」

秦鳳儀道：「阿鏡昨天說岳父武功最好。岳父，這俗話說的好，一個女婿半個兒，您可不能只偏心自己兒子，您就教我唄。」

景川侯面無表情，「真的要我教？」

其實，事後回想，秦鳳儀這個時候雖然沒看出這是不是岳父的一個套兒，但他做為單細胞生物的代表，已經有極其強烈的危機感。

然而，秦鳳儀這人比較要面子，他堅持道：「嗯，我想岳父教我。」

「好，過來吧。」

然後，秦鳳儀一個早上就瘸了。景川侯當然不會讓女婿傷到筋骨，便讓秦鳳儀屁股上跌出兩大塊烏青，攬月都唏噓慶幸地表示：「這幸虧摔的是屁股不是臉。」

秦鳳儀屁股摔得都只敢歪著身子坐，可算是看清景川侯的險惡面目，與李鏡道：「我說岳父會趁機報復我吧，妳還說不會。」

李鏡勸道：「這興許是意外，哪個學武功不挨摔打的？算了算了，你就跟侍衛學吧。昨天那個曹叔叔是父親的貼身侍衛，功夫也極好的。」

「我偏不！我都挨兩摔了，要是跟侍衛學，豈不是白挨這兩下子？」

不知是不是出身商賈之家的緣故，秦鳳儀時常會有獨特的得失觀。反正只是些皮外傷，他小時候還常跟紈絝子弟們打架，也不是沒受過傷的嬌貴人。秦鳳儀還就要跟景川侯學了，他甚至幻想著什麼時候一拳把景川侯打倒，然後自己做為戰勝方，插腰仰天長笑三大聲。

李鏡忍笑，「那你就學吧。」家裡三個兄弟，也只大哥的武功是父親親授的。

秦鳳儀甭看生得好，頗是皮糙肉厚，怎麼摔打都不怕，當然，如果景川侯真把他摔打急了，秦鳳儀刷一爪子，就把景川侯脖頸抓出三道血痕來，鬧得景川侯大夏天的換高領衣裳去上朝，偶爾被人瞧見，還以為景川侯家的葡萄架子倒了。

尤其秦鳳儀還屬於那種，特別容易認錯，只是屢認屢不改。叫他急了眼，他是誰都敢下手。景川侯夫人對此頗是不滿，就在李老夫人跟前說了，「真是小戶人家出身，野性難馴。便不說侯爺的身分，這也是他的長輩，把侯爺脖子都撓傷了。先時就當著我父親的面叫侯爺的官封，還叫什麼『景川老頭兒』，他如今也是秀才，難不成家裡沒教導過他的禮數？」

李老夫人笑道：「喊景川官封的事是個誤會。阿鳳這孩子心眼直，一時沒有多想。好在是在親家跟前，咱們也不是外人，親家又一向寬厚，哪會與他一個孩子認真？孩子們小時候哪有不淘氣的，妳以為妳那侯爺是個吃虧的，人家阿鳳就是想跟他學個強身健體的武功，這都多少天，那孩子走路還一瘸一拐的。妳也勸勸妳那侯爺，對孩子得寬厚。」

「老太太就是太寬厚了。」景川侯夫人捧上廚下新做的玫瑰餅，道：「我總覺得咱們侯府的嫡長女這般下嫁，也太委屈了。」

李老夫人道：「行了，阿鳳如今也是秀才了，便是小戶人家出身怎麼了？阿鳳還小，故而性子還不大穩重。只要他對阿鏡心實，知道上進，大事上明白，這就是個好孩子。莫要糾結於旁枝末節，眼瞅玉潔和玉如也是大姑娘了，議親時妳也要記住這一點。這看女婿，先看大事和人品，這兩樣不差，以後孩子的日子就好過。妳總是挑些禮數啊規矩啊，是捨大就小。再說，阿鳳難道不懂禮，哪回見妳不是恭恭敬敬的？」

李老夫人就很喜歡秦鳳儀，男孩子有些淘氣算什麼，淘氣的孩子，認真起來才有出息。李老夫人根本不大管什麼秦鳳儀喊兒子「景川老頭兒」是不是失禮，什麼撓兒子一把是不是放肆。李老夫人專打聽著，秦鳳儀現下吃過早飯就去孫女院裡背書，一背背一早上，兩人即便在屋裡，也是一個念書，一個陪著念書。

是的，李鏡學問完全不比秦鳳儀差，秦鳳儀早就說過，也就是現在女人不能科舉，不然他媳婦學問比他還好。

當然，這是夢裡的結論，不過，便是如今秦鳳儀中了秀才，跟媳婦比還是略差些的。

秦鳳儀現在背的是揚州城近十五年秋闈前五名的舉子的考試文章，秦鳳儀道：「方爺爺說了，我現在文章作得還不成，把這七十五篇背熟，也就會做了。」

除此之外，還有輔助課本要學習。

秦鳳儀除了早上鍛煉身體，就是跟媳婦一道念書，當然，他也要抽時間見一見先時在京城結交的朋友。

秦鳳儀待把屁股上的傷養得好些，就打發攬月往酈公府遞帖子，過去向酈老夫人請安。

酈老夫人見到他就高興，笑道：「我正念著你，你就來了。」

秦鳳儀笑嘻嘻地行過禮，再獻上禮單，「我早想過來向老夫人請安，可前幾天跟著岳父習武，剛一練，這摔打起來可是不得了，我好幾天走路都是瘸的。這要是不知情的，得以為我挨岳家揍了，我就沒出來。」

酈老夫人道：「都知道你岳家疼你。」

秦鳳儀笑，「是。我以前都是渾渾噩噩地過日子，只知道吃喝玩耍，自從到了岳家，才曉得上進兩個字。」

丫鬟捧上新茶，酈大奶奶又招呼秦鳳儀吃果子，很是熱絡。

酈老夫人眉眼彎彎，「先時你給阿遠來信，說是今年要考秀才，必是榜上有名。」

秦鳳儀便說了一通中秀才的事，正說著話，酈遠便聞信過來了，一進屋倒打趣，「聽說你在休養，我正想去瞧你，你倒是先來了。如何，身上的傷可好了？」

秦鳳儀道：「就知道看我笑話。」

酈遠哈哈大笑，「阿鳳，你現在可是京城名人。」

「誰還沒出岔子的時候，再說，我不過是誤會了我岳父，我岳父才不會怪我呢！」秦鳳儀在外頭極力表現出一個被岳父喜歡的女婿的模樣來。

「不是說這個，你不曉得，聽說連陛下都仔細看了景川侯一陣子說，景川明明正青春貌美，哪裡就是老頭了？」酈遠笑，「你可是出大名啦！」

秦鳳儀道：「我又不是有意的，我那是一時情急。」

酈遠笑，「你這一時情急，我估計半個京城都曉得你這位景川侯府的乘龍快婿啦！」

秦鳳儀噘嘴看他。

酈遠笑，「莫惱莫惱，中午請你吃酒。」

「我才不稀罕跟你吃，今天我跟老祖宗一起吃。」

酈老夫人更是歡喜，「好好，就在我這裡吃，我叫他們燙好酒。」

秦鳳儀道：「今兒藉著老祖宗的好酒，我得好生敬阿遠哥幾杯。阿遠哥金榜題名，我聽說榜下捉婿，都有好幾家為阿遠哥打了起來。」

酈遠擺擺手，「不如你大舅兄精道，那傢伙早與襄永侯府商量好了，襄永侯府一早就派了管事在茶樓外守著，杏榜一出，推門進去，撈了你大舅兄就跑啊！」

酈老夫人瞧著年輕的孩子們說說笑笑，心下極是樂呵。

秦鳳儀又打聽了酈遠何時辦喜事，聽說要在八月間，秦鳳儀道：「那我趕不上了，等我明年過來，阿遠哥你可得給我補一席喜酒。」

酈遠自然應下，道：「你早晚也要春闈的，我有些春闈的資料，一會兒整理出來，你帶回去慢慢看。」

待秦鳳儀午飯後告辭，酈大太太都說：「阿鳳這孩子，去歲來時還覺得像個小孩子似的，這一轉眼，也是秀才了。」

「他今年才十七，就是放在京城，這樣年輕的秀才也不多見。別看有些冒失，景川侯當真是好眼光。」酈大奶奶快人快語，「當初景川侯提的那兩個條件，學文就要考中進士，當時我還說呢，這事可不容易。真是沒想到，這才小半年，秦公子就中了秀才。大家都說江南出才子，這秦公子當真是極會念書的。」

酈老夫人道：「阿鳳這來帝都一趟，還記掛著過府請安，又送了那些東西。待他走時，備份回禮才是。」

酈大奶奶連忙應了，笑道：「老太太放心，我心裡已是想著了。」

秦鳳儀此時過來帝都，一則是為了同岳家報喜，二則便是過來看阿鏡妹妹，還要給阿鏡妹妹過生辰。女孩子的生辰簡單，並不大過，無非就是家裡擺兩席酒，大家熱鬧一二。且李鏡的生辰在五月，正是天氣微熱的時節，大家於是在花園荷花湖上的敞廳設宴，晚上一家子團聚，為李鏡賀生辰。

景川侯府人口簡單，且當下民風開放，索性男男女女便坐了一席，大家一道吃酒取樂。便是景川侯一向肅穆，因是愛女生辰，也命人燙了好酒。

李鋒還說：「怎麼不見阿鳳哥？」

李欽看一眼秦鳳儀的空位，道：「他一向最會出風頭，大姊姊的生辰，定是想什麼奇招為大姊姊賀生辰唄。」

李三姑娘小聲問李鏡：「大姊姊，阿鳳哥想了什麼法子給妳慶生啊？」

李鏡但笑不語。

李欽道：「這事如何能提前說，妳動腦子想想，定要給大姊姊驚喜的。」

李三姑娘道：「二哥，你就會說，你看阿鳳哥多有心啊！」

李二姑娘揶揄：「妳偏生這時候惹二哥，二哥昨兒找阿鳳哥下棋，阿鳳哥沒理他，他此刻正在生氣呢！」

「我會生這個氣？」李欽生氣的不是秦鳳儀不與他下棋，而是秦鳳儀那囂張嘴臉，還說什麼不與白身下棋。

好吧，李欽還是個白身。

李欽早便不喜秦鳳儀，現下提起秦鳳儀，更是一肚子火。

孩子們正在說話，就聽錚的一聲樂響自幽暗處傳來，繼而是一陣明快的琵琶聲響起。大家向聲樂處望去，便見荷花深處一葉扁舟遠遠行來，星輝燈火交映之下，秦鳳儀一襲月白長袍，橫抱琵琶，夜風襲來，飄飄欲仙，那樣明快歡樂的樂聲便自秦鳳儀那雙或急或慢的手下流瀉而出。藉著水音，那琵琶聲似自浩渺而來，有若天籟。他琵琶彈得不錯，尤其他這樣神仙一般的人物，這般月下一曲，莫說正主李鏡，便是李鏡他爹景川侯，都多飲了一盞酒。

一曲結束，秦鳳儀令搖船的攬月將船搖到敞軒一旁，秦鳳儀此方棄舟登軒，笑嘻嘻地看向阿鏡妹妹，道：「這便是我送阿鏡妹妹的生辰禮，可喜歡？」
李鏡斟一盞酒，雙手遞給他，雙眸亮若星辰，「甚喜。」
景川侯暗道：真心不是說出來的，真心是做出來。
秦鳳儀當年為了打動岳父，是把岳父的每一句話翻來覆去地琢磨。他這人，明白的道理不多，但有一句算一句，總能認真揣摩。
李老夫人都說：「阿鳳這琵琶彈得可真好。」
秦鳳儀笑道：「主要是這一湖水正好，又借了三分夜色，不論是彈琵琶，還是吹笛子，都再好不過。」
說來，天下商賈多了，比秦鳳儀精明強幹的更是無數，為何獨獨秦鳳儀竟能出入公府侯門？有一個原因很重要，那就是儘管秦鳳儀前十幾年專司吃喝玩樂，但人家身為揚州城的大紈綺，對於吃喝玩樂，不是一般的精道。秦鳳儀在審美在講究上，很能入這些公府侯門的眼。這與精明強幹無關，就是一種氣質一種感覺，這人讓人瞧著順眼。
李釗笑，「看不出你還有這一手。」
「我好處還多著呢！」秦鳳儀也頗是得意。
有秦鳳儀這樣費心思地為李鏡準備生辰禮，這餐生辰宴自然是盡歡而散，便是李釗的妻子崔氏都說：「秦公子真有心。」
李釗道：「豈止有心？阿鳳這人，要是待誰好，那是真心實意的好。他如此心意，也不枉妹妹一意要嫁他了。」

崔氏道：「女人求的，無非就是個知冷知熱的男人。眼下秦公子功名有了，過個一二年，倘能秋闈有所斬獲，便是舉人老爺。男人只要肯上進，以後前程是盡有的。」

李釗亦是有此想。以往他是不大樂意這樁親事，可秦鳳儀非但至今癡心未改，而且也開始念書上進。唯有一事，終是李釗心中擔憂，那就是秦鳳儀夢中被人謀害之事。不過，他問過秦鳳儀，眼下的發展已與秦鳳儀夢中大有不同，起碼夢裡秦鳳儀就沒考過功名。

如此看來，秦鳳儀那夢不大準也是有的。

李釗如此思量著，與妻子道：「阿鳳這眼瞅要回揚州了，太太那裡如何備的回禮，妳留些心。我書房裡有一箱書，是我給他的，屆時一併給他裝車上。」

崔氏皆應了。

崔氏因離娘家近，時常回娘家，說到秦鳳儀也是滿嘴好話，直誇秦鳳儀上進，說小姑子眼光好。主要是，先時景川侯府嫡長女相中一鹽商子的事傳播得太廣，尤其李鏡原先還與平郡王府的小郡主並列京城雙姝，當時，半個京城的人都覺得李家大姑娘莫不是瘋了。

李鏡是崔氏嫡親的小姑子，兩人自幼相識，如今秦鳳儀中了秀才，崔氏是一有機會就把這準妹夫拿出來誇一回，給秦鳳儀刷名聲，還將自己娘家弟弟介紹給秦鳳儀認識。

秦鳳儀都與李鏡道：「我看嫂子這人是個厚道的。」許多待他只有面子情的，斷不會將自己娘家兄弟介紹他認識。

李鏡道：「這是自然。」

「待我回了揚州，妳有什麼事就與大嫂子商量。」

秦鳳儀一向存不住事，與李鏡說了這後丈母娘景川侯夫人說他壞話的事。景川侯夫人不喜秦鳳儀，這個李鏡一直知道，只是景川侯夫人在老太太屋裡說的那些話，都是私密話，李鏡不曉得秦鳳儀是如何知曉的。

李鏡問：「你從哪裡聽來的？」

秦鳳儀道：「是祖母院裡的小丫鬟跟我說的。」

李鏡笑，「你這人緣真沒得說。」

秦鳳儀道：「主要是祖母為人和善，院裡的丫鬟婆子都不錯。」

李鏡心說，怕也只有阿鳳哥這樣想了。便是她，除非特別要緊，也不會去打聽老太太院裡的事，更不必提老太太院裡規矩亦是極嚴謹的，要不是阿鳳哥這張臉，當然，阿鳳哥平日裡對下人也好，不然誰會主動與他說這事？

李鏡不至於吃個丫鬟的醋，李鏡說起這位後娘，也是無奈，「她呀，不見得願意看我嫁得多好，可也不想我嫁得太差，以免影響二妹和三妹的親事。她又一慣勢利，為人只看門第。你不曉得，她先時還打過把二妹妹許給平嵐的主意。」

「二姑娘今年才不過十三吧？」既是先時的事，豈不是更早？兩人年紀也不相配啊！

「不只如此，你也想一想，倘平嵐願意二妹妹，他們才是真正的姑舅兄妹，那必一早就說了的。這平家，男人是一等一的能幹，平家的閨女與平家的男人們比，就差得遠了。」李鏡搖搖頭，不欲再多說後娘的事。

秦鳳儀也不待見這後丈母娘，與李鏡道：「妳看李欽，也是那副小鼻子小眼的勁兒，阿鋒就不是那樣的人。」

「家裡兄弟姊妹多了，難免性子不同。」李鏡笑，「說來，我家雖是侯府高門，便是我們長大，也不似你那樣在家受寵。」

「你看岳父那張大黑臉，也不是會慣孩子的呀！」

兩人說了些私房話，李鏡給秦鳳儀做了一身衣裳，如今收拾出來，叫他帶回家穿。秦鳳儀哪裡是個存得住的，當天就穿出來了，還到處顯擺是阿鏡妹妹做的，把李鏡羞得不成，更讓李鏡沒面子的是，那衣裳晚上就脫了線。

李鏡大為丟臉，惱羞成怒，「叫你回去穿，你不聽，看，穿壞了吧？」

她把秦鳳儀訓了一通。

「這不算啥，我夢裡，有一回，妳也是大發善心給我做了一身衣裳，我穿出去半日，袖子掉下來一隻。」秦鳳儀取笑，「妳這虧得沒給我做褲子，這要是褲子，我穿著穿著，褲襠開了，可如何是好？」

李鏡也忍不住笑，不好意思道：「不曉得怎麼回事，我縫的時候好好的。」

秦鳳儀握住她手，「給我補一下吧。」

李鏡點點頭，讓侍女取來針線，飛快把衣裳縫好了。秦鳳儀辭了岳家回揚州時，穿的仍是李鏡給做的衣裳。李釗打趣他，「阿鏡連我的衣裳都沒做過，就給你做。」

秦鳳儀得意，「我跟阿鏡可是要過一輩子的，以後她還要給我做一輩子衣裳。」

李釗好險沒笑出聲來，直至許久以後，秦鳳儀才曉得，原來在李家，因他媳婦針線差，根本沒人要穿他媳婦做的衣裳，他算是唯一的一個……

好吧，秦鳳儀穿得還挺美。

秦鳳儀回家之後，秦太太都不必問兒子在京城是否順遂，只看兒子的神韻氣色和兒子帶回來的各家給的禮單，就曉得兒子此行必是順順利利的。

秦鳳儀第二天就拎著自京城帶回的土儀到方家念書，方閣老正式做了秦鳳儀的先生，第一件事便是檢查秦鳳儀的課業。秦鳳儀把該背的背得滾瓜爛熟，連方閣老叫他看的幾本書，他也都背下來了。

方閣老滿意地道：「阿鏡這孩子，就是細心，也肯督促你。」

秦鳳儀道：「方爺爺，您怎麼知道是阿鏡督促我的？」

「阿鏡小時候都是跟著阿釗一道念書的，她資質極高，只可惜是女兒身。」方閣老與秦鳳儀道：「別說，你這小子，當真是好運道。」

「主要是我與阿鏡妹妹緣分至此。」秦鳳儀道：「我與阿鏡妹妹一道念書，比我以前自己念更快更好。」

方閣老好笑，「紅袖添香，自是與跟我這老頭子一道念書不一樣，嗯？」

秦鳳儀笑嘻嘻的，「我就是說一樣，您老也不信。」

方閣老原以為秦鳳儀這往京城走一趟得散了心，結果非但把功課都做完了，回來亦越發用功。秦鳳儀雖然覺得自己念書不若在京城與阿鏡妹妹一道念書時有效率，但他一回來，方悅和方灝的效率明顯大大提升。

方澄都說：「阿鳳哥一回來，大哥念書都格外起勁。」

方大奶奶更是送了秦鳳儀許多好料子，秦鳳儀這往京城一去就是兩個月，沒有秦鳳儀這塊活招牌，她鋪子生意都受影響。秦鳳儀如此用功上進，方大奶奶還有件後悔的事，私下同丈夫道：「當初秦太太跟我打聽咱們阿洙的親事，我當時覺得這個阿鳳有些貪玩，就把話岔過去了，如今看，這男孩子家，說懂事就懂事，也就一眨眼的事。」

方大老爺過耳聽了，與妻子道：「妳就甭想這個了，秦家攀上了京城侯府的親事，咱阿洙的親事也已定了，妳有空還是想一想咱們阿灝的親事。」

「阿灝的親事不急，我聽阿鳳說，現在京城時興榜下捉婿，杏榜一出，嘩地跑出一堆富貴人家搶女婿。要是咱阿灝有幸，中了進士，屆時給哪個富貴人家捉去，還怕沒好親事？」

隨著兒子中秀才，方大奶奶對兒子的親事也有了新的希冀。雖則不敢想著如秦鳳儀一樣攀上侯府的親事，但若能弄個京城媳婦，方大奶奶也是極願意的。

不過，方大奶奶的心願顯然一時是完不成的，不說離秋闈還有兩年，離春闈還有三年。便是秋闈之後，方灝不出意外的落了榜，這進士之事更是遠了。

倒是秦鳳儀，整個揚州城的人都說，這老秦家不曉得走了什麼時運。就這鳳凰公子，好模樣是世人皆知的，但以往就是個大紈絝，這也不知道怎麼就突然就開了竅，兩三年間就秀才舉人的都順順利利考了出來。

要知道，多少人鬍子花白還卡在秀才那關過不去。

這老秦家，可真是祖墳冒青煙了啊！

當然，還有傳聞是秦太太拜神拜得心誠，故而老秦家這些年，簡直是紅火得叫人眼紅。鹽商商會的會長算什麼，秦鳳儀中了舉人，秦家已是開始張羅著在大門前立牌坊的事了。

貳之章

# 舉家赴京備春闈

這年頭，牌坊可不是隨便什麼人都能建的，建牌坊需要得到官方許可。

譬如，於朝廷於百姓有大功之人；譬如，大孝子之家；譬如，舉人進士。也就是說，中了舉人，就能在門口立個牌坊了，其實，按官方的說法，非但可以立牌坊，還可以在門上持匾額，什麼舉人之家啥的，允你掛大門上頭。不過，一般這樣的匾額，大家都是掛祠堂門口。而且，因為是官方允許，匾額和牌坊是官方出錢，每個新科舉人二十兩。這銀子給你，你掛也好不掛也好，你建也好不建也好。可關鍵是，你已經有了這個資格。

像秦家這樣的大鹽商家，自然不差二十兩銀子，但這二十兩銀子，秦老爺都沒讓管事讓小廝代勞去領，而是親自去衙門領的。領回家後更不肯花，先擱堂屋正中的條案上擺著。

秦鳳儀就瞧著他爹娘盯著這兩個銀錠的神色，擔心他爹娘一時激動得暈厥過去。

秦鳳儀這個不懂父母心的傢伙，一面吃瓜一面道：「這有啥好看的，每年過年不是還給我兩個大金元寶嗎？金元寶不比這值錢？」

秦太太歡喜得哽咽道：「你這不知深淺的小子，不要說兩個金元寶，就是一屋子金元寶，能有這銀錠體面？我的兒，你可是給咱們家光耀了祖宗！」看兒子一片瓜吃完了，再遞上一片，叫兒子多吃。

夫妻倆以一種慈愛又深情的眼神，險把兩個銀錠給看化了。欣賞了一回銀錠，秦老爺方叫著兒子，「先別吃瓜了，阿鳳，咱們趕緊把這銀錠給祖宗奉上。我的祖兒，這銀子可不能花啊！得月月供奉，日日上香才成！」

秦太太很是認同地點著頭。

秦鳳儀就放下手裡的香瓜，洗過手，跟他爹去祠堂祭祖宗去了。說來，這銀錠怪沉的，一個十兩就有半斤多。秦鳳儀現下也十九了，長大不少，知道孝順爹娘了，還道：「爹，沉不沉？我來拿吧！」

秦老爺兩手往懷裡一縮，連聲道：「不必你，我拿我拿！」生怕兒子搶這美差。

秦鳳儀看他爹娘都快魔怔了，長聲一嘆，「你說，我這才中舉人，你們就這樣，我要中了狀元，你們得怎麼喜啊？」

秦老爺嘴咧得跟瓢似的，笑道：「怎麼喜都不為過！」望著兒子的眼神，甭提多麼的自豪欣慰。拜過祖宗，把銀子給祖宗供上，秦老爺又把兒子中舉人的事嘀嘀咕咕告訴了祖宗，眼含熱淚道：「從此，咱們秦家就是舉人門第啦！」

從祠堂出來，秦老爺與秦太太道：「只這樣給祖宗上炷香，還是太簡單了，打發人去廟裡尋個吉日，咱們大祭一回。咱們阿鳳中了舉，咱們家這門第也換了，都是祖宗保佑啊！」

「可不是嗎？」秦太太笑道：「祭祖的事不急，老爺帶阿鳳先去閣老大人那裡說一聲，還不是閣老大人這三年的教導，咱們阿鳳才有今日？」

秦太太早備好了東西，父子倆出門時，正見過來報喜討喜錢的小子。這也是常例，如秀才、舉人、進士，放榜時都有這樣過來給主家報喜討喜錢的，當時秦鳳儀中秀才，秦家就來了三撥，秦家正是大喜，賞錢頗厚。如今秦鳳儀中了舉人，自然又有人來，這不是頭一撥，都是第二撥了。秦老爺哈哈一笑，每人賞五兩銀子，那報喜的更是好話不斷。

秦老爺笑道：「你們跑一趟不容易，到門房喝口茶，歇歇腳。」打發了這起報喜的，便帶著兒子去了閣老府。

方家也正是歡喜不盡，無他，秦鳳儀中的是舉人，俗稱文魁，方悅可是解元。方閣老一向淡定的人，也是滿面歡喜，見到秦鳳儀，那歡喜便得再加個更字。

方閣老笑道：「阿悅中舉，在我意料之內，阿鳳方是我這歸家以來最大的成就啊！」

秦鳳儀笑著行過禮，「阿悅哥可是把我的解元給搶了。」

這幾年方悅與秦鳳儀已是熟得不能再熟，「那我要不要跟你賠個不是，對不住你了。」

秦鳳儀道：「明年別把我的狀元搶了就是。」

眾人大笑，方閣老不掩對秦鳳儀的喜歡，與秦老爺道：「阿鳳這性子最好，有銳氣。年輕人，可不就要有這股子衝勁嗎？」

秦老爺以往對著官員們是多麼謙虛的人啊，如今成了舉人爹，也敢笑話兩句了。

秦老爺道：「這孩子時運也好，我聽他說，每次考試作的文章比平時的還要好。」

別說，這話當真不假，連方悅都說：「阿灝這回失利，也有他頭一回下場沒經驗的緣故，在貢院寫的文章較平日裡大為不如。阿鳳，你怎麼每回都能比平時寫得還好啊？」

秦鳳儀眨巴眨巴眼，不能理解這些人說的話，奇怪道：「平時寫文章有什麼要緊的，寫不好大不了重寫一份。這秋闈要寫不好，不就落榜了，當然得好生用心寫。阿灝就那樣，小時候我倆上學同桌，每回先生留了要背的功課，他背得挺熟，先生一查，站起來就忘了。等板子打到手心，他又哭哭啼啼想起來了，我都說他要緊時候不抵用。那時候小，我們那學裡的先生天天拎著個戒尺轉來轉去，很多小孩子都怕他。阿灝膽子小，也情有可原。現在都這麼大人了，又沒人拎著戒尺，怕什麼呀？」
方閣老微微頷首，與秦鳳儀道：「春闈也要如此。」
「方爺爺您放心吧，我一準兒沒問題的。雖然我這回名次不如上回考秀才，可我也打聽了，咱們江南自來是文教昌盛之地，咱們這裡的舉人，比那些什麼大西北到處是蠻子、西南到處是夷人的地方的舉人強得多。到京城，總歸是一樣的題目作文章，他們那些人都不如咱們，還怕中不了？」秦鳳儀眼神明亮，他現在年歲大些，不在動輒就說考狀元的話了，卻還是一樣的活潑自信。
秦鳳儀又與方悅商量了去京城的時間，方悅道：「待鹿鳴宴結束，得九月中了，趁著現下天兒還不是太冷，咱們坐船走。不然，一入冬京城下大雪，北方河水上凍，咱們中途還要下船換車，倒多一重麻煩。」
「成！租船的事交給我，我跟阿朋哥自小的交情，咱們租大船，水上行著也安穩。離明年春闈還有小半年，自來狀元跑不出京城、湖廣、江南這三地，阿悅哥，咱們早些過去。」
兩人先把這要緊的事商量定了，秦鳳儀還有件更要緊的事跟方閣老說，「方爺爺，上次您幫我簽名字的那婚書已是沒了，我這回一中進士就要成親，婚書您得另幫我寫一回。」
方閣老略一思量，便知是秦鳳儀頭一回求親不順利時的事了。
說到景川侯，方閣老倒不介意這婚書是如何沒的事，方閣老笑，「你那岳父，倒也真是用心良苦。」要不是景川侯提出這樣的條件，三年前，誰敢說秦鳳儀就真能走到這一步？
景川侯的眼光，方閣老極是佩服。

秦鳳儀雖有些強頭，也不是不知好歹的人，「別說，我有今日還多虧岳父逼我一逼。他剛提許婚條件的時候，我是被他氣得兩眼發黑，覺得活路都沒了。我那會兒，雖說小時候念過幾本書，也識得字，但四五都忘光了，突然叫我考進士才能娶媳婦，這不是在發夢嗎？阿悅哥肯定知道，我岳父家有個荷花湖。」

「知道知道。」方悅滿眼是笑。

「我當時從岳父的書廟出來，就站在湖邊，真想從湖上跳下去，倒不是投湖自盡，就是嚇一嚇我岳父。可我又一想，這事兒不能這麼辦。我岳父說到底，是想阿鏡嫁個有出息的男人，我要真用這招，阿鏡可怎麼辦呢？偏著我吧，岳父其實都是為了她。偏著岳父吧，對不住我們倆的情義。我要真跳下去，那不是逼岳父，那是逼阿鏡呢。這要不是什麼好爹，也就罷了，可我岳父那人，甭看天生一張大黑臉，對兒女真是不錯。倘我仗著跟阿鏡的情誼，就挑動得人家父女生出嫌隙，這還是個人嗎？」秦鳳儀道：「這事兒辦了，心裡過意不去，可我又想娶媳婦，你說把我給愁得狠。」

略頓一頓，秦鳳儀端起茶潤潤喉，繼續道：「我實在是沒法子，乾脆就去和尚廟裡了。原本我是為了習武，結果不成，大和尚說我年紀大了，過了習武的好年華，直愁得我想出家。我又不想回侯府，索性就在和尚廟裡住下來了，那些禿和尚們，一早一晚地念經，吵得人睡都睡不好。要擱我往日性子，我得去叫他們小點聲，可正趕我這愁娶媳婦的事，沒心情，就隨他們念了。我在廟裡住了三天，被他們每天念經吵得整天睡不好覺。」

「我那天起得早，也沒什麼事做，就在廟裡閒逛悠，有個小沙彌一面掃地一面念經，他念著念著給忘了。就是心經上的一句話，『空不異色，色不異空，空既是色，色即是空，受想行識，亦復如是』。那句『受想行識，亦復如是』他給忘了，後頭的想不起來，就不停叨咕前頭那幾句色色空空的話，把我給煩得緊。我那會兒還不知道這是心經，可和尚天天念，我不知不覺就記住了，乾脆給那小沙彌提了一句，那小沙彌便繼續念經掃地。不知道是不是菩薩顯靈，我當時就悟了。嘿，我就想著，這些個叫人不懂的經啊啥的，背一背也不難。這考功名啥的，不就是背書嗎？我當時就下山了，找了個附近的小私塾跟著裡頭的秀才念了三天書，這三天我把論語背會了一半。」

秦鳳儀說得眉飛色舞，「方爺爺、阿悅，一點兒都不假，我當時的感覺就跟那句詩一樣，山重水複疑無路，柳暗花明又一村。原本覺得是死胡同了，可走到前才發現，嘿，原來邊上還開著扇門，我這才活了。」

秦家父子與方家祖孫說了回話，方家賀喜人不斷，便是方閣老不必出面，有些個客人或者親戚，方悅是要露面。秦家便起身告辭了，方閣老笑道：「今兒你們家必也熱鬧的，就不虛留你們了，先去忙，待哪日閒了，阿鳳你再過來。」

方悅起身要送，秦鳳儀道：「還送什麼，又不是外人。」

方悅笑，「我又不是送你，我送送秦叔叔。」

秦鳳儀道：「我這中了舉，我爹出門乍走路都順拐，這剛好些了，你這解元一送他，他得不會走路了。」

秦老爺笑斥：「胡胡胡胡胡……胡說。」

「看吧，都結巴了。」秦鳳儀取笑老爹，與方悅笑言幾句，便與父親告辭了。

秦家父子走後，方悅道：「原本覺得阿鳳這念書上已頗具靈性，如今看來，他為人瞧著跳脫，心思真是再正直不過。」

「心術正，比什麼天分都要緊。」方閣老頷首，「這世上，多有相如文君之事，司馬相如文采斐然不假，但勾引文君私奔，到底輸於人品，有才無德。你看阿鳳，他的相貌，若行相如之事，不一定就沒有機會。若是沒想到這個法子，什麼都不必說，他想到了，卻沒有這麼幹。阿悅，我門生無數，但比阿鳳更明白的人沒幾個。」

方悅認真道：「是。」

秦家父子回家時，秦家熱鬧得像過年似的，還沒進門，門房呼啦跑出一堆人來，打千的道喜的遞帖子說話的，很是忙了一番，秦家父子方進得家門。

到了主院，呵，秦太太正陪客人說話呢！

一屋子的太太奶奶們，見著秦鳳儀，就如同取經路上的妖精見著唐僧肉一般，拉過來就是一通誇，而且不同於以往那種看父母面子誇孩子，不過是面子情，這回是真心實意誇秦鳳儀，那真是一面誇秦鳳儀，一面說秦爹秦娘有福，還有的太太奶奶打聽秦太太往哪兒燒香，咋把家燒得這般興旺。

秦太太現在說話也不同以往啦，都不自覺就把下巴翹得高高的，得意都從眼睛裡滿滿地溢出來了。秦太太聽著大家的奉承，給她們指點了幾個燒香的地方。

這些人到底還是有眼力，知道秦家必然事多，把禮放下，見了回文魁秦舉人便告辭了。

秦太太連忙拉了兒子與自己一道坐榻上，問丈夫：「方家肯定也熱鬧得緊，方公子中了解元，比咱們家更得喜慶。」

秦老爺笑道：「人很多，虧我們去得早，還說了會兒話。要是這當口去，怕是方公子想跟咱們說話也顧不得。」

秦太太滿面笑意，「咱們家也是來人不斷，幾個管事都忙得團團轉。」

「可得安排好茶水飯食。」秦老爺道：「人家好意過來，可不能怠慢了。」

秦太太笑，「這我能不曉得？放心吧，今天來的多是鄰里親朋，還得是離得近的，知道咱們阿鳳中了的。我這都招待好幾撥了，他們也知道咱們家這些天熱鬧，我已是說了，過幾天咱們家擺酒請客。還有些咱們平常多來往的買賣家，聽說咱們阿鳳中了文魁，打發夥計過來的。但凡是夥計或是小廝過來的，一人一個紅包，咱們家正遇喜事嘛！」

秦老爺道：「就該這麼著。」

這些擺酒慶賀的事，秦太太都心中有數，倒是有件要緊事與丈夫兒子商議，「剛剛綢緞莊陳太太過來，說到咱們阿鳳的喜事。阿鳳啊，咱們也中舉人了，這回去京城秦闈，能不能跟侯府說說，先把你跟李姑娘的親事定下來。人家李姑娘，待你真是一片真心。你今年十九，她小你一歲，也是十八的大姑娘了。要不是為了等你科考，人家也耽誤不到這會兒。」

「嗯，我已經跟方爺爺說好，趕明兒我就再拿著婚書過去，讓他把媒人那裡給簽了。可惜珍舅舅任滿回了京城，他這回京城也好辦，過些天咱們也就去了，屆時還得請他保媒。」

秦太太道：「聘禮我早預備好了，到時裝船上帶到京城便是。只是一樣，你這成親，是我去還是你爹去呢？」

秦鳳儀道：「當然都去啦。咱們家就我一個兒子，我訂親你們能不去？再說，你們還沒見過我岳家那一家子，這正式提親，還不得見見？」

秦太太立刻表態，「我在家倒沒什麼事，就是你爹，生意沒什麼要緊的吧？」

秦老爺笑，「什麼生意也要緊不過咱兒子啊！」

「爹，可得提前說好，您去了可別結巴。」秦鳳儀說著一陣笑，跟他娘學他爹與方悅說話的樣兒，「平時見方爺爺都好好的，跟阿悅哥反而結巴起來了。」

秦老爺笑罵：「我原沒事，都是你笑的。」又說兒子，「以後在外頭，可得給你爹我留面子，知道不？你爹我現在是舉人爹，以後也是有身分的人了。」

一家子笑一回，就到了午飯的時辰，廚下是使出渾身本事做了一席好菜呈上。自家大爺中了舉，闔府有賞不說，主家這樣的興旺，他們做下人的也體面。

接下來，秦家的主業就是接待過來賀喜的客人，以及家裡擺戲酒慶祝之事。秦鳳儀特意打聽了方家擺酒的日子，晚了方家一日。方家擺酒時，他早早過去幫著招呼客人，還見到了揚州章知府。秦鳳儀很喜歡這位文質彬彬的章知府，他考秀才時就是章知府批的卷子。

方悅與秦鳳儀給章知府見禮，章知府扶他們一把，「今天我來吃酒，不講這些虛禮。」

章知府身為地方父母官，最喜方悅這般少年才子，拍拍方悅的肩，勉勵道：「解元郎，明年我就等著聽你的好消息了。」

方悅笑道：「承大人吉言。」

秦鳳儀在一邊道：「章大人，你也鼓勵鼓勵我啊！」

章知府道：「你不用鼓勵，我知道阿鳳你是奔著狀元去的。」

秦鳳儀眉開眼笑，一副路遇知己的模樣，「別說，以往我都覺得揚州城沒人能理解我，想著古人的話『知音世所稀』，真是有道理。今見著大人，這突然之間，我就圓滿了。」

「阿鳳，你這馬屁我都受不住。」章知府大笑，問他道：「我今天來解元家裡吃酒，阿鳳你這沒中解元，是不是就不打算擺酒了？」

「阿悅哥今天擺，明兒是我家。章大人要有空，可得過去吃兩杯，我家裡備了好酒。」

章知府笑，「不成，沒人給我送帖子，我不做惡客。」

秦鳳儀立刻從懷裡摸出一份燙金大紅請帖，雙手遞了上去。

章知府伸手接了，打趣道：「你這突然亮出來，把我嚇一跳，以為是你成親的喜帖。」

「明年！大人，明年我成親，您可得來！」

大家說笑一回，方悅迎了章知府進去說話，秦鳳儀仍在門口幫著迎客。

秦鳳儀拉過隱在後頭的方灝，「你是不是傻呀，知府大人來也不知道說句話。」

方灝悶悶的不說話。

「哎呀，我真是求你了，我要是知道你這鳥樣，真是寧可舉人讓你中。」

方灝道：「你少胡說，我根本不是因為落榜的事。」

「不因這個，還因什麼？」

方灝哼唧一聲，秦鳳儀道：「要不是今兒得幫著阿悅哥迎客，我非抽你不行。」

「誒，我說秦鳳儀，不就中個舉人，看你橫得像什麼似的。」

「我就不中舉人，也是這麼橫！」秦鳳儀說他道：「我早就想說說你了，都是在揚州城住著，西邊開生絲行的董家兒子，這回也是秋闈落榜，你沒瞧見人家。咱們看榜的那天，你一落榜就臉發灰地回家去，董秀才挨個向我們中了的賀完喜才走。你等著吧，阿悅哥家擺酒，他一準兒來。你雖不是他那樣八面玲瓏的人，也別學那等小家子氣。落榜怎麼啦？你別看我在榜上就心裡不痛快。」

「我是那樣的人？」

「你早就是那樣的人，小時候考試，抄你一下都不讓抄，生怕我考得比你好。」秦鳳儀問道：「你是不是覺得，我以前紈綺，這突然中了舉人，叫你面子上掛不住了？」

「你是憑自己本事中的，我也只有佩服的。」

「是你自己念書不用心，你怪不了別人。」

「我不用心？我天天去得比你早，回得比你晚。」方灝就是這點不服啊，明明自己很用功，竟然考不過小白癡。

「那有個屁用！公雞還起得比我早，睡得比我晚呢！小時候就這樣，慣會裝個乖樣，桌上擺著書，兩手就鑽桌子底下搗鼓玩意兒，你說，你真用心看書了？」

方灝不說話，正好來了賀喜的客人，秦鳳儀朝他腰眼捅去，惡狠狠道：「快去迎客！」

方灝被他捅到麻筋，整個人一哆嗦，他要是不上前，生怕秦鳳儀再捅他，上前相迎，一看，方灝的臉當時就黑半截，不是別人，正是秦鳳儀剛剛說的生絲行的董秀才。

方灝因出身書香門第，很有些酸生氣，一向不愛跟商賈打交道。當然，秦鳳儀除外，他倆自小不對盤。方灝正不樂意迎接董秀才，沒想到董秀才更是個極品，只是與他虛應兩句，就直奔秦鳳儀，親熱地與秦鳳儀打招呼：「我來晚了，我來晚了。秦兄，你什麼時候到的？」接著把秦鳳儀從頭到腳誇了一回。

方灝道：「裡頭宴席已備，董兄進去吃酒吧。」

董秀才道：「那哪兒成，正是忙活的時候，咱們不搭把手誰搭把手？」

方灝笑，「剛阿悅哥還念叨你呢，章知府聽說你要來，也說要見你。」

董秀才一聽，立刻精神百倍，「成，那我就先進去同府台大人和解元郎打個招呼。」當下興沖沖地進去了。

秦鳳儀說方灝：「你這不是挺機靈的嗎？」

方灝恢復以往那股又酸又傲的氣場，「我還需要你一個小白癡指點？」

「看你，你以後得叫舉人老爺。」

「老爺你個頭！」方灝雖有些小矯情，倒也還好，「阿鳳，你這麼愛聽人拍馬屁，你怎麼這麼不喜歡董秀才啊？」

「我不愛那容易得的馬屁，專愛你這種不情不願的馬屁。」

方灝氣得拍他屁股一下。

秦鳳儀跳起來，指著方灝，「你可真大膽。我到了京城，非告訴我媳婦不可。」

「你也就這點本事了。」

兩人說說笑笑地迎接客人，方灝那低沉的情緒總算好些了。

其實，他與秦鳳儀同歲，不過十九，在他這樣的年紀，就是方悅也沒秋闈，偏生方灝運道不好，遇著秦鳳儀這種朋友。被秦鳳儀一比，方灝原本的出眾也不顯了。好在他不是鑽牛角尖的人，就是三年後再考，他也不過方悅的年紀。

晚上方灝回家，方大太太正跟丈夫誇兒子，「因著落榜，他這幾天總是沒精打采，你說把我急得狠。阿悅大喜的日子，這樣招待客人可不成，結果怎麼著，我從那邊府裡出來，好些人誇咱們阿灝，說這時候就看出來，還是咱們本家的爺們兒做事肯盡心。」

方灝心說，他又不是不知輕重，阿悅哥大喜的事，他自然盡心。

方灝進去，他娘又把他誇了一頓，方大太太又道：「你明天要是沒事，就跟你爹去你舅舅家一趟，商量你妹妹的喜事。」

「這急什麼，表兄剛中了舉，必然要去京城春闈，春闈後再辦喜事，雙喜臨門。」

「你不懂。」方大太太道：「明天跟你爹一道去。」

方灝道：「明天我沒空，明天是阿鳳家擺酒，他與我說了，要我過去幫他招呼。」

「看我，真是忙糊塗了。阿鳳家明天擺酒啊？」方大太太笑，「那就這麼著，你去阿鳳那裡，他家別個都好，就是人少。我與你一起過去。這幾天，秦太太正得意呢，我是不愛看她那張得意洋洋的臉，主要是阿鳳那孩子叫人喜歡。」

秦鳳儀自從中了舉人，在揚州城的風評就與以往大大不同了，哪怕當初他中秀才時，也沒有這樣的上等風評。最開始，秦鳳儀的風評多是與相貌相關，鳳凰公子就是個例，後來秦鳳儀中了秀才，大家才覺得，鳳凰公子除了臉好像還有些內涵。待得秦鳳儀一朝中舉，立刻由一個臉很出眾還算有內涵的富戶公子，升格為了才貌雙全的天才人物。

好在揚州城還有一位二十二歲的方解元，所以人們在誇讚文魁鳳凰公子時，還是會說一句，也就比方解元略遜一籌罷了。

如今秦家擺酒的時候，不少眼明心亮、精明強幹的賀喜人對於秦鳳儀的評價又上升到了「會辦事」的層次。無他，瞧瞧秦家這精道。昨兒個解元府擺酒，秦鳳凰就從早忙到晚幫著張羅待客，今日秦府擺酒，解元公親自到了，也是裡裡外外幫著忙。

秦鳳儀去給方悅幫忙人們不覺如何，就方悅現在解元的身分，願意上趕著幫著張羅的多的是，只怕你有這心還沒這機會，但秦鳳儀不一樣啊，他不過一尋常的百名開外的舉人，能跟解元公比嗎？結果，昨天他往方家忙了一天，今日秦家擺酒，解元公好意思不來？

反正，不曉得秦鳳儀與方家淵源的，多是這般揣測，認為秦鳳儀這可真是太會辦事了。

這整個揚州城的舉子們，也只有秦鳳儀有這樣的大的面子，有解元公上門幫著待客。先把善行到前頭，解元公簡直不必請就來了。

事實上，秦鳳儀真沒這麼想，他就是覺得，倘兩家擺酒沖在一日，他抽不出身過去，方悅也抽不出身過來，與其如此，自然岔開的好。他比方悅年紀小，自然要讓方家先擺，他隨於其後。至於方家擺酒他幫著迎客的事，他有今日，皆是方閣老如何細心教導的緣故，就是他與方悅一道念書這好幾年，情分極深。方悅的好日子，他能不去幫著張羅？

秦鳳儀完全覺得自己是一片丹心照汗青，結果人家硬是認為他心機深沉。

即便不是秦鳳儀的主張，那也定是秦老爺的主張。

尤其知府大人親臨，秦家更是面子大了去。

章知府並未久坐，但也吃了兩盞酒方告辭離去。

許多人更覺得，秦家真是深藏不露啊。這揚州城的新舉子，辦酒席的不是一家兩家，但知府大人親自到場的只有兩家，一個是方悅方解元家，另一位就是秦鳳凰家了。

連幫著待客的方灝他娘方大太太都有些後悔今日攆著丈夫去娘家提閨女與娘家侄兒的喜事了，要知道秦家這般熱鬧，該讓丈夫過來秦家幫襯一二才是。

秦家人丁單薄，雖有幾家交好的幫襯，這一整天折騰下來，待送走客人，秦鳳儀都累癱了。倒是秦老爺和秦太太極是興頭，半點不覺累，秦太太還遺憾地說：「要不是得收拾東西去京城，我真想連擺三天流水席。」

秦老爺笑，「到京城保管讓妳盡興，阿鳳的訂親禮可是得大辦。」

「那是！」秦太太受了來道賀的太太奶奶們一整天的奉承話，此時仍是眉飛色舞，「咱們家就阿鳳這一個兒子，人家李姑娘等咱們阿鳳這些年，斷不能委屈了兩個孩子。」

夫妻二人商量得正起勁，榻上已傳來秦鳳儀淺淺的鼾聲。秦太太連忙收了聲，見兒子歪在榻上就睡著了，頓時大為心疼。也不用丫鬟，與丈夫兩個，一個輕輕把兒子斜靠著的頭平放在枕頭上，另一個把兒子的靴子給脫了，把腿放到榻上。梨花抱來薄被，秦太太親自給兒子蓋上，命梨花細心守著，夫妻二人去了別個屋說話。

秦太太嘆道：「咱們阿鳳這幾年就沒歇過一天，我聽瓊花說，做夢都是念書的事。我就盼著明年春闈一舉得中，孩子也能好生歇一歇。」

秦老爺道：「念書哪有不辛苦的？也怪我，小時候總捨不得管教，要是小時候能壓著阿鳳多看幾本書，這會兒也不必如此辛苦。」

這話正中秦太太心坎，秦太太道：「以前我就說你太慣孩子，阿鳳小時候念書，他自己功課沒做，到學裡挨先生一戒尺，把你心疼得轉頭去找人家先生理論。就你這樣，哪個先生敢幫咱們管孩子？」

「妳還說我，還不是妳哭天喊地罵那秀才半日，逼著我去為兒子報仇。」秦老爺說著說著就笑了，「咱們阿鳳自小就是個可人疼的模樣，妳說慣孩子，誰家有這樣的孩子不慣著啊？原我想著，要是他沒出息，咱們現在的銀子也夠花幾輩子的人，平平安安，富貴到老，也是福氣。不想，真是樹大自直，這才幾年，就比我這折騰了大半輩子的都有出息。」

秦太太面露驕傲，「咱們都是苦出身，其實我有時想想，便不是苦出身，大概也就是這樣了。你看咱們阿鳳，就說他這相貌，那是尋常人能有的嗎？小時候每次帶阿鳳出門，我都怕拐子眼紅，拐了阿鳳走。你還記不記得，以前那個塗家，就是跟咱們家爭鹽引的那家？」

秦老爺笑，「如何不記得？爭不過咱們家，就半宿著人往咱們家門縫裡塞白皮信，上面寫著：你家小男孩很可人疼。」

「那回可是嚇死我了。」

「是啊，半年沒叫阿鳳出門。等塗家失了鹽引，把他家的生意吞了，還是他家投靠過來的掌櫃說起來，才曉得是他家的鬼。」秦老爺道：「其實，不用擔心。這人啊，端看是個什麼命。雖說咱們家是鹽商，可咱們阿鳳自小出門就是眾星拱月。他小時候貪玩，我心裡還想著早些給他定個賢慧的媳婦給他收收心，結果還沒等議親，他就遇到了李家姑娘。多少人家眼紅咱們家這樁親事，可要我說，李姑娘來揚州好幾個月，遇到的人多了，怎麼他們就沒咱們阿鳳的運道？這就是命數的不同，咱們阿鳳就是命強。」

「可不是嗎？」秦太太道：「還有一件事，你心裡可得有譜。」

「什麼事。」

「咱們家的生意。」秦太太道：「我去棲靈寺為阿鳳求了個春闈籤，是個上上籤。我還找城南的李瞎子算了，那李瞎子說，咱們阿鳳這科春闈，八九不離十的。這要是中了進士，阿鳳必得過官。官員和官員的家裡可是不能經商的，咱們這生意怎麼著呢？」

秦老爺笑道：「我心裡有數。若阿鳳中了，這鹽引上的生意，便讓孫掌櫃接手，反正也就剩明年一年了。」

秦太太道：「這樣也好。」

夫妻二人說一回兒子，越發欣慰，覺得日子分外有盼頭。

待到了鹿鳴宴的日子，秦鳳儀是與方悅一道去的，秦鳳儀這回很隨大流地穿了身寶藍色的袍子。方悅見他穿寶藍，立刻回家換了身玉青色的長袍。

方悅笑，「雖則是早被你比下去了，還是不能跟你穿一樣的。」

秦鳳儀道：「你跟大哥不愧一道長大的，有回出門我衣裳跟他重了，他立刻回去換。」

方悅道：「今兒不知多少人後悔穿寶藍。」

秦鳳儀是屬於那種，布衣荊釵仍不掩其傾城之貌的絕頂美貌。基本上，縱方悅這樣書香世家熏陶出來的溫雅公子，在秦鳳儀這般耀眼的美貌前都要黯淡三分。相貌被秦鳳儀比下去這不算什麼，揚州城裡一向無人敢與鳳凰公子論美貌，但有一件事頂頂要緊，雖然許多人愛跟風，鳳凰公子穿啥，他們回去也置辦回來，可與鳳凰公子在一起的時候，千萬不要跟鳳凰公子穿一樣的衣裳，那真是誰醜誰尷尬。

果然，秦鳳儀一到，那些穿寶藍的舉子們便被比得灰頭土臉。好在舉子們一般年紀都較大了，風度也不錯，打趣道：「咱們就忘了去問問秦公子穿什麼樣的衣袍，早知秦公子穿寶藍，我們換個天青也好啊！」

還有人笑道：「方解元就比我們有智慧。」

方悅與大家打過招呼，開玩笑道：「也怪我，沒提前想起這一道。」

秦鳳儀笑，「無妨無妨，待瓊林宴時想著就成。」

秦鳳儀這話真正有些狂，不過，大家都是新科舉子，正是春風得意之時，而且這話多吉利，故而縱有些狂，大家也願意聽。春闈便在明年，有些準備明年春闈下場的舉子便就這個話頭聚到一處說起春闈。一時，瘦西湖上熱鬧非凡。

待得總督巡撫知府以及揚州城有名的官員士紳們到齊，那氣氛越發熱烈。舉子們自然正是得意之時，眾大員也很樂意參加鹿鳴宴。別個不說，明年春闈必有舉子金榜題名，將來位列朝班，或就有前途不可限量者。

譬如方悅，這位方閣老的嫡孫，如今已是二元加身，連總督大人都說：「方解元，明年等著聽你的好消息。」

方悅不卑不亢，頗有讀書人的風骨，亦不乏一絲對待總督大人的恭敬。

方悅笑道：「只盼不負大人所望。」

再有就是秦鳳儀了，秦鳳儀論名次，百名開外。一般這種名次，基本上哪怕眾大員很樂意過來見一見新科舉子，但秦鳳儀這樣的基本上不大會有人理的，只要過來吃飯就成了。沒想到眾大員對秦鳳儀的關注不比方悅少。方悅的出身才學都是一等一，秦鳳儀出身才學卻一般，奈何此人極有運道，得了景川侯府的親事，還拜了方閣老為師。

故而，總督大人掃了一圈，也不知哪個是秦鳳儀，就問一句：「聽說咱們揚州有位鳳凰公子，如何不見？」

秦鳳儀連忙起身行禮，總督一眼望去，不禁與巡撫大人道：「若不是親眼相見，焉信世間有此玉人？」

巡撫大人笑，「鳳凰公子一站起來，我都覺得這滿室燈火都不及鳳凰公子的光華。」

總督大人看秦鳳儀雖則身量高，相貌亦是俊美到耀眼，但眉宇間仍有幾分少年氣。

總督大人甚是心喜，問：「鳳凰多大了？」

秦鳳儀道：「大人，我今年十九，明年就二十了。」

總督大人更是喜歡，這樣的年紀，又有景川侯府這樣的好親事，還有方閣老這樣的一位恩師，還愁以後沒前程嗎？

總督大人讚道：「真個少年英才，我在你這年紀，還沒中秀才呢！」

秦鳳儀道：「大人在我這年紀肯定娶到媳婦了吧？」

總督大人一時沒明白，巡撫大人也不知這話是什麼意思，還是章知府悄悄同巡撫大人說了，巡撫大人又告訴了總督大人，總督大人哈哈大笑，「你明年可得努力啊！」

秦鳳儀使勁點頭，「學生一準兒好好考！」

這種完全不按套路來的對話，也就是秦鳳儀了。

因為受到總督大人格外關注，宴席開始時，過來與秦鳳儀一道吃酒的舉子不知多少。原本大家覺得巴結解元郎也就是了，結果突然發現，這秦鳳凰好像別有背景啊，於是，紛紛過來，哪怕結不下什麼深厚友誼，起碼先混個面熟。

秦鳳儀酒量再好也受不了車輪戰，他一時就不成了，一手扶著什麼人，迷迷糊糊地往外走。當真是秦鳳儀有運道，章知府給身邊侍從使了個眼色，那侍從立刻悄無聲息過去，就見有個侍女正扶著秦鳳儀往樓下去，那侍從問：「妳做什麼？」

侍女一驚，繼而恢復平靜，柔聲細氣道：「這位舉人老爺想去小解，奴婢服侍。」

侍從道：「不必妳，下去吧。」自個兒過去接過已是喝得頭昏腦脹的秦鳳儀，給秦鳳儀尋了蠱醒酒湯，把他安排在一間靜室，又尋來手下寸步不離地守著。

秦鳳儀是第二天方曉得此事，連忙去知府衙門道謝。

章知府道：「你如今是有功名的人了，行事還需小心。」

秦鳳儀皺眉，「我也沒得罪過什麼人啊！」

章知府好笑，「便是你得罪了什麼人，誰會在鹿鳴宴上下手？不一定是你得罪了誰。你趕緊把景川侯府的親事定下來，別臨了弄出些不雅的事來，豈不冤枉？」

秦鳳儀便明白昨日多是紅粉之事了，秦鳳儀再次謝過章知府，他頗是唏噓，「我這還是童男之身呢，虧得沒被人玷汙了去。」

章知府險些嗆著。

秦鳳儀湊過去悄悄與章知府打聽，「大人，昨兒那事，連阿悅哥都沒察覺，我更無知覺，你是怎麼看出來的？」

章知府雙腿交疊，翹起二郎腿，瀟灑地一彈身上的衣袍，含笑望向秦鳳儀那張沒有半分瑕疵的俊臉，問：「想知道？」

「特想。」

章知府那張俊雅的臉上卻露出一抹促狹，「不告訴你。」

秦鳳儀絕倒！

因險被玷汙的事比較丟臉，除了爹娘外，秦鳳儀只與方悅說了。

方悅皺眉想了想，「昨兒是在明珠樓，鹿鳴宴上服侍的侍女，應該是總督府安排的。除了總督府的人，就是昨日過去唱曲的姑娘們了。」

秦鳳儀擺擺手，苦惱道：「人生得太好，就是有這樣的煩惱啊！」

方悅無語，問他：「你還常遇到這種事不成？」

秦鳳儀道：「也不算經常，不過，昨兒那事我大概知道是怎麼回事。」

方悅連忙問他，秦鳳儀不大想說，方悅催了又催，秦鳳儀才說：「是這樣的，打我十三四上，就有花樓給我送帖子，你知道我是從來不去那種地方的，近年聽說花樓裡開出賞金，說誰能跟我那啥，就有萬兩銀子可拿。」

「睡你還能拿銀子？」方悅不可置信，「你這身子也忒值錢了。」

「那是！我守身如玉這些年，你以為跟你們這種殘花敗柳一樣的？」

別看阿悅哥瞧著正經，屋裡也有兩個通房呢！

秦鳳儀道：「等到了京城，我得把這事好生跟我媳婦說一說。」

方悅笑，「阿鏡定會生氣的。」

「那不叫生氣，那叫吃醋。」秦鳳儀壞笑，「阿鏡吃醋的時候，特愛拿眼睛翻我。她眼睛那樣一番，我就特想笑。」

「你這也是賤皮子。」

「你個老光棍哪裡能懂？」秦鳳儀八卦兮兮地同方悅打聽，「說來，阿澄妹妹去歲嫁了，阿悅哥，你這回春闈，大事上有沒有譜啊？」

「什麼大事？」

「你這麼聰明的人，今兒怎麼笨了？自然是榜下捉婿的事。」秦鳳儀道：「上科春闈，我大舅兄就很精道，提前跟襄永侯府的人商量好，杏榜一出，我大舅兄立刻被襄永侯府的人捉了去。阿遠哥就沒個算計，好幾家來搶他，據說有兩家還打起來了。」

方悅笑道：「天真了吧？酈遠本就是個愛熱鬧的性子，他就是故意叫人爭搶他呢！」

「阿悅哥，你會讓人故意搶你嗎？」

方悅但笑不語。

憑秦鳳儀怎麼問，方悅就是不說，把秦鳳儀急道：「你們這些人就是這樣，就愛擺這麼個莫測高深的模樣，特討厭！」

「親事還未定，哪裡好說？」

「我跟阿鏡的親事也沒定呢，我就告訴你了。」

方悅哭笑不得，「你們那事，大半個揚州城都曉得好不好？」

兩人說一回話，把去京城的日子給定了。

秦鳳儀道：「方爺爺也跟咱們一道回京城吧？」

「祖父原不想回，可我一去，身邊也沒兒孫服侍，再者，這回到京城，非但咱們倆要春闈，這回你肯定與阿鏡要訂親，我的親事也要定下來。我勸了祖父半日，他方應了。」

秦鳳儀道：「你著個方爺爺身邊服侍的，我帶著去漕幫，看艙室如何收拾。咱們年輕沒什麼，老人家這把年紀，如今漸漸天冷，可是得留神。」

方悅也沒與秦鳳儀客氣，打發了個祖父的近身丫鬟，隨著秦鳳儀去了。

秦家因要運聘禮，這一下子就雇四條大船，一船是聘禮，另一船裝的秦鳳儀的狀元紅，還有家僕，另外兩船，一船是秦方兩家人住，另一船是方家人準備的土儀之物。

這都準備去京城了，方灝跑過來與秦鳳儀、方悅道：「幫我一個忙。」

「什麼事啊？」

方灝來得急，這已是九月天，小毛衣裳都上身了，方灝硬是一腦門子的汗。

方灝嘆口氣，茶都顧不得吃一口，道：「還不是我娘，非得讓阿洙這會兒嫁給我表哥。表哥不是今年也中了舉嗎？我娘硬要說是雙喜臨門。實際上，她是擔心表哥春闈得中，親事有變，就想著表哥去京城前把大事給辦了。」

秦鳳儀對這些事根本上是沒什麼看法的，就是有看法，秦鳳儀也覺得方大太太辦得對。秦鳳儀道：「自然是喜事要緊，你嘆哪門子氣啊？」

他要是與阿鏡妹妹的親事定了，他早就成親了。

方悅也沒覺得有什麼不對，方悅道：「京城榜下捉婿風氣極盛，嬸子也是以防萬一。」

「這要是我舅舅家願意才好。」因與方悅、秦鳳儀關係不錯，方灝才說的，「我舅舅倒沒什麼，可我舅媽是一心巴望著我表哥趕緊去京城準備春闈的。」

「成親也用不了多長時間，宴客酒席什麼的，又不用你表哥張羅，自有你舅舅舅媽，他就成親那天露個面就行，能耽擱多少時間念書啊？」秦鳳儀一向有話直說的，「我說你舅舅家是不是要毀婚啊？」

方悅瞪秦鳳儀，「莫烏鴉嘴！姑表做親，親上加親，這如何能反悔？總不能當初沒功名時求娶人家姑娘，一朝有了功名，就另攀高門吧？」

「我是勸我娘不要急這一時，我娘生怕過了這村沒這店，再者，我妹妹現下也十七了，怕沒了舅家親事，找不著好人家，何況……」何況啥的，方灝沒說出來，「我娘已是同我舅舅說好了，後兒個成親。你們是大後天去京城，跟我一道去給我妹送親，也壯壯聲勢。我舅媽那人勢利得很，見著你們，她就得多尋思，總要對我妹好些。」

秦鳳儀直道：「你娘那樣精道的人，瞧瞧這是給阿洙妹妹訂了個什麼親事？這虧得是親閨女，要不是親生的，我還得以為她故意的呢！」

「許是我想多了，我表兄和舅舅都是願意的，就是舅媽，婦道人家，能有什麼見識？」

秦鳳儀與方洙也認識許多年了，雖然阿洙妹妹見他定要鶯聲燕語地懟他幾句，卻也是自小一起長大的。方悅對這個族妹印象也不錯，因為一道念書時，方灝時常帶著方洙做的點心過去，方悅也吃了好幾年。方洙的大喜事，兩人自然一口應下。

既是送親，這回是不想撞衫也得撞了，因為送親使向來都是一身大紅的。在秦鳳儀光芒的照耀下，方悅和方灝這對族兄弟很榮幸地成了一對透明人。這倒無妨，反正今日主角也不是他們，待到得方灝的舅家孫家，秦鳳儀一出場，把個新郎官孫舉人硬是比得灰頭土臉。無他，方悅和方灝都生得斯文清秀，一般江南人，縱是男子也偏俊秀。這位孫舉人卻是身量魁梧，方臉大眼，跟秦鳳儀在一處，要不是這身新郎官的衣裳，還得以為是秦鳳儀的侍衛。

孫舉人人逢喜事精神爽，滿臉帶笑，「不知方兄和秦兄過來，有失遠迎。」又道：「我聽說你們這幾日就要北上是不是？」

方悅笑道：「原想前幾天就走的，聽說你與阿洙的親事就在眼前，我們便多留幾日，吃過你們的喜酒再走。」

秦鳳儀便是沒啥心眼，也知道方悅這是為方洙撐腰。秦鳳儀覺得自己也得表示一下，可他又不會說方悅這種委婉話，索性就直接道：「孫兄，你可得好生待阿洙妹妹啊！」

孫舉人笑道：「我與阿洙且不說是姑舅兄妹，也是青梅竹馬，自然只有疼她惜她的。」

「這才是！男子漢大丈夫，就該疼媳婦！」秦鳳儀覺得孫舉人還是個明白人。

孫舅舅和孫舅媽聽說新娘子到了，都過來迎接喜隊，待見到方悅解元與鳳凰公子，二人更是歡喜非常，臉帶榮光。

孫舅媽對著方悅和秦鳳儀，那眼神熱切得彷彿不是在盯著人，倒似盯著什麼稀世奇珍一般。秦鳳儀沒啥，他自來就時常接收到這種眼神，但方悅沒經驗啊，面上就有些不自在，尤其是孫舅媽一句：「解元郎有沒有訂親啊？」鬧得方悅都不曉得如何是好了。

秦鳳儀在一邊壞笑，「沒呢！舅媽，妳要是有認識的好閨女，就介紹給我阿悅哥！」

「有有有！」孫舅媽已是愛得不行，有心把自己的閨女說給方悅，只是今日她是主家，得招待客人，脫不了身，也沒個說親的時間，便暫把這一樁親事記在心頭，以後再做盤算。

方悅瞪秦鳳儀，秦鳳儀小聲道：「我是逗那傻老婆子呢。看那傻婆子，跟咱們說十句，也不跟阿灝說一句。她也不想想，咱們難道是看她家面子過來的？」

方悅是第一次來孫家，也覺得孫舅媽實在是有些勢利了。不過，這是在別人家，又是給方洙送嫁，面子上過得去便罷了。

給方洙送嫁後，秦鳳儀與方灝道：「叫你娘有事沒事多過去瞧著些，看你舅媽那勢利眼，可不是好相與的。」說著，又是一樂，「不過也無妨，阿洙妹妹也不是軟腳蝦啊！」

方灝笑，「別胡說，阿洙一向溫柔賢淑。」

秦鳳儀做個鬼臉。

待方秦兩家登舟北上時，不少親朋在碼頭相送，自然也少不了大批秦鳳儀的仰慕者。船都開動了，一大群的女娘們還在岸上喊：「秦公子，可得回來啊！」

秦鳳儀回喊：「明年就帶著媳婦回來！」

女娘們的芳心頓時碎成渣渣，方悅都好奇了，「阿鳳，你這樣她們還喜歡你啊？」

「喜歡。」秦鳳儀一臉得瑟，「喜歡得不得了。」

到京城他要記得跟阿鏡妹妹顯擺一下，好叫阿鏡妹妹再吃一回醋。

時已入深秋，水上風涼，故而大家並沒有賞河景的興致。秦鳳儀這一路上，除了念書就是想著與阿鏡妹妹的親事了，時不時就要與方閣老打聽一回京城人訂親的風俗。

方閣老都感慨，「阿鳳想成親想得都快魔怔了。」

方閣老還是得說他：「趕緊用功，你這九十九步都走了，別折在這最後一步上。」

「方爺爺，您就放心吧，我心裡有數呢！」秦鳳儀不論何時都是自信滿滿，「這是九月中了，到春闈還有五個月，我的文章還能有個大進境。放心，一準兒沒問題的。」

秦鳳儀與方悅用功念書，秦太太就負責給兩個孩子進補，每天一盞燕窩，三天一盅首烏湯，另外雞鴨魚肉、海陸奇珍不斷，便是方悅都被秦太太補得血氣充盈，還隱有圓潤跡象，他可是受不了頓頓喝母雞湯了。

秦鳳儀一向是給啥吃啥，晚上還要宵夜，就這樣，還說晚上睡覺小腿抽筋給疼醒了。

秦太太心疼，母子倆坐一處，她便俯身捏捏兒子的小腿，問：「還疼不？」

「昨晚瓊花姊姊幫我揉了好久，還是覺得疼。」

秦太太道：「這是長身子的時候，滋補得不大夠，就容易抽筋。」待到碼頭，又打發人去岸上採購羊羔肉，給兒子燉當歸羊肉湯。

要說秦鳳儀有多麼的被溺愛，以往方悅去秦家的時候少，多是秦鳳儀過去方家念書，頂多聽主灝嘀咕幾句什麼「小時候先生打他一戒尺，秦老爺回頭就找先生理論，先生都怕了他家」之類的趣事。這一路北上，方悅可是看得真真的，秦家這對夫妻是如何寶貝自家這寶貝疙瘩的。非但是捨得花錢，還有那叫一個細緻，秦鳳儀都這麼大了，晚上踹幾回被子，秦太太都要細細地問過丫鬟。

方悅私下與祖父說話時還說：「真是個小寶貝，一頓飯少吃一口，秦嬸嬸都要問半晌是不是不合口啊，還是沒胃口啊！」

方悅覺得好笑。

方閣老笑道：「小戶人家，且唯此一子，焉能不愛重？」

被家裡這般寵愛，秦鳳儀讀書之刻苦，卻是較方悅更刻苦三分。偶爾方悅晚上休息前出去方便，都是見秦鳳儀屋裡燈還亮著，方悅對秦鳳儀真是佩服，想著，別人只看到鳳凰公子未弱冠便已是舉人功名，誰又見到鳳儀如此用功苦讀呢？

這一路半個月，秦鳳儀除了思念阿鏡妹妹的時間外，基本上都用來念書了。

待到得京郊碼頭，他剛一下船就見到侯府大管家，驚訝地道：「你怎麼來了？接誰？」

大管事已是與方閣老祖孫見過禮，過來向秦鳳儀打千行禮，「小的昨兒就來了，想著公子一家該到了。昨兒沒等到，今兒一早就過來。奉老太太之命，接公子一家過去安置。」

「不用不用，這回可不能住到侯府去，我爹娘是過來提親的，哪有親事未提就住親家家裡去的啊？」秦鳳儀將手一揮，「你回吧，回去跟祖母和阿鏡妹妹說，我把我爹娘安置後就過去，等我到了再商量大事。」

大管事能在侯府當差，自然也是明曉規矩禮儀的，這麼一想，秦公子說的也在理。大管事又與秦老爺和秦太太見禮，笑道：「小的帶了許多車馬來，正可幫著公子拉行李。老爺和太太一路也辛苦了，先到車上休息一二吧，丫鬟們已是備好茶水。」

秦鳳儀一笑，拍大管事肩頭一下，「有勞你了。再給我租些車輛人手，我這裡把聘禮都帶來的。還有一百罈好酒，尋好人手，切不可跌了東西。」

大管事應聲是，連忙下去安排了。

秦鳳儀讓人先搬方家的行李，隨著方悅把方閣老扶上車，秦鳳儀與方悅道：「阿悅哥，你也趕緊上去吧，我安置好後打發人過去給你個信兒。」

方悅道：「成。這碼頭上風大，把事交代下去，你先與叔叔嬸嬸回城歇一歇才好。」

秦鳳儀應了，送走方家，秦家有大管事孫漁看著往下卸東西，又有侯府大管事幫忙，很快將東西卸下了船，該裝車的裝車，只是有個小子不留神，一跤跌在地上，跌破了一罈酒，陡然間，整個碼頭酒香大作。侯府大管事一看，正是侯府的小子不仔細，頓時氣得不輕，上前喝罵那小廝：「不長眼的狗東西，說了八百遍叫你們小心！」

那小廝也嚇壞了，臉色慘白，渾身哆嗦。

秦鳳儀聽到大管事罵人就過去看看，大管事十分慚愧，趕緊同秦鳳儀賠禮。秦鳳儀好在雖一向紈絝，待下人當真不是個嚴苛的，何況酒已是跌了的，就是打死這小廝也回不來了。

秦鳳儀攔了大管事道：「算了，這原是帶了一百罈，摔了一罈，還剩九十九，正是個長長久久的意思。」

那小廝連忙爬過去磕著賠罪，見秦鳳儀未曾怪罪，十分感激。

大管事更加命手下人謹慎，這位秦公子頗是不凡，眼瞅就是自家大姑爺了。再者，便不是自家貴客，也不能打壞客人的東西。

大管事只怕手下人馬虎，親自過去碼頭盯著去了，就有人過來同秦鳳儀打聽，「剛剛打碎的酒是不是公子的？」

「是。」秦鳳儀微微一笑，拿出裝逼的扇子搖了兩下，上下打量來人幾眼，道：「不過，這酒不賣，這是我成親的喜酒！」

那人也是個管事模樣，三十許歲，面白無鬚，亦是斯文清秀，先是心下暗讚一聲秦鳳儀的好相貌，面上仍是含笑，話裡卻多了幾分別樣意味，「我們王爺別無所好，最愛美酒。我看公子這酒有上百罈了，我並不多要，若公子肯勻十罈，小的感激不盡。」

「你家王爺？」秦鳳儀想著後丈母娘是平郡王的閨女，那麼平郡王就是自家媳婦的後外公了，便道：「那就更不必了，我成親時讓你家王爺過去吃酒，到時自然有好酒可吃。」

京城地面貴人多，那管事不過是想用自家「王爺」壓一壓秦鳳儀，讓秦鳳儀將酒賣他十罈罷了，結果秦鳳儀的口氣更是大過天，直接說讓你家王爺過去吃我的喜酒。

這管事一時就猜不透秦鳳儀的身分了，他卻也不是什麼人空口白牙就能打發得了的，管事再一長揖，笑道：「不知公子是？」

秦鳳儀刷地將摺扇合攏，一撣身上的穠紫織花長袍，朗聲道：「今科狀元秦鳳儀！」

大概是秦鳳儀語氣太過篤定，而且他這霸氣十足的自我介紹，再配著他這神仙般尊貴的氣質，這位王府的管事一時沒反應過來，再行一禮，「原來是狀元公，失敬失敬。」

「免啦免啦。」秦鳳儀隨手一擺，他不是很喜歡平郡王府，便道：「行了，你去吧，有空咱們再說話。」

管事很客氣地辭了去。

秦鳳儀去瞧了回爹娘，見爹娘正在車裡吃茶，便道：「爹、娘，咱們這就走了。」

秦太太招手，「阿鳳，快上車來，這車裡還有炭盆，一點都不冷。」

侯府的馬車寬敞，而且這次為了接待秦家夫妻，竟然是派了最高檔的馬車。便是秦鳳儀進去一道坐也不嫌擠。秦鳳儀坐在軟軟的褥子上，笑道：「這車舒坦。」

秦太太小聲道：「說是李家老夫人的車。你說這是多大的面子，親家這行事可真好。」

自家原是鹽商，雖攀得侯府親事，可倘侯府看自家出身不上，也不是什麼稀奇。如今侯府這樣的客氣周到，讓秦家夫妻還有些忐忑的心，甭提多熨貼了。

秦鳳儀笑嘻嘻地接過他娘遞給他的熱茶呷一口，道：「我就說祖母很好吧，你們還擔心，這回不用擔心了吧？」

秦老爺道：「真真是大戶人家的行事，處處透著講究。」

一家子正說著話，侯府大管事與秦家大管事過來說東西都裝好了。

秦鳳儀一笑，「那咱們就回家。」說了自家新宅住址。

原本秦家在京城並無產業，秦鳳儀每年到京城都是住在侯府，這處宅子是今年秦老爺託人幫著置辦的。

秦老爺道：「京城好宅子難尋，先時有幾處，宅子雖好，周遭卻多是商戶，不大清靜。我想著阿鳳反正還要考舉人，就讓他們慢慢尋，這尋了小兩年尋到這處，周遭都是做官的。」

秦太太問：「這宅子以前也是官宅？」

秦老爺笑，「自然是。這咱們住的時候，還得改一改大門。」

秦太太道：「就照著舉子的門第改，留出些富餘，待兒子做了官，再改官宅大門。」

秦老爺笑咪咪地瞧著兒子，「是啊！」

一家子正說話，就見周圍駿馬蹄響，便聽一聲怒吼：「你這個騙子，快給我停下！」

秦鳳儀還以為是別人家出事，他打開車窗往外瞧熱鬧，冷不防一條鞭子抽了下來，要不是秦鳳儀與景川侯學過幾招幾式，這些年他每天晨起都會練兩遍，這鞭子定得抽他臉上。

秦鳳儀向後一閃，那一鞭幾乎從他高高的鼻樑尖劃過，啪地落在車窗上，硬生生抽出一道深深鞭痕，飛起幾許粉屑。

秦鳳儀從不是怕事的性子，他一把將車窗緊閉，然後推開車門，就見剛剛那個跟他討酒的管事正左臉一個大巴掌印，兩眼噴火地望著他。

這個騙子，可算是找到你了！

那管事見著秦鳳儀，越發是新仇新恨湧上心頭，摸一摸臉上掌痕，管事對著一位騎高頭駿馬的將領道：「嚴將軍，這就是那個騙子！」

「放你娘的狗臭屁！我何時騙過你？」秦鳳儀氣焰囂張三丈三，他乾脆鑽出車來負手而立，一雙大桃花眼裡此刻透出冷峻神色。這神色是學他岳父的，秦鳳儀簡直橫得不得了，大聲道：「滾回去，告訴平郡王，今天這事我與他不算完！」

侯府大管事丁進忠騎馬上前，對這位管事有些眼生，不過，那位嚴將軍丁進忠卻是認得的，拱手道：「這不是壽王府的嚴將軍嗎？可是有事。」

嚴將軍見著丁進忠，微微皺眉，「奉王爺之命來捉拿騙子，怎麼是丁管事你們？」

「誤會，都是誤會。」丁大管事為嚴將軍介紹，「這是秦公子，我們府上的貴客。」

嚴將軍看向那管事，管事心下已是有些慌了，面上仍是鎮定，「就是他騙我的，說自己是今科狀元！今科根本還沒考，哪裡來的狀元？」

秦鳳儀怒道：「沒考我就不能是狀元了嗎？我就是奔著狀元來的，怎麼啦？你非要買我的酒，我不想賣，那是我成親的喜酒，你就挾私報復！」

丁管事息事寧人第一，笑道：「看來都是誤會。」

「誤會個屁！他們把老夫人的車子都給抽壞了，就是不認識你我，難道不認識老夫人的馬車？」秦鳳儀受此驚嚇，險些毀容，再不能甘休，他問：「還有那個壽王府，你不是平王府的嗎？我還說你冒充我家親戚呢，你才是個騙子！」

「我、我什麼時候說自己是平王府的了？」

「廢話！你不是平王府的，幹嘛向我來討酒？我跟你認識？」秦鳳儀對丁進忠道：「先叫他們賠馬車！」

原是往永寧門去的路上，大家都是按著秩序前行，突然這裡停了，後面便堵了車，便有別家打發人上前看是不是出什麼事了。往永寧門去的，非官即爵，這一瞧，可是熱鬧了。

秦鳳儀大聲嚷道：「強買我的喜酒我不賣，就說我是騙子！這是景川侯府老夫人的馬車，今日暫用來接我父母，這位將軍不分輕重，上前就是一鞭子，瞧，把馬車都抽壞了！試問，這裡頭要不是我父親，坐的是景川侯府的老夫人，當如何是好？還自稱是什麼壽王？就是皇上家，也沒你家氣焰囂張！讓他們賠車賠禮，他們還不從！行，你們千萬別賠，明兒我就去京兆府大理寺申冤，我倒要看看你們壽王府到底如何仗勢欺人？」說完，他大吼：「走！」

那管事都急瘋了，嚴將軍也是一路跟丁大管事說著好話，兩人都想求一求秦鳳儀。秦鳳儀已是進了車去，砰地把車門關緊了。

丁大管事看秦公子是完全沒有軟和的意思，也不欲與這二人糾纏。丁大管事道：「這樣，你們先回去。今兒是秦公子秦老爺和秦太太頭一天來京，這急著回府安置，眼下也不是說這事的時候。秦公子如今在氣頭上，他其實並不是小氣的人，你們先回吧。」

二人只好像蔫瓜一樣，垂頭喪氣地走了。

丁大管事又隔著車問，秦老爺和秦太太可受驚嚇了。

秦老爺和秦太太倒沒啥事，就是秦太太心有餘悸，也不是自己受的驚嚇，而是想想兒子險被抽，擔心罷了。

秦太太道：「這京城可是真是亂人多，阿鳳啊，你出門以後可得多帶幾個侍衛才好。」

「我曉得，娘，您就放心吧。」

秦老爺悄聲道：「阿鳳，你剛剛那樣囂張，沒事吧？」

「管他，反正又不是咱們沒理。」秦鳳儀道：「爹，在京城雖說要謹小慎微，可出門在外不能太好說話，你一好說話，人家就覺得你好欺負。你要是牛氣哄哄的，他們反而怕你。」

秦老爺一樂，是這麼回事。只是也得分人，他兒子囂張起來，就格外像那麼回事。

丁大管事來接人，結果非但摔了罈酒，還讓人家秦老爺和秦太太受了驚嚇。儘管秦家人並未責怪，丁大管事心裡仍過意不去。

把秦家這一家送到剛置的宅子裡，秦太太帶著侍女收拾家宅，這裡也有幾個看宅子的下人提前打掃過了，只是到底不細緻，秦太太還得領人收拾。

丁大管事請了秦鳳儀說話，丁大管事道：「這壽王府的事，公子心裡可有數？」

秦鳳儀道：「當然是賠車賠禮！」

丁大管事身為侯府豪奴，自然也有其氣派所在，丁大管事道：「這是應當的。」

丁大管事又道：「只是，老夫人上了年紀，這事，不如我與公子私下稟明侯爺，倒省了老夫人生氣。」

「你就是不說，祖母難道以後出門不會聽別人說？」秦鳳儀道：「又不是什麼大事，與其瞞著，不若趁勢就說了。這事明擺著壽王府沒理，他們難道想賴著不認？」

「那並不會，壽王性子有些急躁，事理還是分得清的。」

「那不就成了？以後他們賠禮，難道還會來我家？自然是去侯府的。既是打壞了老夫人的馬車，自然也是去老夫人跟前磕頭。」秦鳳儀道：「何必瞞著？」

丁大管事笑，「看小的都急糊塗了。」

「沒事，你別擔心，到時我跟岳父說，多虧你機靈。要不是你著緊上前，他們帶著兵馬來，咱們侍衛在後頭押車，身邊都小廝，又不抵用，還不得吃虧？」秦鳳儀道：「你這便等一等，忙了這大半日，我與你一起去侯府吧。」

丁大管事很是感激秦鳳儀肯替他說話。

這些對於秦鳳儀不過隨手小事，丁大管事的確盡心，只是他今日運道似是不大好。秦鳳儀進去與父母說了聲先過去侯府之事，秦太太讓桃花取出一匣銀錁子，與兒子道：「人家跟著忙活半日，接理起碼應該擺酒謝謝人家。眼下咱們家這亂得也沒地兒招待，把這個散了去，也是咱們家的意思。」

秦鳳儀收了銀子，將孫管事留在家裡，道：「中午做飯是來不及了，娘，你們也別忙著。京城裡也有明月樓，就是咱們揚州明月樓的分號，去叫兩席酒菜，你們先吃飯。」

「放心吧，餓不著。」秦太太看兒子走了，突然道：「誒，忘了問問那什麼王府的事。我剛還想跟阿鳳說呢，息事寧人便好。」

秦老爺笑，「阿鳳又不是得理不饒人的性子，放心吧，他曉得的。」

秦鳳儀先把銀子給了丁管事，叫他給小廝們分一分。

丁管事謝了賞，心下想著，縱秦公子出身尋常，為人真是沒得說。

秦鳳儀到了侯府，先去老夫人屋裡請安，景川侯夫人、李鏡和李家兩位姑娘都在的。

秦鳳儀行過禮，李老夫人見他一年未見，竟然又生得更好了些。以往怎麼看都是少年，如今已初有青年的骨架。秦鳳儀並非男生女相，他完全是男人那一種俊到耀眼的美。

李老夫人素來喜愛於他，不由笑道：「可算是來了。」還說呢，「不是說你父母也都來了嗎？怎麼不見？」

秦鳳儀道：「大管事與我說了，說府裡都收拾出了院落，叫我們就住侯府，可我想著，這回我爹娘是過來提親的，提親是大事，斷沒有住在親家拉親的理。我家在藕花街置了宅子，他們先過去安置了。待明日正式遞了帖子，才好過來說話。」

李老夫人道：「偏你禮細。」

秦鳳儀笑，「這終身大事，阿鏡妹妹等我這些年，再如何細緻都不為過的。」

李老夫人瞅著到了用飯的時辰，便先令傳飯，讓秦鳳儀留在她屋裡一道用，又問秦家夫妻的飲食是如何安排的。

秦鳳儀道：「我出來時，已是自飯莊裡叫了飯菜。」習慣性地先夾了筷子菜給李鏡，秦鳳儀方大口吃了起來，他早就餓了，後面反是李鏡照顧他多些。

李老夫人看他二人和睦，相當欣慰。當初秦鳳儀回鄉說要念書，誰心裡都沒譜，不想，這孩子如此爭氣，眼下已中了舉人，明年便要春闈了。

這樣上進的孩子，也足以匹配自家長孫女了。

秦鳳儀飯後私下與李老夫人說壽王府的事，李老夫人果然不悅，「都是糊塗東西！你這初來帝都，還有你父母，豈不受驚嚇？這個丁進忠，以往看他還算周全，如何這般沒用？」

「大管事頗是盡心，壽王府的人存心尋釁，話一句沒說，先上鞭子。要不是大管事，我估計他們還得動手。」秦鳳儀道：「我已怒斥了他們，他們跟著說了一路好話，可見也是後悔了。只是此事也有個彼此臉面之事，斷沒有他們幾個底下人說些好話便過去的。」

李老夫人問：「你父母沒事吧？」

「沒事，有我這做兒子的在身邊，豈能叫他們有事？」

「你放心，我必叫他們賠禮道歉。」

兩家其實都沒把事鬧大，壽王府總歸不占理，你把人家車子抽壞，這是妥妥的物證。何況，景川侯府並不好惹。這事說來不大，壽王府也沒有死撐著不認錯。壽王還親自跟景川侯說了句自家管教下人無方。景川侯也沒有死捏著這錯處，王府賠了一輛新車，又打發人過來向李老夫人磕頭，秦鳳儀這裡，也得了份安撫禮，此事便算過去了。

只是兩家齟齬，知道的也不少。

京城裡貴人多，時有磕碰也是常事，無非就是這次壽王府下人實在莽撞，打壞了李老夫人的馬車，實在是過了頭。不過，兩家都是聰明人，很快把事情解決，並未讓人看笑話。

兩家低調結束這次事件，但秦鳳儀這「今科狀元」的名聲，委實在京城響亮起來。

景川侯夫人頗是苦惱，與景川侯道：「這萬一中不了狀元，豈不丟死個人？」

景川侯這會兒也覺得很丟人。

要是按景川侯的審美，當真是不喜歡秦鳳儀這種「事兒還沒個影子，就嚷得全世界都知道」的性子，景川侯是個低調內斂的人。

便是今次壽王府之事，景川侯細細問了，雖則壽王府那小管事不長眼，但秦鳳儀也大有不是。壽王只是有些急躁，並不跋扈。這一點，從秦鳳儀自稱「今科狀元」，不願意賣酒，管事未曾強買也看得出來。可這事也忒湊巧，秦鳳儀慣常一張嘴胡說八道，或者這白癡根本不覺得自己是在胡說八道。

秦鳳儀的確是在科舉上很有雄心壯志，他以前常說自己中案首中解元的話，這回說自己會中狀元倒也不稀奇，結果就遇到這麼個蠢管事，春闈還在明年，哪裡來的今科狀元？

偏生蠢蛋信了白癡的話，蠢管事回去一稟，壽王不蠢啊，你要是不願意賣酒，壽王不見得非要買，可你糊弄我手下管事，這不就是在糊弄本王嗎？

壽王認為受到欺騙，焉能甘休？這才派人過去，結果險真釀出事情來。

壽王也挺過意不去，哪怕真與景川侯府有什麼，他也不會去唐突人家侯府老夫人。這事委實是他手下過了頭，故而壽王府賠禮道歉倒也順溜，還叫自家王妃過去說了幾句話。而景川侯府也不是得理不饒人的性子，自然也見好就收。

本就不是大事。

此事作罷。

秦家遞了請帖，秦老爺和秦太太正式拜訪侯府。

秦家也算著日子，因為景川侯平日事忙，便選了個休沐日，闔家過來拜訪。與平日裡秦鳳儀過來走側門不同，此次秦家馬車一到，景川侯府開了中門。這不開中門還好，一見人家開了中門，秦老爺下車就開始順拐，秦太太瞪他好幾回，剛改過來，一會兒又順了。秦太太也無法，只當自家男人一直就是個順拐好了。

秦鳳儀素來拿侯府當自己家的，他來慣了，一向自然隨意。秦太太雖然步步謹慎，時時小心，也很穩重大方，就是這頭一回來親家，梳妝上有點用力過猛。秦鳳儀都說不用那許多首飾，秦太太說首飾少了不莊重，最後跟景川侯夫人一比，他娘彷彿是個珠寶展示台。

景川侯夫人一見秦家夫婦這副鄉下老財主樣，頓時心有不悅，想著堂堂侯府，竟要與這樣的人家做親家，真真是一口老血梗在喉間，噎得胸中氣悶。

秦鳳儀較之於順拐的爹、暴發的娘，完全就是雞窩飛出來的金鳳凰啊！

秦鳳儀還笑著與李老夫人道：「我爹娘昨兒還不這樣，我爹走路都是正常的，一點都不順撇，他就是遇到鄭重的事容易順撇。我剛中了舉人，我跟我爹一道去賀阿悅哥，阿悅哥不是解元嗎？我爹見了阿悅哥，非但順拐，還結巴了。今兒這沒結巴，已是很好了。」

「我娘五更起就開始梳妝，我都說叫她少戴些首飾，她生怕不鄭重，失了禮數。」秦鳳儀笑嘻嘻的，「這幾年我來京城全靠祖母照看，我爹娘心中感激得很，就是不知怎麼說。」

李老夫人一向寬厚，想著小戶人家雖則有錢，卻是未見過大世面，可不就是如此嗎？只要心眼兒好，這也就足夠了。景川侯府看的又不是秦父秦母，看的是秦鳳儀。這樣的出眾，可見人家雖是小戶人家，卻是會養孩子，把阿鳳養得多好啊！

李老夫人笑，「這是來的少，以後只管多來，咱們多說說話便好了。」

秦太太定定神，「是。這幾年阿鳳只要從京城回家，沒少聽阿鳳說起您老人家。我家婆婆去得早，沒見過阿鳳的面。我就想著，就是我家婆婆在世，也就是您老人家這樣待他了。」

秦老爺只會跟著點頭了。

李老夫人笑，「是阿鳳這孩子可人疼，也招人疼。這孩子可不容易，念書苦著呢！」

這話可是招起了秦太太的感慨，秦太太道：「可不是嗎？哎喲，以前這孩子可沒這樣摔打過，突然說要念書，我還以為他一時興起說著玩的，沒想到，他真是下了決心，每天五更天就起床，在院子裡背書，晚上也要背到睡覺時，他屋裡丫鬟都說，睡著了說夢話都在念書。剛一念書，以前沒挨過這樣的辛苦，頭髮一把一把地掉，兩腮的肉都沒了，把我心疼極了，連忙給他滋補，每餐一隻老母雞燉湯，這孩子硬是不長肉。這來的時候在船上，也是從早到晚地念書，沒有片刻耽擱，就用功太過，腿還抽起筋來。」

景川侯夫人聽這話奇怪，「念書又不用腿，念書多了還會抽筋不成？」

「親家母，這妳就有所不知了。」秦太太認真道：「孩子要念書，自然得吃好些。這念書別看不是出力氣的活兒，但極耗心力的，就得滋補。偏生趕著我家阿鳳正在長身子，長身子時，孩子們都要滋補，這樣才能長高個子。這又要念書又要長身體，再如何滋補都補不及，又趕上深秋的天氣，就容易腿抽筋。我聽說親家母也有兩位公子，年歲都較阿鳳小些，待兩位公子長大些，您可得留心，冬天吃當歸燉羊肉最好。」

秦太太左一個「親家母」，右一個「親家母」的，景川侯夫人噎得難受，剛要說話，秦鳳儀已道：「娘，您不要管大太太叫『親家母』，我跟阿鏡還沒訂親呢！」

秦太太有些懵，想著，這不是早晚的事嗎？她這樣叫，也是顯得親熱。不過，想想，李家姑娘不是親生的，心下便明白了，秦太太笑，「我兒，娘知道了。」

李老夫人笑，「叫什麼都成，這還不是早晚的事？」

秦太太笑，「是，我跟老夫人想一處去了。我這些年，除了阿鳳讀書的事，就是惦記著李姑娘。其實很有心過來看看她，可這名不正言不順，就沒好來。我們阿鳳剛出生時，我就尋城南的李瞎子給算過，李瞎子就說，你家有福了，你家兒子可是一等一的富貴命。初時我都不信，如今我算是信了。要不是有福，如何能與您家姑娘結下這樣的姻緣？」

秦太太別看穿得像暴發戶，語氣十分真誠，滿眼帶笑，「我家就阿鳳這一個孩子，看著阿鳳成了親，我這輩子的心願也就了了。」

李老夫人笑，「好日子在後頭呢！」

秦鳳儀插話道：「可不是嗎？娘，看我成親您就沒心願啦？以後孫子一大群孫女一大堆，您心願就又多啦！」

李鏡瞪秦鳳儀一眼，又胡說八道。

正在說話，有小丫鬟進來，說侯爺請秦老爺過去說話。

秦鳳儀與他爹一塊兒起身，同李老夫人、自己娘道：「祖母、娘、阿鏡，我跟我爹過去同岳父說說話。」

秦太太笑得欣慰，「去吧。」

秦鳳儀看他娘還是比較敢說話的，便陪他爹過去了。他岳父一向威嚴，生怕他爹再給結巴了可如何是好？

景川侯是在中堂見秦親家的，邊上還有長子陪著，很是鄭重。

景川侯原就生得威嚴，他這一鄭重，秦老爺真是連結巴都不會，徹底啞巴了。不是不想說，是張張嘴，發不出聲音。

秦鳳儀大聲道：「岳父，快收了威儀吧，我爹被你嚇得不會說話了！」

上茶的小廝險把茶盅掉地上去，連忙死憋著笑，手腳伶俐地捧上茶去。

秦鳳儀一面幫他爹順氣，一面對他岳父使眼色，景川侯也沒想到親家這麼膽小，緩了顏色道：「莫要胡說，讓你爹喝茶緩一緩。」

這親家不是揚州鹽商商會的會長嗎？還與程尚書相識，怎地這般膽小？

秦鳳儀給他爹灌了半盞茶，秦老爺此方緩了過來。

秦老爺道：「沒沒沒沒沒事，就是突突突突然卡了一下。」

秦鳳儀鬆了一口氣，總算是半正常了。

秦老爺與景川侯見了禮，李釗忙過去攙扶。

景川侯道：「今日只是朋友相見，多禮反生分了。」

秦鳳儀扶他爹坐下，在一邊道：「是啊，爹，我岳父很好的。就是看著凶，其實是個好人。」秦鳳儀正要同他爹一併落座，結果他岳父一個眼神瞟過來，秦鳳儀連忙站直，規規矩矩與岳父行過禮，又同他岳父道：「我爹頭一遭來侯府，有些緊張。」
景川侯笑，「多過來走動就熟悉了。」
他並不是個愛笑的，但看未來的親家都緊張成這樣，只好儘量溫和著些。
秦老爺點頭，「是是是。」
秦鳳儀幫他爹解釋：「我爹早就想過來了，自從我中了舉，我爹就一直叨叨地想給岳父您立個長生牌位。我爹在家總說，要不是有岳父督促我，我斷沒有今日的。」
景川侯道：「這是你自己爭氣。」
「要不是岳父您出狠招，我哪裡知道我是念書的料呢？唉，可惜我當時沒有從軍，我要是從軍，說不得現在已經是個大將軍了。」相較於秦老爺這緊張的話都說不出的，秦鳳儀完全是眉飛色舞，神采飛揚，「都是因為有岳父您，我才發現，我原來是個文武全才。」
雖然秦老爺這種緊張過頭的景川侯不大喜歡，但秦鳳儀這種完全是自信爆棚的，景川侯簡直是語重心長，苦口婆心地說了一句：「有時候，謙遜一些不是壞事。」
你有個屁的本事，你就文武全才了？
親家第一次見面，怎麼說呢？
秦太太這邊雖然打扮上有些用力過猛，不過，秦太太適應得極快，而且她說話懇切，態度謙和，又有一個好兒子。而李老夫人也是個寬厚人，又有李鏡在一邊照應著，中午用飯時氣氛就很自然了。
至於景川侯那邊，景川侯真是明白秦鳳儀這二百五的性子像誰了。秦老爺大概是跟侯爺做親家，激動得過了頭，一直就沒有放鬆，直到吃中午飯時，結巴病還沒好。好在秦鳳儀一向話多，有他在，一個頂十個，中午宴席一點也不冷清。

秦老爺雖然話是說不俐落了，但他心意是到了的，他現在一張嘴就結巴，故而他只與景川侯說了一句話，「謝謝謝謝……謝謝。」這句話，怎麼聽都不結巴了。然後，秦老爺端起酒盞，對景川侯一揖，連飲三杯，一亮杯底，端的是豪氣干雲，誠意滿滿。

秦鳳儀為他爹拍手叫好。

秦老爺連乾三杯，對兒子使個眼色。

秦鳳儀大聲道：「岳父，我爹乾了三杯，您看著辦吧！」

秦老爺急了。

我不是這個意思啊，我是說你得跟人家景川侯說些感激的話啊！

他著急又說不出來，急切之下，又啪啪啪連乾三杯。

秦鳳儀在一邊鼓掌鼓得更歡了，「岳父，我爹乾了六杯，您看著辦吧！」

於是，這一中午，被秦鳳儀搗鼓著，景川侯與秦老爺都喝了不少。

景川侯倒還好，只是頰上微紅，多了絲煙火氣。秦老爺是真正喝多了，這一喝多，倒也不結巴了，他握著景川侯的手就叨叨開了。

「親家啊，親家，我是真的感激你啊！我早就想過來跟你說聲謝，可是先時阿鳳沒中舉人，不好意思來，來了怎麼說呢？我這心裡真是一直感激你。我這兒子，你看看，不是我吹牛啊，看遍揚州城，不，整個江南，不，就是整個京城，你見過長得這麼好的嗎？我兒子啊！兒子，兒子……」

秦老爺連喊兒子，秦鳳儀光慫恿他爹跟他岳父拚酒了，自個兒沒吃多少酒，只是一雙大桃花眼較平時格外明亮些，這會兒看老頭醉成這樣，笑嘻嘻應一聲：「爹，幹嘛？」

「過來！」秦老爺真是醉得連寶貝兒子都不認得了，隨手一抓，拉住李釗的手，板起了臉，一副威嚴樣，「向你岳父磕頭！你有今日，全是你岳父的功勞！」

秦鳳儀偷笑，在他爹耳邊道：「爹，我磕了。」

「哪裡磕了，我怎麼沒見？」秦老爺不樂意了，覺得兒子在糊弄自己。

秦鳳儀曲指在桌上咚咚咚敲三下，在他爹耳邊道：「爹，聽見沒，我磕了三下！」

景川侯……

秦老爺肅著臉，「磕得不響，心不誠！」

秦鳳儀拿個酒杯在桌子上敲三下，秦老爺總算滿意了，拉著李釗的手語重心長道：「兒子啊，你得感恩啊！你自小生得得人意，爹也捨不得管你，你受一丁點委屈，爹和你娘就心疼得難受。等你大了，我又覺得沒把你教好，對不住你。我常跟你娘到廟裡燒香，就盼著你有出息。蒼天有眼，菩薩保佑，叫你遇著你岳父……唉，看你那麼辛苦的念書，爹真心疼直抽抽啊！可爹也曉得，這是正道！我的兒啊，你有這樣的岳父，是你的福啊……」

秦老爺說著，眼淚都下來了，鬆開李釗的手，伸手拽過秦鳳儀，握著秦鳳儀的兩隻手就說開了，「親家啊親家，來京城前，我就在我們揚州最大的寺廟棲靈寺，花大價錢，給你立了長生牌位！我與棲靈寺的大師說了，要日日燒香，夜夜頌經，來保佑親家你！你是我家阿鳳的大恩人，就是我家的大恩人！」

秦老爺說到興頭上，又道：「兒子，來，向你岳父磕頭！」

秦鳳儀的手被他爹握住，敲不了桌子，索性對他大舅兄使眼色，讓他大舅兄用杯子敲桌子。李釗笑得不行，就要敲兩下，結果他爹一個眼風掃過，李釗剛到手的杯子連忙輕手輕腳地放了回去。

秦鳳儀瞪他岳父一眼，裝模作樣哄他爹：「親家，算了，阿鳳磕得太狠，頭磕破了。」

秦老爺這心疼兒子的立刻道：「嗄？磕破了？哎，我的兒恁實誠，像我！那就算了，明兒好了再向你岳父磕！」

秦鳳儀連忙應了。

秦老爺委實是醉得不輕，當時都沒能告辭，還是在景川侯府的客房裡歇了歇，飲過醒酒湯，方略好了些。

秦鳳儀下午方與他爹娘一起告辭，回了家去。

秦家人一走，景川侯夫人憋得難受，在老太太屋裡不好說什麼，回房見丈夫在歇息，景川侯夫人聞到滿室的酒氣，連忙過去摸了摸丈夫的額頭，涼涼的，並沒什麼。

景川侯夫人問丫鬟：「侯爺可用過醒酒湯了？」

「用了兩碗。」

景川侯夫人便打發丫鬟下去，坐在床側抱怨道：「如何吃了這許多酒？阿釗也真是的，怎麼沒勸著你些？」

景川侯揉揉眉心，「秦老爺第一次上門，阿釗是晚輩，自然得我陪著。」提到姓秦的，景川侯夫人就一陣憋氣，「侯爺見著你那順拐親家了？」

景川侯皺眉，「這叫什麼話？」

「什麼話？好話！」景川侯夫人道：「阿鏡雖不是我生的，可也是我看著長大的。你說說咱們阿鏡，京城有名的才女，誰見了她不誇。自小到大，公門侯府，世宦書香，那些提親的人能把咱們家門檻踏平。就是方家的阿悅，那孩子現在年紀比姓秦的大不了幾歲，已是解元了，難道不比姓秦的小子有出息？侯爺沒瞧見，你那兩個親家，一個順拐，一個暴發，那個秦老爺進門便是同手同腳，那個秦太太滿腦袋的金玉首飾，只怕別人不曉得他家有錢。咱們阿鏡是侯府千金，以後就去伺候這樣的公婆？」

景川侯夫人氣得直喘氣。

景川侯聽妻子抱怨了一回，緩聲道：「秦老爺是個實誠人。出身是出身，人品是人品。出身是可以改變的，人品好才是最難得的。」

「難道京城除了他秦家就沒有出身好人品更好的嗎？」

「有。」景川侯道：「但不是阿鏡沒看上嗎？」

「侯爺，這是阿鏡的終身大事，你可不能犯糊塗！」景川侯夫人道：「阿鏡年輕……」

她這話還沒說完，景川侯已道：「我也挺喜歡那小子的。」

景川侯夫人簡直是不能理解這父女倆的眼光，忍著氣問：「你喜歡他哪兒啊？喜歡他成天胡說八道亂吹牛？還是喜歡他叫你景川老頭兒？」

景川侯一笑，「都喜歡。」

景川侯夫人氣得直接回了娘家。

景川侯夫人回娘家抱怨道：「我還不是好心？玉潔的親事定的是桓國公家的公子。玉如還小，親事未定，以後也差不了。這個阿鏡本就不是我生的，我更得格外疼她些，別人才不會說閒話。自小到大，她樣樣好強，可也不知怎麼在這親事上就相中這麼個鹽商家的子弟！」

平郡王世子夫人遞盞茶給她，勸道：「妹妹快消消氣，不是聽說秦公子中了舉人，這眼瞅就要中狀元了嗎？」

「嫂子快別提這事！」景川侯夫人氣得狠，茶也不吃，放在一旁道：「本事不大，口氣不小。先時考秀才，秀才還沒考，信來了七八封，口口聲聲必得案首。結果秀才攏共一百人，得了個七十五，侯爺都叫他二十六。」

「為什麼叫二十六？」平郡王世子夫人不明白了。

景川侯夫人沒好氣，「倒數二十六名。」

平郡王世子夫人大笑，連平郡王妃都未忍住，唇角翹了起來，其他人更笑得前仰後合。

景川侯夫人道：「就這麼個人，我家侯爺硬是能入眼，真是奇也怪哉！」

平郡王妃笑，「女婿面上看著威武，私下倒是很風趣啊！」

「別提了，平日裡多寶貝阿鏡啊，就給阿鏡尋這麼樁親事！妳們沒見，秦家那對夫妻過府拜訪，我的天啊，連路都不會走，一進侯府便同手同腳，說話也不俐落，結結巴巴的沒個樣子。」景川侯夫人嘆道：「我一想到阿鏡以後要服侍這樣的公婆，心裡真是捨不得。」

平郡王世子夫人道：「妹妹已是盡了心，這親事是妹夫親自定的，也是阿鏡相中的，以後好了自然皆大歡喜，便是有什麼不好，也怪不到妹妹頭上。」

景川侯夫人嘆道：「好了自然不消說，但凡阿鏡過不好日子，這不知底裡的人哪會不說？皆因我這做後娘的，給嫡女定了這樣的親事。」

平郡王妃問：「妳家老太太怎麼說？」

景川侯夫人道：「上上下下都被那花言巧語的小子哄住了，我家老太太喜歡他喜歡得不得了，就是不見，還時不時阿鳳長阿鳳短地念叨。以往隔著遠還好些，不過節下走動，這離得近了，有什麼好吃的好玩的，成天給那小子送。」

平郡王妃當時沒說什麼，私下卻是教導了這個小女兒幾句：「妳自然是好心，可妳想想，妳家老太太還有女婿，難道就是個糊塗的？當時女婿定的那四年之約，人家秦公子，一個白身，如今已是舉人了，這可不是容易的事。妳莫要再說這親事不好的話，女婿親自定的，妳家老太太親自過的眼。我雖沒見過人家，可若是不堪入目之人，女婿難道會許婚？」

「娘，那小子就是花言巧語。」

「要是能花言巧語得糊弄住你們一府的人，那也是本事。」平郡王妃道：「好了，不許在外頭再說人家的不是。既然妳家老太太和女婿都樂意，妳好生幫阿鏡準備嫁妝，盡一盡妳的本分也就是了。」

景川侯夫人只得悶悶地應了回府。

把閨女打發回婆家，晚上平郡王妃與丈夫提了一句李家這門親事，平郡王妃道：「咱們二丫頭雖則是有些私心，說的未嘗沒道理。這李家大姑娘，嫁得也太低了。」

平郡王道：「秦公子已放出話了，今科狀元非他莫屬。」

平郡王妃大驚，「竟是這般才學？」

「才學倒不至於。」平郡王笑，「這位秦公子的好處不在才學上。」

「怎麼說？」

平郡王端起水喝一口，道：「初時就是阿釗和阿鏡兄妹南下，阿釗是隨著方閣老念書，阿鏡就是去玩兒。秦公子生得好，阿鏡便相中了他。」

「真的比咱們阿嵐相貌更好？」

「是要好些的。」平郡王實事求是地道：「我曾見過這位秦公子一回，就是阿釗成親的時候，他鬧了個笑話。說笑話都是客氣，當著那麼些人丟了個大醜，景川氣得臉都黑了，就是對景川叫『景川老頭兒』的事。」

說到這個，平郡王妃就想起來了。

平郡王妃道：「當時我就說，這孩子有些野性難馴。」

「可這位秦公子厲害就厲害在，丟了這樣的醜，他進去見過親家母後，立刻沒事人一樣就出去在門口幫著迎客了。待宴席上還幫著阿釗擋酒，陪著說話。」平郡王道：「不是我說，秦家這樣的鹽商，家裡孩子能見過什麼世面，便是大戶人家的公子，要是丟那麼個大醜，自己愧也愧得不好見人。這位秦公子完全不受影響，我就想，這可不是個等閒人物。」

「臉皮怪厚的呀！」

「我的娘娘啊，這出門行事，當朝為官，就得有這種臉皮。」平郡王道：「這科春闈，秦公子不中便罷了。倘他中了，一入官場，定是一個做官的好手。」

平郡王妃道：「那等二丫頭再過來，我得跟她說，叫她好生與人家相處。」

「二丫頭這個性子，就是清高過了頭。」平郡王道。

「唉，也不怪二丫頭，聽她說，那秦家鹽商夫妻很小家子氣，說一到侯府，路都不會走了，還同手同腳。」平郡王妃笑道：「我都說二丫頭了，小門小戶沒見過世面也是有的。」

平郡王道：「江南鹽商多是暴發戶，乍一進侯府，能有不拘謹的？但人家兒子知道上進，這不是敬鹽商，敬的是秦公子，咱們何苦做這惡人？景川的眼光，向來不差的。」

秦鳳儀沒想到，自己還被平郡王夫妻討論了一回。

這會兒在景川侯府，李釗也正與妹妹說今日吃酒的趣事。

李釗笑，「阿鳳這個傢伙，硬是跟著起鬨。父親從沒吃過這許多酒，秦老爺都喝醉了，拉著我的手叫兒子，拉著阿鳳的手喊親家。」

「如何吃成這樣？」

「先時咱們去秦家，秦老爺也不這樣，那會兒覺得雖有些客氣，人挺和氣的。這乍來咱們家，順拐我就不說了，一見父親，拘謹的話都說不出，一說話還結巴。秦老爺真是個實誠人啊，雖話說不俐落，對著父親就連乾了三杯。秦老爺的意思我都瞧出來，是想謝謝父親。結果阿鳳這個起鬨架秧子的，搗鼓著兩人拚起酒來。倒是這喝多了，秦老爺既不結巴也不順拐了，說了許多感激的話，還說在揚州棲靈寺給父親立了長生牌位。父親已打發管事去揚州，說必要把棲靈寺的長生牌位拿下來，實在是受不了這個。」李釗大笑，「別說，阿鳳跟秦老爺倒有些像。就是秦老爺不比阿鳳嘴巧，可都一樣，是個實誠人。」

李鏡一笑，「端看阿鳳哥的人品，就知他家裡父母差不了。」

李釗感慨，「阿鳳真是不容易，要擱剛認識他那會兒，如何能知他有這樣的本領。」

「哥，明兒阿鳳哥過來，我叫他寫篇文章，屆時你幫他看看。」

「沒問題。」李釗道：「禮部盧尚書那裡，待下個休沐，我帶阿鳳過去拜見。」

李釗又與妹妹說了秦鳳儀敲桌子當磕頭糊弄秦老爺的事，李鏡笑笑，「有時都不曉得他哪裡來的這麼些招術。」

兄妹二人說笑了一回，秦鳳儀回家卻是琢磨著，如今雙方家長都見過了，待再去侯府，就同他岳父提了回訂親的事，秦鳳儀諂媚地幫岳父揉著肩，道：「聘禮我都帶來了，岳父，要不，咱們先把親事定了？」

景川侯相當鐵面，「我當時說的是你四年之內必得進士功名，方會許婚！」

秦鳳儀被景川侯噎得，打了半日嗝才好。

李鏡見秦鳳儀總是撫胸順氣，問他：「不是不打嗝了嗎？怎麼，還是不舒服？」

「我要是不摸摸懷裡的小鏡子，就要被王母娘娘氣死了！」

# 參之章
# 三甲激戰開賭盤

第二次求親被拒，讓秦鳳儀的內心充滿憤怒，覺得岳父一點情面都不講。

秦鳳儀憤怒之下，在李老夫人面前大力抨擊了岳父一回，「要是不同意就早說不同意，祖母，您不曉得，開始我問，岳父也不給我一個準話，足足讓我幫他揉肩揉了一個時辰，才說不同意，這不是故意氣人嗎？」

李老夫人笑咪咪的，「行，下回我跟景川說，可不能再這樣了。」

「祖母，您不用跟他說，下回我狀元到手，保管叫他無話可講！」秦鳳儀氣得不輕。

李老夫人還是得替兒子說兩句話，道：「你岳父是怕你這親事一定下來，你心裡這口氣散了，就可惜了。」

「哪口氣？」

「一口氣考狀元的這口氣唄！」

秦鳳儀堅決不承認，「我要是娶了阿鏡妹妹，只有更爭氣的！」

「誒，如今已是入冬了，離明年開春也沒幾個月了。阿鳳，你趕緊用功念書，我明年可就等你中狀元了。」

「祖母，您只管放心，就等著聽我的喜報吧！」秦鳳儀一向自信。

然而，這種自信在他寫了一篇文章讓李釗幫著看時，李釗都覺得，帶秦鳳儀去禮部盧尚書那裡拜訪的事，還是放兩天再說吧。

人脈景川侯府不缺，但光有人脈，實力不夠也不成。

李釗自己是傳臚出身，學問自不必提，幫秦鳳儀把文章細細地批了，再叫他重寫去。

方悅那裡倒是給秦鳳儀送了信，讓秦鳳儀過去。原是方悅之父方大老爺準備帶著兒子去盧尚書府上拜會，秦鳳儀可是方閣老的關門弟子，方悅便與父親說，一併帶著秦鳳儀去。

秦鳳儀自來京城，便一直忙得腳不沾地，先時是與壽王府的爭執，後來又要帶著父母正式拜訪侯府，這兩件事都好了，他正說要去方家向方閣老請安，倒是方家的帖子先到了。

方家現在對秦鳳儀也委實好奇，不說別個，就是秦鳳儀這自稱「今科狀元」的事，方家就在想，嘿，我家解元兒子都沒這般大的口氣，你這口氣咋這麼大哩？

當然，秦鳳儀於方家不算外人，像秦鳳儀這樣真正提著臘肉，在孔聖人跟前拜師的，這種師生可比那種什麼座師與新科進士，或是私塾先生與小學生的師生關係近得多。秦鳳儀這種正式被方閣老收入門牆的，正經算來，李釗都沒正式拜過師，只是有個師生名頭罷了。

秦鳳儀口氣如天大，又是方閣老入門弟子，方家自然看重他，故而這種去拜訪盧尚書的事，方悅說要帶秦鳳儀一道去，方大老爺也沒意見，想著正好見一見這位小師弟。

方大太太還特意叮囑讓秦公子到女眷這邊來，方家兩位太太都想見見這位神仙公子。

方大老爺道：「男人首重品性，其次是才幹。」

方大太太道：「秦師弟難道沒才幹？這也是跟咱們阿悅一科的舉人。我說你就別囉嗦了，非但是我，他四嬸也想見的。」

方大老爺對家中女人也無法，道：「那就見吧，小師弟也不是外人。」

方大太太見秦師弟之前，還與兒子打聽了一回，不問別個，只問：「你秦師叔真是人們傳得那般好相貌？」

秦師叔什麼的……方悅一時沒反應過來，待反應過來就有些卡殼，他對秦鳳儀一向是直呼其名，然後阿鳳喊他阿悅哥的。這一回京城，阿鳳立刻長了輩分。

方悅道：「待娘您見了就曉得。對了，姊妹們不要見啊！」

「這是為何？」

方悅一嘆，「娘，您不曉得，我們來京城時，揚州好幾百號的女娘跑到碼頭去送阿鳳。他那相貌，可不是一般人能抵擋的。若他無親事在身，叫姊妹們見見也罷了。他早有親事了，就不能讓姊妹們見了。」

方大太太原是不信兒子這話，待秦鳳儀來的那一日，一家子女眷都提前到了正房，就等著見鳳凰公子，結果沒見著。

秦鳳儀先去方閣老那裡與方閣老見禮，再見過方大老爺，深深一揖，口稱「伯父」，把方大老爺喊得……都不曉得這叫什麼輩分了。

方大老爺扶了他起來，糾正道：「師弟，可不能這樣叫。論輩分，得叫師兄。」又與兒子道：「你小師叔雖然年紀小，卻是你祖父的弟子，如何能直呼你小師叔的名字？趕緊改掉。再讓我聽到你這樣輕狂無禮，我斷不能算了的。」

秦鳳儀道：「阿悅哥比我還大呢，大伯，沒事兒，我跟阿悅哥各論各的。」

「師弟，一朝拜師，便是父子。這世上，叔叔比侄子年少不稀罕，倘因叔叔年少便要叫侄子大哥的事，可是再沒有的。」方大老爺正色道：「從今以後，便改了吧。」

方大老爺年紀比秦老爺還大些，很有些父輩威嚴，秦鳳儀看方閣老一眼，見老頭兒拈鬚而笑，秦鳳儀心說，看來老爺子也是想讓改的。

他看向方悅，方悅拱手行禮，「師叔。」

秦鳳儀笑得見牙不見眼，「師侄好，師侄好。」

方悅看秦鳳儀笑得一臉奸樣，就知這小子在想什麼，不由瞪秦鳳儀一眼。他這一瞪，他爹立刻咳了一聲，方悅忙收回白眼。

秦鳳儀笑嘻嘻的，「大師兄，你這眼神可真管用。」

方大老爺想，師弟年紀小，難免有些跳脫。

方大老爺溫和地道：「師弟現在是舉人，也得穩重才是。」

「師兄放心，我一準兒穩重！」

秦鳳儀比方悅還要小三歲，雖說是師兄弟的輩分，但方大老爺看他也如看兒子一般，方大老爺就說了帶他一起去拜會盧尚書的事。甭看秦鳳儀對春闈這裡的事兒還不大懂，可他家經商，對於這種跟官員拉關係的事，簡直是天生靈透。

方大老爺道：「你若無事，咱們明兒一道去。」

秦鳳儀笑，「這樣的大好事，也就是師兄拿我當自己人，時時想著我。」

方大老爺心下一暖，想著師弟雖年少些，卻很是通透。

方大老爺越發溫和，「原就是自己人。」

方悅道：「阿，不，小師叔，明兒你換身穩重衣裳。」

「我曉得。」秦鳳儀一向偏好耀眼的打扮，說實在的，還是紈綺審美，但這幾年念書，秦鳳儀也了解了讀書人的品味，基本上就是灰不拉嘰的沒品味的那種。入鄉隨俗嘛，跟讀書人在一處的時候，或者去拜訪有學問的人的時候，秦鳳儀也往灰不拉嘰裡打扮。雖然秦鳳儀認為，便是灰不拉嘰也不減他半分美貌，可這種打扮比較討學術界的喜歡。

秦鳳儀還把昨日寫的文章拿出來給方閣老看，方閣閣指點他一二，與長子道：「過來看看你師弟的文章。」

方大老爺也是正經二榜進士，眼力還是有的。雖然秦師弟口氣大，但方大老爺沒想到，口氣比文章竟大出這許多。這要不是自家師弟，方大老爺必得說一句，就這狗屁文章，還敢自稱今科狀元。

雖然秦鳳儀這文章說狗屁有點不合適，畢竟舉人的筆力還是有的，然而，方大老爺是拿著秦鳳儀的文章與歷年狀元文相比的，這委實是有些差距了。

不要說狀元，這位師弟能不能中進士都得兩說。

方大老爺沒點頭也沒說話，將秦師弟的文章又還給了秦師弟。

方閣老與秦鳳儀道：「比下船那日做得更好了些，可見這幾天還是用心念書了的。」

秦鳳儀笑，「方爺爺，不不不，師傅，這是自然啦！雖然這幾天有些瑣事，還要正式到我岳家拜訪，可我就是出門坐車，懷裡也是揣著書本的。」

方閣老笑，「這就很好。」

秦鳳儀立刻露出高興又得意的模樣，他道：「師傅，我總覺得我摸著門檻了。」

「這話怎麼講？」

「就是一種說不大清楚的感覺。這些日子我寫文章時，總有一種還能更好的感覺。具體怎麼說又說不出來，可我能感覺得到。等我找對了法子，一準兒能有個大進境。」

方閣老想了想，與秦鳳儀道：「待去過盧尚書府上，再去廟裡住些日子如何？」

「那我不就好幾天見不到阿鏡妹妹了？」

方大老爺真是開了眼界，就幾天見不到人家姑娘，能比春闈的事更要緊？

唉，小師弟還是小啊！

方閣老對秦鳳儀卻是很有法子，不疾不徐道：「你這文章，舉人是富富有餘了，但離進士的筆力還是差些的。當初景川侯定的可是你中進士方能許婚的，你要是中不了進士，便是景川侯再給你一次機會，也得再得三年才能與阿鏡成親。那時，就不是幾天見不到阿鏡了，而是一年只能見幾天啦！」

秦鳳儀想到他岳父那無情無義、鐵石心肝的模樣，深覺他師傅說得有理，便正色道：「師傅說的是，我是得好生琢磨一二。」

秦鳳儀過來一回，見著大師兄，又有自己師傅在，便將這幾日文章上的困惑請教起來，至於方大太太還等著見神仙公子的事，不要說秦鳳儀不曉得他這位師嫂等著見他，就是方大老爺一時也忘了此事。

秦鳳儀用過午飯，就與方悅去了書齋，兩人一起念書作文章。

方大太太著人打聽，聽到小師弟與兒子去了書齋，立時不叫人打擾了。

這個節骨眼兒上，什麼神仙也不比兒子的科舉重要啊！

方大太太與方四太太道：「以後秦師弟金榜題名，有的是見面的時候，讓孩子們念書吧。這樣的用功，又正是要緊時候。」

方家是書香門第，聯姻的也多半是書香之家，方四太太幾個兒子也都是念書的，將心比心，自然稱是。

方大太太晚間與丈夫打聽，「秦師弟的文章，當真比咱們阿悅還好？」她可聽說這位秦師弟舉人名次很尋常啊！

方大老爺道：「他四年前才開始念書，文章上自是略差些的，可妳想想，念四年就能中舉人，可見秦師弟資質出眾。他的文章，今科把握不大。我看他年歲尚小，要是再打磨三年，以他的資質，大有可為。」

方大太太讚道：「可真是個聰明孩子！」

「相當不錯。」

方大太太笑，「先時聽說咱們老爺子在揚州收了個弟子，我還以為是說著玩的。」

「這話糊塗，正經孔聖人面前燒了香磕了頭的，能是說著玩的？」方大老爺道：「老爺子這把年紀，能讓老爺子動心，可見小師弟不凡。」

「長得如何？」方大太太想了一天也沒見著，越發好奇了。

方大老爺十分乾脆，「好！」

方大老爺斬釘截鐵的這一句，鬧得方大太太更是好奇了，只是眼下秦鳳儀的心都在春闈娶媳婦上，根本不曉得自家師嫂已是對他望眼欲穿。

第二日，秦鳳儀早飯後換了身簇簇新的玉青色書生長袍過去方家。方大老爺看一看兒子斯文俊秀，再看一看師弟耀眼出塵，把兒子在相貌上比下去了些，所幸方大老爺性情寬厚，加上秦師弟是自己人，便讚道：「師弟真不愧神仙公子之名啊！」

秦鳳儀笑嘻嘻的，「師兄過獎了。」

辭過方閣老，一行三人便去了盧尚書府上。

今科是春闈之年，盧尚書身為禮部尚書，自然是主考官的熱門人選，故而他府上頗是熱鬧，門房那裡一堆人等著拜見。方家一行自然不必在門房等候，方大老爺一到，門房直接就將人恭恭敬敬地引了進去。

盧尚書見到方大老爺也很是親近，兩人本就是朝中同僚，禮部尚書之位，方閣老退下後，舉薦的就是盧尚書，可見兩家交好並非一日。

盧尚書笑道：「先時聽聞阿悅解元之喜，我還說呢，阿悅當真是不墮方家寶樹之名。」

方大老爺謙遜一二，與盧尚書介紹了秦鳳儀，實際上，以秦鳳儀的相貌風範，一進屋盧尚書就注意到了，只是按著禮數，他得先與方家父子寒暄一二。

盧尚書原想著這位小公子好相貌，一聽這就是那個口出狂言的秦鳳儀，盧尚書笑笑，「秦公子與許頭一回見我，我卻是早已見過秦公子了。」

秦鳳儀不記得自己見過這位老大人，他一向機靈，笑道：「不可能啊，大人如此風采，若我見過，必不能忘。」

盧尚書與方大老爺笑道：「自開朝以來，咱們六部衙門前第一次被車馬堵得出不了門，還是多虧秦公子幫著指揮，我們才順順當當地落衙回家。」

盧尚書這樣一說，秦鳳儀倒想起來了，「我知道我知道，就是您跟我岳父告了好幾回狀是吧？我岳父把我訓得跟孫子似的。」

盧尚書先是一愣，繼而哭笑不得，暗道這小子也就是一張臉出眾了。

方大老爺還得為秦師弟圓場，道：「我這師弟年紀小，性子尚帶幾分天真。」

盧尚書又愣，「莫不是老大人收了秦公子入門牆？」

「是，家父這個年歲，阿鳳便是家父的關門弟子了。」

要擱平時，盧尚書斷不會見秦鳳儀這人的。用盧尚書的觀點來看，這人輕佻。男子漢大丈夫，靠美貌搏人眼球，鬧得京城那些無知女娘們要生要死，簡直不成體統。不過，方家帶他進來，盧尚書也不能把人攆出去，而且聽聞秦鳳儀今也是舉人出身，就是說話依舊是個……讓人怪無語的。

什麼叫告狀啊？就先時那六部衙門大擁堵事件，依盧尚書性情之耿直，沒上摺參景川侯一本就是留面子了。

盧尚書對方閣老一向敬重，當真不明白閣老大人如何收了這麼個沒頭腦的做關門弟子。秦鳳儀想著，原來盧尚書就是那告狀精，看來這回關係是拉不成了。

二人對彼此的印象都是一般中的一般。

然而，有方家的面子，方悅與秦鳳儀拿出各自寫的文章給盧尚書過目。

盧尚書一看方悅的文章，便是擊節而讚，直言道：「觀阿悅文章，方知何為錦繡二字。

非但文筆好，立意更好。」一把方悅誇得，那就是一朵花。

方悅請盧尚書指點的時候，盧尚書道：「你這樣的文章，便是讓我看，也沒有半點不好的地方了。唯一想說的就是，待春闈，必要保持這等水準才好。」

方悅認真聽了，躬身謝過。

待到秦鳳儀的文章，盧尚書那眉毛皺得能夾起個把蒼蠅了。

秦鳳儀一個勁兒拿小眼神瞟他，想著這老頭到底是個什麼意思啊？這看他文章呢，又不是便祕，瞧瞧那面目表情，真個白瞎了這儒雅相貌！

盧尚書勉強看過，抬頭就見秦鳳儀的小眼神瞟來瞟去，一點讀書人的沉穩都沒有。盧尚書輕咳一聲，實在不耐煩指點這等文章，直白地道：「秦公子這文章，恕我直言，便是下科再來，亦是使得的。」

要是熟悉這位尚書大人的就會知道，這位尚書大人一向是有話直說的性子。當然，秦鳳儀也是這性子，故而秦鳳儀一聽這話就不樂意了，好在他曉得這是在尚書府，縱心下不滿，也沒說什麼。只是他那雙大大的桃花眼裡的不滿，只要盧尚書還不瞎就看得出來。

盧尚書更是不悅，將文章還給秦鳳儀，「秦公子若是不信，不妨再請人去看。」

秦鳳儀固然性子有些與眾不同，但大面上的應酬自小做到大，對這些官員更不陌生，當下換了一張笑臉，「盧大人點評的是，只是小子原本雄心勃勃，自中舉後也頗受了些誇讚，一時就把人家誇我的話當了真。倘不是盧大人與我說了這些話，我現在還被蒙蔽著。大人讓我看到了真實，大人，您就是我的指路星星啊！我對大人的感激，滿滿溢在我的胸口，我所能說出的，不過是十之一二罷了！大人，您就是那傳說中的神醫聖手，讓我這個瞎子重見光明啊！」說著，秦鳳儀上前握住盧尚書的雙手使勁搖了搖，神色鄭重，一臉認真，「從今日起，學生必要苦讀詩書，勤作文章，方不負大人這番指點啊！」

盧尚書覺得，再叫這姓秦的小子這麼「啊」下去，他得心律不整。

盧尚書使勁掙脫出秦鳳儀那兩隻手，淡淡地道：「秦公子回去用功吧！」

憑盧尚書如何冷淡，秦鳳儀總是那副笑嘻嘻的模樣，笑「成！待我文章大成，我再過來向尚書大人請安！」

盧尚書也忙，後頭不知多少人等著接見，方大老爺便帶著師弟與兒子告辭了。

盧尚書大搖其頭，想著閣老大人絕對是受了這諂媚小子的矇騙，不然怎麼會收這樣毫無文人風骨的關門弟子？唉，閣老大人也有看走眼的時候啊！

秦鳳儀與方家父子出了尚書府，三人都是騎馬，在路上不好說話，不過，方大老爺輕輕地拍了拍小師弟的肩，讓他不要急。

秦鳳儀才不急呢！

秦鳳儀道：「大師兄，我明兒就要去廟裡，不去見師傅了。待我從廟裡回來，文章大有進境，我再過去向師傅請安。」

方大老爺原還有許多話想安慰小師弟，見秦鳳儀這樣說，想著去廟裡定也要收拾的，只好應道：「好。」又道：「男兒當自強不息，離明年春闈還有小半年，切不可灰心喪志，定要用心功讀才好。」

「師兄的話，我記得了。」

之後，秦鳳儀撥轉馬頭，也沒回自家，而是去了景川侯府。

李鏡知道他今日去盧尚書那裡的事，就在老太太屋裡等著。

秦鳳儀見過李老夫人，李老夫人一向很喜歡秦鳳儀，自然問他如何，秦鳳儀見邊上有後丈母娘在場，便過去在李老夫人身旁坐了，笑道：「這還用說嗎？祖母您不曉得，盧尚書一見我，驚為天人，直拉著我的手喚我玉郎，還誇我文章好，狀元不敢說，起碼是個三鼎甲。」

不同於景川侯夫人聽秦鳳儀說話便心口發堵，李老夫人很喜歡聽秦鳳儀吹牛，「這就好，這就好。」又與秦鳳儀道：「你岳父在家呢，你過去與他說說話。」

秦鳳儀一點也不想同岳父說話，他明兒就要去廟裡了，今日特意過來是想著與阿鏡妹妹說話的。李老夫人顯然瞧出來了，方把話說在前頭。秦鳳儀在這上頭非常鬼頭，露出為難模樣，「祖母，您知道的，我怕岳父，我一見他就哆嗦。要是沒個人陪我去，我可不敢去。」

李老夫人笑，「你少與我弄鬼，讓阿鏡與你一道去，這敢了吧？」

「敢了敢了，我這就過去向岳父請安！」

秦鳳儀歡歡喜喜與媳婦辭了李老夫人，往岳父的書齋去了。

李鏡問他，「今日不大順利嗎？」

秦鳳儀還不說實話，「誰說的？順利得不得了。剛剛我還謙虛了呢，盧大人原說的是，今科狀元非我莫屬了。」

李鏡眼中含笑，「信你這鬼話！」

秦鳳儀一直弄不明白的一個命題就是，怎麼他媳婦總能將他一眼看透呢？咋就能一眼看出他說的是鬼話呢？

李老夫人的院子離景川侯的書齋還是有些距離的，這其間自然少不了拉拉小手說說悄悄話吩咐的，待到了景川侯的書齋，秦鳳儀心情已經很好啦！

景川侯其實是記掛著秦鳳儀去盧尚書府的事，景川侯府與盧家也算有交情，只是不比方盧兩家了。要按李釗的意思，秦鳳儀的文章再打磨些時日再過府不遲，但方家也是好意，此一去，倒也無妨。

不過，還是要聽聽盧尚書是如何評斷的。

景川侯根本不聽秦鳳儀那些鬼話，直接道：「說實話！」

秦鳳儀提起盧尚書就一肚子火，翻個大白眼道：「有什麼好說的？我說了，您可別嫌我對尚書大人不敬！不是我說，我要知道他是那個告狀精，我才不去呢！」

李鏡問：「什麼告狀精？」

「就是三年前……這也怪岳父大人，我剛來那會兒，您死活不見我，我天天到您衙門外頭獻孝心，不是有一回來看我的女娘們太多，把路堵了嗎？就是那個盧大人跟您告狀告好幾回，是吧？」秦鳳儀道：「他現在還記著那事兒呢！」

「此不過小事，盧尚書的心胸，斷不會將這事放在心上。他是不是說你文章不成了？」看秦鳳儀這嘴臉就曉得盧尚書怕是沒說什麼好話。

「嘖，我行不行難道是他說了算的？就他那眼神，跟瞎子有什麼差別？春闈還沒考呢！我明兒就去廟裡攻讀文章，非考個狀元讓那瞎子開開眼不可！」

秦鳳儀想到盧尚書那鳥樣就一肚子火，竟然讓他下科再來，這不就是詛咒他娶不到媳婦嗎？娶不到媳婦就生不了兒子，生不了兒子，以後就抱不到孫子，沒有孫子，何來重孫？沒有重孫，更不必提玄孫了？這簡直是在詛咒他們老秦家的子子孫孫啊！

景川侯看秦鳳儀氣得雙頰鼓鼓直喘氣，不禁想到年輕時去江南公幹，見過的一種叫河豚的魚類。秦鳳儀氣成這樣，倒像是河豚似的。

景川侯道：「盧尚書也是官場前輩，人家說你文章不好，你當自省，如何這般小器？」

「我小氣？岳父，您怎麼偏幫外人啊？」秦鳳儀越發不滿，一怒之下把實話都說出來，怒道：「那傢伙讓我下科再來！說出這種話的人，跟瞎子有什麼分別？別說了，岳父，您的眼神也不是多好！此次春闈，我必叫你們這幫眼神欠佳的重見光明不可！」

景川侯被這話氣笑了，「成，我等著。」

秦鳳儀氣量很是一般，他雖然不一定認為自己能中狀元，但對這次春闈也是自信滿滿。乍然被盧尚書打擊一回，秦鳳儀很是窩火，不過，因著明日要去廟裡，今天他還是在岳家吃過午飯，下晌方告辭回了自家。

秦老爺和秦太太知道兒子打算去廟裡念書的事，別個都好說，秦太太就是擔心廟裡的吃食。廟裡可是要吃素的，兒子正是長身體需要滋補的時候，總是吃素身子如何受得住？

秦老爺很是篤定，「阿鳳在廟裡待不長的，頂多三五天他就得回來。」

李姑娘在城裡住著，兒子定不能在廟裡待久了的。

秦太太道：「那也得做些糕點叫阿鳳帶著，倘廟中飲食吃不慣，這些糕點也可果腹。」

秦鳳儀回家時就帶著一大食匣他媳婦給他的糕點，秦太太瞧了，很是欣慰，「李姑娘委實是個細心人。」又命侍女收拾二斤燕窩交給攬月，讓攬月每天燉了給兒子吃。

秦鳳儀現在已經很懂事，「阿鏡還囑咐了我好些話。娘，您跟爹只管放心，若是順利，三五日便可回來了。」

秦太太笑著摸摸兒子的臉，叮嚀道：「萬事都要以身子為重，娘就放心了。」

秦鳳儀有個好習慣，不論遇著多麼氣惱的事，他這人一向不大放在心上，儘管被盧尚書這種「下科再來，亦是使得」的話氣得好歹，待晚飯時，依舊是好胃口。用過飯，他便去溫書了，待得夜深，洗漱睡下，與平日也沒有什麼不同。

倒是方大老爺，很是擔心了這個師弟一回。

要說方大老爺，自己兒子也不見得這樣操過心，主要是自己的兒子爭氣。方悅小時候什麼東西一教就會，課業文章一點就通，人稱方家寶樹，完全不必人操心。像秦師弟，這就是很明顯需要人操心的孩子啊，尤其父親上了年紀，師弟尚年少，自己這個師兄，可不就得多照應著些嗎？

方大老爺回家後將盧尚書的點評私下與父親說，方閣老道：「盧尚書的話倒也中肯。」

「我看，阿鳳頗是氣惱。」

「怎麼，他在尚書府發作了？」

「那倒沒有。」方大老爺道：「秦師弟頗知輕重，縱是心裡不大高興，也說了許多感激的話。父親也知道盧尚書的性子，最是執正，喜歡的是那種斯文謙遜的年輕人。」

方閣老一笑，「這就是盧尚書不能為首輔的原因。」

方大老爺洗耳恭聽，方閣老卻未再多言，問：「依你看，阿鳳這科如何？」

方大老爺道：「兒子自然是盼著秦師弟能有所斬獲的，只是秦師弟的文章兒子也看過。說句公允話，便是在舉人裡，亦不算特別出眾。盧尚書的話，出自公心，可兒子想著，父親您對秦師弟一向喜愛，想來秦師弟有些兒子不知道的好處。」

方閣老笑，「狡猾！」

方大老爺笑，「兒子的眼光遠不及父親，父親看他好，兒子便也看他好。」

方閣老笑，「老大，你仔細著看。」

「是。」

秦鳳儀初來京城那日誇下海口後，不少人家聽聞他這「今科狀元」的名聲，再加上明年便是春闈之年，故而許多人家還想打聽這位「今科狀元」秦公子來著。

如李釗之妻崔氏娘家襄永侯府，就問起過崔氏。

崔氏離娘家近，回娘家方便，娘家嫂子崔大奶奶就問起了秦鳳儀。

崔氏道：「秦公子去廟裡念書了。」

「如何去廟裡念書？你們府上色色便宜的。」

「不只我們府上色色便宜，秦家在藕花街已是置了大宅，他家裡也是樣樣方便。不過，秦公子說，近來覺得文章還能有所突破，故而去了廟裡。」

崔大奶奶就打聽了，「妹妹，這秦公子真如他所說的，今科狀元無疑了？」

崔氏不敢把話說得太滿，「這我如何曉得？秦公子念書極用心是真的，不然嫂子想想，他也是出身富戶，家裡寵愛長大的孩子。那廟裡的清苦，豈是尋常人能受得住的？」

崔大奶奶道：「我們也都盼著秦公子能高中，這樣，今年就能吃妳家小姑的喜酒了。」

崔氏一向很會幫秦鳳儀刷人品值，便道：「那就承嫂子吉言了。秦公子這樣的用功，怕是蒼天都不能辜負他。」

秦鳳儀在廟裡，自己覺得三五日便能悟得，沒想到他這一住就是一個多月。其間，秦太太和李鏡多次打發人送東西，更是把秦太太擔心得都要去廟裡瞧兒子。

秦鳳儀強脾氣上來，誰都不讓來瞧，好在有攬月來回送信，說公子在廟裡都好。

一進臘月，連李老夫人都與兒子道：「何必讓阿鳳受這樣的辛苦，不成便叫孩子回來。這麼冷的天，凍出個萬一來如何是好？」

景川侯道：「廟裡有吃有喝，不少炭燒，他願意住就住唄。」

「廟裡到底沒有家裡舒服，就是念書，也得吃穿供給上不委屈，書才念得好。」李老夫人並不慣孩子的祖母，但一向也很疼惜兒孫，尤其秦鳳儀又不是不用功。都這樣用功了，倘實在不成，鑽了牛角尖反是不好。

景川侯道：「再看看吧，過年肯定要回來的。」

李鏡除了打點給秦鳳儀送的東西，還時常去秦家看望秦老爺和秦太太，兩老擔心兒子擔心得是吃不香睡不好。李鏡就怕秦鳳儀沒怎樣，兩人先不行了。

李鏡寬慰他們道：「昨兒小廝回來說，阿鳳哥在廟裡遇到了同鄉，相談甚歡。也不知道是遇到了誰。小廝還說，阿鳳哥打發人叫了廟裡的上好齋席款待朋友。靈雲寺的齋席，不敢說京城第一，也不比棲靈寺遜色的。」

「我想著，要是阿鳳哥真鑽了牛角尖，斷然不會如此。他那個人，您二老不是不曉得，一向想得開的。何況，攬月每天都回來報信，要是阿鳳哥哪裡不好，攬月哪有不說的道理？您二老就放心吧，可千萬別阿鳳哥什麼事都沒有，倒是您二老擔心得病了，他這一牽掛，更不能安心讀書了。」

秦太太嘆道：「是啊。」略打起精神，「那咱們今也叫一席靈雲寺的素齋來吃，我得嘗嘗這味兒，看是不是真的好。要是不成，另打發人給阿鳳送好的去。」

「是這話。」李鏡就不評價秦太太這慣孩子的問題了，見二老打起精神，陪他們說了半日話，又一起用了靈雲寺的素齋席，果然不錯，秦太太便有些歡喜，與丈夫道：「咱們阿鳳自幼愛吃肉，無肉不歡的，我就擔心這一個月沒肉吃，孩子得餓成啥樣。這靈雲寺的素齋，比葷席也不差，素雞素鴨做得以假亂真。要是每天這樣的吃食，還是能放心的。」

「是啊。」秦老爺的眉毛也舒展了，臉上帶著笑，「還好咱們阿鳳不是個死心眼的孩子，就得這樣才好。必得吃好穿好，才能讀好書。」

夫妻二人嘗著靈雲寺的伙食不錯，並非他二人想的成天蘿蔔白菜豆腐乾的那種，又有李鏡勸解著，關鍵是，不能拖兒子後腿啊。於是，打起精神過日子，還同李鏡商量好了，「要是臘八阿鳳還不回來，就得去山上把他抬回來，年總得在家裡過。」

李鏡道：「您二老只管放心，我料這幾日必然有信的。」

秦太太忙問：「這怎麼說？是不是阿鳳給妳捎信兒了？」

「要是阿鳳哥給我捎信兒，我一早就過來同您二老說了。」李鏡笑，「是我自己琢磨的。先時阿鳳哥說三五日就能回來，可見他信心很足，但過了十天也沒消息，便可知他必是遇到什麼瓶頸，這事別人幫不了他。前頭一個來月，攬月回來雖然是報喜不報憂，但問他阿鳳哥飲食，無非是廟裡那幾樣。咱們給廟裡佈施不少銀子，廟裡給阿鳳哥的伙食自然不差，可阿鳳哥的性子，他做事一向專注，正因專注，便顧不得廟裡伙食了，故而就隨廟裡安排了。可見他一直用功攻讀。若不是有什麼事讓他心境改變了，他現在別說是遇到朋友，就是遇到我父親，多半也沒有說話請客的心。他突然叫席面待客，必有緣故。」

「佛家一向講究開悟，這個悟，玄之又玄，但在我看來，就是一種心境。看同一事物，倘心境變了，這件事物便不同了。阿鳳哥既是心境有變，想來就快回來了。」

李鏡這話，對於沒啥文化的秦老爺和秦太太委實有些深奧，兩人硬是沒聽太懂。不過，最後一句聽明白了，那就是兒子快回來了。

秦太太一掃先時擔憂之氣，兩眼放光，再次問：「這麼說，阿鳳真要回來了？」

「是。」李鏡篤定。

李鏡這話說完沒三天，秦鳳儀就裹著鋪蓋捲回家了。他形容略有消瘦，但滿面春風的模樣，要不是秦太太知曉兒子是從廟裡回來，非得誤會一二不可。

秦家夫妻見著兒子，一顆心總算放到肚子裡去了，紛紛問起兒子在廟裡的情形。一家人說一回話，秦老爺命下人叫了明月樓的席面，秦鳳儀忍不住吸吸口水，道：「我在廟裡，最饞的就是咱們揚州的獅子頭，今日我一頓得吃仨。」

秦太太滿眼是笑，「你吃四個都成！」又命打發人去李家說一聲兒子下山的事。

秦鳳儀笑，「不必，我早著攬月去過了。」

秦太太一笑，先讓兒子回房收拾，換件衣裳，待席面到了，一家人便可用飯。

明月樓的席面自不必提，可結果這一個月秦鳳儀都是在廟裡吃素，乍一碰葷腥，腸胃便有些受不住，中午吃得挺高興，下午就開始鬧肚子，把吃進去的原封不動又拉出來了。待到下午，還請大夫來診了回脈，大夫開了個溫養方子，讓休養著。

李鏡過來瞧秦鳳儀，秦鳳儀正靠在床上休養，秦太太在一旁坐著說話。見李鏡來了，秦太太起身，讓出床畔的位置，還道：「阿鏡，過來跟阿鳳說說，快叫他別看那些文章了。這身子不好，正當多休養。」

秦鳳儀道：「就是多吃了兩個獅子頭，我也沒留心，一下子吃多了。」

李鏡看秦鳳儀氣色不錯，又見錦被上鋪著好幾篇文章，便問：「看什麼文章呢？」

秦鳳儀把兩篇文章給李鏡，「妳先瞧瞧。」

李鏡接過，其實都是秦鳳儀的文章。

李鏡一目十行看過，笑道：「果然是有大進境。」

秦鳳儀很是得意，「不錯吧。」

李鏡轉頭與秦太太道：「嬸嬸，阿鳳哥的文章大有長進。」

秦太太並不懂文章，聽到這話，心裡甚是歡喜，然後很不愧是秦鳳儀親娘地說了句：「看來，這科狀元是沒跑啦！」

這位也是世間唯三認為狀元當屬自家兒子的人！

李鏡問秦鳳儀：「你這次一去，想是初時不大順遂，我還以為得無功而返呢！」

秦鳳儀罕見地沒吹牛，「先時我想著，憑我的聰明才智，也就兩三天的事，可這作文章真是一點懶都偷不得。我每天用功研究，偏生不能盡如我意。有時我又著急，心下更不清靜。我也想著，若到年下還不成，就回家去，不悟這破文章了，偏生我遇到了老阮。」

「哪個老阮？」

「就是小秀兒的相公阮秀才，他上科也中了舉，現在是阮舉人了。」秦鳳儀眉眼滿是歡樂，眉宇間似有一種既平和又由衷的喜悅，讓他整個人內斂許多。

秦鳳儀道：「老阮說，他與小秀兒有兩個兒子了，這次本想帶著小秀兒一道過來，不想臨行又查出身孕，只得他一人來了。我真是為他們高興，阿鏡，媳婦，我真是高興。」

話到最後，秦鳳儀眼中隱現淚光。

一切都與夢中完全不同了，他現在還沒娶到媳婦，但小秀兒與阮秀才已為人父母，秦鳳儀不曉得該如何說，但見到阮秀才，不，阮舉人，秦鳳儀非但為他與小秀兒高興，更是有一種罕見的安全感，他覺得世事是真的大不同了。

這個被秦鳳儀稱為老阮的前阮秀才，如今的阮舉人，秦家就秦鳳儀一個人相識。不過，秦鳳儀一說是小秀兒的相公，大家便也都明白了。秦太太見兒子這樣激動，想著定是當初兒子對那個村姑李秀兒的事心懷內疚，而今知道人家過得好，兒子都有了，替人家高興。

哎，自家兒子就是這樣的心善，有什麼辦法呢？

秦太太既欣慰又自豪，與李鏡道：「阿鳳總是這樣，見人家過得好，他也跟著高興。」

秦太太想到的，李鏡也想到了。

李鏡瞧著秦鳳儀笑笑，「是啊，憂人所憂，樂人所樂，阿鳳哥，就這一回了啊！」

秦鳳儀被他媳婦意味深長的眼神一掃，打了個激靈，不自覺就挺直脊背，大聲道：「放心吧，媳婦，以後我一準兒對妳忠心耿耿，忠貞不二！」

李鏡笑，「胡說什麼？」

秦太太不愧是秦鳳儀他娘，趕緊道：「我還有事，我出去看一看啊！」站起身，嗖嗖嗖就跑沒影兒了，生怕打擾兒子談戀愛。

出了兒子的院子，秦太太臉上喜氣洋洋，桃花兒一向活潑，笑道：「自大爺回來，太太臉上的笑就沒斷過。」

秦太太笑，「有喜事，自然是要笑的。」又與桃花和梨花道：「咱們過去算一算，雖則大爺的聘禮都帶了來，但訂親時用的喜帳綢緞，也得提前置辦起來了。」

李鏡當天就在秦家用午飯，待過午與秦鳳儀說話時還說：「既是與阮舉人性情相投，何不邀他到家中來住？」

秦鳳儀道：「我原是說了的，但他說廟裡住著清靜，而且自他中了舉人，他家境況也不差了。再者，我思量著，李菜頭，啊，就是他老丈人，那勢利眼定得資助他一些。還有縣裡給舉子們的路費盤纏，他說現在夠用，我看他在廟裡吃的也是二等食盒，就沒再勸，不然一人一個心境，我非勸他到家裡來，壞了他的心境，反是得不償失。」

李鏡點點頭，又細問了阮秀才的事，秦鳳儀只挑著能說的說了，最後道：「他當真是誤會了，後來我還令攬月去李菜頭家把話說開了，他與小秀兒才成的親。後來就沒來往過，不想竟在京城相見。」

李鏡道：「這人倒有幾分膽色，能為未婚妻親自找你去說道，可見也是個有擔當的，多來往些沒什麼壞處。」

「知道了。」秦鳳儀問：「媳婦，有沒有想我？」

「你這張嘴，一輩子改不過來了。」李鏡問：「你呢，有沒有想我？」

「當然想過，寫不好文章，煩躁時就想，我這文章若不能有進境，娶不上媳婦咋辦？」秦鳳儀道：「那時，我就特想妳。念書念累了的時候，也會想妳在做什麼。有時候不想念了，我就想，萬一中不了狀元，岳父反悔，我娶不上媳婦不要緊，妳這不就成老姑娘了嗎？」

「我可是比你小一歲的。」李鏡道。

「媳婦，要是我中不了進士，妳會不會嫁我？」

「真是傻話。」李鏡摸摸他的臉，「我中意你的時候，你連個秀才都不是。」

「那妳為什麼中意我啊？世上那麼多比我強的人，遠的不說，阿悅哥就稍微比我強那個一星星點兒吧？」秦鳳儀想了想，「他好像也沒哪兒比我強啊，是吧？」

李鏡笑，「比你強的人很多，但在我心裡，我只中意你。同樣，比我貌美的女子也很多，你怎麼會中意我的？」

秦鳳儀道：「在夢裡，咱倆做夫妻好幾年。再說，誰說妳不美了，妳只是沒有我美。」

李鏡笑，「這就是了，能說出來的便不是情分了。就是有這麼一種說不清道不明的東西，你對我是因夢而來，可我對你，我也不曉得，我見了你就高興，不見你就牽掛。先時我也見過不少出眾公子，唯有對你，才有這種情愫。」

秦鳳儀都聽傻了，待李鏡說完，他還支愣著兩隻耳朵等著聽呢。見李鏡不說了，秦鳳儀握住她的手道：「媳婦，再說兩句，妳說的可真好。」

李鏡好笑，「我心裡便是這樣想的。」

「我也如同妳這般。」秦鳳儀急急地道：「我就是不如妳會說！我也是，我就是在和尚廟裡都忘不了妳！」

兩人說了不少私房話，直至傍晚時，李鏡方告辭。

秦鳳儀很捨不得她，拉著她的手不放，「吃過飯再走吧。」

「祖母也記掛著我呢，再說，這會兒父親也落衙了。父親也記掛你，我回去說一聲你沒事，大家也就放心了。」

李鏡一提父親二字，秦鳳儀只得鬆手，輕哼一聲，「王母娘娘還記掛我？」

李鏡笑斥：「你少亂叫，讓父親聽到又得訓你。」起身道：「行了，你別下來，外頭冷，你又沒穿大衣裳，我與嬸嬸說一聲便走了。」

秦鳳儀跟著下床，披了件大毛衣裳，道：「這披上就成，我又沒事。」送了李鏡出去，一直送到大門口，李鏡不讓他送他還非得送，等到李鏡上了車，看她的車走了，秦鳳儀方依依不捨地回了家。

侍女小圓都說：「姑娘，秦公子待您可真有心。」

李鏡一笑，沒說話。

李鏡告辭時拿了秦鳳儀的兩篇文章回去。

見孫女回來，李老夫人問道：「阿鳳可好些了？」

李鏡與長輩們見過禮，笑笑，「本也沒什麼，就是在廟裡吃素吃得日子長了，他又是個饞肉的，秦叔叔和秦嬸嬸一向慣著他，剛回來就吃了三個獅子頭，肚子就不舒坦了。吃了一劑湯藥，已是沒事了。他還說讓我代他向祖母請安，說是待大安了就過來看望祖母。」

李老夫人笑，「沒事就好，沒事就好。」又道：「廟裡什麼都好，就是這吃食上，阿鳳正是長身子的時候，大小夥子，長久吃素哪裡受得住？」繼續問：「想是瘦了些？」

「有一點兒，沒大礙。」李鏡按捺不住心裡的歡喜，「阿鳳哥的文章，大有長進。」

李老夫人喜道：「這可真是沒白遭這一個月的罪。」

李鏡道：「一會兒大哥回來，我得給大哥瞧瞧。」

崔氏也替她高興，道：「秦公子真是有這種吃苦的狠勁，等閒富貴人家的公子，哪裡吃得了這樣的苦楚？」

景川侯夫人雖然依舊不喜秦鳳儀，但因她娘也說過她，她也不想自己做了惡人，當下附和地笑道：「春闈前能有所進益，可見秦公子時運正佳。該趁這股時運，金榜題名才好。」

李老夫人喜歡聽這話，「說的是。」

李鏡笑，「承太太吉言了。」

「定是如此的。」景川侯夫人見這祖孫臉都是臉上帶笑，索性再不管李鏡這樁親事，隨她嫁去好了，「我已令管事買了一萬響的鞭炮，就等著明年秦公子中狀元時放了。」

正說笑，李家父子落衙回府，李欽和李鋒也放學回來了。

景川侯問：「什麼事情這樣高興？」

「正說阿鳳的文章呢，阿鏡說大有長進。」李老夫人笑呵呵的。

李鏡將拿回來的兩篇遞給大哥，「大哥，你幫阿鳳哥看看。」

李釗甫回來，氣都沒喘一口，先接了文章。

崔氏接了小丫鬟捧上的茶遞給丈夫，李釗慢慢呷一口，打趣地瞧妹妹一眼，李鏡面色如常。李釗想著，妹妹莫不是自小到大寵辱不驚，故而相中了秦鳳儀這乍乍呼呼的小子？

李釗喝過茶開始看文章，點頭道：「可真是不易，這才一個月。」把文章遞給父親看。

景川侯不舞文弄墨久矣，只是大致看一看，要是尋常小進步，估計景川侯也不在意。不過，李鏡都這般歡喜，便知秦鳳儀進境真不是一般的大。譬如習武，基礎招式練了很多年，但想成宗師，就需要一種質的進境。秦鳳儀現在的文章較之先前，就有那麼一點意思。

景川侯微微頷首，「可見廟裡沒白住。」

景川侯夫人問：「必是狀元無疑了？」

景川侯道：「妳怎麼跟那小子說話一樣了？」並沒有評價秦鳳儀的文章如何，面色卻是不錯，問閨女：「那小子身體無礙吧？」

「沒事，就是在廟裡住久了，剛下山不適應。」

沒事便好，景川侯便再未多問。

李釗卻覺得，秦鳳儀考前能有所突破，運道還是不錯的。

李釗與崔氏道：「阿鳳這人，運道是極旺的。先時我還擔心他來著，如今看來，卻是能放下一半的心了。」

「怎麼才一半的心？」

李釗道：「妳知道明年春闈報名的舉子有多少嗎？」

「快說。」崔氏催他。

「明年是陛下的四十大壽，又是大比之年，光現在，禮部就有六千舉子報名。知道上科有多少舉子嗎？不過三千七百零十九人。」李釗道：「阿鳳有所進境，自然是好，但明年是大比，較往年可更是艱難的。」

崔氏道：「哎喲，要不，什麼時候我叫上妹妹，去廟裡給秦公子燒幾炷香？」

李釗笑，「這是妳們婦道人家的事，燒香要是靈，都不必念書了，皆燒香去吧。」

夫妻二人說一回話，便歇下了。

秦鳳儀在家休養兩日，便騎馬去了方家，跟方閣老顯擺了一回自己的進步。

方閣老撫鬚笑道：「好好好，先時的筆力離狀元還差些，如今已是不錯了。」

秦鳳儀得意地揚揚腦袋，「還是師傅給我出的那主意好，果然廟裡清靜，我當初模模糊糊得那門檻，一下子就想清楚，還邁過去了。」

方閣老道：「就保持這水準。」

「師傅放心，明年一準兒比這還好！」

方悅看秦鳳儀的文章，也為他高興，自己都想也去廟裡住些日子了。不過，新年轉瞬即至，方悅自然也沒了去廟裡的機會，何況他文章大成，便是去廟裡，也便是如此了。

秦鳳儀則因年前文章大進，對來年春闈充滿信心。

他自方家告辭，回家時就見街上幾個賭坊開出賭局來，賭的不是別個，便是明年春闈三鼎甲的熱門人物。秦鳳儀慣是個愛熱鬧的，便下馬過去看來著，別看秦鳳儀這相貌一般大戶人家不認得，那是因為大戶人家的男人們一般都有差使在身，沒空關注京城八卦。而大戶人家的太太奶奶們，出門的時候少，但秦鳳儀在街頭巷尾，神仙公子的名聲還是在的。

秦鳳儀一到那賭坊開的賠率榜那裡，就有小夥計認識他來，連忙打千，「哎喲，怪道今早喜鵲枝頭喳喳叫，竟是神仙公子駕臨！秦公子，您也在咱們榜單之上，要不要買幾注？

秦鳳儀心中很是得瑟，「怎麼，你們也預測我能三鼎甲？」

那小夥計笑，「您老都自稱今科狀元了，我們要是不把您放榜上，就是咱們京城的女娘們也不能同意啊！」

「屁！我憑的是實力好不好？」

秦鳳儀細看賠率榜，方悅是狀元的熱門人選，故而賠率頗低，不過一賠一罷了。倒是有個姓陸，叫陸瑜的，賠率也與方悅一般，可見也是個大才子。

這賠率榜上，賠率最高的就是秦鳳儀了，上榜的理由是：神仙公子自誇海口。

頓時把秦鳳儀氣得好歹。

三鼎甲榜排名第一：方悅。

上榜理由：京城案首，揚州解元，於江南文昌之地得中解元，文筆優美，立意高遠，三鼎甲有力競爭者。

最高賠率：一賠二。

三鼎甲榜排名第二：陸瑜。

上榜理由：湖廣才子。秀才試第三名，桂榜亞元，文筆洗練，素有文名，三鼎甲有力競爭者。惜相貌略輸方悅，故，排名略遜。

最高賠率：一賠二。

三鼎甲榜排名第三：……

總之，三鼎甲榜排出十一位，秦鳳儀是那最後的一個。

三鼎甲榜排名第十一：神仙公子秦鳳儀。

上榜理由：揚州才子。秀才試第七十五，桂榜一百零三名。秦公子於揚州城有鳳凰公子美名，待至京城，以美貌力壓京城雙玉，其美貌得到京城女娘們一致認可。聞近日文章大有進境。鳳凰公子自誇海口，京城女娘推薦上榜。

最高賠率：一賠三百。

秦鳳儀氣得眼裡冒火，問那夥計：「我說你們到底有沒有譜啊？怎麼別人都是這個才子那個才子的，我這裡你們就寫些虛頭？」

小夥計連連打千，有掌櫃聽到外頭說話，見是神仙公子駕臨，連忙作揖請神仙公子進去說話。掌櫃笑道：「公子莫惱，公子莫惱，這不是寫了公子是揚州才子嗎？」

秦鳳儀不高興道：「那『自誇海口』，還有『京城女娘推薦上榜』，是怎麼回事？」

小夥計端來香茶，掌櫃雙手捧上，「公子嘗嘗，這可是揚州春茶。」

秦鳳儀呷口茶，掌櫃道：「公子有所不知，先時我們沒有把公子列於榜上，可這京城的女娘們不幹啊，說我們沒眼光。我們一想，可不是嗎？您說說，小的們這眼珠子長來，那就是個擺設。公子您這樣的人才，自然是三鼎甲的有力競爭者。何況，您這樣的自信。不是小的說，便是排第一位的方悅方公子，排第二的杜瑜杜公子，也不及您的自信！公子，小的聽說過，有志者事竟成，苦心人天不負。公子，您此次春闈，必是金榜題名啊！」

「還算你這掌櫃有些見識！」秦鳳儀道：「把你那個什麼『海口、女娘』給我換了，換成實力上榜。」

掌櫃連連應承，問道：「公子，您要不要也買幾注？」

「自然是要買的。」秦鳳儀拿出二百兩銀子的銀票，一百兩買自己，一百兩買方悅，與那賭場掌櫃道：「這狀元之位，不是我，便是阿悅了。」

掌櫃立命夥計去換了賭票來，又將秦鳳儀奉承了一回，秦鳳儀道：「立刻換啊！」

「是是是。」掌櫃正要送秦鳳儀，門外有個女子聲音道：「三鼎榜的注怎麼下？」

掌櫃連忙起身招呼，那女子已是推門進來。秦鳳儀一回頭，就聽得一聲震耳欲聾的尖叫聲，秦鳳儀連忙竄出去，飛速上馬，帶著攬月和侍衛跑了，跑出老遠還聽得那女子高喊：

「神仙公子……啊，神仙公子，我看到神仙公子啦……」

秦鳳儀走遠了方與攬月道：「我近來出來得少，怎麼京城女子還這樣？」

攬月道：「小的都與大爺在一處，也是久未見到這樣瘋狂的女娘了。」

倒是辰星頗知京城行市，道：「大爺，現在可有很多女娘買您的榜呢！」

秦鳳儀問：「這事我先前竟不知。」

攬月道：「大爺都在廟裡念書，哪裡曉得這些街巷市井之事？」

秦鳳儀忽然好奇地問：「你們買我沒？」

辰星有些不好意思，「我買了方公子。」

秦鳳儀道：「你可真沒眼光。」

辰星道：「公子，關撲是關撲，交情是交情。」

攬月道：「公子，我買你了。」

秦鳳儀一樂，「買了多少？」

攬月道：「買了二兩。」

「你個窮鬼，公子我每月給你的也不只二兩，怎麼只買這麼點兒？」

孫漁孫大管事道：「攬月把全副身家買了方公子，後來一想，覺得不買公子您也太沒情義了。搜遍全身，只剩二兩，就買了公子二兩。」

「都是些沒情義的！」秦鳳儀怒視這一幫傢伙。

攬月也道：「公子，關撲是關撲嘛！」

秦鳳儀問孫管事：「孫叔叔，你買我沒？」

孫管事道：「買了，我只買了公子，買了二十兩。」

秦鳳儀與攬月、辰星道：「看到沒，這就是孫叔叔的眼光。」

攬月壞笑，「就因買公子您這二十兩，孫嬸嬸罵了孫叔三天，說寧可把銀子孝敬了您，也不該把銀子往水裡扔啊！」

秦鳳儀簡直被這一幫傢伙氣死。

他自方家出來就去了岳家，動員岳家一家人買他。

真是人情冷暖啊！

憑秦鳳儀磨破嘴皮子，也就李老夫人拿出一百兩，李鏡拿出五十兩，表示對阿鳳哥的支持。李二姑娘不參加，李三姑娘出了五兩銀子。崔氏完全是面子情，支持小姑子嘛，也拿了五十兩。景川侯夫人心想，真是打水漂的銀子，但因著李鏡本就不是親生，景川侯夫人拿了八十兩。而後，秦鳳儀還問李老夫人屋裡的丫鬟：「妳們要不要買一點支持我？」

要秦鳳儀說，李老夫人屋裡的丫鬟也比他身邊的小廝有眼光，幾個丫鬟嘻嘻哈哈地一人出了一兩買秦鳳儀。

李鏡道：「妳們就算了，攢些個月錢也不容易。」

小圓和小方道：「姑娘，我們也一人出一兩，不為別個，就為公子搏個好彩頭。」

「好丫鬟，有眼光！」秦鳳儀與她們道：「妳們就等著發財吧！我跟妳們說，今兒押上這一兩銀子，後兒個成親的嫁妝都有啦。」

丫鬟們羞羞笑道：「秦公子就知道與我們打趣。」

秦公子一向出手大方，這幾年她們可沒少收秦少爺的賞。何況，秦少爺這般形容相貌，為人亦是極好，便是將銀子打水漂，能搏秦少爺一笑，這也值得的呀！

當晚，李釗聽妻子說了這事，「妳們可真是耳根子軟，這不是拿銀子扔著玩嗎？」

崔氏道：「我看秦公子可有把握了。」

「罷了，反正銀子也花了，就當讓阿鳳高興吧。」李釗問：「阿鳳買了多少？」

「買自己買了一百兩，買方公子也買了一百兩。」崔氏悄悄與丈夫道：「方公子賠率低，一賠二，我打發人拿五百兩買方公子。」

李釗笑，「買得好。要是妳這五百兩賺了，便是補一補買阿鳳的虧空，還能賺些。」

崔氏雙手合十，「阿彌陀佛，中一個就成。」

李釗大笑。

秦鳳儀回家還動員他爹和他娘也去買他。

秦老爺是商家風範，看過那賠率榜後，命人取了一百兩買了方悅。

秦太太說丈夫：「平日裡說得跟花兒一樣，這不淨哄兒子嗎？阿鳳莫氣，娘買你。」當下命人拿二百兩去買兒子。

秦老爺算了算，道：「這也成，縱妳那二百兩虧了，我這裡也能平了帳。」

秦鳳儀氣得一晚沒理他爹。

倒是有一人買了秦鳳儀，正是方洙的丈夫孫舉人。

孫舉人也來了京城，就借住在方家。秦鳳儀過去拜見方閣老，趕上孫舉人出去會友沒見著。孫舉人聽聞秦鳳儀下山了，便過來拜訪他。

秦鳳儀見到孫舉人很高興，「不知道孫兄和阿洙妹妹過來，該是我去拜會你們才是。」

孫舉人笑道：「我前些日子就到京城了，聽說秦兄在廟裡攻讀，不好過去打擾，昨日聽下人說，秦兄去向方爺爺請安，偏生我出門去了，咱們沒見著。聽說你好了，我過來看看。」

二人說起話，秦鳳儀方曉得，孫舉人來京城並未帶方洙。這也正常，有時候不方便帶女眷，像阮舉人那樣，也是自己帶著小廝來的，但孫舉人此事十分奇特，沒帶媳婦，反是帶著老娘孫舅媽來。說是方洙身子不好，怕路上累著，這北方天兒也冷，怕到了北面凍著她。

秦鳳儀自小與方洙一道長大，雖則是經常見面拌個嘴什麼的，要是方洙有了身孕，還能這樣說。秦鳳儀一向直性子，便道：「孫兄，以前都說你家疼媳婦，我都不信，如今可算是信了。孫舅媽這樣的年歲，比我娘還老呢，都這樣跋山涉水陪著你來伺候你，就捨不得讓媳婦來。哎喲，像你家這麼疼媳婦的，可是不多見！」

孫舉人笑，「也是姑媽捨不得阿洙妹妹。」

原本秦鳳儀還想留孫舉人吃飯，一見這等樣人，還把事情往自己姑媽身上推，便沒什麼心情了，藉口還要溫書，孫舉人一向有眼力，自然告辭。

秦太太還說：「怎麼沒留孫舉人吃飯？」

「吃什麼飯，這叫什麼東西？這來京城不帶阿洙妹妹，倒帶著他那勢利老娘，我才看不上這類人呢！」秦鳳儀道：「娘，您少跟這家人打交道！先時阿灝說，這孫家自從中了舉人，就不大樂意阿洙妹妹的親事，我還覺得不大信。如今看來，真不是什麼好東西！」

秦太太道：「你多想了，先時孫太太就來過，說是阿洙身子不舒坦，她才來的，興許是阿洙有了身子也說不定。」

「娘，您真是什麼人都往好裡想，要是阿洙妹妹有身孕，這樣的喜事高興還來不及，誰家會瞞著？」秦鳳儀道：「您沒見阿阮，說到小秀兒有身子的事，笑得像個呆瓜。您看孫家，像這樣的嗎？」

「這也是人家的事，萬一孫舉人中了，你們同榜進士又是同鄉，豈不是多個朋友？」

「這樣的朋友，白送我都不稀罕！」

秦鳳儀就是這樣愛恨分明的性子，秦太太想著兒子還小，只得隨兒子去了。

待得過年，秦鳳儀去方家拜年，還與方悅說：「真是個老好人，阿洙妹妹又沒來，你家還用得著看洙妹妹的面子？」

方悅嘆道：「他們母子都上門了，說在尋住處，話都到這分上，也不好把人往外推。大過年的，說這樣的人也敗興。」

秦鳳儀笑，「阿悅師侄，我可是買了一百兩，你買我沒？」

方悅忽略「師侄」二字，笑道：「不及你財力，我買自己買了五十兩。」

「你這眼光也就如此了。」秦鳳儀過去向方閣老拜年，問起方閣老可有買自己。

方閣老道：「買啦！你和阿悅，一人一百兩！」

「果然是我的師傅，就是有眼光！」再問大師兄：「師兄，你買沒？」

方大老爺連聲道：「師兄不賭博，師兄不賭博！」

此次過年，就是要各處走動，秦鳳儀還特意進去向兩位師嫂拜過年。

方大太太和方四太太皆慕其名久矣，見秦鳳儀一身大紅繡金槿花長袍，腰間勒著同樣的織金腰帶，越發顯得身高腿長，尤其衣領袖口皆綴了上好的風毛，更添三分貴氣。再有秦鳳儀那張舉世無雙的臉，以致於秦鳳儀說起自己的三鼎榜關撲的事情來，方大太太這一向節儉過日子的，也不管秦師兄關撲的事靠不靠譜，大手筆與公公比肩，買了秦師弟一百兩。方四太太到底存些理智，買了五十兩。

讓秦鳳儀意外的是，方家的小師侄女們個個有眼光，都一道買了他，把方悅鬧得哭笑不得，道：「三妹、四妹，妳們怎麼不買大哥？」

方三姑娘道：「大哥又沒讓我們買。」

方四姑娘一副理所當然的模樣，「現在外頭女娘們都在買小師叔，我們做師侄女的，當然不能輸給外頭的人啦！」

秦鳳儀道：「侄女們這眼光就是不凡啊！」

一人給一對金釵，算是見面禮。還有一人一個大紅包，過年的壓歲錢。

兩位小姑娘很喜歡貌美的小師叔，還道：「師叔有空只管過來，我們跟師叔說說話。」

秦鳳儀樂不顛地應了。

秦鳳儀一個年拜下來發現，買自己的多是女娘們。

秦鳳儀不禁感慨：這是個女娘眼光好過男人們的年代啊！

於是，今年過年的關鍵字是：你買我沒？

……

秦鳳儀過年時也就初一和初二出門拜年走動，餘者時間依舊在溫書，打磨文章。直到會試前一天，他還在看書。

會試之事，也就是春闈，基本上，收拾考箱，準備會試九天的用度，都是李鏡與秦太太商量著置辦的。秦太太有秋闈經驗，李鏡以前幫他哥準備過春闈，也是有經驗人士。兩人給秦鳳儀準備起東西來更是盡心。大到要帶進貢院的被褥，小到會試時用的筆墨，更有這幾天的吃食都得預備好。

李鏡特意讓秦鳳儀把用爐子生火的技能又練了一回，無他，這會試還得考生自己帶著爐炭，備著吃食，屆時吃啥都自己做。每屆會試都有那等四體不勤的考生把自己燒了燙了，都是事故。秦鳳儀已有秋闈經驗，甭看他自小是家裡小寶貝一樣地長大，秦老爺和秦太太哪裡讓他做過半點粗活，可他動手能力強，像這種給爐子生火的事，秦鳳儀道：「就是去年秋闈，我也是一學就會。廚房的李大娘還誇我聰明來著，我用爐子煮粥煮得可好了。」

「真的？」

「當然是真的，攬月都不如我煮的好。」秦鳳儀笑，「媳婦，有空我煮給妳吃。」

李鏡不理這話，問他：「去年秋闈都帶了些什麼吃食？」

秦鳳儀道：「我帶著燕盞進去，一早一晚，都是用冰糖熬燕窩粥。還有杏仁茶、火腿、醬肉和年糕、麥餅、大米都要帶些的，不然要是吃不好，哪裡能考得好？我晚上還得吃夜宵，否則肚子會餓的。」

李鏡放心了，「這就好。只是凡事須仔細，水火無情，用的時候得小心。」

「我曉得。」秦鳳儀道：「多裁幾塊帕子給我。唉，要說秋闈春闈的倒沒啥，就是裡頭每天只得一桶水的用度，只能洗洗臉漱漱口，洗澡是不夠的。」

李鏡聽這話頗是無語，「就忍這幾天吧。」

「嗯！」秦鳳儀安慰他媳婦，「放心吧，我現在文思如泉湧，真擔心萬一我得了狀元，要是阿悅師侄傷心可怎麼辦呢？」

李鏡當即道：「千萬不要與他客氣，只管讓他傷心去吧！」

李鏡原不是說大話之人，但是與秦鳳儀相處時間長了，似乎也染上了些秦鳳儀的性子。何況眼下便是會試，李鏡只有鼓勵的。

秦鳳儀認真點頭，「也只得如此了。」

會試那日，三更就要去貢院外排隊。時間太早，李鏡不方便去送，秦老爺和秦太太一宿沒睡，熬到兩更就把兒子叫起來。會試要帶的東西，昨日已是收拾好，秦太太又親自檢查了一遍。待兒子吃過早飯，穿戴好，夫妻二人親自送兒子到貢院。

秦太太還問：「給你求的靈符可帶了？」

秦鳳儀伸伸脖子，指給他娘看。他脖子裡繞了七八根紅線，除了一隻小玉虎外，都是他娘為他求的靈符。虧得這靈符不靈，不然得墜得脖子疼。

秦太太見靈符都在，心放下一半。待兒子這裡吃好，夫妻二人便送兒子去貢院排隊。其實便是早早排了隊，也是五更才得以進考場。不過，春闈前，李鏡就與秦家說了，要早些來排隊，天字號的考間最好。秦家夫妻牢牢記在心裡，還特意遣人與方悅說了一聲。

方家這樣的書香門第，自然更知此道理，故而方悅來得也很早，只是身後帶著個叫秦鳳儀不大喜歡的孫舉人。

秦鳳儀招呼他們過來，讓他倆排自己前頭，一會兒貢院開門好挨個好考間。

方悅見秦鳳儀眼睛微紅，時不時打個哈欠，一副沒睡醒的睏倦樣，「定是沒睡醒。」

「你睡醒了？」

「我昨兒睡得早。」

秦鳳儀睏倦得很，腦袋一點一點的，「沒事，我進考間先睡一覺。」

未料今科因考生太多，而且是陛下主考，禮部盧尚書為副主考，陛下就說了，考生多，這進考查驗可得仔細著些，就是禮部也頗是小心。要知道，今年是陛下四十大壽，倘真釀出什麼科弊案，那盧尚書也就幹到頭了。故而，非但進場查得嚴，待領了考間號牌，都不是各舉子進各自考間，而是分批領到大澡堂來。也不知怎麼臨時沏的池子，為了查驗身上是否私帶東西，讓各考生先洗個澡再進考間。

嘿！

這可真是！

秦鳳儀沒見過這個啊，方悅和孫舉人也一樣沒見過。

秦鳳儀一向大方，不似有些個舉子扭捏，他三兩下就脫光了，往池裡一跳，覺得水還是溫的，與方悅及孫舉人道：「還傻愣著幹嘛？再不洗，水就冷了。看著涼，還考個鳥狀元？」

方悅和孫舉人一想，是這個理。他倆還好，與秦鳳儀還算熟，尤其是方悅，看著秦鳳儀這張舉世無雙的俊臉好幾年，儘管秦鳳儀白嫩得彷彿會發光，饒是方悅也心下默念好幾聲佛才能平靜。孫舉人更是不自在，到底春闈更要緊，還是連忙扭過頭，自己開始脫衣裳。

秦鳳儀撲騰兩下就出來了，結果往邊上一看，好幾人正轉頭擦鼻血呢！

秦鳳儀攏攏頭髮，與邊上的官兵道：「有沒有止血的藥？看他們這血，怎麼擦不完。」官兵也很是不鎮定，還好有個小頭目強忍著道：「公子，你趕緊把衣裳穿上，他們鼻血也就止了。」哎喲，這就是那位神仙公子吧？咋長得這般妖孽呢？

秦鳳儀也怕冷，二月天的清晨，他先穿上褲子，一面問那幾個流鼻血的：「你們不會是斷袖吧？我可不是。不要太思慕我，你們思慕也是註定沒結局的，我春闈後就要成親了。」

那幾人又羞又氣，還有一人惱羞成怒，「沒見過男人長成你這樣的！」

「所以才讓你見見啊！」秦鳳儀笑嘻嘻的。

那人被秦鳳儀這麼一笑，鼻血更是止不住了，當下怒道：「妖邪之相，不祥！」

秦鳳儀斜斜的一個眼色飛過去，那人鼻血又是一陣洶湧。

秦鳳儀披上袍子，哈哈大笑，收拾好自己，就拎著考箱扛著被子往考間去了。

他原有些睏，擱水裡撲騰了一回，反倒是有精神了。

待得到了考試時辰，發下考卷，主考官說了題目，秦鳳儀便開始答題。

因為會試極是要緊，秦鳳儀儘管早早把題目答好，卻是沒有提前交卷。他是整天在考間裡做好吃的，也不是說多麼豐富，就是秦鳳儀可能真有些烹調天分，像他隔壁的方悅，基本上就是頓頓麵茶果腹，連生爐子都勉強，家裡給預備的上等銀霜炭，他都能弄出一考間的煙來，也不曉得怎麼生的火，鬧得監考的大人都擔心是不是失火了。

故而，方悅都是把水煮開，潑麵茶吃。

這個時候，能吃飽就成。

秦鳳儀不是，他一早一晚都要吃燕窩粥，除此之外，還會煮醬肉粥。熱醬肉用火燒，待他將題目答好，有閒情逸情，還燒了個火腿豆腐湯，香得很。

秦鳳儀在考間裡其實過得不錯，他手巧，又一向不是個會委屈自己的。

只是外頭的人就難免牽掛，尤其趕上今科考生尤其多，便是李鏡這慣來不信鬼神的，也每天到祖母的小禪房裡給菩薩上三炷香，求菩薩保佑阿鳳哥科舉順利。

李鏡倒不全是為了兩人的親事，這幾年秦鳳儀是怎麼用功的，李鏡也是看在眼裡。也不知怎地，偏生這般運道不佳，趕上這考生最多的年頭。

李釗就私下與妹妹說：「阿鳳的文章，要是擱在我那一科春闈，八九不離十。今科春闈，天下舉子但凡能爬得動的都來了。」

李釗這只是與妹妹私下說，對秦鳳儀，一向是誇秦鳳儀文章進境快的。這也不是虛言，秦鳳儀的文章當然不是非常好，但秦鳳儀是李釗見過的進境最快的人。

不說那去廟裡苦讀一個多月的事，便是秦鳳儀在會試前三天給他看的文章，較之去歲秦鳳儀剛從廟裡回家時，便又有進益。

可惜秦鳳儀念書的時間短，倘他能早兩年念書，多些積累，怕就沒有今日之憂心了。

九天之後，會試結束，貢院開大門的時候，已是二月底。

李鏡與秦家夫妻像大多數考生的家長一樣，眼巴巴地守在貢院外。方家的人也來了，還有孫舅媽也到了，見了秦太太還打了招呼，只是此時大家都沒有寒暄的心，都等著鑼響。

貢院那朱紅大門終於緩慢地打開，無數雙帶著殷殷期盼的目光紛紛看了過去。

先出來的自然不是本科舉子，而是主副監各路考官。當然，皇帝身為主考，只在第一日親監，今日自然未在貢院，各考官以第一副主考官盧尚書為首。其實，陛下不過是兼個主考的名，評卷之類的事，需要盧尚書主持。

待各路考官出了貢院，由禁衛軍欽差大臣護著六千七百餘份舉子的考卷直奔禮部，接下來直到會試貢生榜登出前，各批閱官是不能離開禮部的，吃住皆要在裡面。

諸位大人走後，之後出來的才是此科舉子。

秦鳳儀拉著方悅站於前排，方悅已是面露憔悴，好在他正當青春，故而精神還不錯。

精神最好的當屬秦鳳儀，秦鳳儀一身嶄新的朱紅繡桂枝袍，頭束金冠，腳踩皂靴，其人之俊美耀眼，連方悅這樣神色尚好的都被他比成了瘟雞，何況後面大批瘟雞一般的舉子人，被秦鳳儀這風采一襯，簡直連瘟雞都不如。

邊上成群的女娘尖叫不斷，秦鳳儀哈哈一笑，高聲道：「有勞諸位姊姊妹妹過來，今日會試已畢，大家且散了吧，鳳儀好著呢！」

邊上還有女娘尖聲問：「公子考得如何？」

秦鳳儀笑，「必不負諸位所望。」

秦鳳儀覺得自己很低調很謙虛，但他仍然升格為今科舉子中人緣最差中的頭名，大批舉子簡直煩透秦鳳儀。至於嗎？考完了還這麼騷包臭美勾搭女娘，根本不是好人！還有這些女娘們，妳們是不是瞎了眼？咱們雖不及秦騷包，也是當今才子好不好？男人，要看內涵！

然而，大批女娘可是不這樣想，秦鳳儀一開口，不一定聽得清秦鳳儀在說啥，但一個個的都激動得不得了。

秦鳳儀也是個神人，眾多女娘傾慕他，他也很會管理這些女娘們的情緒。女娘們也只是過來看看他，並不會多糾纏，故而看神仙公子上了車，雖仍有女娘的香車尾隨其後，依依不捨，但大家不過是多看幾眼罷了。

秦鳳儀上車時那滿面春風的模樣，直叫李鏡看得兩眼冒火，要不是秦太太也在，李鏡非教訓秦鳳儀兩句不可。

# 肆之章 ● 絕世容貌動帝心

話說李鏡也不是沒有接過考生，像她哥李釗上科春闈，李鏡也過來接了，但秦鳳儀這種狀態的考生，李鏡還是頭一遭見。尤其是秦鳳儀上了車還拿把扇子騷包地搖啊搖的，再加上那一臉招風引蝶的得瑟樣兒，李鏡沒好氣地道：「你不冷啊？」

秦鳳儀哈哈笑兩聲，收了扇子，很是欠扁地問：「媳婦，是不是吃醋了？」

饒是當著秦太太的面，李鏡也沉了臉，「你再這樣不尊重，我可真的生氣了。」

秦太太也說：「阿鳳，我跟阿鏡還有你爹，一大早就來等著你了。快說，考得如何？」

秦太太很會轉移話題。

秦鳳儀頗是自信，「沒問題！」

李鏡也顧不得教訓秦鳳儀，細問他考試的題目及如何答的。

秦鳳儀一一說了，還道：「娘，咱們先別回家，先去師傅那裡。我這回寫的文章可好了，我都記著呢，這就去默給先生看。」

秦太太很高興，「好。我和阿鏡也去找方家大太太說會兒話，她是個難得的和氣人。」

李鏡見秦鳳儀這般自信，也為他開心，「別人關這九天都是懨懨的，我還擔心你來著。要知道你在裡頭這般自在，我早不擔心了。」

秦鳳儀又想搖扇子，想到剛挨了媳婦的訓，就沒打開，只是晃了晃，「我不是與妳說過了嗎？我都準備好了。其實我前天就把題目都答好了，只是這不是會試嗎？我就多檢查兩天，與他們一道出來。不然，要按我的速度，我早出來了。」

李鏡就喜歡看秦鳳儀如此自信的模樣。

秦家的馬車直接去了方家，方悅回家後還是先回自己屋裡收拾後方去祖父那裡。此時，秦鳳儀已將自己考的文章默好，方閣老正拿著看。

方閣老微笑頷首，「寫得不錯。」

「我也覺得比我考前作的那篇更順些。」秦鳳儀眉開眼笑，「師傅，那我就先回了。」

方閣老點頭，「去吧，回去好生歇一歇，今日就不留你了。」

秦鳳儀笑嘻嘻的，「我得給我岳父報喜去。師傅，我成親時，你可得來啊！」

方閣老一樂，「好。」又說秦鳳儀，「把你那狀元紅送我兩罈，明兒趕緊給我搬來。」

方閣老早就盯著秦鳳儀的好酒了。

秦鳳儀道：「這不成，得我訂親那會兒才能吃。」

兩人鬥幾句嘴，方悅把文章也默好了，看孫舉人還在寫，便將自己的文章先給祖父看。秦鳳儀便跟著一道瞧了瞧，方告辭回家。

回家的路上，秦鳳儀臉色有些凝重。

秦太太問他：「剛不是好好的嗎？怎麼了？可是閣老大人說什麼了？」

秦鳳儀頗是遺憾，「師傅也誇我文章作得好，只是看了阿悅師侄的文章，倒叫我這狀元無甚把握了。」

秦太太哭笑不得，「我兒便是榜眼也使得的。」

秦鳳儀道：「還有孫舉人那等人，竟然文章也作得不錯。」

秦太太道：「他年長你六歲有餘。」

秦鳳儀搖頭，「唉，我的文章竟與這等人的文章彷彿，當真掃興。」

李鏡看他叨叨個沒完，便道：「你就別囉嗦了，人家還沒怎麼著，你就說人家不好。我與你說，那榜下捉婿，不少人家都會拿貢士榜單打聽過的，你還以為大家隨便捉啊？像那已成親的，根本沒人去捉。再者，人家也沒做下什麼惡事，你是不是想多了？」

「我想多了？妳等著瞧吧，這類人我見得多著。」秦鳳儀一笑，「不說這個了，阿鏡，我回去洗個澡，咱們就去妳家，先給祖母報喜，待岳父回來，也叫岳父高興高興。」

李鏡笑，「好。」

秦鳳儀道：「娘，聘禮可得再清點一遍，還有我訂親的傢伙什都預備全了沒？這三月中就發貢士榜。只要是上了貢士榜，殿試從不黜落。等到我一登貢士榜，我就請師傅和珍舅舅為媒，過去岳父那裡提親。」

秦太太笑得像朵花似的，「放心，我兒，為娘和你爹早就準備好了，鞭炮買了二十萬響。十萬響你中了進士放，十萬響你訂親時放。」又與李鏡道：「阿鏡，妳與阿鳳的新房，頭兩年就收拾好了。」

秦鳳儀也道：「妳好幾年沒見咱們那棵瓊花樹了吧？現在長得可好了。」

李鏡有些奇怪，只是她一個女孩兒家不好說自己的親事，便將事情放在心裡，聽著這母子二人說道。倘阿鳳哥榜上有名，自然要做官的，既是要做官，難不成還要回老家成親？

一行人回了秦家。

李家那裡早有隨著李鏡一道出來的小廝跑回去稟報，以免家裡人著急。

李老夫人問那小廝：「如何，貢院散了吧？」

小廝磕了個頭道：「回老太太的話，卯正便散了。接到秦公子後，秦公子先去了方閣老府上，待了足有大半時辰，這才出來，回了自家。」

李老夫人與景川侯夫人、崔氏道：「這必是去把考試時的文章默給方閣老看。」

景川侯夫人點點頭，「這一考考九天，想來秦公子也是累得不成，卻還記著先把文章默出來。這孩子，當好生歇一歇。」

小廝欲言又止，崔氏便道：「你有話只管說，就是讓你回來說的，不要吞吞吐吐。」

小廝道：「小的瞧著，秦公子可不累。那些監場的大人們走後，諸舉子們才出來。咱們秦公子與方公子走在最前頭，小的不會說，但秦公子可精神俊俏了，一點都不像那些沒精打采的舉子。有些舉子是被人抬出來的，有些搖搖晃晃彷彿生一場大病，叫人擔心會摔地上去。再有略好些的，也是神色委靡。咱們秦公子一出來，那叫一個神采奕奕，小的都覺得，一見著公子，天氣都亮堂三分。邊上好幾百號的女娘們，熱鬧極了。秦公子的氣色比方公子好得多，就跟平時來咱們府上差不多。」

崔氏笑道：「這考得好不好，看氣色就能看得出來，秦公子定是答得不錯。」

李老夫人也是笑道：「別人科考什麼的，時常聽說一入考場怎麼膽小害怕只怕考不好，阿鳳可不是，阿鳳一到考場作的文章比平日都好。以前我就說，興許是合該走這科舉的道。」

崔氏笑，「是，祖母放心吧，我看秦公子下午必然要過來的。」

李老夫人賞了小廝紅包，讓下去歇著了。

秦鳳儀果然是下午過來的，與李老夫人說起會試來，「跟秋闈差不多，只是這二月天比我們江南八月要冷一些，我們洗澡的時候，幸虧是排在前頭也在洗前頭了，要不，有好些排後頭的給凍著了。」

李老夫人不明白了，「怎麼這會試還要洗澡？」

李鏡又是無奈又是忍笑，秦鳳儀就開始說了，「剛把我們帶到澡池子那會兒，我也沒反應過來。想著沒聽說過這一進貢院先洗澡的。後來我琢磨明白了，興許是為了檢查，看考生身上有沒有私帶什麼作弊之物。我一看叫洗，阿悅還傻著，我脫衣裳就跳下去了。我是第一個，洗的是一池新水，後來我們出去，他們排後頭的輪番進去，頂多是往裡頭加些熱水，可水是不換的，都是洗別人的剩水。後來，池裡水太多，又沒人往外舀，水冷了，再加熱的也不好加，好多人就洗冷水。身子好的無礙，有些身子差的，當時沒什麼，當天晚上就抬出去好幾個，說是著了涼。」

李老夫人道：「要不人家常說呢，這科舉，書本暫且放放，先得身子骨要好，不然誰曉得會有什麼新舉措？」

「可不是嗎？」秦鳳儀哈哈大笑，「祖母不曉得，我洗的時候，還有好幾個斷袖，嘩嘩地流鼻血。有一個傻瓜那鼻血流得止都止不住，我都洗好要出去了，他還在那兒止血呢！」

滿屋子女眷哭笑不得。

李二姑娘和李三姑娘還很有些不好意思，景川侯夫人瞪著秦鳳儀，「阿鳳，你這眼瞅就是進士了，說話須慎重。」

秦鳳儀連聲稱是，又說了會試的一些事，在景川侯府待到傍晚，待景川侯父子回家，秦鳳儀把考試時的文章給李釗看。李釗也是點頭稱讚了一回，說秦鳳儀答得比平時要好。

李鋒與秦鳳儀打聽：「阿鳳哥，聽說陛下還去巡場了，是不是真的？」

「沒有的事，我怎麼沒見？」秦鳳儀道。

「哪裡沒有的事？」李釗道：「頭一天開考時陛下就去了，怎麼，你沒見著？」

「沒啊！」秦鳳儀想了想，「大概是我正在寫文章沒注意，可我以前看唱戲的說，皇帝出門，敲鑼打鼓，可熱鬧了，難不成我沒聽到？」

秦鳳儀要是入了神，那真是什麼都聽不到的。

李釗好笑，「你也知道那是戲，這會試科舉，國之掄才大典，貢院又是個清靜所在，如何會敲鑼打鼓？想是陛下為了不擾你們答題，只是看了看，並未令人打擾。」

秦鳳儀「哦」了一聲，遺憾道：「真可惜，我還沒見過皇帝老爺長什麼樣呢！」

景川侯道：「只要榜上有名，不怕見不到。」

秦鳳儀想想，還是岳父大人有見識，一語道破啊！

於是，待得貢士榜出爐那一日，秦鳳儀早早就去了方家，叫方悅和孫舉人一道去貢院前等著張榜看榜。秦方兩家有的是下人，用方悅的話說：「打發下人去瞧瞧便是。」

秦鳳儀說他：「下人瞧與咱們自己瞧是一樣的嗎？快走，我等不及下人看了再回家報喜，我這心裡跟有一千隻貓在抓撓一般，急得我如何能在家坐等？」

他拉著方悅去了，孫舉人一向不離方悅，自然跟著一道去。

三人還在貢院張榜的影壁前占了個靠前的位置，因方悅與秦鳳儀都是今科三鼎甲的大熱門，故而別個舉子也讓著他們些。待榜單出爐，大家可就不管誰是誰了，差點擠破頭，虧得秦鳳儀氣力好。當然，方悅的名字也很顯眼，貢士榜第一名。

秦鳳儀大喜，與方悅道：「阿悅哥，你第一！」

邊上有無數賀喜聲響起，秦鳳儀不急向方悅賀喜，他叫著方悅和攬月、辰星二人找自己的名字。找了一盞茶的時候，秦鳳儀終於見著了。

秦鳳儀直接擠出人群，騎馬就跑到景川侯府報喜去。他的獅子驄是名駒，跑得極快，竟比景川侯府打發的小廝還要更早到景川侯府。

一見秦鳳儀那滿面喜色的模樣，門房高聲道：「恭喜秦公子！」

秦鳳儀已是一陣風颳過，跑到李老夫人屋裡去，都沒來得及打賞，還是辰星在後頭跟著打賞了道喜的門房，他們一干隨從就留在門房吃茶了。

李老夫人正與兒媳孫媳孫女們說笑，也在等著小廝回來報信，結果小廝還沒回，倒是秦鳳儀一臉高興地來了。

李鏡坐不住，刷地站了起來，問：「可中了！」

雖是問話，卻是用肯定句。

秦鳳儀笑得見牙不見眼，扶著茶几喘了回氣，這才笑道：「中了！」

闔家大喜，李鏡忙問：「多少名？」

秦鳳儀伸出三根手指。

李鏡不敢置信，「第三！」

秦鳳儀搖頭，「後面再加個百字。」

第三百名。

貢員總共也就取三百名。

所以，秦鳳儀這第三百名，也就是傳說中的孫山。

不如他的，全都落榜了。

一時間，李家眾人不知該不該喜了。

孫山這名次，可真是……

只有秦鳳儀是極歡喜的，秦鳳儀這會兒喘過氣來，笑道：「阿鏡、祖母，殿試可是從來不會黜落人的，我進士是妥妥的啦！我先過來報喜，這就回家去，我爹娘還不曉得我中了！祖母，明兒我就讓我爹娘過來提親啊！」

秦鳳儀根本不關心多少名，他只知道他榜上有名，現在是貢生啦！

他這媳婦已是妥妥的，魔王岳父再反悔不得。

秦鳳儀說完，不待李家女眷們反應過來，便又一陣風似的颳了出去。

李鏡感動得心裡微酸，別開臉偷偷掩去泛紅的眼眶。

李老夫人笑道：「阿鳳此方弱冠之年，想他四年前來帝都，還是個小孩子。這四年苦讀，第一次下場就能榜上有名，這是何等樣的才學？」欣慰地望向長孫女，拍拍她的手，

「妳父親的眼光再錯不了的。」

其實，李老夫人是想誇一誇長孫女的眼光也不錯，只是當著這許多人的面，話不能這樣說，便誇了兒子。

崔氏亦道：「是啊，秦公子這年歲，在今科舉子裡，定是最年輕的。」

景川侯夫人此時也反應過來，雖則覺得這三百名的孫山很是好笑，也應景地誇了秦鳳儀幾句。景川侯夫人道：「老太太，秦公子說的明兒個過來提親的事……」

李老夫人笑道：「當初景川就是這般約定的，自然是一諾千金。阿鳳如此上進，有這等才學，這樣的真心，的確是佳偶良配。」

崔氏和李二姑娘、李三姑娘連，帶屋裡的丫鬟侍女們，都恭喜了李鏡一回。

李鏡大大方方地受了。秦鳳儀這幾年多不容易啊，不要說秦鳳儀這先時沒怎麼念過書，便是自小念書的，讓四年之內必中進士，心理承受力略差些的，怕自己都得先受不住壓力，可秦鳳儀就能一步步地把事情辦了，把功名給中了。

李鏡覺得多年的記掛與期盼，在這一刻都開出了花。

李老夫人很歡喜，命廚下晚上置酒，待兒孫們都回來，一家子吃酒，為秦鳳儀慶祝。

秦鳳儀是先跑岳家報喜，這才回到自家。

事實上，攬月已先一步回家報了喜。

秦鳳儀到家裡時，秦家早就開始放鞭炮。秦老爺和秦太太喜得坐不住，兩人就在門口等著迎兒子回家。但凡有鄰里過來相問，若是鄰居，秦太太便大聲告訴人家，兒子中貢生啦！

若是小廝過來打聽，一人一個大紅包。

秦鳳儀到家時，秦老爺和秦太太一人一隻抓著兒子的手，把兒子給接進去。

秦太太照舊要哭一鼻子，「我兒，咱們家以後就是進士門第啦……」

秦老爺也說：「我兒光宗耀祖，比你爹強。」

秦太太早備下祭品，讓丈夫帶著兒子去祭祖宗，給祖宗上香，謝謝祖宗保佑。多險啊！再差一名，就不能在榜上了！這就是祖宗保佑，菩薩顯靈啊！趕明兒她還得去廟裡還願，這京城的菩薩，果然和揚州的一樣靈。

秦鳳儀笑嘻嘻的，秦太太都不要丫鬟給兒子奉茶，自己接了給兒子吃。

秦太太與秦老爺道：「都說今年是舉子參加春闈最多的一年，咱們阿鳳這就是實打實的實力。六千七百多個舉子啊，咱們阿鳳硬是榜上有名！」

秦鳳儀吃兩口茶，道：「娘，阿悅哥是第一名，有沒有打發人去向阿悅哥賀喜？」

秦太太笑，「攬月回來說了，我已打發人去了。你不曉得，方家也打發人過來給咱們家賀喜。對了，你歇一歇，還得跟你爹過去，親自跟方閣老說一聲。你有今天，多虧了他老人家這樣費神費力地教導你。」

「可不是嗎？」秦鳳儀起身道：「我這也別耽擱了，娘，我跟我爹這就過去。中午叫明月樓的獅子頭等我，我一頓吃仨。」

秦太太連聲笑應：「好好好。」喚了小廝與侍衛，服侍著兒子去方家看望方閣老。禮物什麼的，早就備好了的。

秦鳳儀雖是三百名，方閣老看他也很歡喜。這個弟子不同，非但是他親手教出來的，而且四年前四書五經都不會背，直到現下榜上登名，這是何等樣的天分？

便是方閣老一輩子謹慎的人，也得說，倘不是今年舉子格外多，秦鳳儀的文章，不至於落在三百名。

方閣老真是欣慰啊！

方閣老笑，「考得不錯。」

秦鳳儀也是美滋滋的，「我已是跟岳家說明日過去提親，師傅，您明兒個有空沒？」

方閣老笑，「便是沒空，這是你終身大事，也有空了。」

秦鳳儀頓時喜得不成，他轉頭看向方悅，「阿悅師侄名列榜首，也是實至名歸。」

方閣老讚了秦鳳儀一聲，秦鳳儀又打聽起殿試的事，方閣老笑，「阿悅剛問過，你與他出去說吧，我與你父親也消消停停地說幾句話。」

秦鳳儀便與方悅出去說話，方閣老同秦老爺道：「阿鳳這孩子的天分，便是終我這一生，也沒見過幾個。」

秦老爺忙道：「都是您老人家指點他，要不，哪裡有阿鳳的今日？」

「咱們不是外人，客套話不必說了。就是不知，殿試的事，你是如何想的？」

秦老爺能如何想，當然是考啊！

方閣老一看秦老爺這表情，心下暗嘆，也就是阿鳳有幾分運道，不然擱這對溺愛孩子的夫妻手裡，真是可惜了這良材美玉。

方閣老道：「他雖在榜上，但名次尋常，倘是得一同進士，就不大好了。」

「同進士？」秦老爺做生意是一把好手，這科考官場的講究，他便不甚了解了。

方閣老還得與他解釋同進士在進士中的地位，那就相當於小妾在大房跟前的地位。比舉人是強些，但也強得有限，畢竟有些有實力的舉子，人家興許還能再考個正經二榜進士。再有才華出眾的，人家還是三鼎甲呢，所以，同進士在進士行裡的地位，實在是太尷尬了。

方閣老這麼一說，秦老爺也就明白了，「可萬一錯過這次，下回考不中怎麼辦？」

「阿鳳皆因起步太晚，他滿打滿算，不過讀了四年書，便可一爭黃榜，這是怎樣的資質啊？不用別人說，我就敢打包票，下科阿鳳必然榜上有名，而且必在前百名之內！」方閣老說得斬釘截鐵。

秦老爺對這事也沒什麼主意，既然方閣老這樣說，便道：「成，就聽閣老大人的！對了，這要是不去殿試，阿鳳的親事可怎麼著？」

方閣老笑，「你放心，我既是阿鳳的媒人，當親自與景川侯說去。」

秦老爺起身一揖，「我也不會說話，唉，我是瞎疼兒子，沒疼出個所以然來，阿鳳還是得您老這樣有見識的人多為他操心。」

方閣老道：「阿鳳本就是我的弟子，我自當為他操心。」

不然，像這種棄考殿試的事，不是真正親近的人，當真是不敢給人家做這個主的。像秦老爺說的，倘是下科中不了怎麼辦？倘以後都中了怎麼辦？

方閣老對秦鳳儀的資質知之甚深，再者，他是秦鳳儀的師傅，這年頭師徒如父子，不是說說的，故而方閣老有說這話的身分。

事實上，不必方閣老去與景川侯商量，景川侯在兵部拿到今科貢士榜單時，眉頭便沒鬆過。秦鳳儀考這麼個孫山名次，景川侯有些堵心，卻也知道今科舉子眾多，像秦鳳儀這去歲剛中舉人的，舉人名次還百名開外，若不是到了京城文章大有進境，估計孫山都中不了。貢士得個孫山沒事，可殿試時弄個同進士，丟人事小，對秦鳳儀以後一輩子的官場路，將有莫大的影響。

景川侯一落衙就回家了，同長子商量秦鳳儀這孫山的事。

李釗也是與父親一個意思，李釗道：「他便是三年後再考，也不過是如今阿悅的年歲，依舊是年輕進士。倘此科勉強殿試，若能進二榜還好，倘是得個同進士，可就不好了。」

景川侯道：「還是得叫那小子過來說一說此間利害。」

李釗道：「這會兒就叫阿鳳過來嗎？」

景川侯道：「這便打發人去叫他，再叫阿鏡過來，我與她有話說。」

閨女這裡很好說通，因為李鏡也正為此擔心，景川侯道：「那小子素來倔強，妳且多勸勸他，便是再等三年，為著以後官場前途，也是值得的。」

李鏡不好直說，但秦鳳儀的性子她非常了解，李鏡道：「殿試考不考，總歸是為了阿鳳哥好，他現在記掛的，倒不是殿試。」

景川侯嘆道：「真是女大不中留。他中舉人後來提親，我之所以不允，是因為他這麼個性子，把心思都放在訂親成親上，怕現在連這孫山名次都沒有。」

李鏡道：「看父親說的，要不是今年運道不佳，阿鳳哥不見得是這個名次。」誰說不是呢？

景川侯道：「說這個已無用，妳好生與那強頭分說一個利害。待你們成親後，就讓他在京城攻讀，三年之後必有斬獲。」

「好。」李鏡自然應下。

打發去秦家的小廝回得也很快，景川侯算是開了眼界，他頭一遭見得了個孫山名次還這般耀武揚威的。秦鳳儀何止是耀武揚威啊，景川侯估計，要是有尾巴，秦鳳儀的尾巴早翹到天上去了。

秦鳳儀進門的第一句話就是：「岳父，我可是跟我師傅和珍舅舅說好了，明兒個就過來提親！」

景川侯暗嘆，還是我閨女更了解這小白癡啊！

這一天的時間，秦鳳儀簡直忙得腳不沾地。

他先是一大早急吼吼地叫了方悅去看榜，看榜後又各處報喜，中午在家吃過午飯，又去平郡王府拜訪。不為別個，就為了請平珍給他做媒。話說，秦鳳儀自來了京城，因為要忙著念書，也沒空讓平珍畫了。平珍早與他說了，待春闈結束後，可得讓他好生畫幾張。

今日秦鳳儀就是找平珍，約了平珍明日與方閣老一道去景川侯府給他保媒。

平珍其實沒在家，他回朝後便掌了皇家畫院的差使，一直在畫院當差。這自然是正對平珍的胃口，故而平珍當差很勤奮，這會兒正在畫院。

秦鳳儀自稱是景川侯的女婿，而且神仙公子之名便是以前豪門不知，此次春闈三鼎甲關撲，神仙公子是關撲界熱門，連郡王府的門房都曉得秦鳳儀大名。雖未曾見過，可一見他如此神仙樣貌，門房便知不能是假，便請神仙公子去待客廳吃茶，他們則趕緊去裡頭通報。

話說，平郡王府上午剛去賀過方家，方悅是貢士頭名的事，郡王府也聽說了，再者，方家亦是城中名門，方悅又這樣有出息，平郡王府自是要打發人去賀一賀的。

至於秦鳳儀的名次，平郡王妃還特意問了一句，畢竟這是景川侯的女婿，結果聽聞是個孫山，平郡王妃想著這名次便罷了。

不想，秦鳳儀親自上門了。

聽說是來尋小兒子的，平郡王妃道：「阿珍還在衙門當差呢，與秦公子說一聲吧。」

偏生平郡王世子妃道：「母親，一直聽說這秦公子有神仙公子之名，只是未曾見過。都說他生得比阿嵐和阿釗都要出眾，何不請進來一見，咱們也開開眼。」

邊上的三兒媳道：「說是生得極好，這回會試，考前要舉子們洗澡以證未曾夾帶，據說這位神仙公子一脫衣裳，其他舉子紛紛鼻血不止。」

平家因是武將之家，媳婦們也多出身武將家族，說話便格外活潑大膽。

既是大家都想見，平郡王妃便命人請進來。

未見秦鳳儀時，平嵐親娘平郡王世子妃當真不能信這秦孫山能生得比自己的兒子要好，待秦鳳儀一進來，便是她眼光如何挑剔，也只能暗酸一句：不過是生得好胚子罷了！

秦鳳儀與平家一干女眷見禮請安，平郡王妃笑道：「真是個好孩子！以前只聽過你的名，未曾見過。你親自過來，想是有事。有什麼事只管說，我定是為你辦的。」

秦鳳儀尚不知自己在別人眼裡是個孫山，他也沒想到自己就成孫山了，何況，孫山怎麼啦？便是秦鳳儀有此意識，他必得說，總比孫山都不如的強吧？

他在榜上呢！

因馬上要與阿鏡妹妹訂親了，且這會兒榜上有名，秦鳳儀一臉喜色，笑道：「當初與珍舅舅在江南便說好的，我與阿鏡成親，必要請珍舅舅為媒。今日我會試中了，殿試自也會在榜上，我這進士已是板上釘釘。我岳父開的條件，我都做到了。明兒個正是休沐，我已請了我師傅做媒人，眼下就是來請珍舅舅的。」

秦鳳儀說著話，渾身的喜氣都能溢出來。

平郡王妃倒是個有心胸的，自己孫子與李鏡的親事雖未成，但定的是裴國公府的姑娘，出身更勝侯府。今兒又見秦鳳儀生得得人意，且言語坦蕩，不是過來炫耀，便笑道：「他今日去畫院還沒回來，待他回來，我與他說。你放心，這樣的大喜事，他樂意得很呢！」

秦鳳儀謝了又謝，「我與阿鏡妹妹的訂親酒，倘外祖母有空，可要過去喝一杯，也讓我們沾一沾外祖母的福氣。」

平郡王妃笑道：「阿鏡是我的外孫女，我定是要去的。」

秦鳳儀說完了事，又奉承片刻，便起身告辭了。

平郡王妃看他舉止大方，通身氣派比起大戶人家的公子也不差分毫，待秦鳳儀走後，還與兒媳孫媳道：「景川的眼光，再不錯的。」

秦鳳儀這剛從平郡王府告辭回家，就遇到了過來請他的景川侯府的小廝。

秦鳳儀是茶都沒在家吃一口，便帶人隨小廝去了景川侯府。今日他把媒人都請好了，明兒個就剩提親了，秦鳳儀人逢喜事精神爽，他又不是個能憋得住的，自然一進門就說了。

景川侯看他這得意樣，便道：「哎喲，孫山來了！」

「孫山？」此時，孫山秦鳳儀才想到自己正是個孫山，不由大笑，直言道：「岳父，您可真有意思！對啊，我不就是個孫山，先時我怎麼沒想到？」他自己都笑得不成。

景川侯委實是無語了，人家孫山還挺高興的。

秦鳳儀笑了一回，這才道：「岳父，祖母與您說了明兒個我爹娘還有師傅、珍舅舅要過來提親的事了吧？」

「說了。」景川侯道：「這事不急，先說說你殿試的事。」

「這怎麼不急了？我最急了。岳父，咱們可說好了，明兒個我把媒人都請來了，您可不能再拒了啊！」秦鳳儀就急著娶媳婦了。

景川侯道：「先說殿試的事！」

秦鳳儀立刻不樂意了，還是李釗道：「你與阿鏡的事，父親已是允了。」

秦鳳儀一聽這話，立刻由不樂意轉為了滿面歡喜，他笑嘻嘻地道：「我就知道，我就知道岳父您不會不講信用。」

李釗還為父親說好話來著，「其實，你去歲剛來京城時提親，父親心裡已是允了的。怕你因親事分心，方沒立刻答應。」

秦鳳儀心說，他才不認為魔王岳父有這麼好心，奈何他成親心切，自然不會得罪岳父，甚至頗是自信地道：「我就知道岳父您早就相中我這好女婿了，是不是？」

景川侯道：「說正事！」

這不成器的，怎麼就不知道個輕重呢？

考個破孫山，也不曉得有什麼好得意的。

秦鳳儀坐端正了，看岳父一張鐵面，生怕魔王會出爾反爾，「岳父說吧，我聽著呢！」

景川侯便說了讓秦鳳儀放棄殿試之事，秦鳳儀不大樂意，噘著嘴。

「我爹說，我師傅也是這個意思，還說了一通進士同進士的事。這有什麼差別啊，不就是進士在京城做官，同進士也可以在京城做官嘛，我覺得就是兩字和仨字的區別啊！」

景川侯氣得肚子裡的火是壓都壓不住，心說，怎麼偏叫這小白癡有這等資質，真個老天無眼！想不管他吧，又覺得可惜。可管他吧，又是一肚子氣。

景川侯冷聲道：「進士與同進士的差別，我告訴你，內閣相臣，六部九卿的大員，沒有一個是同進士出身的！」

秦鳳儀眨眨眼，「可我又做不了那麼大的官，我覺得我做個縣官什麼的就成了。」

景川侯險被這不爭氣的氣死，李釗連忙道：「阿鳳，眼下初做官，自然都是小官，可以後呢？既是在官場，自然是越往上越好，是不是？你總要為以後的前程考慮。」

秦鳳儀是真的不懂這些，他使勁想了想，總結道：「是不是說，同進士以後只能做小官，不能做大官的意思？」

李釗笑，「就是這個意思。」

秦鳳儀道：「還有殿試呢，我也不一定會考同進士吧？」

景川侯問：「我與你師傅，哪個會害你？」

「都不會。」

「還是說，我們二人的眼力都不如你。」

秦鳳儀道：「岳父，我又不是這個意思。只是我一時不大明白這官場上的事，多問幾句罷了。您待我忒沒耐心，我不懂，您就細細說與我知道不就行了?您一句話，我略猶豫些，您就要發脾氣。我是大女婿沒什麼，以後二女婿和三女婿要是膽子小，就被您嚇著了。」

秦鳳儀眼下最急的是訂親之事，笑嘻嘻地道：「岳父的話，我記得了，我師傅也這樣說，岳父放心吧。」他滿懷期待，「岳父，明兒個我就來提親啦！」

景川侯沒說話，只是輕輕地敲了下肩頭。

秦鳳儀在這種事上最機靈不過，他立刻兩步小跑到岳父身邊，殷勤地幫岳父揉肩，在岳父耳根子處諂媚兮兮地道：「岳父，岳父，您可是應啦！」

景川侯心下忍笑，挑眉道：「上回是誰賭咒發誓再不幫我揉肩了?」

「岳父，咱們是翁婿，我那是說著玩的！」秦鳳儀忙用力揉按幾下，景川侯終於一笑，鬆了口，「明兒就過來吧！」

雖則是沒做成狀元岳父，反成了會試榜的孫山岳父，但看在這小子心還算誠摯的分上，還是允了吧！

景川侯話音剛落，秦鳳儀一蹦三尺高，歡呼一聲，跑出去找阿鏡妹妹報喜去了。至於秦鳳儀撞開的書齋房門，轉了半圈後，已是不見秦鳳儀的影子。

一陣暮春的風兒無端吹過，拂在景川侯空落落的肩頭。

景川侯若無其事地起身，對長子道：「走，吃飯去吧。」

秦鳳儀跑去向李鏡報喜，李鏡雖是比秦鳳儀更早曉得父親允婚之事，可此時看秦鳳儀一臉喜色，難免又甜蜜了一回。

秦鳳儀拉著李鏡的手就叨叨開了，「知道我看到我在榜上多高興嗎？哎喲，把我喜得，當時就拋下阿悅跑回來先跟妳報喜了。岳父這大魔王可算是點頭了，阿鏡啊，岳父肯定是京城最難纏的老丈人了……阿鏡，歡喜不？」

秦鳳儀那張絕世美貌的臉孔直逼近了李鏡問，李鏡斬釘截鐵地道：「歡喜！」

秦鳳儀緊緊抱住她，把頭擱她肩上，輕聲道：「我可算又把妳娶回家了。」

李鏡拍拍他的背，反正親事就在眼前，這樣抱一抱也不算逾矩了，李鏡心下自我安慰。

她知道秦鳳儀這四年裡有多辛苦，世上肯為妻子這樣付出的男人，秦鳳儀算是第一個吧？

李鏡每每想到此處，越發覺得自己沒有看錯人。

兩人抱了好一會兒，秦鳳儀方訕訕地把李鏡放開，還悄悄坐得遠了些。

李鏡不解，「怎麼了？」

秦鳳儀指指胯下，「憋得我。」

李鏡的臉刷地紅了，秦鳳儀也努力平復著，與她道：「本來我十六就想成親的，這一憋四年，可是把我憋慘啦！」

李鏡小聲道：「這也不必急了，親事就在眼前了。」

秦鳳儀點點頭，李鏡連忙轉了話題，道：「父親跟你說殿試的事沒？」

「說了，叫我不要考，可是不考真的好可惜，還要再等三年呢！」秦鳳儀問李鏡：「剛剛岳父臭著個臉，我也不敢不答應，只是我還是不大明白。阿鏡，聽大舅兄的意思，就是同進士不能做大官了，是嗎？」

李鏡細細地與他分說：「要說這三甲進士，一甲狀元、榜眼和探花，這你也知道的。二甲取一百名，剩下的便是三甲，也稱同進士。開始授官時其實差別不大，一甲狀元是從六品，榜眼和探花就是七品，餘者進了翰林做庶起士多是從七品。同進士不能入翰林為庶起士，便要自己去吏部謀缺。同進士謀缺，無非也是從七品官職，但以後升遷就不一樣了，唯有翰林方可入內閣。這同進士，是絕不可能入閣為相的。」

「就這麼點差別？」

「這還是一點？」李鏡道：「阿鳳哥，你與那些四五十歲中進士的人可不一樣。你現在不過弱冠之年，現在朝廷七十歲致仕，你能做五十年的官。這五十年，你要是在朝廷認真熬資歷，也能熬到六部高位了。你若是同進士，便是再怎麼熬，六部高位也沒你的份。這怎麼差別不大？天差地別呢！你要是同進士，以後同年相見，人家都會瞧你不起。」

「可是，在外為官，也有大官啊！我看巡撫啊總督啊都是大官，也都是外任官。」

「滿朝文武，有幾人能熬到巡撫總督位上？而且，這樣的外任實權高官，一旦出缺，無數人眼紅，更不知有多少人打這樣實缺的主意！你便是樣樣都好，可想謀這樣的實缺，人家直接說你是同進士出身，這便是個挑兒。看遍總督巡撫，又有幾人是同進士出身？」李鏡一針見血地道：「鳳毛麟角。」

李鏡又說：「今再等三年，以你的資質，文章再磨三年，三鼎甲都是有機會的。」

「這麼說，妳也想我下科再考一回？」

「要是長遠地說，自然是下科再考一回。」李鏡道：「這做官與做生意相似，阿鳳哥你想想，都是做生意，有那成天在外風吹雨打的小商小販的生意，也有你家日進斗金的生意，你覺得是哪個生意好？」

「這還用說嗎？」

「這便是了，你若是同進士做官，以後開始升遷容易，可是越往上走就越難，便是外任官，都不容易得到高位。做生意都是往大裡做，做官也是一樣，自然要往高裡做的。」

秦鳳儀點頭，「妳這樣說，我就明白了。」又與李鏡抱怨道：「妳不曉得岳父，與我說不了三兩句就要發脾氣，跟妳沒法兒比。」

李鏡笑，「父親是為你著急。」

「這有什麼可急的？離殿試還有好幾天呢！」秦鳳儀看著李鏡道：「就是可惜往賭莊投的那些銀子，都要打水漂了。」

李鏡道：「與你的前程相比，那些銀子算不得什麼。」

兩人說著話，便有小丫鬟過來，說是老太太那邊傳晚飯了。

李鏡笑道：「咱們這就過去吧。」

「嗯。」秦鳳儀挽住李鏡的手，兩人手牽手過去。

結果，男女分席用飯，把秦鳳儀遺憾得，尤其看著岳父那張黑臉，秦鳳儀還一個勁兒地抖機靈，「我過去服侍祖母吧，哎喲，祖母沒我服侍，怕是吃不好。」

景川侯瞥他一眼，「給我坐下。」

秦鳳儀只得扁扁嘴坐了，還得給岳父斟酒，拍岳父馬屁，與岳父商量明日來提親之事。

好吧，因為有允婚的喜事，秦鳳儀也只是略遺憾不能與媳婦同坐罷了。不一時，他就笑嘻嘻起來，還說起自己孫山的事。

秦鳳儀笑，「要不是岳父給我提個醒，我都沒想到。」

李欽和李鋒都笑了起來，李鋒舉杯道：「雖則阿鳳哥你這回是三百名，可也是榜上有名。今年是因為考生格外多，你這名次才顯得靠下了。話說回來，有幾人能在阿鳳哥你的年紀就榜上有名呢？我敬阿鳳哥一杯，給阿鳳哥道喜。」

秦鳳儀笑著與小舅子碰了一盞，道：「阿鋒，你好生念書，這會試一點都不難。你看我，隨隨便便念四年書就能考中。」

那副得意嘴臉就甭提了。

李欽笑，「是啊，也就比大哥差一線罷了，大哥在你的年紀，可是當科傳臚。」

「要不，怎麼是大舅兄呢？」秦鳳儀笑道：「我這孫山雖然比不得大哥這傳臚，可我二十歲時也是貢士榜有名。阿欽，接下來看你了，你可得比我要強。來，咱們哥兒倆吃一杯。」秦鳳儀早便知道，李欽這小子念書十分笨蛋，至今都十七了，連個秀才都沒考出來。秦鳳儀還幫他算了算，「到下科春闈，阿欽你正好二十，我就等著聽你的好消息啦！」

李欽被秦鳳儀氣得臉都青了。

景川侯任他們互相打趣較勁，並不多管。

秦鳳儀在景川侯府吃過飯便告辭了，因著明天還要準備提親之事，他得回去準備一二。待得第二日，秦鳳儀一身大紅繡牡丹的錦袍，秦老爺和秦太太也都是絳紅衣裳。反正吧，就這一家人的打扮，秦鳳儀胸前再綁朵大紅花，直接拜堂都不算失禮的。

方閣老與平珍也一早就到了，看到秦鳳儀這一身，都只有稱讚的。大家寒暄過後，自然是正事要緊，便上轎的上轎，騎馬的騎馬，一起去景川侯府。

景川侯府顯然也早做了準備，起碼方悅就覺得，今日侯府大門前頭的青磚似乎打掃得格外乾淨。一行人一抵達，景川侯府中門大開，景川侯親自出門相迎。方閣老德高望重自不消說，平珍也是景川侯的正經小舅子，再者，方悅是服侍著方閣老過來的，秦家人更不必提，這是正經親家。便是秦家出身略有不如，但看到這媒人陣仗，便是一向有些小勢利眼的李欽心裡也沒有別個想頭了。

除了方閣老和平珍這兩位有身分的媒人，秦家還請了兩個京城有名的官媒，這兩個官媒婆娘，慣是行走公門侯府，最初秦家命人去請，一聽舉人門第，她們還不樂意來著，覺得有失身分。到底孫大管事老練，便將事換了種說法，道：「景川侯府嫡長女與我家神仙公子的親事，嬤嬤若是不願，我也不好強求！」

那官媒變臉之快，攬月回家都說：「要是孫叔叔不允，怕是我們都回不來了。死攔著不讓我們走，還說要叫一品樓的席面招待我們。」

今日兩個媒婆也打扮得頗是喜慶莊重，她們做老了的，名聲都很是不錯，也曉得侯府規矩。有一位還說，當初李釗與崔氏的親事，她便是襄永侯府的媒人，今兒再幫著秦李兩家跑腿，以後出去說起來，又是一樁資歷啊！

方閣老和平珍只管與景川侯閒談，一應婚書事宜自有這兩位官媒指點，包括聘禮單子，秦家都是一一備好，羅列清楚的。縱是這兩位媒人見多識廣，也覺得秦家這份聘禮不薄了，想著果真是揚州鹽商，身家如此豪富，並不遜於京城豪門。

雙方在婚書上簽字，再加上媒人的名字，如景川侯這樣有身分的人，還要落上自己的私印。之後還有一道，就是要請官府的人來落下官印。

所以，婚書可不是隨隨便便能許的，是有律法保護的婚姻。

此婚書一定，兩家的親事便算是定下了。

之後，訂親成親，便是民俗上的事了。

通俗來說，婚書就是民證局落了鋼印的結婚證。

從這一刻起，秦李兩家的親事，已是板上釘釘，再難更改，而秦鳳儀那眉眼間的喜悅與意氣風發，便是威儀如景川侯，儒雅如方閣老，出塵如平珍，俊秀如李釗，一時間都被秦鳳儀身上的輝耀之氣壓了下去。

廳外不知何處飛來兩隻長尾巴的喜鵲鳥，停在一棵碧桃樹上，嘰嘰喳喳叫了起來。

景川侯正式應允秦家提親之事，哪怕兩家尚未舉行訂親禮，便先在京城傳揚開來。主要是兩個官媒人，哎喲喂，這可真是實實在在見識到了神仙公子的風采。哪怕秦家家世尋常，但神仙公子這般神仙風範，便是侯府嫡女，也是配得起。

何況，這樁親事還頗多曲折之處，譬如，四年之前神仙公子過來提親，景川侯立下的條件，如今神仙公子已是貢生，景川侯應諾許親。當然，還有神仙公子如何美貌出眾，景川侯府的大姑娘如何端莊賢淑，經這兩位官媒的嘴再添上三分渲染，立刻就宣揚出去了。

總地來說，景川侯府本就是京城高門，神仙公子乃知名人士，又有兩位大媒人，一為致仕已久的方閣老，一為京城有名的丹青名家平珍。以致於縱是神仙公子這第三百名的孫山貢士有些好笑，這樁親事，大家還是紛紛祝賀的。

既是景川侯府允婚，秦太太也拿到了李鏡的生辰八字，第二天便馬不停蹄去了靈雲寺請高僧幫著合八字，算吉日。高僧一看，便說八字再合適不過，然後擇了幾個極好的日子。秦太太歡喜不迭地送上大筆香油錢，喜孜孜地回了家。

到家已是晌午，秦老爺還等著秦太太吃飯呢，秦太太覺得丈夫體貼，笑道：「你自先用便是。靈雲寺離得遠，我說了要晚些回來的。」

秦老爺道：「阿鳳也不在家，我一人用飯有什麼意思？妳晚能晚到哪兒去？」遞給妻子一盞溫茶，「先吃口茶，歇一歇。」

秦太太喜上眉梢，笑道：「你不曉得，高僧一看咱們兒子媳婦這八字，連說了三個好。說是百年不遇的好八字，再合適不過，必能白頭偕老，恩愛百年的。」

秦老爺笑，「這就好。」

秦太太把高僧批過的吉日遞給丈夫，秦老爺看近的四月中便有吉日，便道：「四月中的日子最近，可定下。只是，過了四月，剩下的吉日就是八月十月的了。」

秦太太笑，「四月先把親事定下來，八月十月裡選一個吉日成親便是。」

秦老爺笑，「這就看親家怎麼定了。」

時下規矩，吉日是男方拿著雙方的八字去算的，至於選哪個，就得女方來定。

秦太太笑，「一會兒就打發人把李官媒請來。」

這打發人去親家問吉日的事，就得官媒去問。

夫妻二人說一回話，便去飯廳用午飯了。午飯時不見兒子，秦太太笑，「可是得趕緊把媳婦娶進門，不然兒子這就長在人家侯府了。」

「兒子今兒個並不是去侯府尋李姑娘。」秦老爺給妻子布一筷子菜，「聽阿鳳說，他在貢士榜上有名，凡貢生，一人有身貢生衣裳要發。這是朝廷免費發給貢生的，阿鳳說不要白不要，他去把衣裳領回來，也當個收藏。」

秦太太道：「這也是。我還沒見過貢生老爺們的衣裳。反正不要錢的，雖則咱們阿鳳不參加殿士，衣裳拿回來，咱們也能開開眼。」

夫妻倆一面吃飯，一面商量著訂親酒的賓客單子。

秦鳳儀這去取進士衣裳，是約了方悅一道去的，相伴的自然還有個孫貢生孫耀祖。最讓秦鳳儀氣悶的是，他覺得他會試文章寫得不比孫耀祖差，結果，孫耀祖還兩百名呢，他竟然只得了個三百名，當真叫人氣悶。

不同於秦鳳儀這準備今科殿試棄考的，孫耀祖還要在殿試一搏。

貢士服是上等細棉布所做，白袍藍帶，頗是素雅飄逸。

秦鳳儀一向不喜歡這種素雅型的，不過，不花錢的袍子，不要白不要。

秦鳳儀還道：「待我三年後，還會得一身。」

方悅奇怪道：「如何還會再得一身？」

「我要再會試，不得再得一身？」

方悅笑，「想哪兒去了？你便是三年後春闈，也不必再參加會試。」指指秦鳳儀手裡的貢生牌子，「三年後，直接參加殿試便可。」

秦鳳儀大喜，「原來不用再關九天了啊！」

「就是你願意再參加會試，倘再有這洗澡的事，你受得了，噴鼻血的也受不了啊！」方悅打趣地道：「殿試雖只是一天，一樣是高手雲集，你這三年，功課還是不能放鬆。」

不用再關貢院九天不能洗澡，秦鳳儀就很高興了。

這取了貢士服，方悅就請秦鳳儀一起回家去說話，待中午便留在方家用午飯，下午他才回了家，試了貢士服給爹娘看。

這一試，長短倒是合適，就是太寬大了。

秦鳳儀道：「料子倒還成，只是這也忒不合身了。」

秦太太笑道：「這麼多的貢生，先時也不知你們身量，無非就是多放出些富餘來，這樣不論是肥是大都能改合身。倘是衣裳瘦小了，可是沒法兒改了。」

秦鳳儀道：「那叫瓊花姊姊幫我改一改，待改好了，我穿過去給阿鏡看看。」

秦太太自是無有不應的，「好。」接著就同兒子商量訂親的事。

秦鳳儀問他娘今天算出的吉日，先是不樂了，道：「成親在八月啊？不能四月就成親嗎？四月不也有吉日？」

秦太太道：「我也想早些啊，只是斷沒有未訂親就成親的理。小戶人家還得擺兩席訂親酒呢，何況李姑娘等你好幾年，更不能委屈了她，必得辦得熱熱鬧鬧的才好。」

秦鳳儀氣悶，「那就選最近的日子，訂親在四月，成親在八月，可不能拖到十月去。」

「這得看人家女方選哪個做吉日了。」秦太太笑咪咪的，「放心吧，我兒，親家定是會選最近的日子的。」

說來，李姑娘也不小了。當然，兒子比李姑娘還長一歲，不過，這時節，男人為了科舉啊啥的，晚幾年成親不算什麼，像孫舉人，不，現在是孫貢生了，比兒子長六歲，去年才成的親。如今兒子真是把人家姑娘耽誤了，所以，李家定也會選著近日子挑。

秦鳳儀道：「娘，咱們家的訂親酒就請明月樓的大廚。」

「好。」秦太太道：「倒是賓客單子，咱們得篩一篩。」

秦家在京城朋友極少，要說有的話，就是方家和程家了，好在這兩家都很顯赫，尤其程尚書現居戶部尚書的高位。自秦家來了京城，沒少去程家走動，就是秦鳳儀中了個三百名的貢生，也特意到程家報喜了。

這樣的喜事，自然要請程家一家子過來的。方家更不是外處，那是秦鳳儀的師傅家。方悅早說了，訂親成親什麼的，就讓他娘過來幫著張羅，以免京城規矩多，秦太太不曉得有什麼。再者，秦家的確人少，也需要幫手。

這兩家是必請的，再有就是平珍這位大媒人，自是也要下帖子。

還有秦鳳儀早就相識的酈公府，酈公府與景川侯府交情更深，但是不怕，秦鳳儀是要請酈遠幫著送聘禮的。

「對了，老阮這回也是榜上有名，他名次極好，一百零幾名，我把老阮也叫上，屆時送聘禮也算他一個。」秦鳳儀道。

這位阮貢生說來真是與兒子有淵源，好在人家現在夫妻倆恩愛，膝下又有兩子，秦太太笑道：「總聽你說阮貢生如何出眾，只是還未見過，什麼時候你請人家到家裡坐坐才好。」

「現下不能擾他，他正準備殿試呢，胸中這口氣可是不能散的。」秦鳳儀又道：「對了，他也是頭一遭殿試，屆時我叫上他一起往師傅那裡坐坐。師傅經驗肯定足，也能叫老阮跟著聽聽這殿試要注意的事。」

秦老爺點頭，想到什麼，對兒子道：「還有孫貢生母子也一併請了吧。」看兒子不大樂意，又道：「不管以後如何，現下還好好的。何況，要依我說，便是孫太太有些勢利，也不能沒有輕重，不會做出不體面的事。再者，自來了京城，孫太太時時過來走動，咱們又是同鄉，不好這樣的。」

秦鳳儀現下長大了些，性子也有些收斂，便同意了請孫家母子之事。另外，四位一道送聘禮的人，秦鳳儀也想好了，便定了方悅、驪遠、小秀兒的相公阮敬，還有便是戶部尚書的兒子程蔚程小弟。

程蔚不過十五歲，卻是俊秀少年一枚，秦鳳儀可用的人手太少，就把他給拉壯丁了。

程秦兩家這些年的交情，再加上秦鳳儀近來十分上進，程尚書和程太太都很喜歡他，故而秦鳳儀開口，程家人高高興興地應了。秦鳳儀還要走了程小弟的尺寸，說要為程小弟做兩身喜慶袍子，屆時與其他三位送聘的一起穿才好看。

別人都忙忙叨叨地準備殿試，就秦鳳儀四處下帖子準備訂親之事。至於他不參加殿試的事，親近的朋友也都曉得了。大家都知道秦鳳儀會試雖中了，名次卻不大好。想著他的年紀資質，便是再等三年也是使得的。只要有遠見的，都認為秦家有此決定，當真是高瞻遠矚。

於是，秦鳳儀親事定了，大家也只有為他高興。

要說秦鳳儀，當初是真的沒想著要殿試，畢竟這其中的利害，他師傅、他岳父、他大舅兄和他媳婦都分析過，連他爹不大懂的都說：「咱們家不大懂這個，可這些人都是咱們家最親近的人。閣老大人、你岳父都是為你好的，聽他們的一準兒沒差。」

秦鳳儀也覺得沒差，他想著三年後就三年後吧。

秦鳳儀這人，說穿了，功名心不重，要不是景川侯開出這要命的條件才允婚，估計他這輩子也不會起考功名的心。秦鳳儀一向覺得，揚州城就是天下最好的地方，而他家有錢，日子過得也興旺，考啥功名啊？

秦鳳儀根本沒想過，故而此次眾人勸他三年後再參加殿試，他見大家都這樣說，雖然心裡有些不願意，因為念書挺累的，卻也還是應了。

秦鳳儀的心思是在何時轉變的呢？

這說起來，正常人的腦子絕對做不出來的。

就是秦鳳儀這裡裡外外張羅著自己和李鏡的親事，路過永寧街時往路邊隨眼一掃。呵，怎麼他在三鼎甲的關撲榜上的賠率又提高了？三鼎甲的賠率原來是這樣的，秦鳳儀能上榜，主要是他在京城一向有名聲，而且口氣大過天，不然往年人家這三鼎甲的關撲榜也只會選出十位，今年讓他排個十一位，本就是破例。

而秦鳳儀在三鼎甲關撲榜的賠率，剛開始狀元的賠率是一賠三百，榜眼一賠兩三，探花一賠一百。這都是極高的賠率了，秦鳳儀還買過自己一百兩呢。如今他這賠率簡直高得逆天啦，狀元漲到一賠五百，榜眼是一賠四百，探花是一賠三百。

秦鳳儀與攬月道：「這些人夠勢利的，知道爺會試排名不高，立刻就調高了賠率。」

攬月笑道：「大爺有所不知，倒不全為著會試，如今他們已是曉得大爺不參加殿試，故而把您這賠率提高，好糊弄那些不知道消息的女娘們。」

說來，他家大爺這三鼎甲的關撲榜，也就女娘們會買，而且得是那種傻傻的女娘，略理智些的，現在也不會買了。

要說秦鳳儀這腦子，當真不是凡人能理解的，他當時心下大為感動，想著自己絕對不能辜負這些對自己如此期待如此信任如此看好的女娘們啊！

然後，秦鳳儀彷彿被打了三噸雞血一般，心裡萬分激昂，暗道：便是為了這些花了真金白銀買他的姊妹們，他也不能不參加殿試啊！

要說秦鳳儀這人吧，其實沒什麼心眼兒，有啥事，一向是巴啦巴啦直接說的，從來不會埋在心裡，但這殿試的事上，他偏又十分鬼頭。

這件事，他就誰也沒說。

秦鳳儀騎馬回家自己憋屋裡琢磨了一回，先看看反對他殿試的這些人吧，沒一個好說話的。他岳父，不必說，就是個冷面魔王，怕他一提去殿試，便得把那張冷臉拉到腳面上去。他師傅，瞧著是個好說話的，其實都是他師傅說話，別人聽著應著的。還有他媳婦，他媳婦倒是講理，但自秦鳳儀從「夢裡」到「夢外」的經驗，他媳婦跟他講理的時候，他就一次都沒講贏過他媳婦。

至於他爹和他娘，他爹早被他師傅給說服了的，他娘則只知道聽他爹的。

秦鳳儀這扳著手指一分析，家裡家外，沒個人支持他參加殿試。哪怕驪遠聽聞他今科放棄殿試，也說這個決定做得好。

當真是沒一個能明白他的。

其實就是中了同進士，也就是以後不能做大官。

秦鳳儀壓根兒沒想過做大官的事，他覺得做個章知府那樣的四品知府就很好了。

於是，秦鳳儀決定，他參加殿試的事也不跟這些人說，他要偷偷地去。

秦鳳儀做事，你說他沒章法吧，他也有自己的章法。

就譬如，他先時把這事瞞得嚴嚴實實的，待殿試前一天，不過是與攬月和瓊花兩人說，他拿出了主僕感情與他二人道：「你們要是敢說出去，往日咱們那些情分就再不要提了。」

攬月嚇得狠，「這老爺太太要是曉得，不得把我們打死？」

「老爺和太太還不是聽我的？你要是說了，休想娶瓊花姊姊！甭以為我不曉得你小子那花花腸子！」如此，主僕情分再加上終身大事相威脅，這兩人是誰都沒敢說。

秦鳳儀早頭一天跟他娘說了，他雖不參加殿試，也要去送一送方悅，所以，秦鳳儀一大早就帶著個包袱，領著攬月一人出門了，包袱裡放的是瓊花早就幫他改好的貢士袍。秦鳳儀帶著攬月出門，找了家客棧進去換貢士袍，拿著自己的貢士牌子，就去宮門口排隊了。

秦鳳儀早盤算好了，他掐著點去的，而且這殿試大家都是按排名來排隊的，他去得本就晚，排在第二百九十九名後頭，他是最後一個，故而，排在前頭的方悅啊孫耀祖啊，一點都不曉得他也來了。秦鳳儀跟著進去就成，殿試的話，筆墨紙硯桌椅板凳都是宮裡準備。

秦鳳儀進宮裡前還摸出兩個大金元寶，一個就得半斤，秦鳳儀與攬月道：「拿去買關撲，這回不要買狀元，狀元估計是阿悅的，你去都買了探花。」

攬月更害怕了，非但悄悄跟著大爺過來殿試，還拿這十好幾兩的金子去買關撲。不過，反正錯事已是做了，一件也是做，兩件也是做。攬月接了金元寶，千萬叮嚀：「大爺，您好生考，我看大爺就是三鼎甲的料。聽說狀元和榜眼都要文章好，那探花主要是看臉的。」

「我也這麼想。你去吧，你要有銀子也去買些，以後成家過日子也有家底了。」

交代過攬月，秦鳳儀就安心去參加殿試了。

殿試是在據說是大臣們早朝的太安宮外頭的廣場上，秦鳳儀遠遠看到那飛簷斗拱的大殿上是塊黑底金字大匾，上書三字：太安宮。再看廣場上擺的矮桌矮椅，便曉得這就是殿試所在。話說皇宮的氣派，秦鳳儀也是頭一遭見，他真想多看看，可惜皇帝陛下很快就過來了，連帶後頭跟了許多穿紅著紫的大員。秦鳳儀也想看看，只是他帶著阮敬去方閣老那裡聽方閣老說些殿試規矩時，頭一條就是不能眼珠子亂看，那樣顯得不恭敬。

秦鳳儀便低下頭，只拿眼角餘光掃來掃去，結果只掃到地上的漢白玉鋪就的地磚。

隨大流地向皇帝行過大禮，好在這位皇帝陛下訓話不長，無非就是命各貢生就坐，然後便是發考卷答考題寫文章的事了。

秦鳳儀覺得題目不難，他寫文章又是個快的，刷刷刷就開始寫起來了。

景安帝因今年是自己的四十大壽，且趕上春闈之年，興致極佳，故而親自任了主考官。當初會試頭一天都特意過去巡場了，雖然估計只是做做樣子，但貢院在宮外，景安帝還去了呢，何況這回是宮裡的殿試。

景安帝在上頭坐著頗無聊，當下開始遛達起來。

最初秦鳳儀根本沒察覺，他做事一向認真，寫文章時更是心無外物。等到把文章寫好，自己美滋滋地瞧了一回，覺得自己這文章寫得頗妙。

文章寫好了，他先是端了手邊半涼的茶盞喝了一口茶，這才開始檢查試卷。

秦鳳儀的座次在最後一排最邊角，景安帝也不曉得怎麼興頭這樣足，竟然連這樣的邊角也逛到了。秦鳳儀正拿著自己的文章看，眼角餘光掃到一抹天青色袍角掠過，沒有多想，完全是習慣性的反應。

如果是他作文時，景安帝過來，秦鳳儀不一定注意得到他。當然，景安帝來回瞧的也是一個個低頭的腦袋瓜兒，估計也不會注意到就一個後腦杓朝上的秦鳳儀。

可有時事情就是這樣巧，機緣便是這種說不清道不明的東西。

秦鳳儀順著天青色袍角，微微側頭向上看去。自下而上，看到一張極端正的臉孔。這人相貌實則不錯，長眉鳳目，高鼻闊嘴，唇上留一抹短鬚，一雙鳳目中，似有無盡威嚴。秦鳳儀公允地說，比他岳父更威嚴。

哎喲，在這宮裡，他竟然見了一位比他岳父更加威嚴的人！

秦鳳儀一雙大大的桃花眼裡滿是不可思議，怪道說宮裡藏龍臥虎……

龍啊虎啊啥的，秦鳳儀順著那人的臉，再看到那人的腰，腰上是黑色緞帶縫製的腰帶，關鍵是，腰帶下頭掛著的是一塊飛龍玉佩。哪怕秦鳳儀腦子慢些，也想到此人的身分了。

秦鳳儀趁機多看了兩眼，然後他機靈地對著景安帝眉眼彎彎地一笑。

按理說，什麼千嬌百媚的美女景安帝都見過了，但是像秦鳳儀這樣俊美的男孩子，他當真是第一次見到，一時被秦鳳儀這相貌驚著了，及至秦鳳儀眉開眼笑後恭敬地收回眼神，頭也轉了回去，繼續看自己的考卷。

景安帝倒一時沒走，秦鳳儀見他不動，話說，秦鳳儀一直是個傻大膽，倘是別個貢生，不要說與皇帝對個眼，就是皇帝站在身邊，怕也要心下撲騰，題目答不下去了。秦鳳儀卻不是，他向來思維不同於常人，見皇帝老爺站著不走，他就又偷偷側了回頭。他自以為做得隱祕，可一側頭，正好又見著皇帝老爺在看他。

秦鳳儀以為皇帝老爺要看他的考卷，他反正已經答完，便雙手一捧，往上遞去。

好吧，景安帝完全是因為乍見此美貌少年有些驚嘆，繼而被秦鳳儀那燦爛一笑給逗樂，想著他還是頭一回見有人對他這樣笑的。

大概就是一種說不上的緣分吧？

倘是景安帝心情不好，見誰朝自己傻笑，估計也沒得個好。可此時不同，景安帝瞧著這滿場的貢生，國之棟樑，今年又是自己不惑之年啥的，景安帝心情非常好，要不也不能巡場巡到邊角上來。

結果，竟然見到此鍾靈毓秀之少年。

誰見了美人會不高興啊？

哪怕景安帝不是斷袖，他也喜歡長得好的。

就是國朝掄才大典，相貌上也分甲乙丙丁四種檔次呢。乍見秦鳳儀這般美貌，景安帝都覺得甲等相貌的排序委實委屈了這張臉啊！

景安帝正高興見著出眾少年，結果這少年又看他一眼，竟然把卷子捧了上來，眼中露出詢問之意，似是在說，陛下要看我的文章嗎？我這文章寫得可好啦！

眼睛是心靈的窗戶啊，尤其秦鳳儀這兩扇窗生得真叫一個亮堂。他本就是個心思純淨的人，心裡想什麼，眼裡就是個什麼意思。

景安帝一樂，便接了秦鳳儀的文章。

秦鳳儀一向是臨場發揮的類型，他這文章也稱得上花團錦簇了，又遇上景安帝心情好，瞧著這不算出眾中排個中溜的文章也覺得不錯。

景安帝看過之後，將文章還給了秦鳳儀，卻是將秦鳳儀的名字記在了心裡。

要知道，這殿試之上，除了主考官景安帝，其他幾個副主考都在啊，包括第一副主考盧尚書。別人不見得認識秦鳳儀，但盧尚書是認得的。皇帝親自巡考，其他幾位大人不好相隨，可他們的眼睛都時不時追隨於陛下左右。

一見景安帝竟親自看了秦鳳儀的文章，盧尚書不由心說，秦家小子這回可是走了時運！其他幾位副主考亦是紛紛記下秦鳳儀殿試時的位置，想著將來評卷時可是得留心了。

秦鳳儀見皇帝老爺真的接了他的文章，心下更是喜悅。他是商家出身，鑽營之事，秦鳳儀雖然沒怎麼幹過，但他對此一點不陌生。他當初藉著酈悠帶他進兵部的名頭，就大著臉往酈公府遞帖子，進而進府拉關係，這就是一種鑽營。

秦鳳儀還深知官場上一向是閻王好見，小鬼難纏。像皇帝老爺親自看他文章，起碼考官判起名次來就得慎重。秦鳳儀甭看還未入官場，但在這一點上，他竟是猜測得半點不差。

待得殿試結束，秦鳳儀忙不迭就快步出了宮門，以免被方悅或者熟人啥的瞧見。

秦鳳儀跑得飛快，可惜他這張臉忒有名，還是有人瞧見他了，還與方悅道：「方會元，你不是說秦公子不來殿試嗎？他這不是來了？」

「不可能，他沒有來啊！」

「那不是？」結果那人手一指時，秦鳳儀早跑沒影兒了。不過，方悅是會試的會員，許多貢生圍在他身邊，還有那二百九十九名的貢生道：「秦兄的確來了，就坐我旁邊。」

方悅一愣，心中就覺不好，可他不動聲色，笑道：「前幾天他身上不大好，如今想來是覺得尚能支撐，便也來了。」這是為秦鳳儀圓個場。

方悅也不急，與諸同年說說笑笑出了宮門，大家再互相辭了一回，便各回各家了。

方悅路上還與孫耀祖道：「孫兄，阿鳳殿試之事，暫且不要提的好。」

孫耀祖道：「他不會是偷偷來的吧？」

「這還說不好。」嘴上說不好，方悅心下已是如此認為了。一想到秦鳳儀那傢伙竟是偷摸著過來參加殿試，方悅就頭疼。

這是什麼人啊？

這幹的是什麼事啊？

萬一考個同進士，可如何是好啊？

方悅完全想不到秦鳳儀現在的官場理想就是做個章知府那樣的知府就足夠了，倘是曉得秦鳳儀作此想，方悅就一點也不覺得秦鳳儀偷偷參加殿試奇怪了。只是，哪裡有一個剛過冠禮之年，少年得志的年輕進貢生會這樣想？誰不是想以後出將入相，有個大好前程啊？

便是方悅這會元之資的人，也想不到秦鳳儀眼裡的大好前程就僅是做一地知府。

其實，不曉得也好，若是曉得，估計方悅都會替他祖父和景川侯吐血三升。

這到底是個什麼人種啊？

方悅回家，與孫耀祖把兩人的殿試文章默出來請方閣老看了。方閣老各點評一二，便讓兩人歇著去。方閣老還道：「阿鳳沒能參加殿試，他那個性子，雖則嘴上不說，心下定也覺得遺憾，你們有空多去看看他，與他寬解一二。」

方悅道：「是，祖父放心吧，我這就過去看他。」

方閣老又是一笑，「不過，他喜事近了，想來也沒空遺憾這個。」

方悅見祖父如此關心秦鳳儀錯過殿試之事，心下更替祖父心塞了。

方悅過去找秦鳳儀，孫耀祖想著，秦鳳儀這偷偷參加殿試，定是同進士無疑了。何況，他們師叔侄之間，想是有私話要說。

孫耀祖道：「阿悅，你不要急，阿鳳那人本就是個孩子脾氣，一時這樣，一時那樣的。已是如此，且慢慢說吧，我就不與你一道去了，免得他面子上不好看。」

方悅道：「我曉得，孫兄你過去孫嬸嬸那裡吧，她定也惦記著你。」

好在孫耀祖不是個多嘴的，這事未跟他娘說。方悅更是個謹慎的，待去了秦家，想著私下問秦鳳儀個明白，結果到了秦家，根本沒找著人。

秦太太道：「阿鳳送你們去殿試，說你考得可好了。剛回來，李家著人叫了他去。」

方悅一聽前半句，就曉得是瞎話，把方悅氣悶狠。聽秦太太這話便也曉得秦鳳儀是背著家裡人的，不好直接說秦鳳儀偷偷參加殿試的事，免得秦家夫婦著急。

方悅笑道：「小師叔一向看我是是好的，那我明兒再來找他。」

方悅憋著一肚子氣回家去了。

李家人也是關心秦鳳儀，想著今日殿試，他卻沒去考，怕他心裡不痛快，便叫他過來說話。李老夫人白天就打發人來過，秦鳳儀那會兒早出門了，秦鳳儀這是一回家，聽他娘說李家打發人來尋他的事。

秦鳳儀在殿試時與皇帝老爺看對了眼，覺得自己的文章答得也不錯，心下正是歡喜，聽到李家來人尋他，便樂不顛地過去了。

李老夫人看他挺歡喜，便放下心來，只管祖孫幾人一處說話罷了。待得晚上，還留秦鳳儀用飯來著。

秦鳳儀心裡美美的，李鏡看他全無心事，特意讓阿圓去做了焦炸小丸子給他吃。李釗看他高興，私下還與妻子說：「都說阿鳳下場時比平日寫的文章要好，只看他對殿試說放就放，這也不是尋常人能捨得的。」

這位大舅兄現在看秦妹夫是越發順眼了。

崔氏也說：「是啊，我也覺得妹夫不是尋常心胸。」親事已定，自然就要換了稱呼。

第二天一大早，秦鳳儀被方悅堵被窩裡了。

方悅打發了丫鬟，方問他偷偷參加殿試之事。

秦鳳儀一驚，「你怎麼知道啊？」

方悅氣得壓低聲音道：「你以為別人都是瞎子嗎？」

秦鳳儀坐起身下床，隨便揀件袍子披了，自己倒盞茶，喝了半盞，笑嘻嘻道：「阿悅，你急什麼？原我還沒個人說道，你來了，正好與你說。我告訴你，昨兒我可是撞大運了！」

方悅哪有心聽他這大運，只為他可惜，「你這樣的才智，倘真考個同進士如何是好？」

秦鳳儀信心滿滿，「放心吧，起碼是二榜進士！」

方悅氣道：「這可不是你自己說了算的，我倒情願你是三鼎甲才好。」

「嘿嘿嘿！」秦鳳儀傻笑一會兒，拉著方悅的手讓他坐下，「阿悅，我只跟你說啊，昨兒個我見著陛下了。」

方悅以為是什麼機要大事，聽他居然是說這無聊事，遂道：「昨兒陛下巡場好幾遭，誰沒見？長眼的都見到了。」

「你們見是見了，可陛下看你們的文章了嗎？」秦鳳儀美滋滋的，「昨日我把文章遞給陛下，陛下已是看過我的文章了。」

方驚一驚，「有這事？」

「對呀！」秦鳳儀又去倒茶，方悅連忙接了他手裡的茶壺，親自為他續上茶，「到底是怎麼回事？與我說一說。」

秦鳳儀便如實與方悅說了，秦鳳儀道：「我那會兒剛寫完文章，我覺得我寫得挺好的，正查看呢，就見邊上有個天青色的衣角，一抬頭我就看到了皇帝老爺。他在我身邊站了好久，我就把文章遞給他看了。」

方悅覺得這事比秦鳳儀偷偷參加殿試還稀罕，畢竟秦鳳儀原就不是個正常的，他突然改主意參加殿試，別人做不出來，秦鳳儀做出來也不稀奇，但是這種殿試給陛下看自己文章的事，可真是稀罕，起碼方悅就沒聽說過。

方悅只聽說昨日陛下巡場，有貢生非常緊張，把硯臺打翻，汙了試卷，可憐可嘆，這殿試的孫山，絕不可能是他秦師叔了。

而且，方悅可是未想到，秦師叔還有些奇遇。

方悅悄聲道：「好啊，陛下既然已閱你的文章，那其他副考要評閱時必然會小心的，名次也應該會比你會試時要好。」

「這還用說嗎？」秦鳳儀道：「我會試時寫的文章也不比孫耀祖差，他是兩百三十幾名，我就是三百名，這差得也太多了。你說，是不是盧老頭故意壓我？」

「不許胡說！盧尚書一向剛直，並不是這樣的人。」方悅道：「有時這上了科場，運氣也很重要。像你，在科場上寫出來的文章，一向比平時要好，可有時判卷時也要講究運氣的。有些人的文章合了考官的眼緣，名次便要好些，有些個就要略遜一些。」

秦鳳儀也未將此事放在心中，笑道：「反正這回皇帝老爺已看過我的文章，他們那些判卷的老大人們即便眼神不好，可皇帝老爺已是先看過了，我想著這回總要客氣幾分的。」

方悅催道：「趕緊把你殿試時的文章默出來給我瞧瞧。」

「哎喲，我這一無梳洗，二無早飯，皇帝還不差餓兵呢，你就不能等一等？」

「我昨兒為你操了一宿的心沒睡好，一大早就過來，看你一點也不領我的情。」方悅知道這小子一向嬌氣，只得催促他趕緊穿衣洗漱。

待用過早飯，秦鳳儀默出文章，方悅幫他瞧了。

方悅笑，「別說，一點都不比你會試時寫的差。」

「那是，會試結束才幾天，難道我就能把文章忘了？」秦鳳儀道：「阿悅，我偷偷參加殿試的事，你可得替我瞞著，暫不要說。等我金榜題名，保管嚇他們一大跳。」

方悅說他：「你就求神拜佛保佑上二榜吧，你要是最後得個同進士，不說別人，你岳父就得生吃了你。」

秦鳳儀強撐著面子，「我才不怕他，婚書他已是簽了，難不成還能悔婚？」

「阿鏡妹妹知道你去參加殿試的事嗎？」

秦鳳儀當即啞了，挺起胸膛道：「她一個婦道人家，自然要出嫁從夫的，家裡大事，當然是我做主。」

「你做主，你做主。」方悅笑得意味深長，「你可是做了一回大主！」

秦鳳儀雖則嘴硬，不過，在送走方悅後，還是跟他娘打聽京城哪個廟裡的菩薩最靈，然後秦鳳儀把當初他會試前他娘拜過的菩薩，全都又拜了一回。

用俗話來說，秦鳳儀就是典型的顧頭不顧尾。

反正事兒他都做了，之後要怎麼著，他除了去拜拜菩薩也沒法子了。

實際上，除了拜菩薩，秦鳳儀還悄悄同方悅打聽過，「我聽說狀元和榜眼都是要看文章，這探花就是看臉的。阿悅，你說，我能中探花不？」

方悅當時的表情簡直是難以形容啊！

方悅是這樣回答他小師叔的，他望著小師叔那張絕代無雙的臉道：「要是師叔能中探花，我就把我珍藏的那塊前朝的松煙墨送給小師叔做賀禮，你不是眼饞我那墨許久了嗎？」

其實不是秦鳳儀眼饞，他又不愛念書，對於書啊墨的，一向是能用就成。他媳婦喜歡墨啊硯啊的，當時聽說方悅收藏名墨，秦鳳儀是想弄兩塊送他媳婦。誰知方悅啥都大方，就這墨啊硯啊的小氣，秦鳳儀出大價錢，都被方悅罵他白長一張好看臉渾身銅臭氣給罵出去。

如今見方悅主動送他墨，秦鳳儀笑，「那我就笑納了啊！」

方悅沒好氣，「等你中了探花再說吧！」

你就長得天仙，然後文章似狗屎，難道就能做探花了？

當然，秦鳳儀的文章比狗屎強多了，卻也沒有強到能進前十的地步。探花一向是陛下從前十名裡挑一位容貌較好的定為探花。至於秦鳳儀的名次，方悅覺得，能進二甲就是祖宗保佑，運氣爆棚了。

可有時候吧，人的運氣真是一種說不清道不明的東西。

像方悅，其實他不缺運氣，而且說來他此次不論是會試還是殿試，運氣都不錯。他殿試的文章被列於前十之列，甚至幾個副主考再到景安帝都很喜歡他的文章。

前十名是要在金榜之前先被皇帝召見，以此由皇帝親定三鼎甲。方悅這個，秀才時便是案首，秋闈乃解元，會試的會元，如今他文章出眾，景安帝就想藉著自己今年四十大壽，給弄個三元及第出來，也喜慶不是？

景安帝心中已是取中方悅為狀元，再看其他九位貢生，文章上倒是好說，幾人都不差。只是這探花一位，讓景安帝為難了。

要擱往日，景安帝真不會為探花特意挑個俊小夥啥的，景安帝從來不是顏控。譬如，李釗當年科舉，憑李釗玉人的名聲，也只得了傳臚，那是因為景安帝比較喜歡探花的文章，儘管那位探花郎生得不如李釗，長得也不如李釗，但景安帝還是點他為探花，李釗居傳臚位。

可今兒不曉得怎麼了，興許是那日對秦鳳儀那張絕世美貌的臉孔印象太深，或者，一人之所以不是顏控，那只是因為他沒有見到真正的美人。

景安帝自見了秦鳳儀就沒忘過，尤其那孩子一雙眼睛，盈滿了靈性，一看就是個聰明孩子，文章寫得也不錯。有秦鳳儀這般美貌在前，便是俊秀如方悅，在景安帝眼裡也只能降格為清秀了，何況還有九個相貌不如方悅的，更是連清秀都算不上。

景安帝覺得有些遺憾，隨便問了幾句，就打發他們下去了。

盧尚書問前十名次如何排，景安帝道：「朕看，方悅文居第一，陸瑜次之。」

盧尚書笑道：「聖明無過陛下。」這正是他排的名次，方悅居首，得三元及第的美名；陸瑜居次，得榜眼之位。只是，那探花呢？

盧尚書等著皇帝陛下吩咐，結果，皇帝陛下不說話了。

盧尚書大著膽子道：「陛下，不知探花何人可居之？老臣好去謄寫榜單。」

景安帝道：「狀元和榜眼，取其文才，而探花一位，自來還有俊俏風流之意。你說說，這十個人，方悅形容尚可算清俊，除此之外，誰人堪當俊俏風流四字？」

盧尚書也是伴君多時的老臣了，當下心思一沉，勉強道：「上科春闈，高探花論相貌，也只是端正。」

「所以，朕引以為憾事啊！」景安帝這無恥的，他是存心要點個長得俊的了，而且心中早已經有人選了。

盧尚書也猜到了陛下的心思，只是盧尚書畢竟性子剛直，他直接道：「倘文不能服眾，豈不令天下人詬病？」

景安帝道：「朕看他文章不錯，也居二榜之位，如何就說到天下詬病了？且，秦貢生的文章，朕是親自看過的。他如今紀尚輕，就有此等文筆，可見才學出眾。」

盧尚書看景安帝直接點出人名了，他也無法，繼續努力掙扎，「二榜末流而已。」便是二榜末流，也是幾個副主考看陛下先閱過那小子的文章，勉力排之罷了。要是允許來說，定是一百五十名開外去了的。

那小子，完全就是靠臉迷惑了陛下。不是聽說原不考殿試嗎？怎麼又突然考了啊？真是的，怎麼還出爾反爾啊？

盧尚書說秦鳳儀的文章二榜末流，景安帝卻道：「朕看他文章相貌還當得探花之位。」

盧尚書也無法了。

這真是神仙也預料不到的發展啊！

盧尚書對秦鳳儀的印象更差了，無他，這小子也忒會鑽營了，一看就不是正經忠臣的模樣。誰殿試不是老老實實地答題，就他，捧了文章給陛下看。

這位簡直就是個捫隙發罅的貨色，便是以後做官，撐死做個佞幸罷了。

不過，景安帝就要秦鳳儀做探花，不要說景安帝是主考，便他不是主考，他是皇帝，他定誰是三甲，只要不太過分，盧尚書也只有聽從的。

# 伍之章 天街誇官顯風流

秦鳳儀完全不曉得自己的命運發生了翻天覆地的變化，他聽說方悅與前九位貢生被召宮裡去了，還特意去賀了回方悅。

秦鳳儀笑，「我當初買你狀元，雖然賠率低，也要賺一些的。」

方悅的名次絕對是差不了的，故而，方家也是人人歡喜。

尤其是孫舅媽，在方大太太跟前說的那些奉承話就甭提了，用秦鳳儀的話說：「大暑天聽孫太太說話都省得用冰了。」渾身雞皮疙瘩都起來了。

方悅與他道：「你就少說風涼話吧，明兒咱們一道去看榜。」

「我曉得。」說到看榜，秦鳳儀還是有些小緊張小激動的。

秦鳳儀其實對於明天看榜後萬一有人捉他啥的也做了安排，私下與攬月道：「要是有人捉少爺我，你可要把我護好了。」

攬月極忠心地表示：「大爺放心，便是有人把我捉走，我也不會讓他們把大爺搶走。」

於是，第二日，秦鳳儀起了個大早，吃過早飯就過去找方悅一起看榜去了。

方閣老還說：「阿鳳你也小心著些，雖則你這科未考，可你這相貌說不準的。」

秦鳳儀難得心虛了一回，哈哈笑道：「師傅放心，我這主要是護好阿悅，免得他被不知底裡的女娘捉去。」如今，秦鳳儀也曉得了，方悅定的是翰林掌院家的千金，已是與駱家說定了，讓駱家備好家丁，過去把他捉走。

說來，這榜下捉婿頗有講究。

不同於前一遭看會試榜，秦鳳儀等人在榜單前被擠得要死要活，這一回，舉凡貢生，都不用再擠啦，大家在貢院旁邊的飛天茶樓裡或是訂了包廂或是堂桌坐，而且各自都打扮得光鮮亮麗，除了阮敬阮貢生外。

秦鳳儀看他穿了一件洗得發白的袍子，還悄悄問他是不是銀子不夠使。阮敬一露腳下嶄新的黑幫白底新鞋，指著旁邊一位四十幾歲，兩撇狗油鬍的大叔級貢生道：「陸兄非要我來，不然我是不想來的，早晚都能知道信兒。我這有妻有子的，既是來了，也不湊這熱鬧。衣裳穿得舊些沒什麼，鞋是新的，一會兒好跑路。」

把秦鳳儀逗得哈哈大笑，誇說阮敬機靈。

因秦鳳儀與阮敬相熟，方悅與孫耀祖也認得那位陸兄，故而大家便坐在了一處，一面喝茶，一面等著張榜。

這張榜時的熱鬧，雖然榜上的人數是定了的，就是貢生榜上的人。

然而，杏榜之熱鬧，遠非前些日子會試張榜時可比。秦鳳儀進門時，就見一撥撥豪奴守在外頭了。那些豪奴瞅著這些新科進士的眼神，猶如餓狼見著小羔羊一般。

秦鳳儀悄悄問方悅：「這些人不會把我搶走吧？」

方悅低聲道：「同進士一般沒人搶。」

後來，秦鳳儀方曉得，他完全是被這個不尊敬長輩的師侄坑了啊！

誰說同進士沒人搶，也搶得很凶好不好？

不過，此時，秦鳳儀尚不曉得，而且他身邊有攬月、辰星及大管家孫漁，外頭還有五六個身強體壯的侍衛。

故而，定一定神，秦鳳儀也就滿心期待地等著名次出爐了。

先是一聲銅鑼開道，一聽這鑼響，整個茶樓，不論新科進士還是跟著的家僕、茶樓裡的掌櫃夥計，個頂個的，有一個算一個，脖子都伸得老長，齊齊看向門外。

先是一陣喧囂，繼而一人奔進來，大聲喊道：「揚州舉子方悅方老爺高中殿試第一名，金科狀元，小的給狀元郎賀喜了！」

方悅先是一陣大喜，哪怕心裡也想過這個位置，但當喜訊真真切切地傳來，那種歡喜，讓方悅這一向淡定的人都微濕了眼眶，然後兩耳朵尖激動得紅彤彤。

方悅努力保持鎮定，聲音卻是帶了一絲沙啞，與小廝道：「賞！」

小廝出來自是裝足了打賞銀錢，立刻給那報喜的一個大銀錁子，足有十兩。報喜的千恩萬謝地去了，周圍已是一片賀喜之聲。

秦鳳儀更是為方悅高興，輕捶方悅肩頭一拳，笑道：「沒白買你！」

秦鳳儀又道：「駱家如何還不來搶你？」

方悅瞪秦鳳儀一眼，怎麼把這事說破了啊？

倒是一旁的陸兄覺得好笑，與秦鳳儀道：「得將喜報報完，才會開始搶。」

陸瑜剛說完，跟著就有報喜的衝進來，納頭便拜，高聲喊道：「賀徽州舉子陸瑜陸老爺高中殿試第二名，小的給榜眼大人請安磕頭啦！」

那陸瑜縱是年紀不輕，此時也是喜色盈腮，命小廝拿銀子賞了。

秦鳳儀便是做夢也沒想到，第三個是自己。其實周圍報喜聲已是不斷，但那聲「賀揚州舉子秦鳳儀秦老爺高中殿試第三名，小的給探花郎報喜請安！」

秦鳳儀覺得是出現了幻聽，他還問方悅：「剛說啥啦？」

不要說方悅，便是孫耀祖也傻了，大家都呆呆地看著秦鳳儀。

方悅最先反應過來，渾身如打擺子一般抖啊抖的，聲音卻是不抖的，他大聲道：「阿鳳，你中了探花！」聲音中的驚訝與喜悅讓他音調都跟著變了。

說實話，方悅料到自己可能狀元有望，卻從未想過秦鳳儀能中探花。

秦鳳儀反應過來，「不會是假的吧？」

那報喜的只想吐血三升，他好不容易第一個跑進來給探花郎報喜，報喜的大聲道：「要是假的，秦老爺只管挖小的眼珠子出來當球踩！」

秦鳳儀猶是不信，與攬月道：「你再出去看看。」

還是孫耀祖慣知人情，替秦鳳儀打賞了那報喜的。

攬月擠得鞋都掉了一隻，回來時儘管頭髮亂了，衣裳也髒了，滿臉喜色卻是顯而易見。

方悅激動地抓住秦鳳儀的雙手道：「阿鳳，是真的！」

秦鳳儀當即坐不住，倏地站起身，「走！咱們這就回家，給家裡報喜去！」然後，秦鳳儀響亮地抽了一鼻子，他他他……他好激動，他激動得都想哭啦！

秦鳳儀只是想哭，在一旁的孫管事已是老淚縱橫。他也不知道他家大爺何時考的探花，但他家大爺現在是探花郎啦！老爺、太太，咱們家大爺是探花郎啦！

孫管事很想立刻跑回府與家裡報此大喜，可他們這一行人剛起身，方悅連忙拉了秦鳳儀坐下，「這會兒不能走，你沒見外頭那些人都等著榜下捉婿，你一出去準被捉了去。」

「那咋辦？我忘了同阿鏡妹妹說，讓她派人來捉我了！」

方悅道：「攬月，不行，攬月鞋掉了。辰星，你趕緊去侯府送個信，叫侯府派人來。」

辰星一聽吩咐，出了茶樓，撒腿就往侯府跑去。

趕緊著，這得趕緊派人來啊！不然，他家大爺這新科探花就要被別人家捉去啦！

其實，此時不必辰星送信，景川侯已經知道自家女婿中探花的事了。

因為這杏榜一出，向來各衙門都要送一份的。景川侯原未在意，反正秦鳳儀未考，但突然尚書大人過來向他賀喜，景川侯就有些摸不著頭緒了，還問：「不知屬下喜從何來？」

尚書大人笑道：「景川，你尚且不知啊？哎喲，你家女婿中探花了！」

他將杏榜遞給景川侯看，景川侯整個人還是懵的。

他家女婿根本沒參加殿試啊！

景川侯連忙接過抄錄的杏榜單子，對著那個第三名，自姓名到籍貫年紀來來回回看了三遍，確定沒看錯。景川侯此時先是一喜，卻也顧不得高興，更顧不得追究秦鳳儀是怎麼得了個探花的，總之，秦鳳儀已是探花了。

景川侯立刻喚了親隨過來，吩咐道：「立刻回府點上五十個強健的小子，到貢院門口的飛天樓把姑爺給我搶回來！」

這混帳女婿，你就是偷偷去參加殿試，你也要說一聲啊！

景川侯一想到自家女婿可能落到別人手裡，當真是氣不打一處來。

……

辰星跑到景川侯府的時候，基本上景川侯的貼身長隨也就到了，長隨立刻找大管事點人去搶姑爺，辰星等著去裡面稟報他家大爺中探花的事。

李家不知道秦鳳儀偷偷參加殿試的事，這會兒正說方悅肯定好名次，就不曉得是不是狀元，倘是狀元，方悅便是三元及第的。正閒話間，小丫鬟滿面喜色地進來稟道：「老太太、太太、大姑娘，大喜了，外頭姑爺的小廝辰星過來報喜，說咱們大姑爺中了探花！」

大家一時都沒轉過彎來，想著秦鳳儀根本沒去考，哪裡來的探花？

景川侯夫人還道：「那孩子慣愛說笑，又哄咱們高興呢！」

她覺得秦鳳儀腦子有病，最愛弄些不正常的事，居然還打發小廝過來說謊騙人。

李鏡看向那小丫鬟，問：「姑爺可在外頭？」

「沒有，就辰星在外頭，說是姑爺打發他回來報喜，說讓人趕緊點齊人馬去把姑爺搶回來，不然可就要被人搶走了！」小丫鬟回道。

李鏡將信將疑，覺得秦鳳儀以前還常說自己會中狀元來著，這會兒要是說自己中探花，也是有可能的，乾脆道：「把辰星叫進來，我親自問他。」

辰星亦是滿面喜色，報了回喜。

李鏡將手一擺，問：「阿鳳哥不是沒有參加殿試嗎？如何來的探花？」

辰星不是攬月，倘是攬月，知道來龍去脈，便知如何答了，可辰星不曉得，一下子卡殼了，不過，辰星道：「這個小的也不清楚，可千真萬確。小的今日同大爺、方大爺和孫大爺一道去看榜的，報喜的報了一回，攬月親自瞧了一回，我們大爺就是探花啊！」

景川侯夫人笑與李老夫人道：「這孩子就是這樣淘氣，到底年少。」

她覺得秦鳳儀簡直是個神經病，你又沒參加殿試，打發小廝說你中探花，你這是發哪門子癲啊？這李鏡也是，相中什麼人不好，偏相中個腦子有病的！

辰星見眾人皆不信，不禁急了，「太太不信，剛侯爺的長隨還回來點人去搶我家公子呢！是真真的，我家公子中了探花！」

李鏡把外頭大管事傳進來，丁進忠來得頗快，滿面喜色道：「剛剛侯爺打發張大山回來，已經點好人馬去搶姑爺了！給老太太、太太、大姑娘報喜，咱們姑爺中了探花郎啊！」

這下子景川侯夫人不說話了，李鏡與李老太太、崔氏皆是大喜。雖不曉得秦鳳儀這探花郎是如何中的，但中了就好。

李老夫人不愧是景川侯親娘，精神抖擻地問：「點了多少人馬？」

丁管事笑，「整整五十個，都是咱們府裡最強健的小子們！」

李老夫人笑，「好！」然後，闔家有賞，又指著辰星，「給辰星一個大紅包！」

辰星謝了賞，見李家已是知道這事了，便道：「老太太、太太、大姑娘，小的這就回家去給我們老爺和太太報喜了。」

李鏡笑，「去吧。」又與丁管事道：「不要說辰星兩隻腳跑了，看他這累得，給他備匹馬，叫他騎馬過去。」

丁管事連忙應了，帶著辰星下去安排。

崔氏笑道：「真是大喜啊！這可真是再讓人想不到的，妹夫總是這樣出人意表！」

李鏡一慣淡定的人，這會兒也不淡定了，這會兒的功夫，她已經將來龍去脈想了個七七八八，「定是他自個兒偷偷跑去參加殿試的。我就說，那天早上著人找人，竟然不在家。晚上過來那一臉的喜氣，我原還擔心他沒能參加殿試心裡不痛快，原來自個兒偷偷去了。」

李老夫人哈哈直笑，「這個阿鳳啊，總是做些叫人想不到的事。這也是，想去就大大方方地去唄，還偷偷去考，鬧得咱們也沒個準備。」說著，突然想起來，「哎喲，忘了問問辰星，阿悅考得如何了？」

崔氏笑道：「祖母莫急，咱們家也打發小子去看榜了，只是開始榜單那裡圍的定是些報喜吃賞銀的小子，他們一時進不去，過一時也該回來了。」

李鏡這裡除了滿心歡喜，什麼事都不擔心了，唯有一事，李鏡道：「五十個人夠不夠使？能不能搶回阿鳳哥啊？」

李二姑娘和李三姑娘直笑，崔氏是很有經驗的，笑道：「上回我家是三十個壯僕，就把妳大哥搶回去了。妹夫這裡，五十人肯定夠的。」

這會兒說夠的，完全是不知道飛天樓的形勢如何的嚴峻啊！

這榜下捉婿，也是有規矩的。

譬如，開始報喜時不能捉，不然滿屋子進士老爺們，你家著急，一進去捉，全亂了套，人家還怎麼報喜啊？必得待報喜結束，才能開始捉婿。

待得把最後的孫山念完，哪怕是孫山，也是新科進士啊！

這個時候，一群如狼似虎的豪僕們就進來了。

翰林掌院家駱家家僕衝在最前，撲到方悅跟前，捉了就走。還有人要攔的，也不知駱家打哪兒弄得這些家丁，一個個強健得很，推開想攔道的，就把方悅架跑了。

眼見方悅一騎絕塵，秦鳳儀剛想喊：「帶上你師叔我啊……」

結果，還沒喊出來，悅師侄便沒影啦！

秦鳳儀這個目標忒明顯，立刻撲上三五家來，秦鳳儀大叫：「我有媳婦啦！」

攬月和孫管事都在自家大爺跟前攔著，直道：「我家大爺親事已經定啦！」

當下便有兩家猶豫了，問他：「你真成親啦？」

秦鳳儀多機靈的人，「成啦成啦，家裡兒子都有仨了！」

突然有一豪僕指了出來，「這是神仙公子，與景川侯府有婚約，可也只是傳言，根本沒見他兩家訂親，更沒有成親，大家不要被他騙了！」

當下便又多了兩家擠過來，至於攬月與孫管事，完全不頂用啊，直接被人家壯僕，兩人一個的架了出去。所幸秦鳳儀焦急之下是極機靈的，何況他又與景川侯學過一些拳腳功夫，當下對著門口大喊：「媳婦，妳來啦！」然後，趁著諸豪僕分神空隙，一個掃膛腿掃倒一個，接著就想往門外跑。

奈何門口擠著數名大漢，都是來捉婿的。秦鳳儀一個擰腰，硬生生調轉方向，向樓上跑去。底下豪奴紛紛笑道：「這下子探花郎總算跑不了了！」當下命留人樓下守著，數人上樓捉探花郎去了。

整個茶樓這會兒已是亂作一團，不過，新科進士都是文雅人，而且來捉女婿的，一般都是家世不錯的。便是捉婿，一般大家也是極斯文的，如阮敬遇到的這兩家，人家是斯斯文文地問一句：「不知公子家中可有婚配？」

阮敬笑道：「家有賢妻愛子。」

若實在喜歡的，頂多再問一句：「公子此等人才，倘無金玉之人相配，反是可惜了。」

若是遇著想休妻另娶的，便與這些豪僕別去商議。倘是阮敬這樣的，人家都不會多問這一句，故而，阮敬平平安安地出了茶樓。

還有如陸瑜這樣的，功名雖好，年紀過大，而且長得不好，來問的不多。就是有過來問的，也是客客氣氣，絕不會如秦鳳儀這般雞飛狗跳。

主要是，秦探花太招人了。

這排面，這相貌，哪家搶回去，家裡姑娘太太不歡喜啊！

至於景川侯府的親事，是有傳言這麼傳，可誰也沒見你兩家擺酒成親啊！

這個時候，就是先下手為強啦！

秦鳳儀多忠貞的人啊，他平時還時常諷刺別人是殘花敗柳來著，何況人家秦鳳儀不是嘴上說說的忠貞，人家對小鏡子是真的忠貞。但是，再忠貞的小羊羔也架不住群狼環伺啊，秦鳳儀悲憤地騎在窗子上，「你們就死了心吧，我心有所屬啦，我是死都不會從的！」

有一豪奴得意地笑，「公子您就從了吧，咱們家也正經豪門，半點不比景川侯府差！」

「是啊，公子，識時務者為俊傑！」還有跟著起鬨的，實在是神仙公子太好玩了。

秦鳳儀眼見數名身強體健之豪奴逼近，他真的沒想跳樓，不知是哪個壞小子，突然祭出了一根竹竿去戳秦鳳儀肚子。秦鳳儀怕癢，身子一抖，哈哈大笑，這窗子就沒騎穩，向下一歪，摔下去了。

秦鳳儀嚇得臉都白了，不想人家豪奴經驗老道地對樓下大喊：「大塔，接好探花郎！」

秦鳳儀一下子落到了一個巨塔般的壯漢懷裡，半點也沒摔著。

秦鳳儀嚇得半死，就聽一聲高喊：「姑爺，小的來救您啦！」

秦鳳儀半個身子直起，就見他岳父的貼身長隨張大山帶著一群小廝壯僕過來搶他了。

秦鳳儀大喜，搖手大叫：「我在這裡……」可惜最後一個裡字沒喊出來，那壯漢抱著他便一路飛奔，後面還有一群女娘鶯鶯燕燕地叫喚：「對我們神仙公子溫柔些個才好！」

秦鳳儀在壯漢懷裡暈頭轉向，也不知這是奔到哪裡去了，總之是一處武將家所在，因為門口擺著一排刀槍劍戟的兵器。國朝規定，唯武將門口可這般陳列。

門房見這壯漢抱了人回來，一臉喜色，「哎喲，好俊的進士老爺！趕緊進去，太太奶奶們正等著呢！」

然後，沒容秦鳳儀多說一個字，壯漢就抱著他大步進了門。

秦鳳儀悲憤地握拳：岳父，您可真是關鍵時候掉鏈子啊！等我回去，我非好好念叨您老人家不可！

直至景川侯落衙回家，秦鳳儀也沒能給搶回來。

不過，總算打聽出秦鳳儀所在了。

景川侯面沉如水，「被嚴大將軍府搶去了！」

李老夫人忙問：「可去要人了？」

李釗道：「他家不放，非說咱們家還沒過三媒六聘，不算成親。」

李鏡冷冷地起身，「這可真是瘦田無人耕，耕開有人爭了！」

竟然有人敢搶她碗裡的飯！

這嚴家，也是帝都有名的大戶人家。

人家說自己家並不比侯府差，這也不是誇大。

禁衛軍大統領，一聽嚴家當家人這官職，就曉得這在京城是何等樣的存在了。倘不是嚴家這樣的家族，還真不一定敢與景川侯府搶人。

李家正準備去要人，秦家夫妻慌慌張張地來了。

秦太太一副六神無主的樣子，「有一戶姓嚴的說阿鳳在他們那裡，叫我過去！哎喲，我跟老爺都沒主意，這可怎麼著啊？」

秦老爺不大敢與景川侯說話，與李釗卻是比較敢說的。

秦老爺道：「他大舅哥，可得把阿鳳救回來啊！」

李釗道：「正準備把阿鳳要回來呢！」

景川侯夫人實在是忍不住了，看到這對鹽商親家就來火，埋怨道：「怎麼阿鳳參加殿試的事，你們也不知道？」

秦太太眨眨眼睛，雖則秦太太的眼睛不太大，但那神情不知怎地，與秦鳳儀還真有些相似。秦太太道：「不知道啊，還是辰星回家說，我們才曉得阿鳳中了探花。哎，初時我還說，這沒考怎麼就中探花了？還是攬月回家去才曉得，是阿鳳偷偷去考的。哎，親家母，妳說，這誰想得到啊？」

「這是大喜事。」李老夫人笑道：「既然親家母來了，去給親家母取六匹緞子。」

秦太太更不明白了，李老夫人此方與秦太太說京城榜下捉婿的規矩。

原來這榜下捉婿頗是講究。也不是把女婿抓去，說是你家就是你家的，這是新科進士，又不是販賣人口。這裡頭，把女婿捉去，倘是男方同意親事，男方的家長，一般都是母親，就會帶一對金簪給人家姑娘插頭上，如此親事就算定下了。倘你不樂意，就要給女方或六或八，反正是雙數的衣料子，這也是給女方的一些補償，意思是親事算了。

秦太太聽明白後立刻表態：「老太太放心，我先時不曉得這些說法，我這就過去！」

李老夫人道：「那嚴家頗是難纏，讓阿鏡與妳一道去吧。」

一同去的不只是李鏡，還有景川侯和李釗父子，可想而知這嚴家多麼不好對付了。

李鏡與秦太太坐車，景川侯父子騎馬，秦太太還一個勁兒安慰李鏡：「阿鳳那孩子，我最清楚不過，阿鏡啊，他心裡只有一個妳。」

李鏡嘆道：「我倒不擔心阿鳳哥對我的心，只怕他被人強迫，如何是好啊？」

秦太太笑，「這妳放心，男人要不願意，哪個女人能強迫男人？」

秦太太這話，委實說得忒早。

如今，她兒子秦鳳凰就遇到這樣的險情。
而李鏡的神色，則越發冷峻。
原本秦鳳儀被嚴家搶回來，嚴家的太太奶奶們一瞧。
呵，真不愧是探花郎！
嚴太太先是眼睛一亮，讚道：「這孩子生得可真好！」
嚴大奶奶也說：「不愧是探花郎！」
管事邀功道：「太太、奶奶，這可是京城有名的神仙公子。不是小的說狂話，現下想在京城找出比神仙公子更俊的，可是再沒有的。」
秦鳳儀立刻表明已經有親事在身，絕對不會另娶。
嚴大奶奶笑道：「我當什麼親事，就公子與景川侯府的事，大半個京城都曉得，先前我們還說呢，景川侯不許婚就直接說不許婚唄，何必如此為難公子？」說著，丫鬟捧上茶來，嚴大奶奶笑著遞給秦鳳儀，「秦公子嘗嘗，這是你們南面的春茶。」
秦鳳儀接了茶卻是沒吃，嚴大奶奶相貌只是中上，卻是天生一副和氣可靠的眉眼，對秦鳳儀一笑道：「就景川侯的性子，怕是不好相處吧？」
雖然是被搶來的，但嚴大奶奶這話可真合秦鳳儀的心。
秦鳳儀道：「好不好相處的，他是長輩，也就算了。關鍵是，妳說，這要緊的時候，竟叫我被妳家搶了來。」
他覺得岳父真是不給力。

嚴大奶奶笑道：「可見是公子與我家的緣分呢！」

秦鳳儀正色道：「那可不成。我與阿鏡好幾年的情分，過幾天我們就要訂親擺酒了。雖則京城想找我這麼個相貌的挺難的，可也沒辦法呀，你們還是放了我吧。」

嚴大奶奶一樂，「如何沒辦法？你與李家，一沒擺酒，二沒成親，如何能算有親事？倘你兩家有緣法，今日公子又如何會到我家來？」

秦鳳儀道：「你們把我搶來的唄！」

「是啊，倘景川侯府真有心，如何會讓我們搶了公子來？」嚴大奶奶笑，「便是新科進士有了親事，也是兩家商量好，讓女方家提前備好人走搶走的。公子這個，我看，你是一頭熱吧，人家景川侯府根本沒認真搶你。」

「不是，是我岳父的人來晚了。」

「搶女婿的事還能晚？」嚴大奶奶笑，「實話與公子說吧，景川侯先時已與我家公公說好了，把你讓給我家，故而他們李家不過做個樣子罷了。」

秦鳳儀根本不信，「胡說，我岳父再不能這樣的！」

「有什麼不能的？」嚴大奶奶唇角噙著一抹笑，「公子，你是個實誠人，哪裡知道景川侯的心機呢？倘他真有心把閨女嫁給你，如何會立下叫公子考進士，要不就得武官至五品的約定？如今看來，公子已是了。可四年前，公子還是白身。也就是公子這樣的資質，倘換個笨些的，怕早就叫他逼瘋了。公子，你雖是一顆實心地上進，可哪怕你中了探花，授官也不過七品。你知道嗎？大皇子要選側妃，李大姑娘已在名冊上。皇子側妃，正經四品誥命。

若不把公子這樁親事了結，李家如何攀龍附鳳？公子啊，你是一片真心，焉知人家另有打算。」

秦鳳儀晃晃腦袋，哈哈一笑，「妳就別騙我了，我就算信不過岳父，我也信得過阿鏡。不要說給皇子做側妃，就是給皇帝老爺做皇妃，阿鏡也得選我。再說，我岳父要是妳說的勢利眼，四年前他早把阿鏡許人了，也不能等到這時候。」

嚴大奶奶不想秦鳳儀瞧著有些呆頭，卻是個不好糊弄的。

嚴大奶奶敗下陣來，便是嚴太太親自出馬，與秦鳳儀說了自家閨女諸多好處，生得好，長得好，性子好，女紅好，反正是無一不好。

可嚴太太磨破了嘴皮子，秦鳳儀完全就是鐵了心的，便是嚴大將軍親自出面表示對秦鳳儀的欣賞，秦鳳儀都是一副要忠貞到底的模樣。

嚴太太私下都說：「不行就算了，強扭的瓜也不甜。」

嚴大奶奶其實也是這個意思，這事強求不得。

嚴姑娘卻是相中了秦鳳儀，爹娘兄嫂不頂用，她乾脆自己上了。

秦鳳儀嚇死了，他頭一回見到如此彪悍的姑娘。雖則秦鳳對女孩子一向比較客氣，但這明顯要用強的，秦鳳儀也不打算客氣了。

嚴姑娘微微一笑，「我還怕你太客氣，我不好意思下手呢！」三下五除五就把秦鳳儀絞了兩隻手臂壓床上了，秦鳳儀簡直要被欺負哭了，他可算是知道小秀兒有多恨他了。

秦鳳儀大聲道：「妳們可不能強迫良家男人啊！」

嚴姑娘好險沒笑出聲來，「你只管叫，任你喊破喉嚨，看看可是有人來救你。」

正準備下手呢，李家人來了。

嚴姑娘拍拍手下床，「我就去會一會李鏡，看她哪裡好。」

嚴姑娘只是把秦鳳儀壓到床間，並沒有綁他，她這一鬆手，秦鳳儀立刻就跳下床，一陣風似的颳了出去。見到他媳婦、他娘、他大舅兄、他岳父都斯斯文文地在廳上坐著，秦鳳儀眼淚都要下來了。

李鏡一看阿鳳哥衣裳散亂，頭髮蓬亂，一副被人不軌了的模樣，刷地就站了起來，冷聲斥道：「你們嚴家可太不講規矩了！」

嚴姑娘此時也出來了，接了李鏡這一句：「我抓來的探花郎，他現在在我碗裡，我就不講規矩了，怎麼著？怎麼著？」

「怎麼著？」李鏡道：「不行！」

「不行我也幹了！」

秦鳳儀跑到李鏡身邊，大聲表白：「阿鏡，不要聽她胡說，她沒幹成，我清白著呢！」

李鏡幫他攏攏亂了的鬢髮，問他：「挨欺負沒？」

「還好。」秦鳳儀道：「咱們這就回吧。」

李鏡起身看向嚴姑娘，「聽聞嚴家拳天下有名，今日特向嚴姑娘請教一二。」

嚴姑娘道：「正好，我也想領教李家長槍！」

知道兩頭雌獅是如何爭奪伴侶的嗎？

伴侶在邊上看著，她倆先打一架。

待秦鳳儀被李家人「救」出後，原諒秦太太無甚見識，秦太太是見過女人打架，可那是市井街頭，你撓我臉我扯你頭髮那種，不是李鏡與嚴姑娘這種真刀真槍玩命似的幹仗啊！

秦太太上車時還心有餘悸，她這是突然獲悉未來媳婦是個絕世高手後的些許不適應。

秦鳳儀就完全沒有這種不適應，他到了車上還興致勃勃地表示：「阿鏡，其實妳根本沒必要跟她打。妳只要拿出那手絕活，保管嚇死她。」

「什麼絕活？」

「就是兩根手指捏著茶杯，然後啪的一下，茶杯就碎成好幾瓣。」秦鳳儀只會些粗淺功夫，還是跟景川侯學的，也就是強身健體，但他媳婦不同，他媳婦功夫可好了。「夢裡」時，常這樣嚇唬他。

秦鳳儀記得清清楚楚，「夢裡」他只要在外多看哪個女人一眼，在家多看小丫鬟鼓鼓的小胸脯一眼，他媳婦便會「不小心」捏碎幾個杯子。

秦鳳儀只要一見他媳婦捏碎杯子，就會乖乖地眼觀鼻，鼻觀心的六根清淨。

此時說起夢中事，秦鳳儀卻頗是高興，他握著李鏡的手，很是感動地說道：「阿鏡，我就知道妳會來救我。」

李鏡到嚴家接人時，心下不是不惱火，但一見到秦鳳儀，這傢伙先說自己是清白的，李鏡便什麼氣都消了。

李鏡道：「你還好意思說？居然偷偷去參加殿試！你要是告訴我，至於被人搶走嗎？」

秦鳳儀道：「我這不是沒想到會中探花嗎？原本我想著，最好的話，能上二榜，要是萬一運道不怎麼樣，興許就是個同進士。阿悅說，同進士根本沒人捉。我就怕我沒考好，結果還告訴妳，到時多掃興啊！」

「誰說同進士沒人捉的？這是阿悅哥在騙你。再說，就你這樣的，走大街上都有可能被搶，管你是不是同進士。」李鏡嗔道：「你也忒不小心！」

秦鳳儀笑咪咪地聽著，「好啦好啦！妳看，就那樣厲害的女娘也不及妳。阿鏡，妳可算是把我搶回來了，我今兒就去妳家。」又與他娘道：「娘，您明兒再到岳父家來，帶一對金釵，到時給阿鏡簪頭上，這是榜下捉婿的規矩。」

這些規矩，秦鳳儀早打聽明白了。

秦太太笑，「可見是殿試後都打聽好的。」又道：「這個攬月和瓊花，竟然跟著你一道瞞著我和你爹。」

秦鳳儀道：「要不是他們，您和我爹哪裡得探花兒子去？」

秦太太想到兒子現下是探花了，不禁摸摸兒子的臉，再摸摸兒子的頭，還像小時候那樣疼愛兒子一般，「是啊，我兒是探花了，我兒是探花了。」

秦太太連說兩遍，可見心下激動。

秦鳳儀得意地揚起頭，任他娘摸了又摸，還大方表示：「阿鏡，妳要不要也摸一摸？」

「我才不稀罕摸！」

秦鳳儀心說：夢裡的妳可喜歡摸了！

當著他娘，秦鳳儀沒說出來，但他那擠眉弄眼的樣兒，也就是這樣意思了。

李鏡瞧一眼秦鳳儀花朵樣的唇，唇角動了兩下，慢慢勾起一個弧度。

秦鳳儀真不愧是與李鏡「夢裡」做過夫妻的，他立刻也抿了兩下，算是回應。

李鏡暗笑，想著阿鳳哥有時笨得出奇，有時又頗是靈光。

兩人在秦太太眼皮子底下就打了回眉眼官司，秦太太已是連兒子的脖子都摸了一遍，這才問他：「中午可吃飯了？」

「吃了，就是沒吃多少，他家的飯菜不大好吃，味道太重了。」秦鳳儀道：「阿鏡，一會兒叫小圓做焦炸小丸子給我吃吧，我早餓了。」

李鏡道：「沒有！上回我好心叫小圓做給你吃，你偷摸著參加殿試都不告訴我。」

「我要是告訴妳，妳一準兒不讓我去。」

「你把理由說了，跟我把道理講明白，我能不讓你去？」

「哎喲，我要是講理能講過妳，我現在就不是探花，我早成狀元了！」

李鏡被他說得笑了，「好吧，雖然是偷偷去的，好在考得好，回去我就叫小圓做給你吃。你還想吃什麼，要不要去明月樓叫你喜歡的菜？」

「不用，有小丸子，獅子頭留著明兒吃。」秦鳳儀按捺不住地與媳婦和他娘說起今日看榜的事，「娘、阿鏡，妳們不曉得，我原以為能得個二榜就是祖宗和菩薩保佑了。那報喜的跑到茶樓裡說我中了探花，我還以為我耳朵出毛病，聽差了！妳們說，這怎麼想得到呢？」

「縱是想不到，這也是你的時運。多少人覺得自己的文章好得不得了，還有一輩子中不了的，這種就是時運差。」李鏡滿心歡喜，「阿鳳哥，你就是天生時運好。」

「對對對。」秦太太還跟著幫腔了，「阿鳳打小就運道好，小時候蹺課去鬪撲，多少孩子鬪撲都是賠錢的，阿鳳就很會鬪撲，不能說從來沒賠過，但是賠的時候少。」

「可不是嗎？有一回，還有人喊我去賭場押色子，我去一回就不去了。總是贏，人家賭場也不樂意叫我去。」秦鳳儀說起少年時的光輝歲月，很是光榮地道：「還有一回鬪撲鬥雞，那雞，別人都說不成，我就看牠成，便把身上的銀子都押那雞上。那雞真是一隻緊張不屈的好雞，生生把另一隻幹死，牠才倒下。後來我實在看牠是一隻好雞，就把贏的銀子給了那個老闆，把那隻雞買回去了。可惜不會下小雞，後來就老死了。」

秦太太一臉慈愛，「我的兒，鬥雞的都是公雞，如何會下小雞呢？」又與李鏡道：「阿鳳這孩子自小就心善。」

李鏡心說，阿鳳哥這麼一路長大還沒長歪，也真是夠不容易的。

那邊秦太太已經回憶起兒子少時的善言善行了，秦太太道：「阿鳳就是說話直，其實心地再好不過。揚州城裡有些小乞子，他什麼時候見了都要扔些銀子。我就說，那些小乞子也是有幫派的。別看趴在那兒，不一定就真是可憐的，可阿鳳這孩子就是心軟，總要給的。」

秦鳳儀與李鏡道：「以前我娘這樣說，我還不信，後來我才信了。有一個小孩可憐極了，兩條腿都沒了，趴在地上討飯，我就拿了錠銀子給他。他抓了銀子，跳起來一溜煙跑沒影兒了。我這一看才曉得，哪裡是沒腿，原來是底下挖洞，腿藏洞裡，裝得跟沒腿一樣。」

李鏡笑，「原來市井裡還有這些門道。」

「門道多啦。我小時候不曉得，不知給出多少冤枉錢。」秦鳳儀笑著對他娘說道：「虧得我爹還能掙錢，要不，早叫我散財散沒了。」

秦太太道：「我兒，銀子掙了就是給你花的。」

秦鳳儀喜孜孜地道：「娘，這回我又發了一大筆！」當下把他押了兩個大金元寶的事說了出來，「也不知過年時一個金元寶是幾兩，殿試那天我帶了兩個，叫攬月押上了。先時我押了一百兩自己中狀元，是賠了的。這回可是中了，我叫攬月押的是探花，當時賭場那些人都以為我不去殿試，把賠率調得高得嚇死人，探花的賠率有一賠三百的。娘，這回我可賺了！」

秦太太不愧是鹽商出身，腦子動得飛快，脫口而出：「我兒，過年時的金元寶是赤金的，一個就有半斤，兩個就是一斤，一斤十六兩。要是按一賠三百的賠率，這一下子就賺了四千八百兩金子。」

秦鳳儀這算術上就不成了，他還扳著手指算呢，他娘已經算好了。

秦鳳儀乾脆不算了，道：「娘，這可是我自己賺來的，到時給您和我爹一人一千兩零花，剩下的都算我的私房啊！」

「好好好，你都自己收著吧，我跟你爹有錢用呢！」

家裡就這一個兒子，家業還不全是兒子的嗎？

秦鳳儀道：「您跟我爹是您跟我爹的，這能跟兒子孝敬您的一樣嗎？」

秦太太笑，「好，那我就收啦！」又誇兒子：「這世上誰有娘這麼大的福氣呢？兒子二十歲就中了探花，還孝敬我二千兩金子的零花。」
秦鳳儀是個實誠人，強調道：「一千是您的，另一千是我爹的。」
秦太太理所當然，「你爹的還不就是我的？」
「哦，是是是。」秦鳳儀見媳婦正含笑看他，立刻道：「等我成親，我也跟我爹學，把錢交給媳婦管。」
秦太太笑，「好，就該這樣。」心下又覺得兒子這也忒實誠了些。
李鏡哪裡看不出婆婆的心思，笑道：「莫說還沒成親，便是成親，我管些家裡小事也就罷了。大事大錢自然是阿鳳哥做主。」
秦太太立刻就高興了，還假假地道：「誒，咱們家可不這樣，咱們家向來是女人管錢管產業，男人在外掙錢掙家業的。」秦太太也就是要做婆婆的小心眼兒罷了，她是再明白不過的人，「現在雖不當說這話，其實咱們都換了婚書，就是一家子了。這家裡，男人在外頭掙銀子就忙不過來了，女人管著銀錢產業才是應當，這就是男主外女主內了。誒，阿鏡，妳比我有學問，這些話我不說妳也曉得的。」
李鏡適時地露出一抹羞意，「嬸嬸不說，我還真不懂。」
秦太太不禁想到，這媳婦沒有親娘，心下不禁多憐惜了媳婦幾分。反正自家就這一個兒子，娶進媳婦來，總共也才四口人。秦太太自己與丈夫和睦，自然也盼著兒子夫妻和美，於是，絮絮叨叨地與李鏡說了不少過日子的話。
秦鳳儀聽到外頭有人打趣：「景川，可是把女婿給搶回來了？」

秦鳳儀一聽這個話題，馬上打開車窗探出半個頭去。見是鄺國公的車隊，忙同鄺國公打招呼，笑嘻嘻地說：「鄺爺爺，不是我岳父把我搶回來的，是我媳婦把我搶回來的！」說完，他還露出一臉的驕傲。

李鏡在車裡都羞死了。

真是的，這人怎麼什麼話都說得出口！

鄺國公一陣笑，摸著鬍子道：「聽說阿鳳你被好幾家爭搶，這榜下捉婿的滋味如何？」

秦鳳儀學著鄺國公摸鬍子的模樣，事實上，他下巴連根毛都沒有。

他哈哈哈大笑三聲，說道：「甚妙！甚妙！」

鄺國公又是一陣笑，之後對景川侯一頷首，景川侯請鄺國公車隊先過，表達敬意。待鄺國公的車隊走了，景川侯方狠狠地瞪秦鳳儀一眼，還有臉說？

秦鳳儀此刻當真是長了虎膽，他居然瞪了回去，心說：岳父，您派的人不得力，讓我叫別人家搶去的事，我還沒念叨您呢？您又拿眼神恐嚇我！我現在可是有理走遍天下！

景川侯比較要面子，不好意思在大街上教訓女婿，何況，秦鳳儀這個沒臉沒皮的，他可不管是不是大街上，啥事都幹得出來。

於是，景川侯暫不與這小子一般見識，徑直往家裡去了。

李老夫人已讓廚下備好酒菜，見著秦鳳儀，萬分歡喜，「阿鳳過來，給祖母瞧瞧。」

秦鳳儀歡歡喜喜地過去，老人家關心子孫的方式都一樣，就是摸摸頭摸摸臉摸摸脖子那套。秦鳳儀很習慣被摸，還喜孜孜地問：「祖母，我中探花啦，您知道不？」

李欽既羨慕又有幾分酸溜溜的，「哪裡能不知道，現在全京城都知道了。」

秦鳳儀瞪他，「我又沒問你，我問祖母呢！」

李老夫人笑，「知道知道了，阿鳳可真有本事。」

李欽就看不上秦鳳儀這一副討好賣乖的模樣，說來，他與盧尚書的品味倒是很像。

屋裡淨是一陣恭賀聲，秦鳳儀笑，「同喜同喜。」他這人向來是個得意就忘形的，而且特存不住事兒，有什麼喜事，那是恨不得立刻宣告出來給全世界知道。

此時，李老夫人難免又問他一回殿試的事，秦鳳儀立刻再說了一回。

他自中了探花，就極願意說他偷著去參加殿試的事啦！

李鋒道：「阿鳳哥，你不是到禮部請假說今年不考嗎？這假既請了，還能銷嗎？」

秦鳳儀道：「原是不能銷的，我跟著那管殿試的郎中說了兩句好話，他便把假銷了。」

李鋒笑，「阿鳳哥，你可真厲害。阿鳳哥，一會兒能跟我說說你殿試時的文章嗎？」

「當然沒問題。」秦鳳儀看這個三小舅子就很順眼。

李欽看秦鳳儀一樣兄弟兩樣對待，更是不喜秦鳳儀，心想：明明會試是個孫山，殿試竟成了探花，誰曉得這姓秦的是如何考的？

李老夫人道：「可見阿鳳是會試沒考好。虧得去考了，不然這樣的才學豈不耽誤了？」

秦鳳儀其實挺想順著李老夫人的話吹噓幾句的，但他到底是個實誠人，便道：「祖母，我會試時文章寫得也差不多，不過是殿試稍微好一點罷了。」說著，嘿嘿偷笑幾聲，方道：「你們肯定奇怪，文章明明差不多，怎麼就會試時是孫山，這殿試我又名次這麼好吧？」

李釗也著實好奇，秦鳳儀單輪文章真排不到前三，「你就說吧，怎麼還賣起關子來？」

秦鳳儀就把自己殿試時的事說了，他既認真又得意，「我再沒想到有這機緣，我剛寫好文章，正想著再查看一遍。要是我寫文章時，就是皇帝老爺站我身邊，我也不一定注意得到。我剛寫好，心裡一放鬆，注意力就不集中了，見有個天青色的袍襬，我就側臉一瞧。哎呀，這不是皇帝老爺嗎？把我驚得，我從來沒見過皇帝老爺，你們知道他長什麼樣不？」

好吧，除了景川侯夫妻、李老夫人和李釗外，估計都是沒見過的。

李鏡催促道：「別囉嗦這個了，快說要緊的。」

「要緊的就是，我一見這是皇帝老爺，我就把剛作好的文章給他看了，他看完就還給我了。」秦鳳儀道：「你們想想，會試時皇帝老爺可沒看過我的文章，不是全憑別人判嗎？這回，皇帝老爺先看過了，他們判卷時就得斟酌。要是判得太低，皇帝老爺不滿意，得說他們判得不準了，所以，我想著，我有這樣的運道，興許能上二榜。不過，我真沒想到，皇帝老爺會把我點成探花了。」

秦鳳儀感慨道：「真不愧是做皇帝的人，可真是有眼光啊！」

景川侯臉一木，慶幸自己沒在吃茶，不然看長子多狼狽啊。李釗正是因秦鳳儀這話，冷不防被茶水嗆到，連連咳嗽。崔氏在一旁幫他順氣，又叫他用清水漱口。

大家都忍笑忍得肚子疼，唯獨秦老爺和秦太太對兒子的話一向是有謎之信任的。

秦老爺道：「可不是嗎？要說咱們阿鳳，這才念了四年書，就能在殿試一搏。要不是我先時太寵愛孩子，倘早些年叫他念書，這會兒估計狀元都有可能。」

「是啊！」秦太太還幫丈夫的話作證，「阿鳳自小就聰明，小時候念書學什麼會什麼，就是那會兒沒遇上方閣老這樣的好先生。那會兒阿鳳還小，膽子也小，去私塾念書，都說那先生是好的，我們把孩子送去，卻總拿戒尺打阿鳳手心。阿鳳才六歲，小手嫩得，一戒尺下去就得腫好幾天，把我心疼得，我這心像刀割一般，看著阿鳳的小手我這眼淚就下來了。阿鳳也害怕，還嚇病了。從那兒以後就不愛念書了。要是能早些遇到方閣老這樣的好先生，哪怕是個耐心些的先生，如今這考功名也不能這樣叫人揪心。」

秦鳳儀被爹娘誇得眉開眼笑。

秦老爺感激地看向景川侯。自從兒子中了探花，他這結巴病就好了。

秦老爺道：「多虧親家，多虧親家肯督促他上進。親家，我實在多謝你。」說著，起身就對著景川侯一揖。

李釗連忙上前攙起秦老爺，「秦叔太客氣了，都是為了阿鳳好，也是阿鳳自己上進。」

秦鳳儀嚇一跳，「爹，您別這麼嚇唬人成不成？又不是外人，岳父督促我上進不是應當的嗎？他不督促我，去督促外人，人家也不聽他的呀！」

秦老爺氣得，想著兒子平時挺有眼色的，怎麼今天不伶俐了？當下念叨兒子：「快過來，向你岳父磕頭，謝過你岳父。」

「岳父又不是外人，磕頭忒生分。」

這就不是個聽話的小子！

「向長輩磕頭是生分？」秦老爺也是要面子的，「快點，別讓我請你！」

秦鳳儀裝模作樣，「哎喲哎喲，我屁股黏祖母這榻上，動不了了！」
秦老爺被兒子的無賴樣氣笑了。
景川侯道：「罷了。」反正欠多了，再多也無妨。
「別看現在是探花了，還是個孩子脾氣。」秦老爺為兒子打圓場。
李老夫人笑道：「今日阿鳳得中探花大喜，我已命人備下席面。現在天色不早，咱們這就入席吃酒，為阿鳳賀喜吧。」
秦鳳儀這時就極有眼色地先起身，扶著李老夫人了，只是他得去男席吃酒。
秦鳳儀道：「祖母，我先過去陪我爹和我岳父吃幾杯，一會兒過來，咱倆吃。」
李老夫人笑，「好，去吧。」
秦鳳儀是個極親近人的性子，雖則沒順他爹的意向岳父磕頭，主要是，秦鳳儀覺得突然磕頭怪肉麻的。景川侯與秦老爺都是長輩，自然是先行的，兩人並肩而走，尤其秦老爺，自從兒子中了探花，先時那謙卑的模樣總算好了些，如今腰桿也敢挺直了。
秦鳳儀過去擠到兩人中間，一手挽他爹，一手挽他岳父。他爹倒是很習慣，天知道，景川侯這輩子是頭一回被人挽手臂。
秦鳳儀這麼挽著兩人，笑嘻嘻地左右看看，然後道：「左邊一個爹，右邊一個爹。」
秦老爺笑呵呵地極是欣慰，景川侯卻頗是有些消化不良，嘴角卻是不可抑制地向上揚了一下，心說：真是個諂媚小子！
這吃酒就更熱鬧了。

秦鳳儀的大喜事，就是兩家的大喜事，秦家自此由鹽商門第升格為官宦門第，而景川侯府，自家大姑爺也從鹽商小子，升格為今科探花郎。

大家心情極佳，秦老爺這結巴病也好了，李釗幾人都為秦鳳儀高興，秦鳳儀更是個會暖場的。一時間，眾人都多喝了幾杯。秦鳳儀酒一下肚，這理智上就有些管不住自己了。

秦鳳儀執壺幫岳父斟酒，說道：「岳父，我有件事可得念叨您。」

雖則大家全喝了酒，但此時都以為自己聽差了，想著秦鳳儀這是瘋了吧，竟敢念叨岳父了？秦老爺也一個勁兒對兒子使眼色，李釗則幫他把酒杯滿上，秦老爺尷尬地笑，「阿釗，我自己來吧。」看人家大舅哥，多斯文多有禮貌啊！兒子啊，你今兒失心瘋啦！雖說婚書是簽了，可媳婦咱們還沒娶到手呢！再說，就算把媳婦娶到手，也不好念叨岳父的！

秦老爺靈機一動，道：「兒子，讓我代你岳父接受你的念叨吧，你岳父可念不得！」

李欽險些笑噴，李鋒也是一副忍俊不禁的模樣。

李釗想，這父子倆都喝多了。

就聽秦鳳儀道：「爹，您又沒錯，我幹嘛念叨您啊？」

景川侯漫不經心的，「哦，你是想念叨我什麼？」

「岳父，今天您派的人可忒少了。我聽阿鏡說，您只派了五十個。」秦鳳儀伸出五根白嫩嫩的手指，在景川侯面前晃啊晃。他雙眸如星，醉態極美，「五十個怎麼夠？以您女婿的人氣，五十個就能把我搶回來嗎？虧您老以前還是打仗的。知己知彼，方能百戰百勝。您這就是不了解您的女婿啊！起碼得五百個，才能把我搶回來！」

「岳父，您派的人忒少了。」秦鳳儀舉杯，「來，咱倆吃一杯！岳父，以後您可不能再犯這種錯誤了啊！我這麼好的女婿，萬一叫人搶了去，您找都沒地兒找去！」仰頭自己乾了，又催著景川侯，「岳父，您也乾了。」

景川侯好笑地吃了一盞，就見秦鳳儀一個響指，得意地大聲宣告：「好！念叨成功！」

秦鳳儀當天就歇在景川侯府了，像他說的那規矩一樣，這榜下捉來的女婿，你男方得給女方一個交代，才能把人放回去。像秦鳳儀與李鏡這種情況，就需要秦太太第二日帶一對金釵上門，才能放人。

其實兩家婚書已過，如此這般，小兒女樂意，兩家也歡喜，便按著時下風俗再來一道。

待吃過酒，秦老爺和秦太太就樂呵呵地告辭了。以前雖說來景川侯府也很受尊敬，景川侯府並非勢利人家，但不知怎地，自從兒子中了探花，雖則才一天不到的功夫，夫妻二人硬是覺得，侯府待他們更親近也更熱絡了。

總之，這是好事。

都是兒子爭氣啊！

秦老爺打算回去再給祖宗上炷香，路上還與秦太太說：「什麼時候去廟裡算個吉日，咱們給祖宗做個道場。都是祖宗保佑，咱們阿鳳，一日賽一日的出息。」

「是啊！」秦太太極是欣慰，「你說，那麼些人考試，皇帝老爺不知多麼的威武，咱們阿鳳怎麼考著試還敢去瞧皇帝老爺呢？要是我，我一準兒嚇癱了。」

「要是妳，妳也考不出探花來。」秦老爺自得地摸摸唇上的小鬍子，哈哈大笑。

秦太太笑嗔，「說得好似你能考出來似的。」

「我也不成，不過，咱們兒子成啊！」

有這樣一個爭氣的兒子，秦家夫妻老懷欣慰。

非但秦家夫妻，便是李家上下，也都為秦鳳儀高興，連李老夫人這樣見多識廣的，都與心腹嬤嬤道：「這阿鳳啊，真是個有運道的。」

「可不是嗎？」古嬤嬤是陪了李老夫人一輩子的貼身丫鬟，早年嫁了人，不想，男人沒兩年死了，膝下亦無子女，索性就這麼在李老夫人身邊伴了一輩子，故而也比較敢說話。

古嬤嬤道：「老太太，您說，咱們大姑爺這事兒多玄啊，我聽著都覺得像聽說書似的，是再想不到的機緣！」

李老夫人道：「當初我就看這孩子是個有福的。這人啊，機緣與努力，一樣都不能缺。光有機緣，沒有才學，阿鳳沒有今日。妳以為就像他說的，陛下看一眼他的文章，就點為探花了？今上何等明君，便是阿鳳有這機緣，也得他的文章差不離才成。」

古嬤嬤笑道：「咱們家大爺就是個通透的，早早中了進士，我聽說外頭人念書可沒這樣容易。如今瞧著，怎麼大姑爺中進士也跟玩兒似的？要依奴婢看，合該咱們家有福，通透人都往咱們家來。」

李老夫人道：「就妳會說話。」

「本也是實話。」古嬤嬤服侍著李老夫人躺下，「我一想到咱們大姑爺的模樣，就覺得這探花也就配咱們家大姑爺中了。」

這話逗得李老夫人一樂，主僕倆早早安歇下不提。

景川侯今日心情亦是甚好，不然也不能被毛腳女婿「念叨成功」，唯獨景川侯夫人不大滿意，道：「不是外人吃酒，卻吃這許多，晚上睡覺該難受了。」

景川侯道：「也沒有吃幾盞，罷了，莫嘮叨了。」

「嫌我嘮叨，以後就少吃酒。」服侍著丈夫吃了兩盞醒酒湯，景川侯夫人笑，「也不怪侯爺多吃兩盞，就是我，心裡也很為阿鏡和咱們姑爺高興。」

接過丈夫遞過的盛醒酒湯空碗，景川侯夫人又道：「咱們姑爺可真有運道。」

「妳是只見賊吃肉沒見賊挨打啊！」

「這叫什麼話，咱們姑爺成賊了？」景川侯夫人好笑。

「讓阿欽去學學賊是怎麼挨打的。」景川侯道：「功名不功名的，沒什麼要緊，只是別人大喜的時候，他再露出酸溜溜的模樣就不好了。」

平時孩子們之間言語上的較勁，景川侯並不多理會。孩子們各有各的性情，秦鳳儀這樣的，景川侯都能容，還有什麼不能容的？只是，彼此間較勁沒什麼，就是以前秦鳳儀沒功名時，李欽諷刺兩句，秦鳳儀懟上幾句也無妨，但秦鳳儀都中探花了，人家在功名上有所成就了，你再酸著張臉，就不好看了。

景川侯夫人今日也留意到二兒子那口氣神情不大好，「阿欽心裡其實是羨慕阿鳳的。」

「羨慕就羨慕，羨慕自己的大姊夫，難道會丟人嗎？」景川侯道：「妳看阿鋒，坦坦蕩蕩地直接說，這樣多好。」

「孩子跟孩子，性情也不一樣。」景川侯夫人有些黯然，「侯爺也知道，這幾年阿欽考秀才總是不順，他心裡怕也很不好過。」

「我並不是要他們全都得有功名才成，為人尚且在做事之前。咱們家的子弟，以後還愁沒有差使？只是想著他們如今年紀尚小，多讀兩本書沒壞處罷了。」

景川侯夫人道：「侯爺說得輕巧，大哥是傳臚，大姊夫是探花，你說說，阿欽能沒壓力？能不想把書念好？」二兒子多麼好強，景川侯夫人是深知的。

景川侯拉妻子坐下，緩聲道：「當初我定下那四年之約，說讓阿鳳考中進士方許婚，其實只是想看看他的為人。他現在就是秀才都沒中，只要努力了，知道上進了，倘阿鏡還中意於他，我也會認真考慮這樁親事。夫人啊，阿欽是妳我的愛子，妳想一想，這官場上缺的難道是有才學的？三年便有三百名進士，個個才學都不差，但將來能在官場走得遠的，必得是會做人會做事的。現在年紀小不覺什麼，如果以後當差了還這樣，可就不好了。」

景川侯夫人知道丈夫也是為兒子好，「他這脾氣就是太好強，什麼時候我說說他去！」

夫妻二人關心了回二兒子的心理問題，便也歇下了。

李釗和崔氏小夫妻更不必說，年輕夫妻，春宵一刻值千金。

便是李鏡，也覺得今日的月亮格外明，格外亮。

秦鳳儀被抬到景川侯的書房安歇時，醉得只會呵呵傻笑了。當然，他的醉態頗有可欣賞之處，惹得諸多丫鬟和小廝偷偷瞧他。這一點，秦鳳儀是不曉得的，不過，服侍書房的小廝很倒楣催地聽著秦大姑爺說了一宿的夢話，全是什麼連說帶笑的「阿鏡，成功啦」啥的。

要說今晚失眠的，只有一人，那就是方閣老。

方閣老是喜的啊！

睡不著啦！

天啊，天底下竟有這樣的大驚喜！

方閣老這素不信鬼神的都悄悄尋了個王八殼子卜了一卦，果然是個上上大吉的卦相。

今兒一早就有小廝回來報喜：「大爺殿試第一名，金科狀元！」

哪怕是意料之中，方閣老依舊喜得兩眼放光，沒想到小廝接著又報了回喜：「秦大爺殿試第三名，中了探花郎！」

當時方閣老以為是另一個姓秦的舉子中了探花，可又一想，不對啊，要是與他家無干，他家小廝報哪門子喜啊？

待方閣老細細問過，險些心律不齊厥過去，虧得家裡二孫子扶了老頭兒一把，老頭兒此方曉得，他那個神奇的弟子竟然中了探花。

方閣老雖然是喜得眉毛鬍子直打顫，腦子還是清醒的，已猜到這不肖弟子定是偷偷跑去參加殿試才有這天大的驚喜。哎喲喂，這淘氣小子，就沒一次聽大人說的！

方閣老連呼：「把阿鳳叫來，我要問問他是怎麼回事！」就算是偷著參加殿試，依弟子的文章，離全國第三的水準還差著些。這探花是怎麼中的，忒邪性了！

方家人倒是去找秦大爺了，結果沒找著，連下落都一時沒弄清楚。

小廝道：「七八家榜下捉女婿的人瘋搶秦大爺，秦大爺不曉得被哪家搶去了，小的想著，秦大爺一時半刻是回不來了，又怕太爺著急，就先回來稟告一聲。」

老頭兒可不就惦記著這點事嗎？心裡一時歡喜，一時更歡喜。

今科春闈，春風得意的難道就只有新科進士嗎？

錯！

想他堂堂致仕閣老，不消四年就調教出了一個狀元孫子、一個探花弟子，這是何等樣的名師風采啊！

秦鳳儀中探花的機緣，還是方大太太去把方悅從駱家接回來後，方悅親自與祖父講了，方閣老這才曉得的。

方閣老笑道：「他偷跑去參加殿試的事，當早與我說，今兒可是把我嚇一跳。」

方悅道：「我當時都被他嚇得不輕。他求了我不讓我說，我想著，要是那會兒說了，無非就是好幾家人為他提心吊膽，何況，殿試時他還有些機緣，說不得能進二榜，就沒有說。我是真沒想到，小師叔的運道能這樣好。」

方閣老拈鬚微笑，「能進三甲的，哪個是運道差的？探花除了文章，更有一種風流別致。要不是有阿鳳這個相貌出眾的，說不得你可能被安到探花位，焉能有如今的三元及第？」

方悅正逢狀元之喜，如今塵埃落定，便問祖父：「我聽說陛下並不在意探花的相貌，像阿釗那一科，阿釗的相貌也只是傳臚，而那位高探花，論相貌遠不及阿釗。」

「這就是時運。」方閣老道：「今日過後，不知多少人會覺得，阿鳳在殿試時將文章奉予陛下親閱是大運道。這也的確是大運道，可換另一個人，就不一定是運道還是禍事了。」

「這科舉啊，是朝廷留給寒門子弟的晉身之階，所以，三鼎甲多是出身寒門。陛下在科舉上，也更加偏愛寒門子弟，但今年與往年不同，今年是陛下四十整壽，陛下親自做主考。你的文章不一定就比榜眼，比其他九人出眾太多，何況，你出身官宦之家，秋闈是解元，會試是會元，今年又是這樣的年份，陛下樂意看到三元之喜，自然會點你為狀元。天時地利人和，這便是你的時運。」

因是祖孫二人的私語，這個長孫又著實出眾，方閣老便多點撥他幾句。

「同樣的，當初我們都不願阿鳳參加此科殿試，就是覺得依他的資質，倘這科考個同進士就太可惜了。阿鳳可是出身寒門，他的相貌、舉止、風範都不比你差，所差者就是文章火候。而且，他這樣年輕。這樣的年輕進士，陛下與朝廷最是偏愛，故而都願意他再等下科。他卻偷偷去參加殿試，這事聽著是撞了大運，可你想想，他敢這樣做，換你，你敢嗎？」

方悅認真思索，搖搖頭，「除非陛下要看，不然我斷不敢把文章捧上去的，風險太大。」

若陛下認為你別有心機、譁眾取寵，那麼必然前途盡毀。

「這就是了。」方閣老道：「這不僅是運道，更是膽量。」

指點了狀元孫子一番，其實方閣老多麼想趁勢再指點探花弟子一回啊，結果等了一天，硬是沒見著人，胸膛裡湧動著的淨是為人師的自豪與驕傲。因著一天都沒能見著那個不肖弟子，於是，一輩子見慣大風大浪的閣老大人，竟然罕見地失眠了。

而令閣老大人失眠的罪魁禍首，此時正在景川侯府攤手攤腳，呼呼大睡，好不香甜。

●　●　●

秦鳳儀覺得，岳父對他不好。

以前不允婚時，要求嚴格點便罷了，現在婚書都換了，訂親的日子就在眼前，捉婿啥的也把他給捉回來了，岳父對他還是那樣，一點都不知道疼他。

就拿早起來說吧，秦鳳儀在自己家裡都是睡到自然醒的。秦老爺和秦太太心疼兒子，哪裡捨得兒子睡不夠，用秦太太的話說：「正是長身子的時候，睡不夠怎麼成？」

秦鳳儀先時在景川侯府，景川侯不肯允婚，他便為女婿這個名分努力奮鬥。他這人十分會表現自己，特意打聽了景川侯府的作息，然後起五更熬半夜地勤奮，就為了在景川侯那裡留下一個勤勉的印象。

現在大女婿這把交椅坐穩了，他還起什麼早啊？

秦鳳儀就這種人，標準的兩面派，沒名分時一個樣，一有名分立刻露出原本的嘴臉來。他真沒想過要早起，他還想多睡一會兒，結果就被景川侯府的小廝給折騰起來，然後一臉睏倦地去校場跟著岳父練拳。再然後，他他他他……他這新出爐的探花郎竟然被摔了好幾個屁墩，這多沒面子啊！

秦鳳儀氣得就要給他岳父來兩招狠的，結果硬是打不過。

吃一早上虧的秦鳳儀簡直快要氣炸了，早上連喝三碗粥，吃了半盤焦炸小丸子，掃了一盤三丁包子，還吃了不少菜，此方氣平。

別人都是早上沒什麼胃口，看秦鳳儀胃口這樣好，李鋒都多吃了兩個蔥油小花卷。

飯畢，景川侯起身，準備上朝去了。

晚輩們照例要相送，景川侯道：「不必了，該念書的念書，該用功的用功。」接著，瞥了秦鳳儀一眼。

因為前幾年巴結岳父，秦鳳儀幾乎是條件反射地就跟過去送岳父出門上朝。走了幾步，秦鳳儀才想起來，我現在已經做上女婿了，還送啥啊送？

秦鳳儀準備撤了，卻聽景川侯道：「一會兒過去閣老府那裡。你鬧了這麼一齣，方閣老沒有不記掛你的。」

秦鳳儀道：「岳父放心吧，我曉得的。」

景川侯道：「行了，回去吧。」

秦鳳儀覺得岳父特意提醒自己，還是不錯的，當下又不想撤了，跟在岳父一旁，道：「讓我送送嘛，以前我不都送岳父的。」

景川侯瞥他一眼，言語間頗有些意味深長，「以前是以前，現在是現在，不是嗎？」

秦鳳儀這人就怕激，他又是個嘴比腦子快的，立刻便道：「以前怎麼啦？現在又怎麼啦？岳父可不要把我想歪，我對岳父的心，就如我對阿鏡的心，一如從前！」

就差拍胸脯打包票「此心不變，此情不移」啦！

景川侯「哦」一聲，算是聽到了。

秦鳳儀就這麼屁顛屁顛地送了岳父出門，待到門口，遇上了襄永侯爺倆去上朝。

秦鳳儀是個愛說話的，笑著主動打招呼：「侯爺早，世子早，咱們又遇一處了。」

襄永侯笑道：「昨兒沒見著新探花，今兒正好見了。」

「看您說的，咱們今年可沒少見。」秦鳳儀笑嘻嘻的。

襄永侯打趣景川侯：「景川，你還讓探花郎親自送你，架子越發大了啊！」

秦鳳儀心想，他岳父何止架子大，脾氣更大，手還黑，缺點可多了。不過，秦鳳儀也不全是個二愣子，他滿面歡喜地很贊同襄永侯的話，嘴上卻道：「以前是女婿送岳父，現在還是女婿送岳父，有什麼不一樣？」

襄永侯以往只覺得秦鳳儀好笑，可自從秦鳳儀中了探花，自然就不一樣了。看人家女婿當得，想想自己也不是沒女婿的人，但自家幾個女婿，不論現在身分如何，又有哪一個有探花郎這樣的殷勤？

襄永侯與景川侯讚道：「阿鳳這孩子，不論學識文章，單這品性，亦是上佳。」

景川侯道：「就一個實誠。」

秦鳳儀笑咪咪的，「侯爺，其實以前我可沒這麼好，都是跟著岳父，耳濡目染，才有了些許長進。比起岳父，我還差得遠呢！」然後，他抖著小機靈問：「岳父，是不是？」

這年頭吧，人都好謙虛，譬如，別人誇你好，你必要說一般一般。所以，他自陳差岳父還遠，他岳父肯定會說「很好很好啦，差我也不是很遠」這樣讚美他的話。

秦鳳儀就豎著耳朵等著聽讚美，結果他岳父淡定地回了一個字：「是。」

秦鳳儀險些跌到地上，瞪圓了一雙桃花眼，怒問：「岳父，您怎麼不按路數出牌？」

景川侯不理這個小白癡，上馬去早朝了。

李釗忍著笑跟隨其後，襄永侯則是看得一樂，整個早朝心情極好。

秦鳳儀回府後氣哄哄地同阿鏡妹妹說了此事。

李鏡笑道：「這麼點小事，還值當說？」

「什麼叫小事啊？」秦鳳儀憤憤然，「以前看不上我便罷了，現在還這樣，一大早就叫人把我弄起來，連摔我三個屁顛，我屁股這會兒還疼呢！在外人面前，我那麼拍他馬屁，他都不肯誇我一誇，妳說說，有這樣對女婿的嗎？」

李鏡不愧是景川侯的親閨女，竟露出一模一樣的意味深長表情，「是沒這樣對女婿的，父親對兒子便是如此了。」

秦鳳儀堅決不信，「哪有？岳父對大哥可好了！他沒摔大哥啊，他就是對我不好！」

「大哥也沒你似的，打磕睡打到父親跟前。你不是自詡特有眼力嗎？看你今早這眼力。要是大哥這樣，父親定會叫人抽他幾鞭子讓他醒醒盹兒。」

秦鳳儀嚇一跳，要按他媳婦說的，岳父才只是摔他幾下，已是手下留情了。

秦鳳儀立刻轉了話頭：「那妳也不早些提醒我。」

「我對你使好幾個眼色，你沒看見？」

好吧，秦鳳儀也不瞎，他看到了，只是以為那是媳婦對他拋媚眼。

秦鳳儀道：「阿鏡，妳能不能說說岳父，讓他在外人面前多誇我？」

「你乾脆別送父親去早朝算了，哪裡有你這樣的？送父親出門就為了讓他多誇你？這服侍長輩原是孝心，怎麼到你這兒成交易了？」

「看妳說得這麼難聽。」秦鳳儀拍拍胸脯，正色道：「妳看看我這孝心，撲通撲通跳得多歡？妳不曉得岳父，我拍他那許多馬屁，他也不回我一個。」

李鏡笑道：「那你就跟父親說，他再那樣，你就不送他了。」

「那不成，萬一岳父應了，我以後是送還是不送啊？」秦鳳儀說笨吧，當真有些過人之處，他喜孜孜地同媳婦道：「妳說也怪，以前我過來，只要是早朝的日子，我哪天不送岳父？也時常遇著襄永侯父子。今兒個襄永老頭兒瞧我那模樣，怎麼說呢，笑容都與以前不同。以前就是笑我那種笑，現在感覺說不出來，反正不一樣了。」

李鏡一想便知，「以前是覺得有趣的笑，現在是欣賞的笑，對吧？」

「對對對！」秦鳳儀握住李鏡的手，激動地道：「就是這意思！襄永侯還說，我是探花郎了，不一樣了。阿鏡，妳說這人多怪啊，以前我一樣起大早送岳父，我那會兒心可誠了，就盼著岳父什麼時候一感動，答應咱倆的親事。今早我心不似以往的誠，本來不想送岳父的，反正我名分也有啦，還送啥啊？都是一家子。可沒想到我一出去，雖則岳父沒誇我，但襄永老頭兒誇我誇得可正式了。」

秦鳳儀眉開眼笑，「阿鏡，我覺得這京城人可真怪，同一件事，白身時做一個樣，這有功名時做又一個樣。其實，還不都是同一個人同一件事。這當官的，以前總喜歡說我們商賈勢利，如今看來，全都是一樣。」

秦鳳儀得意地做總結：「以後我還要堅持送岳父，雖然岳父不誇我，可有許多別人現在都誇我了。用他們的誇補償一下，我也勉強能接受啦！」他就愛聽人誇。

李鏡微笑地聽著阿鳳哥嘀嘀咕咕說自己一大早的人生感悟。

想著阿鳳哥這人，說笨吧，有時偏又很靈光。

待得一時，秦太太親自帶著金釵上門，給李鏡簪頭上，李家又招待了秦太太一回。

秦鳳儀看他娘現在在侯府很自在了，便沒有相陪，說是要去方閣老府上。秦鳳儀道：「昨兒光顧著被搶了，忘了師傅那裡，早上岳父讓我過去。師傅現在肯定也知道我的喜訊了，我再親自去跟他老人家報喜。」

秦太太道：「家裡我備好了給閣老大人的東西，你先回家，同你爹一道去，也鄭重。」

秦家父子到方閣老府上時，方閣老正等著秦鳳儀呢！

等秦鳳儀歡天喜地報過喜，方閣老才道：「此次中了探花，自然皆大歡喜。倘有個萬一，落到三甲，當如何是好？」

秦鳳儀笑嘻嘻的，「師傅，我這不是有時運，沒成同進士嗎？」

「倘你沒這份時運，今悔之晚矣。」

秦鳳儀道：「就是同進士也沒關係啊，我聽說同進士只是不能做大官，但是做個知府知縣的，也挺好的，一地的父母官呢！」

方閣老：……

方閣老原是要提點秦鳳儀，以後還是不能冒這樣的風險，結果他聽到了什麼？

天啊，這個弟子竟覺得做知縣知府就很好了？

他就說嘛，老天爺給你一樣好處，必然會收回你別的好處。像他這神奇弟子，授業恩師為致仕閣老，雖則是致仕，方家的關係還在啊，同時還背靠大樹——岳父景川侯，可是他的理想居然是做個知縣知府就很滿足了。

果然腦子有問題！

方閣老覺得有必要給弟子糾正一下人生觀和世界觀。

不過，方閣老何其見識之人，當下只是一笑，什麼都沒說，而是鼓勵道：「這也是，要是哪日阿鳳你為一地父母，定能做個好官！」

見自己的人生理想受到了師傅的鼓勵，秦鳳儀越發興致高昂，與師傅暢談起自己「知縣知府」的人生理想來。

中了探花後，秦鳳儀都沒顧得上關心自己關撲賺的銀子，就要與方悅準備去宮裡學習跨馬遊街的禮儀了。秦鳳儀一早就去方家找方悅，他與方家關係不同，既正式拜師，這就是自家人。秦鳳儀又一向會與女眷處關係，現在他又不忙，待向師傅行過禮，說了幾句話，便要進去見見兩個師嫂和小師侄女們。因為，用方閣老的話說：「她們可是因你賺了不少。」

秦鳳儀道：「怎麼會賺？先時我買自己都虧了。」

方閣老笑問：「你買了什麼？」

「自然是狀元啦！」

方閣老笑，「她們都是買你探花。當時探花的賠率是一賠一百。你大師嫂早念叨你，說是你帶來的財運，要做好吃的給你。」

「哎喲，師嫂就是有眼光，一眼就看出我能中探花啦！」秦鳳儀笑，「我得去向師嫂請個安，再跟師嫂說幾樣我喜歡的菜，不然她不曉得我愛吃什麼。」

方閣老笑，「去吧。」

秦鳳儀走到門口才想起來，回頭道：「師傅，我也賺了大錢。」然後心裡想著師嫂師侄女們，也不跟師傅說明白，就顛顛兒跟女眷們說話去了。

原本方家女眷見著秦鳳儀就很喜歡，如今大家各發了一回意外之財，見著秦鳳儀更是喜歡了。方大太太和方四太太是真心要做好吃的給他，秦鳳儀這個向來不懂客氣為啥物的，還報起菜名來，什麼焦炸小丸子、紅燒大鯉魚、醬肉小籠包、荷花燒豆腐……

方大太太聽了，連聲道：「都有都有，待我張羅好了你就過來，咱們一道吃飯。」

「嫂子，那可說定了啊！」

秦鳳儀正與女眷們說得高興，方悅就來叫他去了，秦鳳儀便與嫂子、侄女們揮揮手，同方悅去了宮裡。其實也沒什麼難學的規矩，無非就是擔心有的進士是文人，不會騎馬，得練習一下啥的，不然天街誇官時出醜可就不好了。

好在今科這三鼎甲都是會騎馬的，秦鳳儀還讚宮裡的馬好，直說：「這馬可真駿！」過去瞧瞧馬的牙齒和蹄子，拍拍馬脖子，喜歡得不行，不禁再誇了一回：「一等一的好馬！」

教規矩的內侍笑道：「探花郎好眼光，這可是陛下御馬監的馬。」能不好嗎？

秦鳳儀驚嘆連連，「難怪。」又道：「皇帝老爺真是好人，還一人送我們一匹好馬。」

內侍嚇一跳，連忙道：「秦探花，這馬可沒說要送你啊！」就給你騎一騎罷了。

「嗄？不送啊？」秦鳳儀極是遺憾，不過想想，這樣的好馬得上百銀子，的確不便宜。秦鳳儀便道：「不送便不送吧，皇帝老爺的好馬能讓我們騎一騎，也是榮幸得很了。」

內侍笑，「是啊，御馬也就是三鼎甲才有福一用。」

大家學一回規矩，能中三鼎甲的就沒有笨的，主要是提醒三位，跨馬遊街一定要莊重，表現出三鼎甲的氣派來。之後把每人的衣裳發了，說是誇官時要穿的，其實都一樣，皆是大紅刺繡的袍子，就是帽子不同，狀元的帽子兩側都有簪金花，榜眼和探花只一側有金花。

秦鳳儀問：「這衣裳帽子是借給我們穿穿，還是就送我們？」

內侍糾正：「是賞給三位大人的。」

既不是「借」，也不是「給」，而是「賞」。

秦鳳儀與方悅道：「這回家我得先給祖宗供一供，我還是我家第一個探花呢！」

方悅和陸瑜都說：「先敬祖宗，這是應當的。」

能得三鼎甲，便是方悅、陸瑜這樣的才子，也不會淡然視之。

時人都重先祖，故而秦鳳儀這話頗得二人贊同。

學過規矩，三人就各領了衣裳回家。

衣裳依舊不大合身，但這次的質地顯然比上回的貢士服強得多，是上等的雲錦，而且帽子上簪的是金花，只看材質就知道很值錢了。

秦鳳儀穿了給爹娘看，然後就讓瓊花幫他改合身去了。

秦太太問：「我兒，這探花啥時候誇官遊街呢？」

秦鳳儀道：「三天後就是。娘，您跟我爹還有阿鏡，你們得提前訂下永寧街上的好位置，到時都去看我。聽說可威風了，半個城的人都會過去看。」

「成！」

結果，秦家人去訂沒訂到包廂，人家老闆都說，去得晚了，好地段都被人包下了。

李鏡知道這事後，送了信過來，讓公婆只管跟她家一道去，她家已提前訂好了。每屆三鼎甲誇官遊街的日子都是固定的，景川侯府自然早有準備。

天街誇官前倒是有一事，讓秦鳳儀歡喜了一回。

他在賭場押的金子，這些天全家上下因著他中探花的事忙得腳不沾地，秦家也不是差錢的人家，自是先忙秦鳳儀的事，關撲的事就給忘了，結果賭場敲鑼打鼓地送來了。

這來的還不是賭場的掌櫃，而是賭場的東家何恆泰。秦鳳儀命家裡帳房秤清楚重量，請何東家到屋裡吃茶，笑道：「我都忘這事了。說來，我贏了這許多，你們還想著把金子送過來，還真有信義，沒見我贏太多你們就跑路。」

何恆泰笑道：「自來生意場上，耍奸耍詐不耍賴。我們本就是做銀莊的，便是虧些銀子，能來向探花老爺賀喜，也是我們的福氣。」

「原來你們是做錢莊的，是哪家錢莊？」秦老爺問。

「京城恆昌票號。」

「失敬，失敬。」秦家也是做生意的，秦鳳儀不懂生意的事，秦老爺懂啊！

秦老爺道：「原來你們是晉商的本錢。」

何恆泰顯然也是打聽過的，知道秦探花家裡以前是鹽商，說來，兩家以往同屬商賈，而秦家別看有錢，與晉商票號可是沒得比。

秦鳳儀知道票號的生意，「雖則我家生意不比你家，可都是經商的，以前算是同行。」

何恆泰聽了這話，覺得親切至極，越發奉承起秦家父子。

秦鳳儀這慣愛聽好話的，被人哄得見牙不見眼，待何恆泰告辭時，秦鳳儀還起身相送。好在秦鳳儀雖是愣頭，何東家卻是人精，秦家眼瞅已經是魚躍龍門，何東家如何敢託大讓秦鳳儀相送，當下再三道：「探花郎留步，您是天上的文曲星，可別折煞小的了。」

「我這也是剛中探花，要擱去歲，你也不至於這樣啊！」見這位何東家實在客氣，秦鳳儀便不送他了，「老何，有空只管過來說話。」

何恆泰自然殷勤地應了，心中想著，探花郎不愧是出身商賈之家的好兒郎，看這待人上面，多親切啊！

秦鳳儀得了一筆銀子，當下開了銀箱，叫桃花和梨花數出兩千兩，一千給他爹做零花，一千給他娘做零花。其他的就擱自己屋裡，等媳婦過門再讓媳婦收著，當是兩人的私房。

接著，秦鳳儀又拿了幾個金元寶，命攬月出去兌百十來個每個一兩的小金錠，讓丫鬟兩個一荷包地裝了，自己院裡的丫鬟一人一份，其他的，待到岳家去時，打賞給了老太太和媳婦屋裡的丫鬟婆子。這些人當時也買了他的關撲，只是不及方家運道好，秦鳳儀讓買的是他中狀元，結果都賠了。

秦鳳儀自己臨殿試前胡亂買兩個大金元寶反是大賺，用秦鳳儀的話說：「這自來關撲賺了，沒有不吃喜兒的道理。一人吃個喜兒，誰不夠跟我說，明兒我再多帶些來。」

結果哄得一干大小丫鬟道謝不迭。

她們當時也就是跟著主子湊趣，都是有體面的丫鬟，誰也不差這幾兩銀子，但秦姑爺賭贏了，還特意過來打賞她們，這份體面多麼難得啊！

多好的姑爺啊！

總之，秦鳳儀這種姑爺的做法，完全是不給將來的二姑爺和三姑爺留活路。

秦鳳儀向來行事隨心，熱鬧了好幾日，就到了最熱鬧的日子——誇官遊街。

話說，秦鳳儀這一早，五更天就出門了，跟他岳父上朝一個日子。無他，這回新科進士也要先入朝的，聽一番陛下的勉勵，方是自皇宮出去誇街遊街。

秦鳳儀那精神抖擻便不必提了，一身的雲錦燦燦，鬢簪金花，越發將人襯得眉目輝耀，俊若神仙。便是朝中大員見了，也不禁暗道：「真不枉先時城中人都喊他神仙公子。」

按理，秦鳳儀不過是探花，排在狀元和榜眼之後。在朝中的話，不可能排老長的隊，便是三鼎甲並列，不過，榜眼及探花都要退狀元半步。

這些規矩三天前都學過，秦鳳儀也是半點不差，只是太寧宮內，人人屏氣凝神。就秦鳳儀這位新科探花，鬼頭鬼腦地左右掃一眼，見大家都低著頭，就覺得沒人看到他。其實龍椅之上的景安帝，以及兩旁靜立的各部大員都不是眼瞎的，連他岳父景川侯都想，這小子莫不是又要出妖蛾子？

接著，大家便見秦探花自認為沒人瞧見他地悄悄抬起頭，對著景安帝迅速眨眨眼，明媚一笑，又趕緊低下腦袋瓜兒。

景安帝強忍著沒笑，依舊作莊嚴狀。

倒是不少朝臣見這秦探花竟然與陛下對眼，心下暗驚，想著，果然有內情啊！

內情不內情的，之後天街誇官，新科進士們就出宮去了。

這一路的風景熱鬧，直接載入了景氏王朝的史冊。

因為無數拋落的鮮花匯成了海洋，至於那天有多少女娘要生要死地喊啞了嗓子，這更是難以計數。總之，上一科天街誇官，五百帝都府的官兵維持秩序就夠用了，這一回，五百官兵都不夠女娘們塞牙縫。

當時護衛新科進士們的將領一看不妙，立刻派人回去增調兵馬，連續調派三回，後來帝都府的官兵不夠用，又調了九門兵馬，這才堪堪穩住局面。

至於始作俑者秦鳳儀，根本不覺得自己有什麼不妥，他逕自朝兩邊的女娘們揮手，時不時露出大大的微笑。每當他如此的時候，道路兩旁女娘們的尖叫便震得人耳膜嗡嗡亂響。

方悅倒不是吃醋，他原就不是秦鳳儀這樣招蜂引蝶的，只是再這麼下去，他耳朵都要聾了，當下大聲對秦鳳儀道：「你給我消停些！」

秦鳳儀側頭看向他師侄，「啥？聽不到！」

方悅做個噤聲的手勢，秦鳳儀覺得奇怪。

他沒說話啊，他只是與姊姊妹妹們打個招呼而已。

他這一打招呼，原本一個時辰內就能結束的天街誇官，因為人氣過旺，造成永寧街大擁堵。皇帝陛下與一干重臣還在宮裡等著呢，最後等到了晌午，也沒見誇官的進士們回來，還以為集體失蹤了。

著人去問，呵，原來是探花郎的人氣太旺，把街給堵住，走不動了。

盧尚書本就不喜秦鳳儀，聽聞竟有此不可思議之事，直言道：「皆探花之過也。」

# 陸之章　破格拔擢得聖眷

秦鳳儀在景川侯府就說過盧老頭兒不大喜歡他的話，但景川侯沒料到，你盧尚書堂堂一部尚書，二品大員，入閣為相，怎麼能這樣批評一個晚輩下官呢？尤其秦鳳儀這剛算一隻腳踏進官場，不過是相貌略生得好了些，你一部尚書說這話，未免小器。

景川侯心中有幾分不悅，卻也不至於直接與盧尚書打什麼言語官司。

景川侯猜到盧尚書因何不悅，就秦鳳儀這探花怎麼來的，秦鳳儀自己都不一定有景川侯知道得清楚。秦鳳儀認為自己是撞了大運，這麼說也沒差，但要知道，往年探花都是自前十名裡面選的，秦鳳儀先時未進前十，完全是景安帝當時閱卷也閱了人，喜歡秦鳳儀，覺得他長得好，硬生生將秦鳳儀自二甲最後一名提到了一甲探花。

憑盧尚書的性子，會喜歡秦鳳儀才有鬼。

故而，盧尚書說出「此皆探花之過」的話，景川侯並不急，果然，親自點秦鳳儀為探花的景安帝說話了。景安帝還挺歡喜的，笑道：「此方是探花風采。」

上一科春闈，天街誇官時運道不大好，趕上京城颳大風，伴著自陝甘晉中一帶翻山越嶺吹過來的黃沙，直把一眾新科進士吹了個灰頭土臉，哪裡有今科春闈天街誇官的半分風采？想到今日永寧大街上的熱鬧，景安帝道：「這才是國朝盛典的氣象啊！」

大家見陛下心情好，自是紛紛附和誇讚。

景安帝還想到一事，與景川侯道：「景川，聽說你家女婿有神仙公子之稱，與朕之探花相比，不知哪個更好些？」

景安帝也是個八卦的，好幾年前就聽說景安侯的閨女相中一個鹽商小子，就認準了。當時景安帝還覺得鹽商身分有些低，不過聽聞那位公子生得十分俊美，京城人稱神仙公子。

景川侯笑道：「陛下謬讚了，秦探花正是臣婿。」

景安帝又是一陣笑，「哎喲，原來就是跟你提親，你特不樂意的小傢伙啊！誒，人家現在可是達到你的要求了啊！」景川侯原為他心腹，不想又是自己點中的探花，這是何等巧事。景安帝笑道：「看來，咱們君臣這回眼光一致。」

「臣卻是再未想到阿鳳能有探花之喜，此皆是陛下慧眼識珠。」景川侯謙虛一句，又為自己辯白：「陛下，臣先時也沒有不樂意。」

景安帝笑，「難怪難怪，倘是秦探花之形容，讓六部擁堵，倒也不是什麼稀罕事了。」

曾經六部衙門前大擁堵的事，這位陛下也是知道的。

原本進士天街誇官後，回宮還有一頓午飯吃，明日則是極負盛名的瓊林宴。結果，永寧大街這麼一堵，待進士隊伍被大批女娘追隨著到宮門口時，已是後半晌的事了。

方悅都說秦鳳儀：「該把你丟給那些女娘們，我們先回來便好。」

「那些姊姊妹妹們也多是來看我的啊，又不是來看你們的。」秦鳳儀神采弈弈，「不過，以前出門也沒這麼些姊妹們要看我。」

陸榜眼笑道：「今年不知多少女娘們押秦探花發了財。」

「這樣啊？」秦鳳儀頗是驚喜，「那可真好，看來姊妹們都比我有眼光啊！」

雖則進士們回來晚了，但陛下對新科進士們頗是寬厚，宮裡還留有給他們的飯菜。大家吃過各自例飯方各回各家，秦鳳儀路上還與方悅打聽：「阿悅，你知道瓊林宴都吃啥不？」

方悅道：「就是宮宴吧。」

「宮宴啥樣？」

方悅其實也不大曉得，雖則他祖父他爹他娘都吃過宮宴，但他自己是沒有吃過的，他又不是個信口開河的，便道：「我也沒吃過。」

秦鳳儀道：「那咱們去問問師傅。」

要擱方悅一人，他問不出這種話，但秦鳳儀就問得出。三人回了方府後，孫耀祖尋個由頭並沒有過去，秦鳳儀與孫耀祖性情不大相合，故而也未在意，就拉著方悅去了。

秦鳳儀專門過來打聽瓊林宴吃啥喝啥，方閣老當下一通顯擺，總之是天上飛的、地下走的、水裡游的，應有盡有，比秦鳳儀他們今天回宮吃的盒飯好一千倍。

秦鳳儀聽得都饞了，「那我明兒可得多吃一點。」

方閣老笑道：「只要好生當差做官，以後還怕沒有吃宮宴的機會嗎？」

「對，師傅的話在理。」秦鳳儀又說了一回今日天街誇官的威風，感慨道：「怪道旁人誇誰家小孩子出息都是說，定是個狀元郎的料兒。師傅，我雖不是狀元，但跟阿悅騎馬走在大街上，真是威風極了！師傅，您沒瞧見，永寧大街人山人海啊！好多人朝我們扔鮮花、手帕、巾子和香珠、扇墜，女娘們喊得嗓子都啞了。我敢說，廟會都沒這樣熱鬧。」

話到最後，秦鳳儀得意得不得了，端起茶喝兩口潤喉，下巴更是翹得高高的。

方悅笑，「都是阿鳳，不，小叔師惹出來的亂子，不然早回來了。弄這麼成山成海的女娘們過來，前後左右圍的都是人，根本走不了。」

方閣老哈哈大笑，「阿鳳，你在京城也頗受女娘們喜歡嘛！」

「那是！這人生得好，還能分什麼地界不成？必是哪裡的人都看我好的。」秦鳳儀臭美地道：「我覺得只有我這樣的風采，才能不墮師傅您老人家的英名啊！」

「哪裡，我那會兒可不如你。」

「師傅您謙虛啦，師傅現在這把年紀在老頭兒圈裡還是格外俊的俊老頭兒呢，想來年輕時肯定是更俊。」

「一般一般吧。」

師傅倆互相吹捧了一回，秦鳳儀急著回家跟爹娘還有媳婦顯擺，就告辭回家去了。

至於秦鳳儀騎馬誇官的風采，哪怕他不說，他爹他娘和他媳婦也都是看在眼裡的。

這不，秦老爺一回來，又給祖宗上香去了。

話說，自從兒子中了探花，秦老爺大概是高興過頭，滿腔喜悅傾訴不完，就每天到祠堂跟祖宗念叨一二，好讓祖宗知道，在地下也為兒子高興，更多保佑兒子順順遂遂才好。

而李家女眷，打從看了天街誇官回來，沒一個不為李鏡擔心的。先時都聽說過，秦鳳儀在外頭很受女娘們歡迎，卻不曉得原來是這般的受女娘們歡迎。

李三姑娘都小聲與李二姑娘說：「大姊夫可真得外頭女娘們喜歡。」

李二姑娘道：「那是大姊夫性子好，生得更好。」

李三姑娘很分得清裡外地說：「可得叫大姊姊把大姊夫給看好了，妳看外頭那些女娘們，全都像瘋了一樣。」

「是啊，也忒不委婉了。」李二姑娘深以為然。

就是景川侯夫人都私下同李老夫人提了一句：「咱們姑爺這相貌本就招人，平日裡就該注意些才好。您看，這一路上總是跟那些小姑娘們揮手，叫人家誤會了該如何是好？」

「妳這是操沒用的心。」李老夫人看了一回天街誇官，回來越發神清氣爽，「這長得好又招人，難道就是花心了？我看倒是那些長得一般的，反是姬妾成群的比較多。阿鳳不是那樣的人，妳就放心吧。」

「我是替咱們阿鏡擔心。」

「我知道。」李老夫人笑，「妳想想，倘阿鳳是個三心二意的，外頭這麼些女娘喜歡他，他身邊還能這麼乾淨？妳就放心吧，阿鳳不是那亂來的人。」

李老夫人一點也不擔心，秦鳳儀這樣的相貌，要亂來誰也攔不住，再說，人家秦鳳儀現在還是童男子，這孩子多正經啊！

李鏡雖則也是有些心裡發酸，但看阿鳳哥這麼受歡迎，長得這般仙姿玉容，京城裡九成九的女孩子都喜歡阿鳳哥，但阿鳳哥卻是自己碗裡的菜。每念及此，李鏡心中是何等得意，那就不必說了，虧得她有一張冷靜自持的臉，不顯露分毫。

尤其今日阿鳳哥那一身衣裳，別個進士只知道改個長短，看阿鳳哥那衣裳改得多合身，正襯得寬肩細腰、長腿翹臀，好個俊俏模樣，不怪那些沒見識的女娘們要生要死地哭喊。

喊吧喊吧，喊破嗓子阿鳳哥也不會是妳們的！

李鏡興起時，鋪開紙張，畫了一個碗，碗裡有一隻阿鳳哥。

秦鳳儀當天誇官回家，沒忘記到岳家走一趟，問了回岳家女眷天街誇官觀後感啥的，大家都讚他風采過人，秦鳳儀高興極了。

李鏡一向細緻，問他：「阿鳳哥，明兒瓊林宴，方閣老與你說過瓊林宴的規矩了吧？」

「說了。」秦鳳儀道：「師傅說有很多好吃的。唉，可惜不能帶妳一道去嘗嘗。」

李鏡笑，「這只有新科進士才能參加，待阿鳳哥吃過，回來與我說說也是一樣的。」

「成！」秦鳳儀笑嘻嘻的，「我今早在太寧宮又見著皇帝老爺了。上回我覺得，他就是穿天青色的袍子也有一種說不出來的威風，沒想到穿龍袍更是威風得不得了。」

這位自揚州來的土鱉小鳳凰，平生第二回見著皇帝陛下，現在說起來仍然很激動，尤其皇帝老爺對他多好啊，還點他做探花。

李鏡道：「陛下是天子之尊，自然威儀無邊。」

兩人說了一回話，因著秦鳳儀明天還要參加瓊林宴，便未在李家用飯，早些回了家。秦鳳儀還叮囑李鏡：「妳在家好好的，別出門，明兒個瓊林宴，大後天就是咱們的訂親禮了。」說完還悄悄捏一下媳婦的手。

李鏡笑，「我曉得，我在家能有什麼事，你去吧。」

秦鳳儀臭美兮兮的，「這不是喜歡我的女娘太多，我怕妳出門被人嫉妒嗎？」

李鏡晃晃拳頭，「誰敢嫉妒我，也只好叫她們嫉妒去了。」

一見媳婦祭出拳頭，秦鳳儀當下不敢再多說什麼，左右掃一眼，趁人不注意，在他媳婦白花花的小拳頭上啾了一下，便跑開了。

李鏡又羞又笑，轉頭環顧一圈，身邊的兩個侍女裝眼瞎。李鏡一笑，回屋去了。

瓊林宴是上午設宴，倒不必如昨日天街誇官那般，一大早就去宮裡排隊，因為沒什麼宴會要一大早就去吃的，辰正到宮裡就好了。

瓊林宴設在宮中杏花園，此時杏花開得正好，蝶戲蜂鬧，新科進士折杏花簪於耳畔。說起來，這習俗聽著風雅，但要秦鳳儀說，不是所有的進士都適合簪花。秦鳳儀自己是怎麼打扮都好看的那種，可有的大頭腦袋，弄朵花在帽側，頗為滑稽。秦鳳儀幫阿悅師侄將花簪好，瞧著別個進士的模樣，肚子裡偷偷樂了一回。

待得到了行宴之處，三鼎甲自然是坐在前頭的，御座兩旁，一邊是朝中親貴重臣，一邊是新科進士，秦鳳儀排名第三，真是把榜眼陸瑜苦惱得夠嗆。陸瑜摸著自己的兩撇狗油鬍，與方悅、秦鳳儀道：「你們倆，狀元郎正是青春可人，探花郎更不必說貌美過人，我這麼個老棒子夾中間，可叫你們倆把我襯得越發難堪。」

方悅道：「陸兄，腹有詩書氣自華。」

秦鳳儀笑，「你少糊弄陸兄，陸兄，你得這樣想，你一邊一個美人，這機會豈是人人都能有的？皇帝老爺也不比你威風啊！」

陸瑜一樂，「這可是在宮裡，你嘴上留些心。」

秦鳳儀笑著點點頭，還幫著陸瑜正了正帽側的杏花，讓一旁的傳臚很是看不過眼。傳臚真是看到秦鳳儀就心塞，倘秦鳳儀是前十名次裡被點探花，他無話可說，但這姓秦的小子，明明前十裡沒他，也不曉得如何做得探花，有傳聞說這小子仗著美色與陛下有不正當關係。

一看就知不是個正經人！

倘是正經人，知道不是自己的東西，就是別人給，你也不能要啊！

一名之差，雲泥之別。

傳臚頗是憤恨，見著秦鳳儀就堵心，不愛搭理秦鳳儀，別過頭與第五名說話。好在第五名也很討厭秦鳳儀，無他，倘沒秦鳳儀，他就是傳臚，如今連個傳臚都沒落著，他這名次算什麼呢？春闈第五，二甲第二，都是因秦鳳儀，弄得他不尷不尬的。於是，傳臚與第五名頗有默契地抱成團。

秦鳳儀這性子，你不愛理我，我也不稀罕理你呢！

朝臣們大多是跟著皇帝過來的，皇帝一到，眾進士起身相迎。

秦鳳儀見到景安帝，總是眉開眼笑的模樣。其實這在民間要是迎人，必是昂頭挺胸地等著人家到來，唯獨宮裡不同，進士們皆要垂首屏息以待。

秦鳳儀相當不習慣，若是別人，你叫人家抬頭，人家不敢，這可是在宮裡，宮裡規矩嚴謹，這還用講嗎？秦鳳儀卻不一樣，他是個傻大膽，二愣子，他覺得皇帝老爺是好人，人家點他當探花，他原沒有全國第三的實力啊，還間接讓他賺了好幾千兩金子，這是何等的恩情啊！甭看秦鳳儀愣頭愣腦的，他啥事都記在心裡，於是，別人都低頭，就他一個，一片黑腦杓裡開出的大牡丹花，景安帝帶著親貴、重臣、皇子們一過來，就見秦鳳儀正對著他笑。

景安帝一向喜歡秦探花，倒是秦探花他岳父，默默地別開臉上，不忍看自己的傻女婿。昨兒他落衙回家時，女婿已經走了，他忘了告訴女婿，你少在皇帝跟前眨眼睛傻笑啥的。

他就少這麼一句話，結果這小子就在瓊林宴上又開始犯蠢。

好在秦鳳儀見了自己的岳父，景川侯給他一個嚴厲的眼神，他就忙低下頭去了，不過，低頭之前沒忘記對皇帝眨眨眼睛。

邊上有位小皇子問：「父皇，那就是探花郎吧？」

「是啊。」景安帝問：「六郎，探花郎可俊？」

六皇子小小年紀就很會拍馬屁了，「不如父皇多矣。」逗得景安帝哈哈大笑。

景安帝入座，大家一道行過禮，景安帝笑道：「今日是朕專為新科進士所設之瓊林宴，汝等皆我朝肱股，以後這江山還要靠你們為朕打理。朕盼你們日後皆能名揚青史。」

宮娥分花拂柳般擺上各樣美食美酒，景安帝舉起酒盞，君臣同飲，宴會便開始了。

宴席上的美食自不必提，宮宴頗有規矩，景安帝飲過第一盞酒後，接著就是一位白髮蒼蒼的親王向陛下敬酒，恭喜陛下得了棟樑之材。這位白髮蒼蒼的親王敬過酒後，便是一位年紀較皇帝稍輕的三十幾歲王爺敬酒，祝酒詞說的都差不多。其後是幾位皇子，最小的是剛剛拍過馬屁的六皇子，最長的則是瞧著二十左右的大皇子。

景安帝本身相貌上佳，幾位皇子自然也都不差。

最後敬酒的一位王爵是平郡王，平郡王頭髮花白，六十幾歲的年紀，身板筆直，極為硬朗，與景安帝亦是君臣融洽，有說有笑。

這些王爵們敬過一輪酒，就沒人再向皇帝敬酒了。

秦鳳儀朝方悅使個眼色，方悅有些摸不著頭緒，秦鳳儀看他不明白，眼角往御案上挑了挑。或許是秦鳳儀動作過大，盧尚書道：「探花郎可是有事？」

你這上朝擠眉弄眼，瓊林宴還不老實，你是有病吧！

秦鳳儀見大家都看他，便說：「我是想著，陛下對我們恩深如海，我看王爺們都向陛下敬酒，我們又不是官，而且新科進士人多，不好每個人向陛下表示感激之情，就想讓狀元郎代替我們向陛下敬酒，也是我們新科進士對陛下的敬意。」

真是個神人啊！

這也忒會給自己加戲了！

你咋這麼會露臉呢？

秦鳳儀完全沒有覺得自己是想在皇帝面前搶鏡，但他這種行為在一干人精裡就引出了無數揣測。盧尚書冷冷地道：「以後探花郎有事可直言，莫要賊頭賊腦的，不大雅觀！」

秦鳳儀氣得狠，他還不是一片好心，當下朝盧尚書翻個白眼，舉起酒杯，「既然尚書大人這麼說，我就直接說了。陛下，我雖然認識您的時間不長，但心裡知道，您真是個大大的好人，非但人好，眼光更好，不然我也做不了探花郎！陛下，我就請狀元郎代我們新科進士敬您一杯，祝您平安如意，威加四海，江山太平，萬壽無疆！」

之後，對他方師侄使個眼色：你個瞎子，現在明白師叔的意思了吧？

方師侄：師叔，你以後有這事，能不能提前知會師侄一聲啊？師侄就看您老人家千嬌百媚地拋媚眼，哪裡曉得您老是這個意思啊！

如盧尚書覺得，宮宴之上，人人該安守宮規禮數，秦鳳儀這樣的，很該斥責了去。

如一些老油條則是覺得，宮宴之中，多少老大人想露臉都不能，你一個青瓜蛋子，倒是很會鑽營啊！

事實上，盧尚書之意是要光明正大。他本就是禮部尚書，再加上性子肅正，而秦鳳儀這個探花本也是景安帝自己非要點的，並不在判卷官的推薦之下，他不喜秦鳳儀，理由充分，秦鳳儀不符合盧尚書的審美。

然而，像這些老油條們的想頭兒就不對了。

現下可不是尋常宮宴，而是瓊林宴，瓊林宴的焦點不是他們這些大臣，而是新科進士。狀元郎代表新科進士們向陛下敬酒怎麼了，陛下難道會不喜歡？

景安帝笑道：「也賜探花郎一盞御酒。」看著人給探花郎換了酒，這才舉杯道：「你們對朕的心意，朕收下了，朕就看你們以後了。」然後與諸進士同飲。

新科進士們個個都很激動，覺得榮幸極了。

秦鳳儀得一盞御酒也很高興，覺得皇帝老爺不愧是有大眼光之人，果然比盧老頭兒強一千倍一萬倍。秦鳳儀眉開眼笑地也乾了，還亮了亮酒盞，景安帝哈哈大笑，也跟著亮了亮。

秦鳳儀朝景安帝豎起大拇指，經盧老頭兒指點，他幹啥都不偷摸著了，他是光明正大地幹了。景安帝又是一樂，盧尚書氣得臉都青了。

秦探花這般得皇帝青眼，令一干老臣都不明白了，這小子不就生得好些嗎？往屆春闈也不是沒有生得好的進士啊！當然，如秦探花這般相貌的還是沒有。也有人覺得，皇帝對探花如此青眼相加，怕是看在探花岳父景川侯的面子上，無他，景川侯素來得陛下信重，今又有這麼個美貌探花女婿，不看僧面看佛面。

不管別人如何思量，秦鳳儀能參加瓊林宴很是高興，他吃著這席面也很不錯，雖然味道沒有師傅說的那麼好，但也還成。

秦鳳儀吃兩筷子菜，大家作了一回詩，景安帝便道：「大家可自行其樂。」

秦鳳儀方見識到瓊林宴的風采，與他們平日間吃酒也差不離嘛。認識的和不認識的，相熟的和不相熟的，看對眼便推杯換盞。還有就是，新科進士也要向親貴老大人們敬酒。

如秦鳳儀他們三鼎甲自然是重中之重，方悅頗知規矩，叫著陸瑜和秦鳳儀，自那位白髮蒼蒼的老親王開始。待聽得方悅稱呼，秦鳳儀才曉得那是愉老親王，論輩分，愉老親王是當今的叔父。接下來那位三十幾歲的年輕王爵便是今上的弟弟壽王殿下。

秦鳳儀見著壽王還怪不好意思的，不由摸摸鼻尖。

壽王笑道：「雖未得中狀元，依探花相貌，還是探花之位更適合秦探花啊！」

秦鳳儀笑，「那時我初來京城，非止為了春闈，更是為了我的終身大事，生怕不中就要回老家打光棍了。一時狂妄，我再敬王爺一杯。」

秦鳳儀有個好處，他不似有些酸生拉不下架子啥的，人家是王爺，你死擺個臭架子做什麼？秦鳳儀從不是這樣的人，他出身商賈，對著官員低頭不是什麼要緊事。何況，這是皇帝老爺的弟弟呢！

秦鳳儀自己連乾兩盞，十分爽快。

壽王也是年輕人，如何會為難他，當下笑道：「不過是舊事罷了。」又問：「探花郎的好酒可啟封了？」

「還沒。後日我訂親就能吃了，屆時我打發人送兩罈給王爺。」秦鳳儀認真地解釋：「我成親還得用，故而暫時不能多送，我還想留幾罈待我兒子成親時再吃。」

壽王哈哈大笑，「你這媳婦都沒娶到手，現下就操心起兒子來啦！」

「嗯，我連孫子的事都想過了。」

壽王被他逗得樂極。

待秦鳳儀隨方師侄向幾位皇子敬酒時，壽王把當初秦鳳儀那樂子對愉老親王說了一回，愉老親王也是一樂。壽王的席面離皇帝不遠，他腿腳靈便，又跑上去同他哥念叨了一回。

壽王道：「當時可是把臣弟氣壞了，我又不是非要買酒，可想著不知是誰家的狂妄小子，竟糊弄我那蠢才內侍自稱今科狀元郎，我那蠢內侍還信了，您說把我氣得。」

景安帝笑，「探花郎頗多逸事啊！」

「多的很。皇兄肯定不曉得今科榜下捉婿多熱鬧，景川侯府派的人遲了，探花郎被七八家爭搶，後來被嚴大將軍家搶了去。為了把探花郎再搶回家，景川侯家的閨女與嚴家的閨女打上了一架。」

景安帝笑，「探花郎的相貌如此，也難怪這些女娘們爭搶他了。」

「可不是嗎？」壽王道：「不過，皇兄您點他為探花郎，可真是叫京城女娘們發了筆小財呢！今科關撲的三鼎甲榜，探花郎可是熱門，而且買他的都是女娘們。他此次高居三鼎甲，許多女娘們一下子嫁妝都備齊了。」

三鼎甲把幾位大小皇子也敬了一遍，接著要去敬幾位副主考。

秦鳳儀小聲道：「我可不敬盧老頭兒！」

方悅拉他，「莫要在這時賭氣，顯得沒氣量。」

陸瑜也說：「秦兄，就當走個過場。」

秦鳳儀哼唧兩聲，雖是跟著去了，但與別人敬酒他都是一口氣乾掉的，到盧尚書那裡，他就略沾了下唇，把盧尚書氣得心說，我也不稀罕你個無知小子來敬！

敬其他主考，秦鳳儀就很恭敬了，其他人看在眼裡，暗道這秦探花與盧尚書果真不睦。

秦鳳儀不管這個，敬過副主考之後，他們就可以自由敬酒了。

秦鳳儀先歡歡喜喜地跑去敬他岳父，景川侯低聲道：「這是宮宴，規矩些。」

秦鳳儀為岳父斟酒，小聲道：「我哪裡不規矩了，分明是盧老頭兒看我不順眼！」

景川侯瞪他一眼，秦鳳儀幫他端起酒來，翁婿倆碰一杯，秦鳳儀道：「快吃快吃，這可是宮宴，岳父您莫擺架子啊！」

景川侯又瞪他一眼，把酒喝了，秦鳳儀就去敬程尚書、酈國公、襄永侯等相熟之人。方悅喚他去敬翰林掌院學士，這位是方悅的岳父，秦鳳儀也聽說了新科進士的規矩，像三鼎甲要先去翰林院做庶起士一年。

翰林院便是翰林學士的地盤。

秦鳳儀原想得挺美，他師侄的岳父不是外人，故而方悅喚他一起去，他便去了。方悅也是好心，想著先時大家都忙，正好趁這機會把師叔介紹給岳父認識。

方悅笑，「阿鳳，這位就是駱學士。」

秦鳳儀暗笑，想著阿悅師侄永遠這麼一板一眼的。秦鳳儀很會做樣子，恭恭敬敬道：「鳳儀敬大人一杯，以後還請大人多多關照。」

他慣是個坦蕩看人的，這麼一看駱學士，總覺得有些眼熟，一時卻又想不起來。

駱學士亦不過四十許人，生得十分清秀，與方悅很有些翁婿相。

駱學士仙風道骨地一笑，接了秦鳳儀這盞酒，「好，我必會關照你的！」連聲音都這麼悅耳，秦鳳儀自己生得好，也最愛長得好的，便又是一笑，對這位駱學士印象好得不得了，想著到底是自己人，說話也這樣親切。

駱學士這裡也很熱鬧，只要是想入翰林院的，當然要與翰林院大老闆搞好關係。故而，見有人過來，他二人便告辭去了別處。

秦鳳儀敬別人敬的多，別人敬他也不少，尤其看秦鳳儀除了例行向宗室皇子敬酒外，他認識的朝中大員似也不少，何況，人家秦鳳儀還是景川侯府的正經女婿，有這樣的岳家，秦鳳儀又是探花出身，很明顯這小子已是得了聖心，這個時候不拉關係的都是蠢才，而能中進士的，沒哪個是真蠢的。

於是，往秦鳳儀這裡過來敬酒的，不比方悅那裡的人少，秦鳳儀最後喝得都不行了，還不斷有人過來敬。秦鳳儀生得好，那種醉後美態更是甭提了，連許多宮娥都看呆了去。關鍵是，不僅生得美，還特有趣，他是死都不肯再吃酒了，有人再勸，他便威脅人家，「你們再欺負我，灌我酒，我就告訴我岳父去！」

壽王慣愛說笑，跑過去逗他，「你岳父這麼厲害啊？」渾不顧景川侯都不自在了。

秦鳳儀酒後吐真言，握著壽王的手，認真道：「何止厲害，簡直就是魔王啊！」然後，一臉懵懂，「哎，媳婦，妳怎麼來這裡了？這是皇帝老爺的瓊林宴啊，妳不是不能來嗎？」

愉老親王一口茶就噴了，大家更是哄堂大笑。

景安帝笑道：「趕緊給探花郎上兩盞醒酒湯。」

當天怎麼回去的，秦鳳儀不大記得了，據說是他岳父把他送回去的。不曉得為何，秦鳳儀總覺得屁股有點疼，像是摔過屁墩一樣。第二天他去岳家，還說到此事，景川侯一副淡然的模樣，「你醉後不老實，在車廂裡自己摔的。」

秦鳳儀「哦」了一聲，便未多想。

雖然屁股有些疼，卻完全不影響秦鳳儀即將訂親的好心情。他明日就要訂親了，帖子提前好些天就給親朋好友們送了去，而且秦鳳儀訂親前，他的好友羅朋也趕來京城了，秦鳳儀還說：「阿朋哥，你真是來晚了，你要是早幾天來，正好看我誇官的威風，熱鬧極了。」

羅朋笑道：「就是沒見著，我也聽著了，聽說京城的女娘們險些瘋了。」

秦鳳儀笑，「其實就是我中了探花，姊姊妹妹們也為我高興，平時我出門不那樣的。」

羅朋又恭喜了秦鳳儀一回，洞房花燭夜，金榜題名時，人生四喜，秦鳳儀一下子趕上了倆，自然是喜之又喜了。

秦鳳儀道：「明兒跟我一道過去，要是有人灌我酒，阿朋哥，你可得替我擋著些。」

羅朋欣然應下，「這是自然。」

時下人們的訂親禮，男方這邊只要把聘禮媒人都準備好，酒席是在女方家裡開。因為是男方父母帶著兒子，還有聘禮、媒人、親眷一塊過去，女方收下聘禮，設酒款待男方。

酒席雖不在秦家開，秦家也是張燈結綵的，景川侯府更不必說。景川侯府是大族，族人不知有多少，李鏡又是侯府嫡長女，嫁的是今科探花郎。秦鳳儀現下風頭正盛，再加上景川侯府的親戚們都要過來祝賀，另外，還有李釗和李鏡兄妹的舅家。

說來，秦鳳儀連平郡王府都去過一遭，李鏡嫡親的舅家卻是沒見過。

這回可是一道見了，怎麼說呢，就是個尋常的官宦人家，陳舅舅在禮部任五品員外郎，有景川侯這樣的妹夫，還只混了這麼個官職，可見陳舅舅的本領，家族也無甚出眾人物。

秦鳳儀自己是鹽商出身，更不是勢利人，也不是看人下菜碟的性子，但他來往的人都是那種風采出眾的人物，起碼不是陳舅舅這種迂腐人。陳舅舅倒是很喜歡秦鳳儀，上來就是一通的知乎者也，讓秦鳳儀聽得牙疼。

秦鳳儀真不是個愛讀書的，他要不是為了娶媳婦，根本就不會考功名。如今好不容易功名有了，是再不想念書的，結果陳舅舅跟他來知乎者也了。

秦鳳儀忍著牙疼聽完，李釗忙請他舅舅去首席坐下。

陳氏夫人是景川侯的元配，儘管陳氏夫人已經過世，陳家依舊是高親，何況又是李鏡訂親的日子，自然要請陳舅舅上首席。

相較之下，平珍這位後舅舅，哪怕平珍在官場上無甚建樹，可相較之下，這後舅舅論風采仍是比親舅舅強上一百倍。

秦鳳儀心說，我岳父這等人才，這都娶的什麼媳婦啊！

相對於陳家這種帶著陳腐氣的家族，平家人當真出眾。平珍是媒人，自然要過來，平家另有幾位子弟也來了，雖不比平嵐，但也都是大家風範，有外場的還知道幫著張羅一二。

再有景川侯的親家襄永侯府，兩家本是鄰居，又趕上個休沐的日子，襄永侯府便全家出動，襄永侯還問秦鳳儀：「今兒送來的酒裡可有狀元紅？」

秦鳳儀道：「我又沒中狀元，該叫探花紅。」

「只要是好酒就成。」襄永侯又與景川侯道：「景川可不能小器，得開幾罈來嘗嘗。」

秦鳳儀連忙介紹他的酒：「絕對是頂頂好的上好陳釀，我出生的時候我爹釀的，放在窯裡一罈都沒動過。去歲來京城的時候，不小心摔了一罈，那酒香得迎風香出十里地去。侯爺，一會兒我多敬您幾杯。」

聽秦鳳儀這麼一說，他聘禮中送給岳家的酒，一下子就被開了大半，最後留下了不多幾罈。李鏡事後都說他：「真個不存財！」

訂親酒秦鳳儀吃得極其舒服，甭看他岳父考驗他就考驗了四年，但京城人家重視姑爺，姑爺上門都是貴客。這訂親酒，外頭招呼客人的就是岳父啊大小舅子啊，還有李氏族人，男方過來，李家還要請人陪著吃酒說話，把秦鳳儀高興得直感慨：「我就盼著天天如此，這就是神仙日子了。」

方悅笑道：「怕把你美壞了。」

秦鳳儀笑嘻嘻的，他就是遺憾成親的日子遠了些。

唉，還有三個多月才能成親！

訂親酒雖然熱鬧，也沒人死命灌酒，秦鳳儀並沒有吃醉，只是小臉微紅，待得自岳家告辭，秦鳳儀想著，他這女婿的名分經訂親酒這麼一遭，總算是確定了。只是，今兒一天沒能見媳婦一面，秦鳳儀還同岳父道：「岳父，明兒我再過來啊！」聽得旁人直樂。

結果，秦鳳儀第二天沒能到景川侯府去。

無他，宮裡有內侍過來宣他入宮。

這內侍秦鳳儀不認得，還問：「不是說瓊林宴後有兩個月的假嗎？我也沒開始當官呢，去宮裡做什麼？」

內侍相當和氣，笑道：「是陛下宣探花郎入宮。」

秦鳳儀莫名其妙，但皇帝老爺著人來尋他，他不能不去。

秦家人是第一回見著宮裡內侍，秦老爺和秦太太都有些懵，來京城官兒們倒是見不少，公侯的也開過眼，但內侍公公還是頭一遭，夫妻二人都不曉得如何是好。

秦鳳儀一向慣於打點，沒覺得內侍有什麼與眾不同，當下塞給那內侍一個大紅包，悄悄問他：「到底什麼事？」

內侍手下輕輕一掂，掂得其中分量，想著探花郎當真是個敞亮人。

因著不是什麼機密，內侍笑道：「奴婢不好說，不過，是好事。」

秦鳳儀也沒覺得是壞事，皇帝老爺待他一直不錯。

既有人來宣，秦鳳儀就換了衣裳，跟著一道去了。他還沒有官服，可想著進宮穿家常衣裳也不合適，就又把探花服找出來穿上，然後騎著自己的照夜玉獅子，帶著小廝和侍衛，同內侍一起往皇宮去了。

進宮的規矩，秦鳳儀也是懂的，只是沒想到這回不只是見皇帝老爺，還有皇帝老爺的娘親和皇帝老爺的媳婦。秦鳳儀一路跟著內侍進了宮，到宮門口就得下馬，接著全靠兩條腿。要不是秦鳳儀這身子骨，換個上年歲的都不一定能支撐得下來。

秦鳳儀正當青春，身強體健，待到了太后宮，引他覲見的內侍都換三撥了，他依舊是臉不紅氣不喘、從容大方的模樣。等宮娥引他入殿，秦鳳儀真是開了眼。

他見過酈老夫人屋舍之華麗，也見過李老夫人房中之雅致，但此間陳設顯然更在這兩者之上。依秦鳳儀的眼界，一時竟覺無法形容。宮內縱是青裙素樸的宮娥，亦皆眉目清秀，兩旁衣飾華美的貴女貴婦自然個個都有身分，正中坐著的是一位鬢髮烏黑的尊貴婦人，這婦人眼角已有細細的紋絡，顯然不年輕了，但依稀可見曾經的美貌，尤其那一雙神光內斂的鳳目，與坐在一旁的皇帝老爺簡直如出一轍，不問便可知此貴婦身分。

秦鳳儀心中一動，想著這定是皇帝老爺他娘了。

這尊貴婦人左下首坐的是皇帝老爺，右下首是另一宮妝婦人，其眉目與……嗯，與秦鳳儀的後丈母娘景川侯夫人有幾分相似，秦鳳儀立知這定是皇帝老爺的媳婦平皇后了。至於其他坐在帝后以下的，有一個秦鳳儀還認得，便是以往在揚州見過的小郡主，但此時小郡主已作婦人打扮。

此間念頭不過一閃而逝，秦鳳儀緩步上前，大大方方地行禮，規規矩矩地磕了三個頭，口稱：「探花秦鳳儀見過太后娘娘，願太后娘娘福壽安康。」

不得不說，二愣子還是有很多好處的，譬如，不怕人這一點，就在慈恩宮裡發揮重大功用。秦鳳儀的美貌自不消說，一向自詡並不顏控的景安帝都能把這二甲最後一名破例提到探花郎，但當你真正與一個人接觸的時候就會明白，美貌只是最初的第一印象，接下來，你的舉止、談吐、眼神和行為，會體現你的綜合素質。

在景安帝看來，探花郎的舉止便很不錯，完全不似那種一陛見就戰戰兢兢拿不出手的樣子。探花郎嘛，便要這般俊俏飄逸方好。

的確，秦鳳儀便是行禮，也是大大方方的，看人時眼神清正，滿眼的靈氣，至於這笨蛋怎麼會讓人看出靈氣來，真是千古之謎，但秦鳳儀論相貌行止，當真是極其出眾，不然一個女娘喜歡他，兩個女娘喜歡他，總不能大半個京城的女娘都瘋了吧？

這人自有過人之處。

便是裴太后都覺得探花郎很不錯。

裴太后笑道：「起來吧。」又命人給探花郎搬個座來。

宮女搬來繡凳，秦鳳儀大方坐下，對著裴太后和皇帝老爺微微一笑。

裴太后道：「聽長公主說前兒天街誇官熱鬧非凡，人堵得路都走不了，全都是為了出城看探花郎。原我還不信，今見探花容貌，可見長公主的話還是有理的。」

秦鳳儀笑，「謝娘娘誇讚，您與陛下的眼光都是一等一的好。」

裴太后笑問：「點你做探花，就是眼光好了？」

「主要是我的文章並沒有在前十，要是我在前十裡頭，陛下點我做探花，這就是尋常。正因為我沒有在前十，陛下點我做探花，才是一等一的好。」秦鳳儀道：「陛下這是透過我的文章，看到了我的潛質，陛下知道我有探花的潛質。」

「原本我岳父和我師傅都讓我下科再考殿試，生怕我這科考個同進士，面子上不好看。我本也想著下科考狀元的，春闈又不是很難，只是我以前耽誤了光陰，這幾年縱是玩命念書也不及人家念了十幾二十年的。倘再給我三年時間，我覺得三鼎甲問題不大，可是我出門看到許多女娘們買了我的關撲，娘娘，您知道什麼是關撲嗎？」

裴太后道：「就是賭博嘛！」

「對對對。我也在關撲榜上，有好多女娘們買我必中三鼎甲。會試後，那些商家不知道在哪兒打聽到我不參加殿試的事，他們把賠率調得很高，還到處宣傳，有許多支持我的女娘們就買了我的關撲。我要是不去，她們不是要賠乾淨了？我就想著，做人不能這樣。雖然我與她們素不相識，可她們都是因為喜歡我才會去買我。倘是家裡有錢的，只當玩兒了，可有些女娘不見得多富裕。我去考，即便考不中，也算不辜負她們了，我就去了。」

「我想，這可能是老天爺看到了我這片心，讓我見到了陛下。我一見陛下，當時就看得眼珠都不能動了。以前我認為我岳父就是天底下最威嚴的人了，結果見到了陛下，我岳父根本沒得比啊！當時正逆著光，天氣也好，太陽光那樣照過來，就給陛下鍍了一層金邊，彷彿整個人都會發光。我覺得，我見到的像一尊天神。哎呀，我現在都難以形容了。」

秦鳳儀高興地又說：「娘娘，您不曉得，當初會試的時候，他們都說陛下去巡場了，但我可能那會兒正在答題沒留意，沒見著陛下。這回殿試，竟然見到了陛下。我回家高興壞了，可我殿試是偷偷去的，家裡誰也沒說。我又特想把見著陛下的這事兒說一說，偏偏不能說，您說把我憋得啊！」

秦鳳儀一面說，一面還看景安帝，覺得皇帝老爺生得真好，氣派也好，「後來，杏榜張榜那日，我想著，我殿試有見到陛下的機緣，能得個二榜就是運道了，沒想到陛下竟點我做了探花。當時報喜的跑來報喜，我都覺得是聽差了，後來才曉得這是真的。打那時起，我每見到陛下，就特想謝謝陛下，要不是陛下慧眼識珠，我如何能中探花呢？我還特想跟陛下說，我一輩子都不能忘了陛下的恩情，以後不論做人還是做事做官，我定不會辜負今日陛下的眼光，希望千百年後，別人翻到史書，看到今日之事時會說，這是一樁千古佳話。」

不說景安帝、裴太后、平皇后作何想，便是曾與秦鳳儀有過交集的小郡主都覺得，這小子不愧是能把李鏡勾引到手的傢伙。看這嘴皮子，你可真會往自己臉上貼金，明明是名過其才，竟讓你鬼扯到千古佳話上去了。

裴太后何等見識之人，聽秦鳳儀這一席話都對景安帝道：「皇帝的眼光果然不錯。」

景安帝笑，「朕當時殿試時就看探花很好。」

秦鳳儀看景安帝與裴太后一眼，也露出歡喜模樣。

裴太后與秦鳳儀道：「知道不要辜負聖恩便好。」

「娘娘放心吧，陛下對我這樣好，我若不能回報，還是個人嗎？」秦鳳儀正色道。

不要說秦鳳儀頭一回到裴太后跟前的，便是經常來慈恩宮說話的長公主、平皇后等人，也不敢胡亂說話的。誰說話不是先在心裡過一過，獨秦鳳儀，這素來是個想說什麼就說什麼的，關鍵是，他答得還成，起碼不讓人討厭。

裴太后笑，「倒不枉阿鏡相中你了。」

「娘娘，您還知道我阿鏡妹妹？」

小郡主道：「以往鏡姊姊也時常入宮陪太后娘娘說話的。」

秦鳳儀笑，「我跟阿鏡昨兒剛訂親，成親的日子也定了，就在八月十六，說來我與阿鏡妹妹更是天上的緣分。」

跟話癆在一處，永遠不必發愁沒有話題，他自己就能呱啦呱啦說上半日，他更是把自己與李鏡夢裡的緣分說得感動極了。再說到自己為了娶媳婦，這四年如何奮發上進，秦鳳儀樂呵呵地道：「自從我中了探花，我岳父對我的稱呼都不一樣了。以前我岳父都叫我那小子的，現在我岳父對別人說話都是我家女婿長我家女婿短的。」

裴太后忍俊不禁，「景川侯性子嚴肅，原來也這樣有趣。」

「有趣什麼呀？我只要一得罪他，他就拉著我去書房下棋，我又下不過他，總叫我吃敗仗。我常拍他馬屁，他都不在人前誇我一誇。」秦鳳儀忽然露出壞笑，「娘娘，您知道我岳父在京城有個什麼外號嗎？人家都說他是京城第一難纏老丈人，說我是京城第一好女婿。」

裴太后被秦鳳儀逗樂了，也是秦鳳儀屁股沉，說起話來沒完沒了，他這一叨叨就叨叨到了中午。裴太后宣探花郎進宮看美男子，也不好叫美男子餓著肚子回去，居然還賜飯了。

裴太后問起方閣老，秦鳳儀這個碎嘴的，連方閣老回家鄉後吃多了撐著的事都說了。

秦鳳儀笑，「我跟我師傅一個口味，都愛吃獅子樓的獅子頭，哇，香糯得不得了，我一頓就能吃仨。我師傅也好這一口，可他上了年紀，不能多吃，怕積食。他比我會玩，我以前覺得自己還成，揚州城裡好吃的也都吃過。我師傅不一樣，我吃的都是什麼茶樓啊飯莊啊，都比較有名氣，我師傅卻是什麼犄角有個小館子，還有河上那麼些燒船菜的，老頭兒一聞味兒就知道哪家好吃，有時都是他帶我們去吃。」

裴太后目光有些悠遠，笑道：「方閣老年輕時也是一代風流人物。」

「這話真是。離我師傅家不遠有家小酒館，釀酒的是個白皮膚的女娘，那酒館娘子每回見著我師傅都要拉他進去嘗酒，我師傅怕了她，出門都要繞道走。」秦鳳儀偷笑，「要是我到了我師傅的年紀，還有女娘請我吃酒，這也沒白活啦！」

知道中老年婦女最喜歡什麼樣的男孩子嗎？不是乖寶寶，一般中老年都偏愛長得俊又有些調皮有些壞的男孩子。秦鳳儀這樣子的，顯然很符合中老年審美。這不，吃著吃著，宮人就端來一盅獅子頭，大家是分案而食，自然每案一盅。

裴太后笑道：「嘗嘗哀家宮裡的獅子頭如何，可有你們揚州的好吃？」

秦鳳儀深深吸一口氣，露出嚮往的模樣，「一聞味兒就知道正宗。」

裴太后還道：「吃得還好的話，吃三個都沒問題。」

「不成，這要是我回去一說，我在娘娘這裡足足吃了仨獅子頭，別人不得笑我啊！」

「這有什麼好笑的，能吃是福。」

「外頭可不是這樣。」秦鳳儀道：「在外頭得克己復禮，我吃一個嘗嘗味兒就行了。等我跟我爹我回揚州，再好生吃幾回。」

景安帝道：「你不往外說就是。」

秦鳳儀眨眨眼，「我在太后娘娘這裡吃了午飯，這樣榮耀的事，回去告訴我爹，我爹得帶我去給祖宗上香，告訴祖宗這個好消息。再者，我也想跟人說，我憋不住不說。」

這話把至尊母子逗笑了，尤其看秦鳳儀吃飯，正長身子的大小夥子，吃東西吃得香，裴太后都覺得膳房的菜很不錯，多動了兩筷子，還真叫人給秦鳳儀上了仨獅子頭。秦鳳儀是個禁不得誘惑的，當場全吃了，一面吃一面說：「明月樓在京城也有分號，我時常吃他家的菜，他家這道獅子頭，在揚州時做得是極好的，可到了京城，總是跟揚州的味兒差些。太后娘娘這裡就不一樣，比我在揚州吃到的還好吃，鮮而不膩，香糯可口，真是極品獅子頭。」

待秦鳳儀吃過飯告退，裴太后想著他剛訂親，便賞他一對雙魚佩。

秦鳳儀走後，裴太后還與皇帝兒子說：「探花頗能解憂。」

景安帝道：「母后有什麼煩憂的事嗎？」

裴太后倚著榻，「還不是大郎的事，這成親也三年了，尚無嫡子，如何是好？」

大郎指的便是大皇子。

景安帝道：「大郎庶子有兩個了，他如今不過二十一歲，倒也不急。」

「你也知道是庶子。」殿中並無旁人，裴太后嘆道：「我不是一定要讓大郎媳婦非生兒子不可，她是咱們皇家明媒正娶的媳婦，大郎的正妻，我也喜歡她。哀家孫子都有了，重孫也見著了，如今子孫滿堂，按理還有什麼煩憂之事呢？可小大郎、小二郎的生母是什麼出身，一個是宮人，另一個還是宮人，這樣的生母太低微了，給大郎指一位正經側室吧。」

景安帝渾未當什麼大事，笑道：「這還不容易，也不是什麼大事。」

裴太后見兒子應了，也笑，「讓皇后看著張羅吧。」

「成。」

說一回大皇子的事，裴太后又道：「這個秦探花很不錯。」

秦鳳儀運道之旺，便是景川侯夫人都悄悄與秦太太打聽平日裡是往哪個廟裡拜的菩薩，咋這麼旺啊？景川侯夫人打算也為自家去拜一拜。

秦鳳儀沒覺得如何，他一個勁兒誇太后宮裡的飯菜好吃，還問李鏡：「小郡主說妳以前常進宮陪太后說話的，怎麼也沒聽妳說過？」

李鏡道：「都小時候的事了，你以為都跟你似的，什麼事都要拿出來講啊！」

秦鳳儀笑得像朵花，「主要是媳婦妳自小就有見識，那麼小就見過太后娘娘了，我還是頭一回見，當然要顯擺一下。」

秦鳳儀還說：「太后娘娘長得也好看，我先時就覺得陛下相貌好，見了太后娘娘才知道，陛下就是像太后，才生得這樣好。」

李鏡打發了丫鬟，與秦鳳儀道：「太后娘娘可不只是生得好，陛下能得大位，也是多承太后娘娘指導。」

「太后娘娘這麼厲害，她還誇我了呢！」

「誇你什麼？」

「誇我好唄！」秦鳳儀道：「我就是一高興，沒留神，把岳父大人那個『京城第一難纏老丈人』的名號給說出去了。」

「你這張嘴，怎麼什麼都往外說？還有，這是哪裡的話，什麼叫做『京城第一難纏老丈人』啊？都是胡說八道！」

「哪裡胡說了？妳不出門自然不知道，外頭的人都這麼說，說岳父對我這個女婿太嚴格了。外頭人都說妳眼光好，還說我是『京城第一好女婿』。」

李鏡被他逗得一樂，「你以後要做官了，做官的人就不能像現在這般隨意了。不論是在陛下面前，還是在太后跟前，說話要先過一過心才好。」

「這哪來得及啊，我都是一張嘴，話就出來了。」秦鳳儀什麼都與媳婦講，「我還見著小郡主了，誒，也好些年不見了，我看她梳著婦人的髻，她嫁宮裡去了啊？是不是給陛下做妃子了？可她不是皇后娘娘的侄女嗎？這姑侄共侍一夫，不大合適吧？」

「胡說什麼，寶郡主嫁的是陛下與皇后娘娘的嫡長子大皇子，她現在是大皇子妃了。」

秦鳳儀此方知曉自己弄錯了，「姑舅親，輩輩親，原來皇家也會姑舅做親啊！」輩分可是有些亂。

李鏡微微一笑，沒多言此事。

秦鳳儀另有事與李鏡商量，「聽說中了探花就要去翰林院做官，這自來家裡有做官的人，便不能經營生意，我爹想著回一趟揚州，把家裡的產業託給別人打理。我爹一個人回去，我和娘不放心，我想著不如一道回揚州，也是衣錦還鄉。阿鏡，妳在家閒著沒事，不如咱們一道去，妳也再看看揚州的風景。咱們好不容易親事定了，我是一刻都不願意與妳分離。」

李鏡隨口道：「這鹽引得來頗是不易，既是你家不便再打理，何不交與親近族人？這鹽業生意坐著就能發財，鹽引賣也好賣，只是這樣賣掉，未免可惜了。」

秦鳳儀道：「我家又不似妳家這樣的大家族，我爹小時候頗是不易，我爺爺奶奶早早就過世，我爹與族人並不親近，要不，我家也不能在揚州落戶。妳家有沒有親近的親戚，要是有不做官的，想接手鹽業生意的，反正誰打理都一樣的。」

李鏡搖頭，「我家還是算了。要是有本事的，做一番事業不難。那些沒本事的，把鹽引給他們不見得是好事。」

秦鳳儀並不勉強，「妳到底跟不跟我一道回揚州啊？」

李鏡笑，「我也不能自己跟你們一起去，總得有個人送我去才好。」

「咱們都訂親了。」

「便是訂親，禮數也不能馬虎。」李鏡想了想，道：「咱們的親事在八月，我這兒還有許多繡活沒做呢！」

秦鳳儀噴笑，「妳又不是這塊料，叫繡娘做就是。」

李鏡一笑，「那我跟父親商量商量。」

「我同岳父說吧。」

「也行。」

自從秦鳳儀中了探花，景川侯就很好說話了。景川侯也不是那等刻板人，恪守禮教什麼的，他家又不是文官家族，何況小兒女這幾年終是聚少離多，如今親事已定，感情能越發融洽才好，於是，大手一揮，道：「你大哥要在朝當差，讓阿欽陪阿鏡去吧。」

秦鳳儀一向不喜歡二小舅子，他心眼兒活，便道：「岳父，阿欽不是要讀書考秀才嗎？讓阿鋒與我們一塊吧，阿鋒也沒去過江南，他還曾問起我江南的風景，可見也是想去的。」

秦鳳儀比較喜歡乖乖的三小舅子。

景川侯十分痛快，「那就也讓阿鋒一道去。」又與秦鳳儀道：「你是做大姊夫的，我就把他們交給你了。」兩個兒子都去吧。

秦鳳儀扁扁嘴，把狠話撂前頭，「要是二小舅子對我擺臭臉，我可收拾他啦！」

景川侯笑笑，「儘管收拾。」

「到時您可別心疼。」

「莫再囉嗦！」景川侯道：「來，你這京城第一的好女婿就與我這京城第一難纏的老丈人下盤棋吧。」

秦鳳儀怪叫一聲，不可思議，「岳父，您怎麼曉得我在背後說您的事啊？」一下子自己先承認了，秦鳳儀想了想，嘀咕道：「皇帝老爺的嘴這麼不嚴實啊？」

他只把這事跟媳婦一人說了，媳婦又不會漏出去，岳父會知道，自是皇帝老爺說的。

「所以說，背後莫說人。」

於是，被背後說壞話的老丈人再一次把背後說人壞話的傻女婿殺個大敗。

景川侯讓兩個兒子送閨女一起去揚州的事，兒子們沒什麼意見，李欽和李鋒都明白，沒有讓姊妹們獨自出遠門的理，大哥在當差，自然是他們陪大姊南下的。

倒是景川侯夫人很是不放心，「孩子們都在念書呢，耽誤了功課，如何是好？」

景川侯道：「把他們的功課交給女婿就是，鳳儀堂堂探花，還是教得了他們，讓他們也跟著女婿學學念書的技巧。」

景川侯夫人不擔心秦鳳儀的才學，她道：「我看大姑爺還像小孩兒一樣，這成嗎？」

「有阿鏡在呢！」景川侯道：「再者，親家也是個細心人，再把大管事派去跟著，有什麼不成的？他們都大了，出門開闊一下眼界沒什麼不好的。」

景川侯夫人便不好再說什麼，只是把廚娘、侍衛、丫鬟、小廝，還有該帶的被褥起居之物，足足裝了兩船。景川侯一聲令下，起居之物一樣都沒讓帶，只把人手帶齊，銀子帶足便是，把景川侯夫人氣得在婆婆跟前抱怨半晌。

李老夫人笑，「好，待他回來，我非打他一頓給妳出氣不可。」

景川侯夫人知道婆婆在說笑，自己也笑了。

「我也不是溺愛孩子，這些都是孩子們平時用的。」

李老夫人道：「以前我就想，怎麼咱們家這麼與秦家有緣法呢？如今看來，阿鏡與阿鳳的緣法自不必說，妳與秦太太這親家母之間，便頗有相似之處啊！」

景川侯夫人平日有些看不起秦太太鹽商太太的身分，好在現在秦鳳儀中了探花，景川侯夫人的態度好多了。她知婆婆這話不是拿她二人的身分做比較，而是說她太過寵愛孩子。

景川侯夫人辯解一句：「這不是孩子們還小嗎？」

「轉眼也是要娶媳婦的大小夥子了。」李老夫人道：「阿鏡這親事定了，咱們玉潔的親事兩家也是早看好的，只是阿鏡是長姊，先時阿鏡親事未定，不好先定玉潔的，如今正該把玉潔的親事也定下來，待阿鏡成親後再放一年，咱們家玉潔也該成親了。」

景川侯夫人的注意力立刻被婆婆轉移，說到閨女的親事，更是眉飛色舞。二閨女定的是桓國公家的孩子，論出身，比秦鳳儀這剛剛扒到官宦之家門檻的強百倍。

景川侯夫人笑道：「老太太說的是，近些天，我也正想著這事。玉潔的親事定了，就該說阿欽的親事了。」

婆媳倆這便商量起孩子們的終身大事來。

秦鳳儀此時卻是正對著二小舅子喘氣，他竟然不知道二小舅子還是個假道學。

把秦鳳儀氣得，他叫了媳婦與他一道去揚州，不就是為了兩人在一處嗎？結果這殺千刀的二小舅子，白天還算識趣，可一到晚上就像個門神似的，秦鳳儀要過去與自家媳婦說說話都不能。二小舅子讓他有話憋到白天說，秦鳳儀氣道：「那我就憋死了！」

「那你憋死好了！」

聽聽，這是小舅子該說的話嗎？

秦鳳儀氣得都想半宿把李欽扔河裡餵了魚。

李欽還就秦鳳儀不守規矩的事找秦老爺告過狀，秦老爺只得跟兒子說：「你有話就擱白天說，別大晚上的去你媳婦艙裡。」

「我自己的媳婦，我還不能看了？」

「這不是還沒娶嗎？待娶了阿鏡過門，你想怎麼看就怎麼看。」秦老爺柔聲哄兒子：「有小舅爺在，這事兒聽小舅爺的沒錯。」

秦鳳儀憋了一肚子氣，拿出他岳父對付他的法子，晚上見不著媳婦就找二小舅子下棋。

別看景川侯在棋道上正剋秦鳳儀，秦鳳儀在棋道上則是正剋李欽，李欽只見輸不見贏，氣得一宿能失眠半宿，天天掛著兩個黑眼圈，念書更沒效率了。他們出門之時，景川侯把兩個兒子的功課都交給這「京城第一的好女婿」負責。李欽念書念不動，沒少被秦鳳儀言語打擊，還說什麼「我堂堂探花郎，教你這種笨蛋真是浪費時間」，還有「你這是人腦袋，還是黃魚腦袋」啥的，總之，李欽自念書起都沒聽過一句難聽話，這回算是一次補全了。

倒是李鋒見平日裡有說有笑的大姊夫當起夫子時如此可怕，簡直是拚了小命地念書，一時學問突飛猛進。

秦鳳儀不喜李欽，也不只是李欽假道學的原因。要只是假道學，秦鳳儀頂多說他是個酸文假醋假正經，秦鳳儀卻很不喜李欽對待羅朋的態度，秦鳳儀私下與李鏡道：「阿鋒性子就很好，妳看看阿欽，眼睛長在頭頂上，對羅大哥愛理不理的。」

說愛理不理都是客氣，李欽根本沒拿正眼看過羅朋。

李鏡手裡摩挲著一枚玉石棋子，道：「二弟向來傲氣。」

「他傲氣個鳥啊？他以為自己是侯府公子就瞧不起人了。」秦鳳儀端起今年的新茶喝了兩口，「他傲氣，不過是仗著岳父的勢，還以為別人是敬他，那是敬他爹呢！成天一副蠢樣，我都懶得說他了！」

李鏡道：「他年紀尚小，待過兩年，知道些人情世故，便能好些的。」

秦鳳儀悄悄道：「說來，二小舅子倒是與陳舅舅有些相似。」

「這叫什麼話？」

秦鳳儀道：「那天咱們訂親，我見著陳舅舅了。先時我一直想，咱們這些年，我雖來京城來得少些，每年也要過來一兩個月的，怎麼就沒見過陳舅舅呢？後來我仔細想了想，其實是見過一回的。那是我中秀才後的第二年，我過來，有一回我進門，陳舅舅出門，我倆走了個正對，他就像二小舅子這般，沒拿正眼看我，可咱們訂親那天，陳舅舅拉著我說了好久的話。妳不知道，他說的那些個陳詞濫調、知乎者也，師傅教我這些年也沒說過那等長篇大論。」

秦鳳儀最後還說一句：「我這樣說，妳不會生氣吧？」

「這有什麼好生氣的，原也是實話。」李鏡道：「要不是有父親在朝中，舅舅這把年紀，竟然只做到員外郎。倘一味迂腐，倒也沒什麼，偏還有些小心眼。你不曉得，好笑的事多著呢。母親去得早，大哥後來議親，我那舅媽竟想讓大哥娶舅家表姊。」

「這也不算稀奇，一則親上作親，二則大哥是侯府嫡長子，再加上大哥一表人才，哪個丈母娘不喜歡？不要說親舅媽了，妳看襄永侯世子夫人，家裡做樣大哥愛吃的菜，都要打發人送過來給大哥。」秦鳳儀與大舅兄一向關係好，問媳婦：「大哥也不是勢利人，這事沒成，想是別有原因。」

「是父親不樂意。」李鏡道：「要是表姊有過人之才，親事不是不能考慮，可表姊資質平庸，只是尋常大家閨秀，而且大哥待表姊只是表兄妹的情分，沒有再進一步的意思。再者，大哥以後是要請封世子的，雖不求岳家如何顯赫，也不好平庸太過，便定了現在的嫂子。」

秦鳳儀向來粗心，這回也不知怎地靈光一閃，嚴肅地問媳婦：「那陳舅舅家打大哥的主意未成，有沒有打過妳的主意？」

李鏡笑道：「胡說什麼呢。」

「妳可別想糊弄我，快與我說。」

「我的親事又不由舅家做主，舅媽倒是提過一兩句，祖母回絕了。」

秦鳳儀哼哼兩聲，「虧得祖母明白！」

他覺得妻子這舅家很嗆，復又好奇探問。

「我外祖父官至內閣首輔，我家也是侯爵之家，門當戶對。」李鏡道。

「哎喲，失敬失敬！」秦鳳儀更不明白了，「外祖父的風采我是沒見過，可妳看我師傅，也是在內閣幹過的。方家現在何等興旺，怎麼陳舅舅家就這樣了？」

陳舅舅哪裡有首輔公子的風範啊！

李鏡嘆道：「這就要從先帝時的晉王之亂說起，先帝曾經有兩位皇后，第一位是元配徐皇后，第二位是繼室卓皇后。徐皇后生下大皇子後就過世了，大皇子是由卓皇后撫養長大的，原本卓皇后也是多年無子，可後來卓皇后生了七皇子，七皇子便是後來的晉王。說來都是皇位之爭，大皇子既長且嫡，冊封為太子。七皇子按理也是嫡出，只是他的母親是繼后，而且他為弟，大皇子為兄。倘晉王才幹不足便罷了，偏生晉王精明強幹，極得先帝喜歡，而大皇子並無過錯。晉王到底是因何謀反，如今是眾說紛紜，但在先帝北巡之時，晉王為謀帝位，引北蠻人入境，帝駕連帶著太子重臣宗室，就是晉王自己都死在了北蠻人的手裡。那一敗，若不是平郡王力挽狂瀾，國朝能不能保都得兩說。」

秦鳳儀就更不明白了，「妳既說晉王精明強幹，如何就幹得出這引狼入室之事？」

「這誰知道呢？」李鏡道：「皇位之爭，不爭則已，一旦爭了，便是不死不休。這人能做出什麼事來，誰也不能預料。你想想，那些禍國殃民的，哪個不是一等一的聰明人？可有時聰明人做出的事，還不如那些笨人呢！」

秦鳳儀想了想，道：「那太后娘娘和陛下是怎麼逃出生天的？」

「真是各人有各人的運道，當時先帝、太子和晉王，還有許多宗室身死，陛下當初是留在京城主持政務的皇子，並未伴駕。那時北蠻兵馬強盛，連奪了數城，陝甘皆落入北蠻人之手，陛下臨危受命，受百官推舉登上帝位，不得不與北蠻人重劃邊境，雁門西北歸了北蠻所有，雁門以東方是我朝疆域。當年恥辱，父親他們這一干重臣都是曉得的。還是陛下勵精圖治，登基十年之後，方以平郡王為帥，三年血戰，奪回陝甘二地，以雪前恥。」

秦鳳儀這一向只關心自己小日子的人都聽得心潮澎湃，「哎喲，先時我就覺得皇帝老爺不似凡人，他可真是厲害啊！」

「是啊，陛下文治武功都有聖君之相。」李鏡道：「平家便是因陝甘之功得以封王。你問我外祖家如今為何淪落至此，我外祖父與大舅舅死在晉王之亂中，二舅舅又在陝甘之戰時戰死。三個舅舅，最能幹的就是大舅舅和二舅舅，如今這個是小舅舅。」

秦鳳儀不由嘆氣，「這世道就是這樣，越是能幹的人反而死得越早。」轉而又問：「兩個舅舅沒留下後人嗎？」

「蒼天不佑，大舅舅原有個兒子，養到十六歲，媳婦還沒娶就病死了。」李鏡道：「我母親又是個想不開的，生了我之後，沒兩年也病死了。偌大家族，說完就完了。」

秦鳳儀安慰媳婦：「陳舅舅人才一般，要是表哥表弟好，說不得也輪不到我了。」

「你又說這不著邊際的話了。」

「本來就是，要是他們好了，還不近水樓臺先得月啊！」秦鳳儀酸溜溜了一回，到底是個好心的，「其實也不必急，一個家族總是興衰更迭的，說不得什麼時候出個不得了的人才。就像我家，我爹小時候險些要了飯，後來我爹置起這偌大家業，人家哪想得到呢？小時候我還以為我會紈絝一輩子，結果我竟然做探花了，這更是旁人想不到的。妳看，我還娶了妳這麼個好媳婦，以後咱們生他一屋的兒子，咱們家便興旺起來了，陳舅舅家也是一樣的。」

就陳舅舅那做人的本事，李鏡對舅家本也感情不深，聞言一笑，「你說的是。」

秦鳳儀道：「岳父也是因陝甘之功，爵位升為世襲之位吧？」

「是啊！」李鏡道：「聽祖母說，我祖父，還有一個在禁衛軍當差的叔叔，也都是死在晉王之亂，不然怎麼我家沒有同支的叔伯輩呢？」

秦鳳儀感慨道：「說來人人都羨慕為官做宰，可想想為官作宰風險也大。像我們這樣的小老百姓，天大的事無非就是沒銀子使，被人欺負啥的，而那些大官，說沒命就沒命。」

秦鳳儀由衷地道：「媳婦，做官的風險可真大啊！」

李鏡沒好氣，「在家混吃等死風險是不大，可那樣活著跟死了有什麼差別？」

「當然有差別了，活著能跟死了一樣？」秦鳳儀斜睨媳婦一眼，「我覺得，我以前就是混吃等死的，妳是不是特瞧不起我啊？」

李鏡唇角一勾，「要是別人那樣，我自是瞧不起的，你不一樣。」

「是吧？」秦鳳儀美滋滋地想，媳婦早就看出我的與眾不同來啦！

李鏡道：「你生得好，就是一輩子混吃等死我也喜歡。」

秦鳳儀正色道：「媳婦，妳不能總這麼膚淺。我以前只有美貌，妳喜歡我美貌也就罷了。我現在都是探花了，妳就不喜歡我的才智嗎？」

李鏡心說：你有個屁才智啊！

李鏡不答，秦鳳儀還不肯放她，死活纏著李鏡問。

李鏡道：「你這自詡才智不凡的，怎麼沒看出羅大哥似有心事來？」

「羅大哥有心事？」

「我看他眉間鬱鬱，怕是心裡有什麼事。」

秦鳳儀一向與羅朋交好，聞言，棋也不下了，起身道：「那我過去瞧瞧羅大哥，唉，他什麼都好，只是運道不大好。」

秦鳳儀找到羅朋時，羅朋正在船頭吹河風。

四月河風，清涼正好，帶著水腥味的河風吹過羅朋剛毅的五官，秦鳳儀一雙大桃花眼直盯得羅朋不得不回頭瞧他，可秦鳳儀也沒瞧出羅朋到底是有沒有心事來。秦鳳儀雖然眼力不似李鏡犀利，但他與羅朋是自幼的交情，有什麼事，他一問，羅朋大多不瞞他。如今秦鳳儀相詢，羅朋果然是有事。

秦鳳儀一面聽著羅朋的心事，一面暗道，果然我媳婦的眼力就是好。又想著，雖則自己中了探花，但才智還是略遜媳婦一二。

羅朋會同秦鳳儀商量這事是因為，這事是秦鳳儀幫他出的主意。

就是羅朋在家不甚得意之事，他那嫡母先時死活生不出來，只好叫丫鬟來生，結果丫鬟生了羅朋，嫡母突然開了懷，接二連三的嫡子和嫡女都出來了。倘是個寬厚的嫡子，得說自己這是給庶長子旺的，偏生羅朋運道不好，遇到一個小鼻子小眼睛的嫡母。如果羅朋是個廢物，或者像秦鳳儀小時候那樣紈絝也行，偏生羅朋在生意上一點就通，能幹得不得了。

這可真不是一般的招嫡母的眼，簡直就是嫡母眼裡的一粒砂，要是不把這粒砂剔出去，便是時時刻刻的煎熬。

有這麼個嫡母，生母又早早去世，這自來有後娘便有後爹。

在秦鳳儀看來，嫡母也不是親娘，自也算後娘一類。

最可恨的是，這嫡母還為羅朋定了一樁很不得體的親事。當時秦鳳儀就給羅朋出主意，讓羅朋從家裡出來單過，但這主意是三年前出的了，羅朋此時與秦鳳儀道：「我想好了，還是自家裡分出來過。家裡的產業，我一概不要。」

秦鳳儀仔細想了想，才想起羅朋說的是分家的事。

秦鳳儀不可思議道：「我幾年前就給你出這主意，你現下才拿定主意？你可真能拖。」

羅朋道：「父母尚在，分家就是大逆不道，我焉能不慎重呢？」

「這有什麼大逆不道的，家裡後娘後爹在，日子不好過，自然要分家的。」秦鳳儀理所當然的模樣，根本不想這年頭父母健在，倘有兒子要分家，官府知曉是要挨板子的。便是羅朋要分家，也只是在家族內部分家，他爹和嫡母都活著，他可不敢直接寫出財產分割書上官府落大印的分家。不過，對於羅朋這事，秦鳳儀是一百個支持的。

秦鳳儀還問：「那分家後，羅大哥想幹哪一行？」

羅朋道：「我想著先在各地走走，這做生意，無非是南來北往，南貨北運，北貨南銷，貨品有了流通，利就有了。」

秦鳳儀道：「你要不要做鹽業？你也知道，我跟我爹這次回家，就是想把鹽引賣了。以後我做官，家裡不好這樣張羅生意了。」

羅朋知道秦鳳儀是好意，鹽引利也大，不由笑道：「我既不打算再爭這份家產，近期也不想留在揚州，倘是接手你家鹽引，這麼大塊的肥肉，不要說我那後娘，就是我爹，怕也是會想要摻一腳。」

「運河上這麼大的利，還不夠你家老爺子折騰？鹽業上他還要摻一腳？他比我爹年長好幾歲呢，你家就是兄弟姊妹多些，也別沒個知足。鹽商有鹽商的道，漕運有漕運的規矩，你要接鹽引，我叫我爹跟你講講這裡頭的門路，要是你家老爹接，我可不叫我爹告訴他。」秦鳳儀撇撇嘴道。

羅朋一樂，「這天底下，咱們商賈雖則有錢，但地位遠不如讀書人。阿鳳，你有讀書的這根筋，我這輩子就是經商的了，待以後我有了兒子，也跟你學念書。」

「包在我身上！不是我吹牛，這念書也有好多技巧，要不然你看，我才念四年就成了探花啦！」雖則探花是靠臉，但他文章也是可以的，否則會試也不能中。

兩人說了不少話，晚上還一道吃酒。

秦鳳儀倒是沒事，羅朋卻是喝醉了。

第二天，秦鳳儀與媳婦道：「也不知有什麼不好受的，看羅大哥還怪傷心的。」

李鏡道：「你想想，要是秦叔叔和秦嬸嬸像羅大哥爹娘那樣對你，你難不難受？」

「有什麼好難受的，要我，我就不難受！等我發大財當大官後，叫他們好看！」秦鳳儀道：「羅大哥是多有決斷的人啊，這麼點事還拖拉了三年，我以為他早自己單幹了。」

「父母在，不分家，這是律法規定。」李鏡解釋道：「就是羅大哥想分出來單幹，怕也要尋個過得去的由頭。」

「妳說的那是律法，誰家按著律法過日子啊？民間多的是家裡兄弟姊妹多的，成家後就把家分了，各分出去過。羅大哥家裡不分，是因為他家大業大，誰都不想分，好多沾家裡一點。再者，就是他家分了，也是全在漕運上討生活。」秦鳳儀正色道：「這要是誰想不要家裡的財產分出去，他那後娘樂不得呢！」

李鏡端起茶盞，慢悠悠道：「人家那是正經嫡母，不是後娘。羅老爺明媒正娶的妻子，羅大哥的娘才是側室，你少左一個後娘，右一個後娘的。我問你，你是看自家孩子好，還是看別家孩子好？」

「當然是自家的好，我還給咱們兒子娶了好幾個小名呢！」秦鳳儀道：「老大就叫大寶，老二叫二寶，老三叫三寶，老四叫……」

「行了，老四叫四寶，這還用說嗎？」這叫什麼名兒啊？

「不對，要是老四真的是兒子，就叫盼花。」

李鏡險些噴了茶，打趣問他：「哦，三個兒子就夠了，老四就盼閨女了。」

盼花？

哈哈哈，盼花！

「嗯，有三個兒子就夠了，兒子多了哪裡養得起？」

李鏡言歸正傳，「你看著自家兒子好，那做嫡母的自然也是看著自己兒子好。我與你說，羅大哥的境遇自然叫人感慨，他那個嫡母心胸亦不算寬闊，可這事怪不得人家做嫡母的，誰都是要為自己孩子考慮。這都是羅老爺的錯，家事都不能平息，我看他也不過如此了。」

「妳不知道他辦的那些昏頭的事，給羅大哥說的那門親事，我都不稀罕提。」秦鳳儀憤憤道：「雖則商賈的確地位不如當官的，可做人也不能那樣諂媚。你給人家做奴才，上趕著去結巴，人家心情好，給你一根骨頭舔舔，哪裡就真瞧得起你了？」

「這話有理。」李鏡當初相中秦鳳儀，就是因為秦鳳儀身上有那麼股不同尋常的派頭。便是在公侯公子面前亦是灑脫相交，完全沒有商賈身上那股銅臭諂媚習氣。

李鏡願意就羅朋的事給秦鳳儀這個粗心的傢伙提個醒，也是瞧羅朋這人是個做事的人。

李鏡道：「待咱們到了揚州安頓下來，你打發人送些東西去羅家，指名送給羅大哥。」

「這是傻了吧？要是送他家去，指名給羅大哥的也得被他那嫡母分去大半。我都收拾好了，屆時在船上給羅大哥就成，沒人知道還實惠。」

李鏡恨不得把他的腦袋剖開，曲指給他腦門一下，「還說別人傻？他這回是要分家的，你送東西到他家，意思就是說，你與他交情好，他爹想到他與你的交情，也得對他客氣些，真是個笨蛋！」

秦鳳儀握住李鏡的手，敲了一下手心，正色道：「以後這成了親，都說丈夫是天，妳可不能說我是笨蛋，知道不？」

李鏡道：「剛才你還說我傻呢！」

「我是隨口一說。」

「我也是隨口一說。」

秦鳳儀連忙把媳婦誇得天上有人間無的聰明，待他誇完，李鏡遞盞茶給他，秦鳳儀就呷著茶，豎耳朵等著，結果李鏡也坐著吃茶了。

秦鳳儀提醒她：「媳婦，妳是不是該說點什麼呀？」

「說什麼？」

「我誇妳半日，妳就沒啥感想？」

李鏡微微一笑，「多謝稱讚。」

秦鳳儀等了半日，見媳婦無他言，不由瞪眼，「沒啦？」

「沒了。」

秦鳳儀哇哇大叫，把人壓到榻上，「不成不成，我怎麼誇妳的，妳也要怎麼誇我，來而不往非禮也！」

李鏡笑得險灑了茶，推著秦鳳儀，「快起來。」

「就不起，我壓我媳婦怎麼了？」秦鳳儀正血氣方剛，盯著李鏡看。縱媳婦不是甚美，但這是自己的媳婦啊！秦鳳儀別看話說不過李鏡，腦子也不如人家好使，但似乎腦子不大好使的傢伙行動力便強，秦鳳儀直接就奔著李鏡的嘴巴去了。

李鏡把人踹下榻時，嘴都被秦鳳儀啃腫了，不由氣道：「老實點！」

秦鳳儀從地上爬起來，撣撣衣袍，嘀咕道：「我又不是太監，憋了這麼些年，快憋死了，還老實呢，我可是一宿一宿地想妳。」說著，又犯了流氓病，湊過去一塊坐著，對媳婦進行全方位的言語騷擾，「媳婦，妳知道我晚上都想啥不？」

「我不想知道。」

秦鳳儀湊到人家耳邊小聲說兩句，李鏡再大方的人也羞死了，直接把人打出艙室。

秦鳳儀簡直是喜歡死他媳婦這種又嗔又怒舉著小拳頭揍他的模樣，出去後還不肯走，在門外說盡好話，一時，李鏡高興了再放他進去，然後又言語不慎把人家惹惱，再次被攆了出去。一路上，這樣的遊戲，兩人樂此不疲。

連李欽都覺得，他不能理解大姊的擇偶觀了。

待得大船到了揚州碼頭，那真是鑼鼓喧天，鞭炮齊鳴，彩旗招展，人山人海，接著李欽的臉就黑了，因為遍天遍地全是花枝招展的女娘啊！

只要長眼的就知道這是歡迎誰來的。

李欽一想到秦鳳儀都跟他大姊訂親了，還這般招蜂引蝶，臉黑得像鍋底似的。正想提醒他姊，可得把人看好了，結果看他姊倒是很歡喜地站在船頭，欣賞著這遍地女娘。

李欽問：「大姊，妳不生氣嗎？」

「生氣？生什麼氣？」李鏡微微一笑，「你看，全天下的女人都想得到的男人，被我得到了，我有什麼好生氣的？只要看她們這麼一副哭天喊地的模樣，我心裡就高興得不得了。」

李欽發現：非但他姊的擇偶觀，他連他姊的人生觀也不能理解了。

也就李鏡的胸懷，敢嫁給秦鳳儀這種惹得全天下女娘愛慕之人了。

其實便是李鏡的胸懷，以前也吃過一些小醋的。

如今不一樣了，兩人的親事正式定下來，李鏡再不用擔心阿鳳哥被別人拐跑，故而下船的時候，那一臉威風勁兒就甭提了。

秦老爺扶著秦太太率先下船，岸上的女娘們完全視而不見。待秦鳳儀扶著李鏡下船，女娘們那呼喊聲，一浪高過一浪，秦鳳儀還站在船頭朝大家揮手。他將手向下一壓，碼頭立刻靜寂無聲，秦鳳儀就一句話：「姊姊妹妹們，我帶著我媳婦回來啦！」

女娘們真是既為她們的鳳凰公子高興，因為鳳凰公子追妻的傳奇早就傳遍了揚州城的角角落落，並且隨著秦鳳儀一舉高中探花郎，還被寫進了府誌，從此名傳千古。如今鳳凰公子終於娶到了自己心儀的女嬌娘，還是侯府貴女，多好啊，可另一方面，不少女娘們也流下了傷心的淚水，雖則知曉鳳凰公子終有一日必將娶妻，但一日未娶，自己就有一日那渺茫的希望。而今鳳凰公子親事一定，怎能不叫人痛傷肝腸？

於是，女娘們越發哭叫個沒完。

至於後面跟著的兩個小舅子李欽與李鋒，當日天街誇官他家都在官學念書，沒見著大姊夫的風采，這回可算是補上了。

李鋒暗想，怪不得好幾年前父親派人來教訓大姊夫，然後他家的管事小廝被揚州女娘們揍得半死。先時他覺得不可思議，今日親眼見到大姊夫的人氣之高，他方是明白，原來竟然是真的啊！

兩個半透明的小舅子相扶著下船，就見這江南女娘們一邊哭一邊朝大姊夫扔鮮花鮮果，好在揚州府安排了官府護衛，不然這些女娘們做出什麼激動的事，讓新科探花出了意外就不好。李欽覺得，這一邊哭一邊扔鮮花啥的，怎麼搞得他大姊夫好像有啥不測似的？

當然，這想頭也只是一閃而過，李欽自己都呸呸兩口，暗罵自己胡思亂想。他是很討厭大姊夫啦，覺得這人渾身沒有半個優點，根本配不上自家大姊，可眼下大姊的親事已定，要是那招人厭的傢伙有個好歹，大姊的終身可怎麼辦？

也只有盼著那傢伙長命百歲啦！

秦鳳儀一路走一路對女娘們揮手打招呼，待得出了碼頭，揚州知府章知府正在彩棚下等著新探花一行人。秦鳳儀笑著帶著媳婦過去，深深作揖，「章大人好。」

章知府連忙扶住秦探花，「探花郎切莫多禮，以後同朝為官，大家便是同僚了。」

秦鳳儀挑個飛眼，「我心裡一直拿大人當長輩的。」

章知府一笑，與秦家夫妻打招呼，誇二人教子有方，秦老爺和秦太太既歡喜又榮光。待爹娘說過話，秦鳳儀又把妻子介紹給章知府，秦鳳儀與李鏡道：「這就是當時鹿鳴宴上救過我的章知府，要不是知府大人，我的清白險些不保。」

李鏡微微福身，「多謝大人對外子的關照，我在帝都常聽外子提起您。」

章知府見李鏡還是姑娘家打扮，但秦鳳儀以妻相稱，李姑娘也沒反對，便知二人定是已訂親，尚未成親。這親事一定，女方便是男方的人了，故而這般稱呼也沒有不妥。何況，這是景川侯府的大小姐，人家都不反對，章知府自然更不會多言。

章知府還了半禮，笑道：「秦探花是我揚州府出眾的學子，我乃揚州府本地父母官，這些事我既見了，自然不會坐視。如今好了，探花郎親事一定，他也算有主了，便是我這個父母官，也放心不少。」

秦鳳儀不滿，「什麼叫有主啊，是我要娶媳婦啦！」

章知府一笑，「給探花郎預備了車轎，探花郎請上車轎吧。」

秦鳳儀這還不明白呢，拉著章知府道：「大人，您真是來接我的啊？」

「這是什麼話，我要不是來接你，紮這花棚做什麼？自然是來接你的。」

秦鳳儀先時以為只是湊巧知府大人在這裡，如今見人家真是來接他的，他受寵若驚，連聲道：「這如何敢當呢？您可是咱們揚州的父母官啊！」

「行了，這科你與方解元，一為狀元，一為探花，三鼎甲，咱們揚州學子占其二，咱們揚州城也臉上有光啊！可惜方狀元未能同回家鄉，不過有探花衣錦還鄉，也是咱們揚州的盛事。莫與我客氣了，趕緊上車吧，明兒府衙設宴，探花郎可得賞光啊！」

「別別別，當是我設宴請您。」

「莫囉嗦了！」章知府拍他肩頭一下，低聲道：「怎麼還叫我把實話說出來呢？這也不是為你，你風光地走一圈，讓咱們府裡的學子們見一見，以後他們也好用功念書，多考出幾個狀元探花來才好。」

秦鳳儀此方明白，偷笑道：「您這麼說，我不就知道了嗎？真是的，一點都不實誠。」

章知府道：「沒人像你這般囉嗦。」

李鏡看那車裝點得不是多華麗，但也鮮花著錦，便道：「知府大人何不與外子同乘？」

「是啊，咱倆一道坐，我考秀才還是您評的卷子呢！」秦鳳儀拉著章知府的手。

章知府一個巧避就把手縮了回來，笑道：「還是姑娘與他同乘吧，我可受不了女娘們的尖叫。這車寬敞，秦老爺和秦太太也一起站在花車上。也讓揚州城做父母的都曉得，待家中麒麟兒金榜題名，何為光耀門楣，光宗耀祖啊！」

章知府對於出風頭的事沒興趣，因為他頭上還巡撫、總督兩個婆婆，他不好太出風頭。

倒是秦老爺和秦太太，能生出秦鳳儀這種天生愛出風頭的傢伙，兩人也不是啥低調人，主要是家裡兒子有這樣大的出息，擱誰家父母誰不願意顯擺一二，說與天下人知道。

至於李鏡，這位女士能相中秦鳳儀，審美偏愛就是出風頭的這一款。

於是，秦鳳儀帶著媳婦，秦老爺帶著媳婦，一家四口登上了花車，家也不回，逕自往揚州城遊行去了。

至於李欽和李鋒，好在李鏡還是想著他倆的，與秦鳳儀說了一句什麼，秦鳳儀便朝後頭吼一聲：「大人，把我小舅子們先送回家去啊！」

章知府笑著擺擺手，讓秦鳳儀放心。

被託付給知府的小舅子們，臉都木了呀！

# 柒之章 衣錦榮歸敘故舊

被拋棄的兩個小舅子先一步回到大姊夫家，秦家下人熱情地奉上熱茶點心，打來溫水，由各自的貼身丫鬟服侍著兩人洗漱一回。揚州美食便是在京城也是極有名聲的，兩人在船上還悄悄討論過來揚州後要嘗一嘗揚州這些好吃的，如今不知怎地，對著這琳瑯滿目的精美小食，兩人竟然無甚胃口。

李鋒說：「哥，咱們還不如跟著姊夫的花車看熱鬧，今兒揚州城不知有多熱鬧呢！」

「剛下船時你沒看夠啊？」李欽心說，跟在人家屁股後頭看的熱鬧有什麼好看的？這揚州知府也真是的！揚州城是有名的富庶之地，弄來的花車竟然只能站四個人，這也忒小家子氣了！也不知這揚州知府是哪裡的人，咋這麼沒見過世面呢？

李欽道：「揚州城也沒有多大，天街誇官一個時辰也就完了，我估計大姊姊和大姊夫他們應該就要回來了。」

結果，大姊姊和大姊夫沒回來，倒是不少秦家舊交打發人送帖子拜見，還有些人是直接上門來的。家裡的主子們都沒回來，大管事還在碼頭看著卸東西，家裡僅有個小管事，遇著這麼些人上門拜訪，就有些六神無主，便來請教兩位小舅爺了。

李欽甭看是個假道學，李鋒年紀也還小，但兩人畢竟是出身侯府。李欽也沒推脫什麼，這便是大家子弟的教養了，並不說這是姊夫家的事他不好做主。眼下沒有主家在，光是管事應付那些送帖子的還好，但有朋友親自上門，正經小舅爺在，就不好讓人家乾等。

李欽便與管事道：「你們老爺平日裡都在哪個廳院理事？」

管事恭敬地道：「在前頭小花廳。」

李欽起身道：「你們老爺和你們大爺不在家，我過去見一見他們。」又與弟弟道：「你先吃些點心，歇一歇。」

李鋒不樂意了，「一個人吃點心有什麼樂趣？」

他想跟他哥一起過去招待客人。

李欽帶在身邊的，不是貼身小廝，也是侯府裡能幹的大僕，這些人在花廳裡外一站，較秦家這等商賈之家的僕從，不論是規矩還是氣勢，都生生壓了一頭去。而那些過來拜訪的朋友或是生意夥伴，聽說是小舅爺待客，盡皆暗道，真不愧是侯府公子，別看年紀不大，這通身的氣派，就不是咱們這些土財主能有的，一時多了幾分鄭重。更兼想到秦鳳儀這樁親事，人人羨慕，原想著這侯府當真能許婚，還以為得是個什麼破落侯府，結果一瞧人家小舅子，這不是尋常人家出來的啊！

於是，只要見著小舅爺的都曉得，人家秦探花這親事是真正結的好親。

待秦家那出風頭的一家子回來，李欽已經把來訪的客人都招待完打發走了，連午飯都安排妥當，叫了獅子樓的席面，秦鳳儀歡喜地問：「有沒有叫獅子頭？」

李欽唇角噙著笑，「知道你愛吃，一個都沒叫。」

秦鳳儀頓時大叫一聲，他倒也知道老歹，知道小舅子們幫著待客辛苦，雖然吃不到獅子頭，也沒有太責怪二小舅子。等收拾好了，用午飯時才見到一人一盅獅子頭。

秦鳳儀眉開眼笑，說二小舅子：「學壞了，竟敢戲弄姊夫。」

李欽白了一眼，才不理他，低頭舀一勺獅子頭，也覺得清香撲鼻，入口甜糯，果然比在京城吃到的味道更好三分。秦鳳儀便又顯擺起在太后那裡吃過的獅子頭來，「不曉得是如何做的，比獅子樓的獅子頭更加爽潤清香。」

就在太后宮裡吃獅子頭這事吧，秦鳳儀都顯擺八百回了，李鏡都不稀奇搭他這碴了。李欽更是直翻白眼，李鋒則是一向食不言。唯獨秦老爺和秦太太，不要說兒子說八百回，便是兒子說八千回，他倆也捧場啊，無他，他倆的感覺與兒子是一樣。

在太后宮裡吃飯，這是多麼榮耀的事，簡直可以光宗耀祖了！

秦太太說：「我兒，那是太后娘娘宮裡的吃食，如何能與咱們凡間的一個樣？說不得裡面就放了什麼咱們凡間沒有的龍肝鳳膽、仙果奇珍，味兒自是不同。」

李欽險些嗆著，秦老爺卻是十分贊同妻子這話，「可不是嗎？我聽說太后娘娘、皇帝老爺吃的都是咱們民間沒有的東西。你瞧著也是個獅子頭的樣兒，實際上，那裡頭的用料可沒一樣是咱們民間能有的。」

秦鳳儀到底是真正吃過太后宮裡吃食的人，還有幾分理智幾分客觀，「那不能，獅子頭就是豬肉做的，難道太后宮裡的獅子頭不是豬肉做的？」

秦太太不曉得，秦老爺倒是自認見多識廣，「我兒，縱是豬，那也不是尋常的豬啊！咱們民間的豬吃些糠料糧食，你知道太后用的是什麼豬不？」

「不知道，什麼豬？」

秦老爺一本正經，「我聽說太后娘娘和皇帝老爺吃的豬都不是吃糧食的，那豬吃的是鹿茸海參、海陸奇珍，這樣的豬養起來再殺來吃肉，做成獅子頭。你想，這宮裡的獅子頭，能與咱們家裡的一樣的味兒？」

秦鳳儀琢磨了一陣，認同地點點頭，「這有理。我小時候上學，班裡就有個小胖子常跟我打架，娘，您還記得不？」

「記得，就是姓塗的，他家以前還往咱們家扔過匿名信要綁架你，把我嚇得半年沒敢讓你出門。」

「就是那個塗胖子。那時候念書，中午都是在學裡吃飯，我們吃的都是正常的飯食，他不一樣，那小子每天吃海參魚翅燕窩粥，胖得像個球似的。人家天天吃好的都能長胖，這是一個道理，要真是讓豬這樣天天吃好的，肯定這豬也別有滋味。」

李鋒被他姊夫這番理論鬧得噴了飯，還捂著肚子笑個不停。

李鏡忙叫丫鬟來幫弟弟收拾，李鋒笑道：「姊夫，吃飯時你莫說笑話，笑死人了。」

「哪裡是笑話，這是真的，塗胖子是我小時上私塾的同窗呢！」

李鋒跟著丫鬟去換衣裳，李鏡問：「怎麼，還有人綁架過你？」

「小時候的事了，我都不記得了。」

這事便由秦太太大致與兒媳婦說，秦太太道：「阿鳳小時候生得可好了，不是嬸嬸吹牛說狂話，揚州城就沒有這麼好看的孩子。他小時候我一抱出門，哎喲，半條街的人都要過來看，還要抱一抱，我都不敢讓人抱，生怕別人抱著跑了。」

李鏡瞧秦鳳儀那完美的側顏一眼，笑道：「倒也有可能。」

「絕對有可能。」秦太太道：「阿鳳因生得好，小時候就不得閒，只要有人成親，必然要請他過去做滾床童子。這認識的還好，有些不認識的，託人送禮的也要請咱們阿鳳去。」

秦鳳儀點點頭，「我小時候可是揚州城第一滾床童子。揚州城裡有個官媒姓趙，人家都叫她趙媒婆，就因著趙媒婆會奉承我娘，時常來我家送禮，與我家關係好，就有許多成親的人家託她來我家，讓我去做滾床童子。我十二歲還被央著去做這差使，可丟人了。」

李欽故意問：「這有什麼丟人的，說明姊夫你招人喜歡。」

秦鳳儀是個實誠人，便說：「這成親非但有滾床童子，還要有滾床童女，寓意兒女雙全。我都十二歲，跟個五六歲的奶娃娃要在人家新床上滾兩圈，這還不丟人？」

現在想想，秦鳳儀都覺得很不好意思。

李欽憋笑，「是挺丟人的。」

秦鳳儀聽出點什麼，斜眼瞥二小舅子，道：「就知道笑話你姊夫。」

李欽道：「都是你自己說的，我可沒說。」

李欽坐在秦鳳儀下首，秦鳳儀伸手就敲他腦門一下。李欽這樣的謙謙君子，當然，這是李欽在內心深處給自己封的，哪裡會料到有人在飯桌上動手，還敲他腦門兒。

李欽氣壞了，秦老爺連忙道：「阿鳳，怎麼能對小舅爺這樣無禮？小舅爺多好啊，這小半天都是小舅爺幫著招待客人，這麼懂事的孩子，也只有親家那樣的人品才能教得出來。」

秦老爺對著李欽就是一通誇。

秦老爺做了多少年生意，哪怕有程尚書當靠山，秦老爺也得有自己的本事才能短短數年內壓下這些揚州本地的大鹽商，在鹽業裡分了一杯羹。李欽年紀不小，秦老爺這一通誇讚，把他的臉都誇紅了，「秦叔叔您客氣了，您與大姊夫不在家，這都是我們應當做的。」

「這便是大家氣派啊！」秦老爺感慨，然後找出李欽的無數優點，譬如斯文、能幹、懂禮啥的，總之是從外貌到靈魂拚命誇。秦老爺這一通誇完，基本上午飯也吃好了。

第二天，秦老爺嗓子啞了，秦鳳儀一點也不同情他爹，「這是誇二小舅子誇出來的。」又與二小舅子道：「我爹的醫藥費你出啊！」

李欽一袖子甩到大姊夫臉上，決定為了秦老爺誇他那些好話，不與這人一般見識。

秦鳳儀偷樂，想著小舅子怪好騙的，讓他爹這老油條哄幾句就害羞了。

事實上，不止秦老爺嗓子不舒服，秦太太也是嗓子發乾又有些癢有些疼。

得了，兩人都累著了。倒不是秦老爺拍二小舅爺的馬屁給累著了，是昨兒兩人在花車上朝著向他們祝賀的百姓們喊話給累著了。

用秦鳳儀與李鏡的話說：「我爹和我娘沒經過這些事兒，他倆又實誠，別人朝咱們喊話，他們就要回人家，鐵打的嗓子也經不住這樣喊。昨兒只顧著高興了，忘了這碴。昨兒就該開些枇杷膏吃的，不然不會病了。」

沒法子，請大夫來開方子看病吧。

請的還是秦鳳儀最不喜歡的許大夫，秦鳳儀是想換個大夫的，奈何他爹他娘就信這許大夫。秦鳳儀待許大夫甭提多客氣了，一口一個許爺爺。

許大夫也是一副仙風道骨神仙樣，笑道：「探花郎客氣了。」為秦家夫婦診治，無非就是心緒過喜，有些上火。許大夫給開了湯藥，讓按劑服用，飲食上忌葷腥。

許大夫開完藥，秦鳳儀略看一看方子，請許大夫出去用茶，親自陪著說了會兒話，奉上紅封，客客氣氣地把人送了出去。

許大夫回家還說：「真是浪子回頭金不換，探花郎四年前那不知好歹勁我還歷歷在目，一轉眼就這樣的出息了。」

許太太道：「瞧你說的，不出息能做探花郎？」

此不過小節，便是李鏡看秦鳳儀待大夫客氣，也是想著他大概是憂心二老之故，斷想不到是秦鳳儀仍記著當年被許大夫整，吃好幾天苦藥的事。

秦老爺和秦太太一病，鋪子裡的事就得暫緩，好在兩人只是小病，只是不能跟兒子一道去府衙吃酒啥的，很是遺憾。

秦老爺很喜歡李欽，也喜歡李鋒，覺得兩個孩子都很好，便與他們道：「只管跟你們姊夫去，只是你們年紀尚小，酒不要多吃。咱們這裡雖是鄉下地方，也有一番熱鬧。也看著你們姊夫些，莫叫他吃醉才好。」又叮囑兒子：「要照顧二位小舅爺。」

李鏡也有話說與他們，這樣的場合，她本想著是不去的，秦鳳儀道：「妳也一道去，跟知府太太說說話。知府太太很不錯，妳們一準兒有話說。」

李鏡道：「咱們還沒成親，我這樣應酬好嗎？」

「這有什麼不好的，去吧去吧。我早想成親了，不是吉日得八月嗎？說來，京城的大師們會不會算啊，看算的這個日子，也不知道怎麼就給謅到八月去了。」

秦鳳儀又抱怨了一回成親日子太晚，讓李鏡一道去。

於是，秦鳳儀就帶著媳婦和兩個小舅子過去府衙赴宴了。

秦老爺和秦太太在家裡喝藥吃素，甭提多鬱悶了，秦老爺還道：「看我們多沒福氣，正風光的時候硬是給病了，不然今兒跟兒子一道去，多體面啊！」

「是啊，以往都是去府衙向知府太太請安奉承，這回可是人家請咱們，正經來往。」秦太太亦是引以為憾事。

李鏡與秦鳳儀都要出門，忽想起一事，道：「這給叔叔嬸嬸請大夫看病，我險忘了，有沒有打發人送帖子給巡撫和總督。」

「送啥帖子？」秦鳳儀不明白了。

這就是出身的好處了，李鏡出身侯府，對於這些官場往來的門道一清二楚。她道：「咱們今兒為何去府衙赴宴，你可是揚州府學出去的舉人，在京城中的探花。便是尋常進士，也該打發人拿著帖子去巡撫和總督那裡問一問，看二位大人何時有空，你好過去請安。」

秦鳳儀道：「還有這樣的規矩？」

「你不回來則罷，既回來了，又是探花郎，如何能不走動？」

這些事聽媳婦的總是沒差，秦鳳儀連忙打發家裡管事拿著帖子去兩處衙門送帖子，問一問人家府上，倘二位大人沒空他便在家裡磕頭，若是有空，他就過去磕頭。

當然，話是這樣說，其實也就是請安問好的恭敬意思。

交代完這個，一行人方往知府衙門去了。

接下來還有露臉的事呢，章知府想著，秦探花難得回來，此次回鄉估計秦家就是把手裡的生意處理了，然後秦鳳儀就得回京城翰林院赴任了。故而，章知府想著，可是得好生利用這機會，請著秦鳳儀過去府學給府學生講講課啥的。

秦鳳儀自然應了，只是他想著，家裡爹娘這病著，何況也得看看巡撫衙門、總督衙門是怎麼回的帖子，便把日子定在了後天。

待一行人自知府衙門赴宴回家，兩家都給了回帖，說是讓探花郎只管過去，還說了，探花郎名登金榜，完全是是為揚州爭了光。

秦鳳儀不由感慨：「真是朝為田舍郎，暮登天子堂。」與李鏡道：「以前我家就是想巴結都巴結不上，就是巡撫大人家的大管事，我爹都得客客氣氣地去來往。」

李鏡笑，「就是如今咱們做了探花，待人也是要客氣些的好。叔叔又不是去低三下四，為人當有風骨。應該說，以前是礙於身分，如今是咱們的風度。」

秦鳳儀唏噓了一回，「也是這個理。」

秦鳳儀想著，兩家都是上午過去，這自然是先去總督府，再去巡撫大人那裡。當時鹿鳴宴的時候，秦鳳儀秋闈的名次不高，但這小子後臺過硬，岳父是景川侯，師傅是方閣老，這二位大人的見識可不是揚州那些無知的土財主們，先時硬想著景川侯府是什麼沒落侯府才叫秦鳳儀攀上的這門親。這二人官至一方大員，皆知景川侯府的顯赫。方閣老那更不必說，這是自內閣首輔退下來的老大人。瞧瞧人家這眼光，四年就把紈絝子弟調理成了一甲探花。

秦鳳儀過府請安，其實便是他探花功名，如今往翰林無非就是七品官兒罷了，就這官階真不一定能見得著二位大員。不過，這畢竟是新科探花，何況還是有雄厚背景的探花，二人皆是見他一見，溫和地說了不少勉勵的話。

秦鳳儀認真謝過二位大人的栽培，方恭恭敬敬地告辭了。

此次京城春闈，國朝大典，最出風頭的就是揚州府了。一狀元、一探花，這探花還好，算是撞大運撞來的，但狀元之事，方閣老可是沒少受國子監的埋怨，皆因方閣老回家，方悅在老家秋闈，便算是揚州地方上的舉子了。要知道，方悅當初考秀才可是在京城考的，結果方悅一朝金榜題名，竟然便宜了揚州府。

你說把國子監鬱悶得沒少到方家叨叨，當初方悅就該去京城秋闈啥的，或者秋闈之後也可以來國子監掛個名兒，心裡把個揚州這些地方官和巡撫、總督啥的羨慕得要命，無他，這都是政績啊！像方悅和秦鳳儀這皆是揚州學子，如揚州章知府，連帶巡撫大人、總督大人，在吏部的考評，文教這一塊便是上上等的。

這也是章知府為什麼要請秦鳳儀去府學講學的原因，府學有了成績，都是他的政績。

對於此次府學講學，李鏡頗是重視，讓秦鳳儀好生準備演講稿。

秦鳳儀很有自信，「這個哪裡需要準備，又不是講學問。放心吧，我心裡有數。」轉而又道：「阿鏡，明兒妳換了男裝與我一道去，兩個小舅子也與我同去。」

李欽不解，「我們去做什麼？」

「真是笨，這都不曉得，當然是過去為我叫好。」秦鳳儀道：「你們不曉得，府學裡許多人呆得很，要是我講到興頭，沒人鼓掌叫好，多掃興啊，你倆就是去帶頭叫好的！」想著兩個小舅子也不是多靈光的人，問他倆：「叫好鼓掌會嗎？」

李欽和李鋒你看看我我看看你，李欽一想就覺丟人，起身道：「那是府學，又不是茶館，自然要安靜些才好，哪裡有你說的那樣，倒成茶點聽書的了。我不去，你別叫我。」

秦鳳儀硬是揪著李欽的耳朵把人揪回來，強硬地將人按下，「你不去誰去？要緊時就一點都不頂用，還是我親小舅子嗎？」

秦鳳儀又道：「你看看阿鋒，多乖多聽話！」眼風一掃，李鋒在船上就見識過大姊夫怎麼打擊他二哥的，原也想走人，結果看他二哥被揪耳朵揪回來，屁股挪挪又坐下了，沒敢動。

秦鳳儀與李欽道：「你要是不去，以後咱們啥都不提了，我不認識你這種沒義氣的！」

李欽被秦鳳儀打擊了一路，現在也學精明了，知道這是秦鳳儀的地盤，便道：「我不是不想去，我是一想到那肉麻事就做不出來。非不為也，實不能也。」

李鋒在一旁也小雞啄米似的點頭，直說自己靦腆。

秦鳳儀極有法子，說他倆：「靦腆不要緊，多練練就行了。」

於是，為了自己第二日的講演，秦鳳儀硬是監督著兩個小舅子練了半日的鼓掌叫好，直到他倆練得純熟了，才放他倆回屋。

秦鳳儀甭看學問不怎麼樣，揚州消息不若京城靈通，至今如揚州知府、巡撫、總督這三巨頭，都不曉得秦鳳儀是如何由會試最後一名一躍為殿試三鼎甲的。這事大家都好奇，只是都不好問。其實就秦鳳儀那嘴，只要他們問，秦鳳儀還不得顯擺一回啊？

秦鳳儀的學問遠不到三鼎甲的檔次，但他講演的功力，估計就是狀元和榜眼加起來，也沒秦鳳儀這種吹牛的本領。也不全是吹牛，人家秦鳳儀的確就是在短短四年間由紈絝考入了三鼎甲。秦鳳儀也不講文章，他長處不在文章上。他的長處在於，他很會分享學習經驗。

再者，秦鳳儀是個話癆，嘴皮子俐索，說起話來妙趣橫生，這些書呆子開始還拘謹著。有李欽和李鋒這兩人在秦鳳儀監督下練了一個時辰「鼓掌叫好起鬨」的帶著，一時場上氣氛極是熱烈。原本預備只講一個時辰的，結果學子們忒熱鬧，秦鳳儀足足講了兩個時辰。

那種天生的談吐與揮灑，便是章知府都覺得這小子很不錯。

秦鳳儀那種站在講堂上的風采，因著是探花親自過來講演，時下講課的屋子都比較小，府學的山長就把講演的地方安排在府學的蹴鞠場上，搭了個花棚，相當喜慶熱鬧。

原本章知府還擔心秦鳳儀沒經驗，講不好啥的，結果秦鳳儀簡直對於一切出風頭的事都擅長得不得了。想也知道，這小子自小在揚州女娘們的傾慕中成長的，只要一出門，便有大批女娘爭相看他，他都被人看習慣了。像這種場合，府學才多少人，能來的不過幾百人，連天街誇官的場合都經歷過了，秦鳳儀啥沒見過啊！

用秦鳳儀的話說，在京城長了大見識，開了大眼界。

而且，他天生一副好嗓子，足足講演了兩個時辰，中午還不去外頭吃酒席啥的，就在府學與學子們一道吃飯，那氣氛甭提多好了。秦鳳儀吃過午飯告辭時，學子們還送出他老遠。

待得辭了眾學子，秦鳳儀還說：「男人就是不如女人，您看女娘們，有許多都是送我到我家門口的。」

章知府聽了這話險些噎著。

在府學講演完畢，官方這邊沒什麼安排了，章知府就問秦鳳儀接下來還有什麼事，秦鳳儀道：「我這裡沒什麼，就是帶著媳婦、小舅子們逛一逛揚州城，再找趙才子吃回酒。就是我爹那裡店鋪的事，還有鹽引的事，都要轉給別人了。」

秦鳳儀笑，「這做官自是體面，就是不能發財了。」

章知府好笑，「沒聽過那句話嗎？文官不愛財，武官不怕死，天下太平矣。怎麼，你家還缺銀子花了？」

「那倒沒有，就是感慨一下。」秦鳳儀笑嘻嘻地與章知府說著話，待到路口，兩人便分開了。章知府要回府衙，秦鳳儀則要回家去了。

這一到家，李鏡先打發人去請了許大夫來，給兩個弟弟開些潤喉的藥。

秦鳳儀也很關心小舅子們，問他們喉嚨如何，李欽還嘴硬，「沒事沒事，我覺得一點事都沒有，大姊姊這是關心則亂。」

李鋒是個實誠的，道：「我覺得有點熱熱的。」

秦鳳儀道：「你倆可真實誠，開始喊兩聲就行了，咋喊得這麼認真啊？」再一想，不由感慨道：「也難怪，定是我講得太好，聽入迷了吧？」

李欽撇撇嘴，覺得此人簡直狂得沒邊兒了，完全不懂謙遜二字如何寫。

李鋒卻是一向有話實說，點頭讚道：「姊夫，你說得可真好。就開始我是為了捧場拍的巴掌，後來都是你講得太好，我手心都拍紅了。」

李欽：哎喲哎喲，怎麼三弟也這麼會拍馬屁了？

秦鳳儀捉起李鋒的手一看，果然有些紅，便給他吹了吹。

李鋒笑著縮回手，「並不疼。」

李欽瞥一眼，秦鳳儀也給他瞧，李欽連忙道：「快別如此了，阿鋒小，我都這把年紀了，你可別這樣肉麻啊！」

秦鳳儀狂笑三聲，「在我跟前還敢充一把年紀。」結果一看，李欽手心正常，他立刻又道：「沒有認真聽姊夫的講演，對不對？」

李欽撇嘴，「你以為都像阿鋒似的啊？」

他都說不要看了，非要看，看完還嫌別人沒拍腫了手，有這樣的人嗎？

待許大夫來了，秦鳳儀指了李欽道：「多給這小子開些苦藥。」

李欽氣得別過臉，不想在人家老大夫面前丟臉，心下卻覺得他怎麼有這種不正常的姊夫啊！許大夫笑道：「人家好好的，這樣懂禮，幹嘛要給人家公子開苦藥？」

秦鳳儀哼唧道：「看來許爺爺你是專給我一人開苦藥。」

許大夫笑，「那不過是個玩笑。」

秦鳳儀才不信，等給兩個小舅子開了些枇杷露吃，秦鳳儀又請許大夫去幫父母看診。兩人本就是說話說多了的緣故，身子並無大礙，吃了兩日藥，已明顯見好。許大夫便讓他們將藥停了，平日多喝水，不要過度用嗓子了。

待許大夫辭了去，秦老爺就開始著手處理生意之事。他早有盤算，且這些年生意興旺，並不是生意不好才轉出去，而是兒子中了探花，家中改換門庭，這才要轉手生意，何況又是鹽業，在家躺著就能把銀子賺了的生意。

秦老爺出去忙生意上的事，秦鳳儀待方灝找上門才想起來，一拍腦門，「哎喲，看我這兩天忙昏了頭，忘了孫兄還託我給阿洙妹妹捎了書信來！」

方灝知道秦鳳儀就是這麼個粗心性子，若要與這人認真生氣，就等著氣死好了。

方灝道：「虧得我過來了，要是我不來，你還不得再把信給帶回京城去？」

秦鳳儀哈哈笑，「那怎麼可能？」又問方灝：「我今兒上午講演，你去看沒？」

「沒。」方灝道。

秦鳳儀遺憾得直道：「你怎麼沒去？多可惜啊，你不知道我講得多精彩。」

「哪裡會沒去了，早看到了你那騷包樣。這去了回京城，越發得在『騷包』前頭加個更字了。」方灝笑道：「我猜你這兩天很忙，怕是過來你也沒空。你與阿悅哥一個狀元一個探花，咱們府學裡可是很為你們賀了一回。現下提起揚州府學，人人臉上有光。」

方灝與秦鳳儀是自小的交情，說話也直接，「阿悅哥中狀元我不稀奇，倒是你，會試時看你得了個孫山，我還替你擔心了許久，如何突然殿試就中探花了？」

秦鳳儀揚著下巴，一副牛氣哄哄的模樣，「這就是我的實力，我的才學啊！」

「你狗屁的實力，你那文章我都看了，比阿悅哥和榜眼的差一大截，前十名裡就你的最差。」春闈前十的文章素來都是大熱門。

秦鳳儀道：「我文章雖略差些，可我有時運啊！殿試時陛下巡場，就看中了我的文章，親自點我做了探花！」

方灝頗是不可思議，很是懷疑地問：「你不是仗著臉好看，迷惑了陛下吧？」

「什麼叫迷惑啊？」秦鳳儀急急地指著自己的臉道：「知道做探花什麼最要緊嗎？就是得長得好，要不，怎麼叫探花呢？你想想，這一屆的進士，還能有比我更好看的人嗎？你知道天街誇官時有多少人出來看我嗎？」

方灝忍笑，「別說這一屆，我算著，自太祖開國以來，也沒你這麼傻的探花。」

「那是！」秦鳳儀洋洋得意，一臉欠扁地擺擺手，「你羨慕羨慕也便罷了，想達到我這境界是不可能的啦！」

方灝很是噁心了一回，問了秦鳳儀他們在帝都的事，方灝道：「我還有事跟你打聽呢，孫家表兄如何了，聽說他也中了，只是在三榜，落入了同進士一流？」

「同進士也沒關係啊，一樣可以做官，只是以後做大官時可能有些妨礙。」秦鳳儀坦誠地道：「去歲他們剛到京城時，我就想說，阿悅哥勸我不要說這些話，畢竟那會兒正是要緊讀書時候，弄些個瑣事出來反亂心境。誒，你家怎麼回事啊？孫兄上京城念書，怎麼倒是你舅媽陪著去，沒讓阿洙妹妹過去？」

方灝嘆道：「我舅媽那人，什麼都要她來，只怕阿洙照顧不好表兄。結果，這去了還不是住到大祖父那裡，也不知她去做什麼。家裡又不是沒有下人，難道還用阿洙鋪床疊被、洗衣做飯？為這個還鬧了一回氣，她非要去，阿洙就回娘家了。你們什麼什麼去京城與我說一聲，我要送阿洙過去的。」

秦鳳儀自然應下，方灝又問起孫表兄在京城沒亂搞男女關係啥的話，當然，這是私下說的。秦鳳儀道：「你那表哥精得跟猴兒似的，在方家住著，能幹那事兒？」

「我聽說京城流行榜下捉婿，他沒事吧？」

「能有什麼事，倒是我被十七八家哄搶，把我搶得暈頭轉向。」秦鳳儀臭美了一回。

方灝笑，「你少吹牛，你對李家姑娘這好幾年心意沒變過，就是別家搶也是白搶。」

「那是！」秦鳳儀又跟方灝講了怎麼被嚴大將軍家搶去，又如何被他媳婦搶回去的事。

秦鳳儀豎著大拇指道：「阿灝，真不是吹的，我媳婦那功夫，一般二般的人比不了！」

方灝忍笑，「那你可有福了，以後你要哪裡得罪了弟妹，立刻給你一頓好打。」

「看這說的什麼話，我堂堂男子漢大丈夫，天一樣的男人，能叫女人收拾了？」秦鳳儀一臉得瑟，「不是我說，媳婦在我跟前就像隻小貓似的，說話都不敢大聲，喵喵的。」

與方灝也是時久未見，秦鳳儀留方灝晚上吃飯，說起在京城的事情來，也打聽了不少揚州的事。待方灝告辭，秦鳳儀不忘把孫耀祖託他捎回來的東西給方灝一併帶走。回頭又交代攬月，把老阮託他帶回的給小秀兒的東西給小秀兒送去。

結果，沒等他送，小秀兒帶著她爹和她婆婆上門了。她家住在鄉下地方，消息不靈通，這是聽說秦鳳儀回鄉，特意過來打聽。

秦鳳儀與小秀兒也是多年未見，一見面就道：「哈哈哈，小秀兒，妳咋這麼胖啦？」

小秀兒白他一眼，卻還是那副嬌聲脆語的爽利性子，「聽說你做了探花老爺，說話也沒見有探花老爺的知禮。」

李菜頭已是過去諂媚地向秦鳳儀請安，秦鳳儀一向不待見李菜頭，擺擺手道：「你來做什麼，小秀兒和阮大娘來就行啦！」

李菜頭現下也是進士老爺的岳丈，身上穿著綢子衣裳，笑道：「我主要負責趕車。」秦鳳儀想與小秀兒打趣兩句，屋裡傳出話來：「太太請阮太太和阮大奶奶進去說話。」

秦鳳儀一想，小秀兒和阮太太是女眷，的確該他娘招待的，不過，他又不愛跟李菜頭說話，他便也跟著一道過去了。秦鳳儀的親事，早傳得滿城皆知。阮家婆媳進得內宅，就見一位眉眼端莊的大家閨秀與秦太太坐在上首。秦太太自不消說，圓圓潤潤的富家太太一個，但李鏡的氣派卻是阮家婆媳平生僅見。李鏡並不如何肅穆，說話還是有說有笑，但不知為何，只要在她跟前，阮氏婆媳就不由多了幾分恭敬。

秦鳳儀還為這婆媳二人介紹：「這是我娘，小秀兒認得的。這是我媳婦，妳們都應該聽說過，不過，還是頭一回見。」

除了秦太太、李鏡，屋裡侍立的數位侍女，無不是容顏姣好之人。阮太太先時在村裡不是沒有聽說過一些兒媳婦的閒話，好在她是個聰明婦人，而且兒媳婦是一心一意跟著兒子過日子。孫子都生仨了，阮太太也很喜歡兒媳婦旺家，可今日她們婆媳一來，這位探花郎卻是言語輕佻，不大穩重，何況又是這麼個善於勾女娘心肝的模樣，阮太太不禁有幾分擔憂。

直到見了李鏡，見了這滿室的漂亮丫鬟，阮太太那顆心總算是放下了，無他，探花郎有這樣氣派的媳婦，家裡還有這麼些漂亮丫鬟，再如何也不會看中自家媳婦。看來，便是以往的傳聞，也只是別人胡說罷了。

待聽得秦探花說話，阮太太就更放心了，因為秦探花說的是：「老阮在京城，除了看書就是看書，為了考功名，我請他住我家裡去他都不肯，說廟裡清靜。不看書的時候，就說起趙才子安排管事相陪，讓秦鳳儀安心讓他作畫。

秦鳳儀這一面讓趙才子畫，還說起趙泰來，「阿泰哥當年不是進了翰林做庶起士嗎？我聽說想做大官，最好從庶起士出來就在京城做官，不要外放，阿泰哥怎麼外放了？」

趙才子笑道：「阿鳳啊，你說的這個是京官的升遷，一輩子就在六部，不怕熬不到中樞。便是外放，也是在六部站穩腳跟，再出去外放幾年，看一看民生民風民情，待調回朝中便是六部九卿的正印官了。倘能入閣為相，也是一代名臣。」

「對對對，就是這個意思。」秦鳳儀道：「這個還是我這回春闈聽來的，我還以為你不知道呢，可你既然知道，如何讓阿泰哥外放了？」

趙才子問秦鳳儀：「做官是為了什麼？」

秦鳳儀道：「娶媳婦。」

趙才子險些一筆劃劈了，只好無奈又問：「娶媳婦之後呢？」

「生兒子。」

「我不是問你傳宗接代的事，在官場上，你就不想有所作為？」

秦鳳儀道：「能沒想過嗎？我想著若能為一地父母官，像章知府這樣做個好官就行了。不過，我這樣一說，別人看我的眼光都怪怪的。」

趙才子笑，「這是他們怪，不是你怪。阿泰也是如此，他沒有封侯拜相的野心，就想著能為政一方，造福一方也就是了。他既是這個心意，便也由他了。待他經一經官場，若心志未改，能為政一方，哪怕只是個小地方，也不枉這一世。」

秦鳳儀深覺趙才子這話有理，「我在京城見了好多人，可他們說話都不如你明白。」

「那是，要不，我怎麼是趙才子呢？」

秦鳳儀道：「老趙，說實在的，我認識的人，你是拔尖兒的。老趙，你還有這樣的才學，當初怎麼從京城回來，不做官了呢？」

趙才子問：「我先問你，做官好嗎？」

秦鳳儀是個實誠人，「自然是好的。」

「說說好在哪裡。」

「我要是沒中進士，就娶不了媳婦啊！」先說完這樁大事，秦鳳儀才道：「但這幾年隨著我考取功名，許多人待我的態度也不一樣了。我剛中秀才那會兒，我爹我娘多高興我就不說了，就是外頭的人，有先時說我紈絝的，那會兒也酸溜溜地誇我有出息了。還有我到京城，那時頭一回去，全仗著臉皮厚，才敢在我岳父跟前說話。待我中秀才時再去京城，我覺得腰桿都直了。等我中了舉，以前酸溜溜的也不酸了，都誇我是少年俊才。現在就更不必說了，我要是不中探花，哪有今日榮光？」

秦鳳儀繼續道：「做生意是很有錢，你看我家，也是揚州城數得著的富戶，可我家裡真正得到城中士紳敬重，是我中了舉人之後。我爹以前哪年不出銀子修橋鋪路，我娘每天也捨錢施粥捨藥的做善事，可見了士紳家的太太，見了官太太們，就像矮人家一頭似的，現在不一樣了，我爹娘出門都把胸膛挺直了，這些都是有功名的好處。要是以後我做了官，做了大官，這些人怕就要如當初我爹娘奉承他們一樣，轉頭來奉承我爹娘了。」

「這只是一家一族的好處。」趙才子問：「你說為什麼當官的就比做生意的地位高？」

秦鳳儀不假思索，「當然是因為當官的有權啊！你要是不把當官的奉承好，萬一他給你出什麼壞水兒，那可就慘啦！」

趙才子笑，「阿鳳，你雖看著天真，卻是個明白人。」

「那是！」這不禁誇的，人家誇他一句，得意病就犯了，秦鳳儀道：「我不止明白，還聰明呢！老趙，我跟你說，自從我中了探花，那些不知底裡的都誇我是才子呢！」

「別說，你這探花必有奇遇。」

「那是！」秦鳳儀中探花的緣故，在揚州也只與趙才子說啦，待秦鳳儀說完，趙才子不禁道：「這可真是難得的大機緣！」

「可不是嗎？」秦鳳儀道：「老趙，我看陛下絕對是一個明君啊，你這樣有才華的人，如何就辭官了呢？」

趙才子笑笑，「覺得沒勁兒就回來了。」

「雖然咱們揚州也是一等一的好地方，可我覺得京城也不賴，繁華得緊，也很熱鬧。哎，老趙，你說，我這一走，你以後找誰畫畫呢？」

趙才子笑，「找得著像你這樣的就畫，要是找不著就不畫了。」

「那你可難了。」秦鳳儀道：「就是在京城，我也沒見過比我更好的了。你知道嗎？連太后娘娘聽說我的美貌，都特意召見我。我在太后宮裡還吃了獅子頭，哎喲，可好吃了，比獅子樓的還要好吃。」

「哎喲，那你現在可算名動京城了！」

「何止啊？」秦鳳儀眉開眼笑，「比名動京城還要名動京城。」

趙才子也不由一樂。

秦鳳儀一向與趙才子談得來，雖然讓趙才子畫比較辛苦，好在有丫鬟幫著揉肩捶腿，中午趙才子還請他吃了大餐，秦鳳儀一直待到掌燈時才告辭離去。

他帶兩個小舅子回家時，秦家晚飯已是吃過了。

秦太太說：「這個趙才子定是一見你就發了癡病，要你留下讓他畫。」

「是啊，我要走了，老趙到哪兒再找一個像我這樣的人去？」

秦鳳儀又問爹娘可用過飯了。

秦太太則問兒子和小舅爺在趙府吃了什麼，秦鳳儀道：「中午是從明月樓叫的席面，晚上是趙太太張羅的飯食，都很好吃。」

李鏡問兩個弟弟吃得可好，李欽和李鋒都很高興。

秦鳳儀道：「老趙還一人送他們一幅畫呢！」

李欽大大方方的，「這位趙才子的丹青當真不錯，說是酬謝姊夫讓他畫這一天的辛勞，讓我和三弟每人挑了一幅，我們推辭不過，就各挑了一幅，真真是好畫。」

秦鳳儀道：「那是。我與你們說，老趙的畫就是珍舅舅也說好的。珍舅舅在揚州的時候，都要請教老趙來著。你們好生收著吧，說不得過個千八百年，又是一幅吳道子。」

李欽道：「那怎麼趙才子說要送你，你還不要？」

秦鳳儀道：「你看他畫的那些美人圖，有哪一幅比我還好看？」

對於這種話，李欽唯有翻個白眼不理會了。

秦鳳儀與趙才子，其實也沒什麼不得了的交情，但秦鳳儀這種一向懶散怕苦的性子，竟然還同意走前再讓趙才子畫一天，把趙才子喜得險些給秦父秦母送個教子有方的牌匾過去。

李鏡都說：「你與趙才子挺好的呀？」

「還行吧。」秦鳳儀腰酸背痛地趴在榻上讓丫鬟幫他揉肩按背，「當初人家都說我是紈綺時，我跟老趙就很好了，可見老趙眼光不俗，那麼早就看出我以後必有大出息。」

秦家回來揚州不過半個月，待秦老爺處理好生意，把銀錢都存了票號，家裡要緊的物件細軟一併帶走，留下看守屋舍的管事僕人，秦鳳儀很是不捨地看了回自己院裡的瓊花樹，這才帶著一家子還有方灝一家子，登上北去的行船。

這次來送秦家人的，除了揚州女娘，還多了不少士紳學子。

只有兩人未來，一人是趙才子，趙才子說了，畫了秦鳳儀許多畫，有這些畫在，只當小鳳凰還在揚州了。另一人是剛剛脫離家族的羅朋，據攬月說，羅朋為了分家單過，跟他爹翻臉，羅老爺氣得把人揍了一頓，託攬月帶了不少東西給秦鳳儀，就不來相送了。

此時的秦鳳儀，正站在船頭與方灝嘰嘰喳喳說著京城的繁華，待船行遠，他都沒有再回頭看遠去的揚州城一眼。他尚不明白，有許多地方就像許多人一樣，一旦離開將難再來。

秦鳳儀一向熱誠，想著方家人頭一遭去京城，便與方灝說了不少京城的風景啊人情啊啥的。看方灝滿腹心事的模樣，秦鳳儀問：「怎麼啦？看你這愁眉苦臉的樣兒。」

方灝先時還不說，「沒事沒事。」

「咱倆穿開襠褲時就認識，你有事沒事我不知道？這都要去京城了，你還愁什麼？」

方灝左右掃一眼，看四周沒人，才說：「我前頭問你表兄在京城有沒有事，你還說沒事。他來信說了，讓我舅也一道去，說讓我舅把我舅媽帶回老家。我娘說，定是我舅媽作妖。」

秦鳳儀皺眉想了又想，道：「沒什麼事啊，要是有事，我能沒聽說？我常到師傅那裡去。再說還有阿悅呢，你舅媽在方家住著，還不全靠你家的面子，她能鬧什麼妖？」

方灝嘆，「誰曉得，還不如讓我表兄一個人去，他做不出對不住阿洙的事。」

秦鳳儀道：「不能吧？不看別人，就說我與阿悅，一個狀元一個探花，當初還是我們給阿洙妹妹送嫁的。我們與他家來往，難道是看你舅媽，還不是看得你。」

「誰曉得她做了什麼，表兄信上說，讓我們帶我舅趕緊去京城。」

秦鳳儀拍他的肩一下，「你也別太擔心，你表兄又不是傻子，我看，他比你舅媽精。他一個大男人，只要不是他自己生了什麼心思，你舅媽能奈他何？再者，要是天塌地陷的事，他哪裡還沉得住氣等我回來時才託我帶信，他早就託別人送信了。要是你舅媽實在不像話，阿悅他娘方大嫂子為人非常好的，還有阿悅在，就算我粗心，阿悅可是個細心人。」

方灝道：「這也是。」又道：「我得去安慰安慰我娘和阿洙。表兄也真是的，不把信寫明白，更叫人著急。」

秦鳳儀道：「我與你一道去。」

好擔心的啊？」

李二姑娘一向溫柔少言，只是笑笑，李三姑娘則道：「您一大早起床就念叨你們，怕你們吃不好睡不好，我早說了，揚州是有名的好地方，這要是再吃不好睡不好，可就不曉得哪裡能吃得好睡得好了。要知道這麼好，我跟大姊姊也一塊去了。」

李欽逗三妹妹：「也不是特別好，就是比特別好再好一些罷了。」

李三姑娘氣了，「就知道饞人！你也算出了趟遠門，有沒有帶些好東西回來給我？」

李欽道：「我要不帶禮物給妳，哪裡還敢回來？」逗得大家都笑了。

景川侯夫人也很高興，看向長女的眼神中也頗是歡喜，笑與李老夫人道：「有阿鏡在，我就什麼都不擔心了。」

李老夫人問了長孫女一些揚州的事，李鏡大致說了說，李老夫人知道一切順利，便也放心了。李鏡道：「阿鳳哥說，明天過來向祖母、太太請安。」

李老夫人道：「這些天不見阿鳳，我真是想他了。」

崔氏笑道：「大姑爺天天來時不覺什麼，突然不來了，家裡像少了多少口子人似的。」

李鋒道：「哎喲，姊夫這次回鄉可是出大風頭了！一回揚州，知府衙門就備了花車，大姊夫大姊姊秦叔叔秦嬸嬸站在花車裡，就像天街誇官一樣，在揚州城裡走了一圈。還有府學請大姊夫去講演，大姊夫講得可好了，一直講了兩個時辰，好多學子還捨不得他走。」

李老夫人笑道：「還有這事？」

「是啊。」李鋒就跟大家說了一通，他是個乖巧的孩子，並不似秦鳳儀一張嘴就沒了邊的性子，但也因此李鋒的話格外可靠。

李鋒一邊說，李欽忍不住暗暗翻白眼，那就是個愛出風頭的傢伙唄！

秦家一家子回來，自然也有一番休整。

秦太太說：「原還想著阿鳳考完春闈咱們就回鄉，這下子倒是舉家搬到京城來了。」

秦老爺笑，「京城有京城的好處。咱們阿鳳既要在京城做官，咱們自然也要來京城。說起來，先時沒打算久住，這宅子也未好生收拾，如今阿鳳成親也得在京城了，咱們這宅子，尤其是阿鳳成親的院子，可是得好生收拾一二。」

秦太太深以為然，「家裡生意都轉手了，田產也在揚州，咱們家田產有限，京城這裡沒個莊子，吃用都不便，得託牙人打聽著，周圍要是有好些的莊子，咱們也置上一兩個，米麵瓜果的，方便自己吃不說，也是個進項。」

老兩口就商量起以後的日子來，秦鳳儀不愛聽這個，他讓攬月尋出給方家的兩箱土儀，便道：「爹、娘，我去我師傅那裡向我師傅請安了。」不待爹娘應一聲，他就走了。

秦太太直嘆道：「這個阿鳳，眼瞅就是官老爺了，還這麼沒定性。這可急什麼，明兒咱們一家子過去豈不好？」

知子莫若父，秦老爺笑，「定是去打聽孫家的事了。」

說到孫家的事，秦太太卻是不同情方大太太的，秦太太提起舊事道：「當初啊，咱們阿鳳到了說親的年紀，我並沒有要跟她家做親的意思，只是瞧著阿洙那姑娘不小了，順嘴兒一打聽，她就跟什麼似的，生怕咱們家攀了她家的親，忙與我說阿洙的親事定了，定的是娘家表侄。我當定了個什麼好人家，孫舉人還罷了，好幾回來咱們家，是個懂禮的孩子，你瞧瞧她那個親家母，一臉的勢利，滿肚子心機，這回就不跟我誇她給阿洙定的親事了。」

「行啦，誰家過日子還沒個溝溝坎坎的。孫進士為人可比咱們阿鳳上進多了，只要孫進士心正，還是得過日子的。」

反正秦太太現在兒子出息，說什麼都是底氣足得不得了。

秦鳳儀到了方家才曉得孫家到底是怎麼一回事。

別看秦鳳儀瞧孫耀祖不大順眼，這回的事還多虧孫耀祖挺住了。事情出在孫太太身上，當初榜下捉婿，孫耀祖一年輕進士也被人捉去。不過，孫耀祖這麼明白的人，自來京城住的是閣老府，來往的方悅與秦鳳儀，一個狀元一個探花，就像秦鳳儀同方灝說的，就是看他倆的面子，孫耀祖也不能昏了頭悔了與姑媽家的親事，然後去攀那個捉了他去的官家小姐。

孫耀祖雖不是阮敬那樣的人，但他懂得權衡厲害。男人嘛，哪怕已經成親，這被官宦人家榜下捉婿地捉去，心下也有幾分暗爽。待孫耀祖說明自己已有妻室，按京城規矩，孫舅媽帶著幾樣料子過來給了女家，便可把兒子領回去。結果，孫舅媽這昏頭的，她聽說人家的是吏部侍郎家的小姐就動心了。

這來京城有些日子，孫舅媽時常去方大太太那裡奉承，跟著長了不少見識。吏部是啥地方，不就是管著官員分派嗎？孫耀祖這回中了同進士，下一步就是謀官了，孫舅媽當下動了大心思，她沒帶料子過去，她帶了一對金釵，給人家姑娘簪頭上了。

說來，這就是榜下捉婿帶來的一些不好的惡果，有許多成親的進士也會被人捉，就像當初秦鳳儀，只要秦鳳儀退了景川侯府的親事，嚴家就願意與他結親的。

孫舅媽此舉，就是想為兒子另謀親事。

真個昏頭啊！

得知此事的前因後果，秦鳳儀如是道。

秦鳳儀這些年，隨著年紀的增長，做事比較有條理了。要擱以前，過來看熱鬧就是看熱鬧，但現在他知道要打著給師傅送禮請安的名頭。

秦鳳儀帶著東西過來，先去見師傅，奉上禮物。

方閣老笑道：「還跟我來這一套？」

秦鳳儀正色道：「不是什麼值錢的東西，都是咱們揚州的土儀。」說著，又道：「離開時我還不覺什麼，這來了京城，我才想起來，師傅，我這以後在京城做官，一時半會兒就回不了家了啊！」

方閣老哭笑不得，「你爹你娘你媳婦，還有我，都在京城，這京城還不是你的家？」

秦鳳儀道：「不一樣啊，自小在揚州長大，我還挺喜歡揚州的。」

方閣老知他性子純真，笑道：「以後什麼時候閒了，還是可以回去的。」

「這倒也是。」秦鳳儀正當年輕，何況他也很喜歡京城，便將這絲對家鄉的悵然拋到腦後去了，歡歡喜喜同師傅說著在揚州的事，至於什麼露臉啊出風頭啊受歡迎啊的一些事，更是拿出來大說特說。

秦鳳儀道：「真是可惜，阿悅沒與我一道回去，章知府可好了，說要在我家巷子外頭給我建一道牌坊，就叫探花牌坊，也說要給阿悅在您家巷子外頭立一個牌坊，叫狀元牌坊，可您家巷子外頭已經有一座您老人家當年中狀元時的牌坊了，要是再立牌坊，得尋合適的地方。我跟章知府說了，要是您家外頭沒地方，就建我家外頭也一樣，肥水不流外人田嘛。」

方閣老被逗得一樂，秦鳳儀說半天話才問：「怎麼沒見阿悅師侄？」

方閣老道：「去他岳家了。」

秦鳳儀點點頭，「阿悅這傢伙，嘴可緊了，先時不論我怎麼問，都不說親事定的是哪家，春闈後才告訴我是駱掌院家。那天在瓊林宴，我還見著駱掌院了，相貌很不錯，一般閨女像爹的多。雖未見過侄媳婦，想來定是一位佳人。」

方閣老道：「你這性子啊，往好裡說叫灑脫，往不好裡說，就叫隨性。駱掌院可是個肅穆的人，你到翰林院可得收斂些才好。」

「真的？」秦鳳儀瞪圓了眼，「哪啥，咱們可不是外人啊！師傅，就憑咱們幾家的關係，我是阿悅的親師叔，他是阿悅的親岳父，他還不得照顧著我些？」

「你這小子甭成天想著鑽營，老老實實的，不論在哪個衙門都要認真當差，知道不？」

「知道知道。」秦鳳儀道：「您看我哪天不認真了？」

方閣老問：「自中了探花，可有看過書？」

「看啦！」

方閣老狐疑，「真看了？看什麼書了。」

秦鳳儀壞笑，「您老人家珍藏的春宮圖。」

方閣老直接把他給罵了出去，秦鳳儀這才跑去打聽孫家的事。他也很會尋人打聽，不是別人，就是一向待他極好的師嫂。

秦鳳儀是這樣說的：「我與阿灝、阿洙妹妹自小一塊長大，可不是外人。當初來京城時，阿灝還千叮嚀萬囑咐我們多與孫兄扶持。這一下子，我也不曉得怎麼回事，可不是懵了？」

方大太太嘆道：「當初就是看你一門心思張羅訂親的事，我才沒讓阿悅與你說。」待方大太太說了，秦鳳儀才曉得是怎麼一回事。

秦鳳儀直接就說了：「那婆娘瘋了吧？」

「孫舅太太說是記錯了京城的風俗，可紀家拿住了孫舅太太給她家閨女插金釵的事。」方大太太擺擺手，「這事，咱們都是外人，還是讓他們自家商量出個章程的好。」

方大太太又不是傻子，這種是給金釵還是給尺頭的事能忘？插戴插戴，訂親時婆家認下媳婦，就要婆婆親自取一對金釵給媳婦簪在髮間。記錯了？要是孫舅媽說了實話，沒準兒方大太太興許幫著想想法子，她只說自己是冤枉的，方大太太根本不稀罕理會這一家子了。

秦鳳儀道：「這刁婆娘，就知道禍禍事。」

「不必為這種糊塗人生氣。」方大太太笑道：「這眼瞅著就要去翰林院念書了，庶起士可是要住翰林院的，師弟的被褥寢具可準備好了？」

「啥？要住翰林院？」

「是啊，庶起士得在翰林住一年。」

秦鳳儀萬分不情願，「不能住家裡嗎？師嫂，我老爹老娘在家沒人照料可不行啊！」

方大太太被他逗得笑個不停，安慰他不少話，秦鳳儀還道：「我倒沒啥，我還小。您說，阿悅師侄要是住翰林，耽擱傳宗接代啊！」

方大太太笑，「也就一年，能耽擱到哪兒去？你們這些庶起士既是同科，便是難得的緣法了，正好在翰林院好生熟悉一二。」

秦鳳儀雖然也知道這個道理，可他自小享受慣了的，就是這幾年念書辛苦些，他爹他娘也是把他生活打理得妥妥當當的。一想到要住翰林院，秦鳳儀就苦兮兮的什麼心情都沒了。

不過，自方家告辭時，秦鳳儀還是找了方灝，與方灝道：「事已至此，你也別急了。有什麼要幫忙的，儘管打發人與我說。」

方灝嘆口氣，點點頭，親自送了秦鳳儀出門。

孫家的事還有得折騰，秦鳳儀眼下事多，也沒功夫去瞧熱鬧。

第二天，秦鳳儀打發管事把小秀兒託他帶來的東西送去給阮敬，就到岳家去請安了。結果，以往秦鳳儀過來，一家子都歡歡喜喜的，今日來請安，連李老夫人都有些憔悴。不過，李老夫人面色還好，拉著秦鳳儀說了許多話，就讓他們小兒女自去說話了。

秦鳳儀原是想跟媳婦商量能不能不去翰林院住宿的事，卻覺得岳家氣氛有些不大好。秦鳳儀一向體貼，把自己的事擱心裡，就問起媳婦來。

李鏡道：「也沒別個事。」

「行了，我又不瞎。屋裡又沒別人，到底怎麼了，我看祖母臉色也不好。」

李鏡嘆口氣，「按理，事關長輩，不好與你說。」

「快說吧，別讓我著急。」

秦鳳儀有事素來不瞞李鏡，李鏡想著他也不是外人，便道：「說是大皇子要選側妃。」

「不會是要妳去給大皇子做側室吧？」秦鳳儀一下子就急狠了，刷地站了起來。

「不是，你想哪兒去了？」李鏡忙拉他坐下，「要知道你這樣，我便不與你說了。」

「不是妳就好。」秦鳳儀嚇壞了，當初嚴大奶奶就拿這話糊弄過他，秦鳳儀原是不信，沒想到他媳婦竟然提起來，可不是把他嚇一跳，「說吧，到底是怎麼回事？」

李鏡嘆道：「我們太太真是個耳根子軟的。她與皇后娘娘原是嫡親的姊妹，小郡主三年前就嫁給了大皇子做正妃，可這都三年了，仍未見有孕。這要是尋常人家，再等五年也無礙，可在皇室，三年未見嫡子，必然要納側室，皇后娘娘是相中二妹妹了。」

秦鳳儀挑眉，「二妹妹不是有親事了嗎？定的還是什麼國公家。」

「是啊。」李鏡道：「兩家早就說好了的，先時因著咱們親事未定，二妹妹自然不好先咱們訂親，便放了下來。如今太太進宮，也不知皇后娘娘與她說了些什麼，她竟是動了讓二妹妹進宮為側室的念頭。」

秦鳳儀扳手指算了算，道：「二妹妹跟小郡主是正經姑舅表姊妹啊，二妹妹同大皇子算起來又是兩姨表兄妹，不成不成，民間可沒有讓嫡親的表妹給表兄做小的。雖然側室相當於四品官兒，但側室可是小老婆啊！」

李鏡道：「不止於此，二妹妹也是堂堂侯府嫡女，焉能為人側室？」

「這事沒成吧？」

「沒有。父親氣壞了，太太哭著跑到老太太屋裡去，今兒就病了。」

「我說怎麼祖母的模樣也不大好呢！」

秦鳳儀想到這後丈母娘辦的事，感慨道：「說來後丈母娘與孫舅媽倒像一家出來的。」

秦鳳儀私下給後丈母娘和孫舅媽取了個外號，按著京城雙玉，私下叫她們京城雙笨。

秦鳳儀在內心深處很是憐惜了一回自家岳父，想著岳父大人平日裡何等威風霸氣之人，竟然娶這麼一個傻老娘們兒，而且秦鳳儀憐惜的不僅是岳父大人，他竟然連當今皇帝陛下都一併給憐惜了。他後丈平娘能弄出這事，怨誰啊，還不是宮裡皇后娘娘忽悠了他這傻後丈母娘。也不知皇后是真傻還是假傻，這要是真傻，皇帝陛下也夠可憐的，跟他岳父一樣，妻運不行啊！要是假傻……

秦鳳儀的腦袋忽然就開了個竅，他一拍大腿，道：「媳婦，不得了了，我發現皇后娘娘這招可真不傻耶！」

秦鳳儀其實不懂什麼大家族聯姻啊各種利益關係啊，但就是民間娶妻納小也得考慮一下女方的門第啥的。秦鳳儀與李鏡道：「媳婦，這要是把二妹妹給大皇子做小，妳家這既不算是皇帝老爺的親家，可又把閨女押給了大皇子啊！」

李鏡低聲道：「小聲點！」

「哎喲，我這才看出皇后娘娘的心眼，她心眼可真多啊！」秦鳳儀小小聲感慨。

「行了，知道就好，別說出去。」

「我曉得。」

別看秦鳳儀出身土鱉，他現下也不曉得這些至高權力場的角逐，但秦家是經商的，秦鳳儀能四年就把進士考出來，絕不是個笨人。哪怕初時思量皇子側室之事，秦鳳儀就想對了思路，甚至這思路比郡王府出身的後丈母娘更準確些。好吧，景川侯夫人小時候家裡還不是郡王府而是國公府，可她受的也是正經國公府的教育，結果硬是不及秦鳳儀這土鱉。

秦鳳儀一想就想到了關鍵點。

給人家做小，名義上不是親家，閨女卻押給人家了，多虧呀！

秦鳳儀依商賈之家的本能與新進探花的腦袋分析出來，這是個虧本的買賣。

不能幹啊！

李鏡也很滿意阿鳳哥的智慧，想著阿鳳哥就是囿於出身，這樣的大事比太太還明白。

李鏡道：「皇后娘娘是算計到咱們侯府頭上了。」

想給大皇子立太子想瘋了吧，妄想侯府嫡女給大皇子為側室！

這些話，李鏡沒有與秦鳳儀說，並不是不想同秦鳳儀說，而是因為李鏡看阿鳳哥這樣有悟性，想著阿鳳哥當是能悟出來的。

不過，現在阿鳳哥連皇子這一階層都沒接觸過，立太子的事，更是想都沒想過。

阿鳳哥現在想的是：「妳看妳跟祖母，一兩個這麼愁。愁有什麼用，要我說，既然不願意給那什麼大皇子做小老婆，還不趕緊把二妹妹的親事定下來。二妹妹親事一定，不就什麼閒事都沒有了嗎？」

李鏡道：「還是得跟父親商議一二，二妹妹的親事得父親出面才好。」

「哎呀，岳父大人每天衙門的事還忙不過來呢，何況這原是你們兩家說好的。叫祖母出面，難道不一樣？這就帶上幾樣禮，叫上阿欽，哎喲，他可能去念書了。」要擱別個女婿，哪個好管岳家這樣的大事，秦鳳儀不一樣，秦鳳儀天生沒覺得岳家是外處，他就直接給做主了，「妳收拾收拾，換身出門穿的衣裳，咱倆陪著祖母也一樣。過去桓公府，讓桓公府趕緊過來下定。也不必說別個，大皇子選側妃，咱們既沒這個心，把親事定下來，只當避嫌。」

李鏡素有決斷，只是先時礙著繼母，不願意多嘴罷了，但就如同先時景川侯夫人不願看到李鏡下嫁鹽商小子秦鳳儀的道理一樣，李鏡出於對娘家家族的考慮，是非常不贊同二妹妹給大皇子做側室的。

既然秦鳳儀也這樣想，李鏡越發拿穩了主意，道：「這也好。」

換了衣裳，兩人過去與李老夫人商議了一回。

李老夫人主要是被這個蠢兒媳氣著了，見孫女與孫女婿過來，三人都不是磨唧的，當天就去了桓公府，這時候也顧不得什麼沒提前遞帖子的事了。李老夫人與桓國公夫人有交情，兩個老太太自已商量的，待景川侯回府，李老夫人已是把二孫女的親事定下來了。

李老夫人與景川侯道：「咱們家富貴不缺，我想著咱們母子都是一樣的心，就把玉潔的親事與桓國公府老夫人說了。原就是說好了的，如今阿鏡親事也定了，玉潔的親事也正式定下來吧，你什麼時候再同桓國公世子通個氣才好。」

景川侯雖也氣得不輕，卻是半點不耽擱正事，「我已與桓世子提了，他很是願意。」

李老夫人欣慰道：「這就好。」難免又與兒子誇了秦鳳儀幾句，「別說，阿鳳這孩子，小事上有些跳脫，可大事比世人都明白。」

人家秦鳳儀有什麼出身啊，鹽商出身，要擱常人身上，一聽家裡的小姨子能給皇子做側室，還不得高興懵了。秦鳳儀就不一樣，能看出這事不能這樣幹。

李老夫人又道：「這孩子有眼光。」

景川侯一向要面子，道：「這事怎麼叫那小子知道了？」

李老夫人道：「阿鏡與他說的吧。」

景川侯心道，真是女大不中留，閨女也是，什麼都跟女婿說，讓女婿知道有這麼個沒心計的傻丈母娘，他這個岳丈臉上豈不無光嗎？

不過，女婿能知輕重，景川侯很是欣慰。

景川侯動了大怒，好些天住在書齋，景川侯夫人原是面上不好看，就裝病，結果丈夫不回來，婆婆也怪她。她也沒有應下皇后的話啊，就說回家商量，卻是弄得兩頭不是人。她心裡不好過，再加上失了顏面，景川侯夫人一著急，最後真的病了。

秦太太聽說了，便問兒子：「你岳母身上不舒坦，要不要備些藥材過去看看？」

秦鳳儀道：「她那是裝的，沒事兒。」

「好端端的為什麼裝病？」秦太太問。

秦鳳儀就把岳母幹的傻事說了，秦太太不愧與景川侯夫人是親家，兩眼放光道：「給皇子當媳婦？那還不好啊？」

秦鳳儀道：「又不是正經媳婦，是小老婆。」
「小老婆也體面啊！」
「有什麼體面的，我家二小姨子原定了國公府的親事，那可是做大老婆的。」
總之，秦太太覺得怪可惜的。
秦太太道：「這給皇子做小老婆，生下的孩子就是皇孫呢！」
「哎喲，寧做雞頭不做鳳尾，自己做大才好。自己過得憋憋屈屈，別說皇孫了，龍孫有什麼用？」秦鳳儀還叮囑他娘一句：「您可別往外說啊，我岳父最要面子了。」
「我豈是那樣多嘴的人？」秦太太道：「既這般，我就不去瞧你岳母了。」
「別去了，正養臉呢！」
「你岳父不會是揍你岳母了吧？」
「不知道。」
秦太太叮囑兒子：「兩口子賭氣，你岳父心情不好，你在他跟前說話時要小心些。」
「我曉得。」
秦鳳儀原以為後丈母娘裝病，結果看兩個小舅子和兩個小姨子都在家侍疾了，這才曉得後丈母娘是真的病了。
秦鳳儀忙讓他娘帶著禮物過來走了個過場，私下還問媳婦：「怎麼真病了？」
李鏡道：「說是心情鬱結，又受了風寒。」
秦鳳儀也跟著瞧了一回，說實在的，這後丈母娘一向不大喜歡他，他對後丈母娘也就那樣，生病不生病的，秦鳳儀不太關心。秦鳳儀見媳婦跟崔氏嫂子還在忙著二小姨子訂親的準備，道：「丈母娘這樣病著，親家來怎麼辦？」

這兒女訂親，雙方父母可是要出面的。

李鏡淡定道：「正因太太病著，二妹妹才要早些訂親，也算是給太太沖喜了。」

秦鳳儀真是服了岳家強悍的行事風格，估計這後丈母娘便是這會兒嘎蹦死了，二小姨子與國公府的親事也得先定下來。秦鳳儀索性就留下，看可有需要他幫忙的地方。

李欽過來找長姊商量著，怎麼勸勸他爹，好叫兩人合好。

李欽雖說不大清楚這裡頭的事，也猜到是父母親鬧彆扭了。

李欽原是想找大哥李釗商量，可李釗天天出去當差，沒空閒，李欽就來找李鏡商量了。

秦鳳儀現下不用念書，他是啥事都要摻一腳的脾氣。

秦鳳儀說李欽：「先叫丈母娘跟岳父賠個不是，岳父原諒她了，不就好了？」

李欽愁得慌，問：「到底是為什麼呀？」

「你還不知道啊？」秦鳳儀剛要說，李鏡趕緊攔著，「阿欽還小，別跟阿欽說這些個亂七八糟的事。」

「小什麼，今年都十七了吧，眼瞅要娶媳婦了，還小呢！」直接與李欽說了後丈母娘辦的那昏頭事，秦鳳儀道：「你說說，二妹妹是不是她親生的啊？看丈母娘給她尋的這是什麼親事，叫她給大皇子做小？這能怪岳父生氣嗎？你要是有親閨女，你叫自個兒親閨女給人做小啊？岳父沒揍她一頓就是好的，她還病起來了，哼！」

或許是秦鳳儀的口氣太過理所當然，李欽也沒想著皇子側妃是正四品誥命，對於自家妹妹也不算太過委屈的事，直接就被秦鳳儀帶到「做小」這上頭來了。

李欽臉都漲紅了，要是他娘好著，他非找他娘說一說不可。他家可不是什麼沒落侯府，他家是世襲侯爵，二妹妹是正經嫡出，給皇子做正室也做得，結果竟是要做小。

不得不說，道學李欽很不能理解，他娘怎麼會支持這樣的親事，何況，二妹妹與桓公府可是早就口頭定下親事了啊！

李欽氣了一回，又不能去找他娘質問，站起身又頹然坐下，長嘆道：「娘忒糊塗了。」

「所以我說叫她去向岳父賠個不是。」

「可娘現在正病著。」這還是個孝子！

「誰叫她最開始裝病了？你去跟她說，叫她只要還有一口氣，就先去賠不是。難道她辦了錯事，病一病，就當什麼事都沒發生了？」秦鳳儀一點都不同情後丈母娘。

秦鳳儀給出主意，李欽還有些說不出口。

秦鳳儀頓時來了精神，「要不，我替你去說？」

李鏡剛要攔，她不願意阿鳳哥去得罪繼母，李欽卻是一臉乞求地看向大姊。

李鏡道：「你姊夫是個莽撞人，只怕太太不知你姊夫的好意。」

李欽正色道：「不論如何，我心裡是感念姊夫的。」

秦鳳儀一派正直無私的模樣，與姊弟二人道：「放心吧，我就是做個惡人，也是為了家裡好。」然後，一撣衣袍，他慷慨地去啦！

秦鳳儀把人都打發了，坐在後丈母娘床邊，望著後丈母娘那憔悴的小臉兒，心裡那叫一個小人得志呀！心說，叫妳以前瞧不起我，勢利眼，妳也有今天啊！

活該！

真是活該！

這就是報應啊！

叫我看笑話了吧？

要說這世上當真是大千世界，無奇不有。

像這種女婿勸後丈母娘的事，估計整個京城都是個稀罕事。

這樣的稀罕事，非秦鳳儀這種個性奇特的稀罕女婿做不出來。

秦鳳儀先瞧著後丈母娘那憔悴的小臉兒心喜了一下，然後就開說了，而且是毫不委婉地開說了：「您要是還想要我岳父這個男人，您就趕緊起來去賠個不是。我跟您說了吧，岳父這回可是動了真火，您再這麼病下去，形勢可就不妙了啊！」

景川侯夫人一向不喜歡秦鳳儀，縱秦鳳儀中了探花，景川侯夫人無非是覺得侯府的面子保住了，新科探花配侯府嫡女，勉強能說得過去，但她真不是多麼看得上秦鳳儀。

何況，秦鳳儀竟敢說這樣放肆的話？

果然是鹽商出身的放肆小子！

「來人！」把這小子給我攆出去！

結果，景川侯夫人喊兩嗓子，沒有人應，秦鳳儀就回答她了：「您喊吧您喊吧，您看喊破嗓子有沒有人應。實話與您說，我早把人都打發出去了。」

景川侯夫人被他氣得眼前一黑，險些厥過去。

秦鳳儀還隨著景川侯夫人的面目表情落井下石，「看，不喊了，這又開始裝病了。您就病吧，您就病吧。我跟您說，自從知道您做的那些個事，一見您這臉還好好的，我都替您感到慶幸。您可真命好，嫁了我岳父這樣的男人。他雖然脾氣不好，但可沒揍您。您要是遇著個愛動手的，就您幹的這事，非揍您個爛羊頭不可，還容您躺床上，讓兒子閨女服侍？」

「看您平日裡也拿二妹妹當個親閨女，不想，這不是親生的就是不行啊！」

「混帳東西！誰說我阿潔不是親生的了？」景川侯夫人一下子就急了，刷地坐了起來，兩個眼珠子冒火地瞪著秦鳳儀。

秦鳳儀焉能怕她，手指一戳，就把後丈母娘戳回枕頭上躺著了。

秦鳳儀頗為氣人地道：「笨，剛那就試試您。原我覺得您打算把二妹妹弄去做小，還以為不是呢，結果看您這樣，我是真信了，二妹妹真是您親生的。誒，我說丈母娘，您幹嘛要叫您閨女做小啊？」

「你個沒見識的小子懂什麼，那是皇子側妃，也是正四品誥命！」

「嘖嘖嘖，您這兩隻眼啊，就盯著誥命了吧？」秦鳳儀道：「小老婆是那麼好當的？您自己做大老婆做得舒坦，岳父也沒弄兩個小老婆來站您跟前，您當小老婆是什麼好事啊？大的坐著，小的站著，大的躺著，小的跪著。別說什麼二妹妹和小郡主是表姊妹，就小郡主那個性子，揚州時我就見過，見不得別人比她強。二妹妹敢跟她搶男人嗎？您這可真是給二妹妹挑了個好火坑啊！」

「您也甭想什麼龍子龍孫的事了，我有個朋友是庶出長子，知道他娘怎麼生他的嗎？他嫡母死活生不出來，他娘是他嫡母的丫鬟，嫡母以為自己不能生養，就讓丫鬟生了，結果他娘生了他，他嫡母接著生下了好幾個嫡子。我那朋友自小受盡嫡母刻薄，他娘更是早早就過世了。您摸自己的心想一想，您那個郡主侄女是能容人的性子嗎？您要是親娘，您再想一想，二妹妹這性子，別說她是做小，她就是做大，她爭得過小郡主？」

景川侯夫人道：「她們本就是表姊妹，為何要爭？好生生地做姊妹，難道不好？你個沒見識的小子，你懂個什麼？」

秦鳳儀笑嘻嘻的，「我是不懂，要不，找個您舅家表妹給岳父說成二房，看妳們能不能像親姊妹一般？」

景川侯夫人抓起枕邊的一個安神藥包就砸了過去，秦鳳儀笑咪咪地抓在手裡，說她：「您這麼一隻病虎，就暫且收了威風吧。」

景川侯夫人只想吐血。

秦鳳儀道：「擱自己這兒您就受不了了，您想一想二妹妹吧。您這當真是親娘做了件後娘都做不出的事。後娘做這事都得怕挨罵，您這親娘做了，人家也只得說二妹妹命苦啦！」

「你趕緊給我滾出去！」景川侯夫人簡直忍無可忍了。

「我才不滾，您以為您現在說話還跟以前似的好使啊？」秦鳳儀非但不滾，他還自手邊果碟裡挑了個又紅又大的蘋果吃了起來，直把景川侯夫人氣得又想吐血。

秦鳳儀還問她：「皇后娘娘到底怎麼跟您說的啊，您就這麼昏頭昏腦地應她了？」

「誰說我應了？我沒應！我說回來商量的……」她分明沒應，卻是個頂個的怪她。景川侯夫人也是從小嬌養長大，嫁給景川侯做繼室吧，遇到丈夫能幹，婆婆寬容，縱是與繼子繼女關係一般，她也沒什麼波瀾，所以沒啥心眼，一下子把實話同秦鳳儀說出來了。

秦鳳儀不解，「您都沒應，那岳父發什麼火啊？」

是啊！

景川侯夫人也不明白啊，她眼淚刷地就下來了。

秦鳳儀忙道：「有事說事，哭什麼呀？」

他一向對女人有些溫柔，雖則後丈母娘年紀大了些，也不討喜，但也算是個女人。秦鳳儀還拿出自己的帕子來給她擦淚，景川侯夫人扔了出去，用自己的帕子擦。

秦鳳儀收起帕子，不同情她了，「遇到事不是裝病，就是哭哭啼啼，您咋這麼沒用？」

「我沒用也不要你這個混帳小子管！」

「我是不想管，要是看著您，我管您死活啊，是小舅子小姨子都為您擔心，我是看他們的面子才來勸勸您。」秦鳳儀道：「您還昏著呢，覺得這是小事。您使個小性子，裝個病，岳父就不同您計較了？您要是這樣想，那就病著去吧。什麼時候岳父真給您娶個妹妹回來，我看您這病就好了。」

「侯爺才不是那樣的人。」

「哎喲，那我問您，您病的這些日子，他可有來看過您？」

景川侯夫人不吭聲了。

秦鳳儀道：「您說您沒應下那昏頭事，可您要是好聲好氣地讓岳父拿主意，岳父能惱您到這般田地？您不說我也猜著了，您定是贊同這事的，是不是？」

秦鳳儀心下一動，試探地問：「您不會在皇后跟前把這事應了吧？」

「沒有，我說了要回來商量的。」

「這還好。」秦鳳儀感慨，「怪道您沒挨揍呢，您要是真敢應，岳父真敢揍您！」一個蘋果吃完，秦鳳儀又拿了個枇杷，他一面剝著枇杷皮一面道：「我就先跟您說說婦德吧。」

景川侯夫人簡直氣得眼前發黑，恨不得厥死過去，也不受這小子的羞辱。

秦鳳儀才不管這婆娘死活，他就叨叨開了，「以後您做事先想想您現在的身分，什麼郡王府出身、皇后的妹妹、郡王的閨女，這些都不是您的身分。知道您現在的身分是什麼嗎？是景川侯夫人！」

秦鳳儀沉聲道：「您的兒子姓李，您的閨女姓李，您現在活著，人家叫您李平氏，等您哪天嘎嘣了，埋的也是李家的祖墳！真個昏頭，您做事想過您的丈夫嗎？我岳父多疼孩子啊，把二小姨子當寶貝一樣，您把他的寶貝弄去給人家做小，岳父不生氣才有鬼！」

「阿潔一樣是我的心肝肉。」

「您疼的不是地方啊！」秦鳳儀感慨，「岳父疼孩子是把孩子往平順的地方放，您疼孩子是把二小姨子往懸崖上放。你們倆意見不一致，知道該聽誰的嗎？您一婦道人家老娘們兒，難道不該聽老爺們兒的？」

「我哪裡有不聽他的？」

「您要是真心聽，事事依著岳父的心，岳父會惱您？」秦鳳儀咬一口枇杷，恐嚇後丈母娘道：「我說，岳父現下惱您，這還不是最可怕的。您知道最可怕是什麼嗎？岳父的心思和喜惡，您竟是不知道？天啊，夫妻之間竟然心無靈犀，丈母娘，您危險了啊！」

「你少嚇我，你怎知我跟侯爺心無靈犀？」

「你們要是心有靈犀，您就犯不了這樣的大錯啊！」

秦鳳儀三兩口吃了個枇杷，繼續剝下一個，又問：「您到底想不想跟岳父合好？您要是想的話，我幫您想想法子。您要是不想就算了，我讓岳父再尋個知心人也是一樣。」

「你敢！」景川侯夫人要不是身體虛弱，真能生吃了秦鳳儀。

秦鳳儀道：「我有什麼不敢的，我又不是您的親女婿，您也不是我的親丈母娘。再說，您以前一千個看不上我，還經常拿小眼睛鄙視我，當我不知道啊？我跟岳父的關係多好，您不心疼他，還不准我做女婿的心疼老丈人啊？我們揚州專產瘦馬，您再沒個消停，我就尋兩個瘦馬來給岳父消遣。您放心吧，正室還是您的，她倆做個通房丫頭就行，服侍服侍起居啦，哄哄岳父開心啦！」

還沒說完，景川侯夫人兩眼一翻，竟讓秦鳳儀氣暈了過去。

秦鳳儀四下掃掃，慶幸沒人，端起旁邊半冷的茶，對著後丈母娘的憔悴小臉兒連噴了三口，總算把後丈母娘給噴醒了。

秦鳳儀幫她擦臉，說著風涼話：「我說說您就氣成這樣，到時看在眼裡才叫扎在心裡呢！您看這些不入流沒名分的女人都這樣，換了小郡主看正經有名分的側室是什麼心情？」

景川侯夫人喘過一口氣，直言道：「行了，你給我閉嘴吧！」

這小子再不閉嘴，她就真被這小子氣死了！

「您真明白了？」

「滾滾滾滾滾！」

「真明白了？」秦鳳儀一張美臉不掩其幸災樂禍，「您要是不說個明白，我就不走。」

景川侯夫人有氣無力的，「我求求你了，你趕緊滾吧，我真明白了，行了吧？」

「說個期限，何時把岳父哄回來？您哄不回岳父，我就去秤銀子給岳父買瘦馬了啊？」

景川侯夫人忍著不吐血，「三天，三天，三天！」

「行，三天之內。您要是不行，就別怪我這個做後女婿的不恭敬了啊！」秦鳳儀走時還把一碟枇杷給帶走了。

秦鳳儀怎麼勸的，誰都不曉得。

但是，李欽見他爹娘合好，非常鄭重地謝了大姊夫一回。

秦鳳儀挺著胸脯表示，這些都是大公無私的大姊夫應該做的。不過，這後丈母娘說了三天，還真在三天之內把岳父給搞定，讓他抖著腿暗道：半老徐娘，還挺有手段的。

# 捌之章 ● 四處鑽營鬧意趣

景川侯夫人身體一好，二姑娘訂親的日子也到了。

李老夫人還與以平世子夫人為首的平家幾位舅太太說：「這沖喜果然是有用的。」

平世子夫人笑道：「是啊，咱們玉潔的好日子，二妹妹心裡一高興，什麼病都沒了。」

秦鳳儀還跟著道：「是啊是啊！」都是他的功勞啊，要不，這後丈母娘還病著呢！

眼見後丈母娘臉色有些扭曲，秦鳳儀心下暗樂，就聽岳父大人道：「鳳儀，去看看桓公府的人到了沒？」

秦鳳儀道：「沒呢，要是到了，就人有進來回稟。」

「那你就去瞧著些。」

秦鳳儀剛要反駁幾句，見岳父不大和善地盯著自己，一向識時務的他只好說道：「好吧好吧，真是個喜新厭舊的，眼瞅有新女婿，就不拿我當個寶了。」

秦鳳儀出去幫著跑腿，景川侯遞給妻子一個安撫的眼色。景川侯夫人想著，這是親閨女的大好日子，不與這小子一般計較。

李鏡卻是有些不樂意。

阿鳳哥當初還不是好心？真是好心沒好報。父親也真是的，只知道偏著太太。

景川侯的確是回了主院，但同時他也知道這小子是怎麼把他那個笨媳婦「勸」明白的。一想到這渾小子說的那些渾話，什麼買瘦馬啥的，景川侯就滿肚子要教訓人的衝動。

這放肆的小子！

秦鳳儀一路跑到門房去，他是個沒架子的人，同誰都不賴，再加上出手大方，門房對這大姑爺很熱情，見秦鳳儀來，還說：「大姑爺怎麼過來了？您有事知會小的一聲就是。」

秦鳳儀四下瞅瞅，見大門外頭也是特意掃過的，便整整衣襟道：「我岳父，你們侯爺，那偏心眼的叫我過來迎他二女婿來著。」

門房直樂，「看您說的，您可是咱們府的大姑爺。」

秦鳳儀乾脆去門房裡坐著了，門房小廝連忙用新茶盞沏了新茶，又端來茶點，秦鳳儀就與小廝們在一起胡扯打發時間。

秦鳳儀道：「我當初過來下定的時候，門口也沒這麼正式打掃吧？」

門房甲笑道：「哪能呢？您過來訂親的那天，侯爺一大早就起來了，還特意出門檢查了一回，門口就叫咱們足足掃了五遍！」

門房乙也說：「是啊，您可是咱們府上的大姑爺，就是我們做奴才的，對大姑爺您也是滿心的敬重。」

「可不是嗎？」門房丙道：「再說，就大姑爺您這風采，尋常人也比不得您啊！」

秦鳳儀聽了回奉承，高興起來，「還算你們有眼光。」

正說著話，桓公府的人到了。

秦鳳儀放下茶盞，起身出去迎人，門房小廝就有腿快的進去回稟。

桓國公世子與世子夫人原想著該是景川侯夫妻出來相迎，結果竟然是秦探花早早地立在門前。秦鳳儀也不等他岳父等一干人，先笑咪咪地上前作揖見禮，「我岳父早就等著呢，還特意遣我先來迎接。我說他喜新厭舊，他還不承認，世子和夫人可得給我評評理。」

桓國公世子笑與小兒子道：「阿衡，你以後就要跟你大姊夫學才是，就得你大姊夫這樣，才能討岳父喜歡。」

桓衡今日訂親，也很是歡喜，笑著對秦鳳儀拱手道：「秦大哥。」

世子夫人笑，「該叫大姊夫才是。」

「就是就是。」秦鳳儀道：「全京城的人都知道我為這大女婿的名分足足奮發四年，阿衡你趕緊改口，一會兒我傳授你一些討好岳父的祕訣，以後你也好討岳父岳母高興。」

景川侯夫婦帶著兒子們出來時，秦鳳儀已經跟桓家人說得熱火朝天了。

兩家親家一見面，自然又有一番喜慶，桓世子夫人還特意問候了一回親家母的身體。

景川侯夫人笑道：「我這人一忙就瑣碎，可到了正日子，一高興就什麼都好了。」見女婿也是一表人材，拋開叫閨女做皇子妃的心思，景川侯夫人眉眼彎彎，心中非常高興。

這訂親主要就是女方擺酒，秦鳳儀因是大女婿，侯府貴客，景川侯甭看對這個女婿各種使喚，卻是將秦鳳儀安排在首席，讓他幫著陪客。

秦鳳儀道：「岳父、桓叔，你倆得先乾一杯。京城這麼些人家，獨你倆做了親家，這得多大的緣分啊！以後二妹妹就是桓叔的兒媳婦了，桓叔，您不要當她是媳婦，當她是親閨女就成了。親閨女不能在您身邊孝順您一輩子，因為閨女得嫁人，兒媳婦會孝順您的。我岳父可疼二妹妹了，心裡捨不得啊，您可得好生同我岳父喝一杯。」

秦鳳儀又道：「岳父，您雖是捨不得，可看看我桓叔這樣的人家，阿衡這樣的人品，又同是在京城住著，還有什麼不放心的？您不是少個閨女，是從此以後多了個兒子。」

景川侯笑道：「聽這小子這麼說，桓兄，咱們是得乾一杯。」兩人吃了一盞。

桓家老大桓御對弟弟使個眼色，桓衡見岳父杯中酒乾了，連忙幫岳父斟上，自己跟著舉杯道：「岳父，小婿口拙，不會說別個巧話。從此以後，您就看我表現吧。」

桓衡並不是家族爵位繼承人，這門親事當真是極不錯的親事。桓衡自己心裡也喜歡，自然知道要在老丈人跟前表現一二。

景川侯笑，「好。」吃了女婿敬的酒。

氣氛活絡開了，本就是喜事，說話也隨和了起來。

桓御是家裡長子，說道：「先時我還說讓阿釗幫我引薦阿鳳你，不想，倒省了引薦。來，阿鳳，我對你慕名久矣，咱們乾一杯。」

秦鳳儀道：「喝酒是喝酒，桓大哥，我可不斷袖啊！」

桓御險噎著，秦鳳儀哈哈大笑，「開玩笑，還是頭一回有男的跟我說慕我名久矣。要是個女娘跟我這般說，我就不奇怪啦！」

李釗還得為這個妹夫圓場，「阿鳳就是愛說笑。」

桓御道：「也不全是玩笑，阿鳳的姿容，是得小心著些。今年會試不是特別嚴嗎？為檢查考生有無夾帶，一進貢院先洗澡，我聽說阿鳳你一洗澡，好些個考生噴鼻血都噴暈過去了，是不是真的？」

「昏沒昏我不曉得，不過，有個傻瓜，我都洗好穿衣裳了，他還在那裡噴鼻血。」秦鳳儀笑著夾了個焦炸丸子，「後來我中了探花，那傻瓜還到處說我這探花來路不正，這不是作死嗎？我可是陛下欽點的探花。剛開始我沒在前十名裡，陛下看我好，點我做探花。」

這事於景川侯府不是什麼祕密，但桓國公府還真不曉得。

景川侯也不知道秦鳳儀這嘴就是個漏勺，咋這麼不嚴實呢？可這小子已經把事說了，果然，桓世子道：「可見世侄你自有奇遇。」

「是啊，就是陛下看我生得好，連太后娘娘聽說我生得貌美，還把我叫去宮裡去了。」然後秦鳳儀第一千零一回地臭顯擺他在太后宮裡吃獅子頭的事。

秦鳳儀道：「我覺得，我跟陛下和太后都挺投緣的。」

桓御感慨道：「阿鳳，你果然是有大機緣的人。」

「我也這樣覺得。」別人一誇，秦鳳儀越發來勁，「我們揚州城最有名的李瞎子幫我算過命，說我是個貴命。你看，我本來是個紈綺，突然就做了個夢，夢到了阿鏡，接著一個月內我們就在揚州城相遇了。哎，要不是遇著阿鏡，我就不能來京城提親，要不是來京城提親，也不能見著我岳父，要不是見著我岳父，我哪裡知道自個兒有考探花的本事呢？說來，我岳父眼光才是一流的好，他老人家早就看出我能考探花來著。當初他給我提的兩個條件，把我逼得險些出家做了和尚。如今想想，多虧他老人家。岳父，我敬您一杯。」

景川侯心說，就你這些廢話，當真不值一盞。可不喝怕他沒面子，就吃了一盞。

秦鳳儀又與桓衡道：「阿衡兄弟，來，咱們也乾一杯。我媳婦與你媳婦是親姊妹，咱倆以後就是親兄弟了。以往咱倆雖說不大熟，但岳父的眼光再錯不了的，來，喝一個。」

秦鳳儀這人吧，不靠譜時是真不靠譜，但偶爾辦的事又很有水準。他一點也不拿什麼探花郎大姊夫的架子，主動與桓衡說話吃酒。

景川侯嘴上不說，心中很滿意，覺得大女婿就該有這種風範才是。

訂親的大喜日子，兩家人都很歡喜，桓家人更是盡興而歸。

秦鳳儀也覺得自己表現得不錯，待得第二天，就又歡歡喜喜地來了，他特意等了岳父落衙回家，一副邀功的模樣，「岳父，昨天我表現得如何？」

有這樣直接問的嗎？

「再好，你這樣一問也就尋常了。」

「那就是還不錯。」秦鳳儀笑咪咪的，「岳父，我有事與你商量。」

二女兒剛訂親，景川侯看著大女婿心情亦不錯，示意秦鳳儀只管說。秦鳳儀就說了，不是什麼大事，就是庶起士不都要住翰林院嗎？秦鳳儀不願意住宿，想著能不能跟岳父走個後門，還是在家裡住。

景川侯的臉當下就黑了。

至於這後門有沒有走成，秦鳳儀當天都沒敢留在侯府吃晚飯，嚇得一溜煙跑回家了。

景川侯夫人不愧是後丈母娘，私下還跟著添油加醋，火上澆油，「阿鳳這孩子，侯爺可得好生說說他。這怎麼成呢？就是阿釗當年，也是去翰林院住了一年。」

景川侯也是被氣得手心發癢，想著這小子真是有點成績就翹尾巴，沒人鞭策立刻就不知道上進了，真個天生骨頭輕欠捶的！

秦鳳儀是個神人，岳父這裡的後門走不通，他就找阿悅師侄商量，準備從阿悅師侄的岳父那裡走一走門路。方悅說他：「你還有空折騰這個？阿灝他們要回鄉了。」

秦鳳儀道：「這幾天我二小姨子訂親，我沒空過來。怎麼說，紀家那事解決了？」

方悅嘆道：「算是解決了吧。」

「你這嘆哪門子氣啊？」秦鳳儀一向愛打聽，問：「到底怎麼解決的？」

「說來當真令人氣惱。」方悅道：「這事是孫舅太太不對，可紀家也欺人太甚。」

方悅小聲道：「你可千萬莫往外傳，說是孫老爺都向紀家人跪下了。」

秦鳳儀一聽就來火，「這也太欺負人了！」

原本秦鳳儀想著，孫舅媽那蠢貨自作聰明，孫舅舅過來賠個情送份厚禮也便罷了。

方悅按住他，「你別多事了，這事就算了。原也是有丫鬟偶然聽到孫舅媽哭訴，我這才知道的。孫家舅舅、舅太太畢竟是這把年紀，這樣的輩分，咱們小輩提這事不好，他們該覺得面子上過不去了。」

秦鳳儀未多想，聽方悅這樣說，一思量，也是這個理，誰不要面子呢？

秦鳳儀嘆道：「這蠢婆娘，這回她可算是遂心遂意了！要不說，賢妻旺三代，蠢才禍全族啊！唉，這其實不關阿灝的事，都是孫舅媽做出來的蠢事，可惜孫兄那樣精明要強的人，竟有這樣的母親。」

秦鳳儀現下不討厭孫耀祖，而是改為深深的同情了。

方灝親娘這來了京城，雖則是為了解決娘家大嫂子幹的昏頭事，但也要與親戚朋友走動一二。方大太太這裡自不消說，雖然血緣遠了些，但先時方閣老帶著孫子孫女回老家，也沒少得人家南院殷勤照看。方大太太對於方灝一家很有些好感，尤其方灝是個斯文少年，雖則上科秋闈失利，但年紀並不大，禮數卻是周全。方洙也是個爽利姑娘，有孫舅媽這個自作聰明的蠢才做對比，方大太太欣慰的同時，都可惜了方洙有這麼個蠢婆婆。

方大太太性子寬厚，又是同族，很是親近。

還有秦太太這裡，先時在揚州城兩家就常來常往的，雖然偶爾有些小摩擦，如今在京城見了，秦太太倒覺得方灝親娘很是親近，也不說人家為閨女尋的親事不好了，倒是很有正義感地跟著念叨了回孫舅媽。

秦太太道：「孫舅太太這人，平日瞧著精明，這說起糊塗，倒比世人都糊塗。」

「我大哥樣樣都好，這輩子就是沒娶對媳婦，拖累了一大家子。」

方灝親娘現在是把娘家嫂子恨透了。

不過，她過來也不是白來的，除了與親戚們走動，也是知道娘家侄兒兼女婿這回考了個同進士。同進士啥的，方灝親娘還是知道的。這同進士比起一甲二甲的進士雖則不大體面，可想一想，春闈三甲，一甲三人，二甲一百人，剩下的全是三甲同進士，內侄兒兼女婿也不能說考得不好。只是這同進士就得張羅差使了，孫家在京城能有什麼關係，方灝親娘帶著丈夫兒子一道來，除了解決她那禍家的娘家大嫂做出的蠢事外，也得問一問孫耀祖準備謀什麼差使，若是能幫忙還是要幫忙的。

這回方灝親娘過來解決娘家嫂子，孫舅媽把事給辦砸了，早就悔得腸子都青了，如今更是連累得丈夫向人磕頭賠禮，孫舅媽現在都沒臉出門了。

秦太太也問起孫進士的打算，方灝親娘道：「這同進士就得打點差使了，也得看祖哥兒的意思。好在有族長大哥和大祖父他們，總能指點著咱們些。」

秦太太也道：「是啊，這上頭嫂子比我懂，反正聽一聽閣老大人的沒差，他老人家何等見識，讓阿洙女婿多去請個安問個好，這又不是外人。他老人家略指點一二，就夠他們小孩子受用一輩子的。」

「我也是這麼說。」方灝親娘覺得，真不愧跟秦太太半輩子的交情，秦太太這話，可不正對方灝親娘的心思。於是，兩個中年婦女聊得更起勁了。

方洙到了京城，一則是跟著她娘走動，二則還得安慰丈夫。方洙想到她舅媽幹的事，也是一肚子的火，可如今家裡都這樣了，再抱怨也無濟於事，還得多勸著丈夫和舅舅些。其實就是孫耀祖說，表妹過來也比他娘過來好，明顯方家更喜歡表妹，而且表妹還能去侯府跟侯府大姑娘李鏡，還有嫁了的方澄走動。

再想到自己老娘幹出的昏頭事，孫耀祖真是悔恨不已，想著當初就應該狠下心腸，憑他娘說破天也不該讓他娘來的。

這來了，光壞事了！

孫耀祖是吃一塹長一智，這回是堅決讓他爹把他娘帶回老家，赴任的事也不勞他娘跟著了。他誰都不帶，就帶著媳婦。

孫耀祖再聰明不過的人，私下還與方悅說：「先時鳳儀見我帶我娘來，他那臉上就不大好看，我心裡還覺得他不喜我娘。如今想想，他其實是好意。我要是先前能多思量一二，也不至於如此。」說著，孫耀祖很是傷感，「讓我爹受這樣的羞辱。」

方悅勸他，「紀家行事也太過刻薄，再沒他家這樣的。現在還得慶幸，幸而紀家的打算沒得逞，不然就他家這行事，誰娶了他家的閨女那也好不了。」

孫耀祖連忙道：「阿悅，我可是沒有半點對不住表妹的心！」

「我知道，只是咱們兄弟私下說說罷了。看一家人行事，便能知道這家人的門風了。紀家這樣的人家，能養出什麼寬厚的女孩兒來呢？」

方悅這話，當真是讓孫耀祖暗地裡冷汗直流。

說句實在話，也就是他這親事是姑舅做親，而且春闈之後就與表妹成了親，不然這來京城啥的，還真不好說。便是孫耀祖有些攀龍附鳳之心，也不是不要命了，娶紀家這樣人家的女孩子。便是真能沾岳家的光，想到往後的日子，想要榮華富貴的心也略收了。

方洙一來，孫耀祖的生活就上了正軌，而且是孫耀祖期冀的那種正軌。

方洙年紀較孫耀祖小好幾歲，雖則年輕，但頗是能幹。她與李鏡的交情其實有限，方澄自嫁人後也沒回過揚州，她只能過去交際，順便打聽外放的門道什麼的，回家再說與丈夫知道。孫耀祖是願意走方閣老家門路的，何況他來京城就住在方家，與方悅關係也不錯。

事實上，方大老爺、方閣老看孫耀祖都覺得，這個後生雖有些聰明外露，卻也不是不能教導的人，就是孫舅媽辦的這事太丟臉。

如今方洙過來，各方面關係都能緩和一二。

方洙還說：「咱們成親匆忙，當時阿悅哥和阿鳳哥還有表兄都忙著要來京城春闈，當年還是他們給我送嫁，正好大哥也在，咱們該請一請阿悅哥和阿鳳哥他們。表兄不是說還有一個阮進士也是同鄉，不若一併請來，大家該一起吃頓飯。咱們與阿悅哥、阿鳳哥都不是外人，與阮進士也有同鄉的情分。」

孫耀祖感動地拉著妻子的手道：「都是我先時耳根子軟，如今要妳幫我收拾爛攤子。」

方洙道：「說這個做什麼？既是做了夫妻，就是要過一輩子的。我這也是看你沒去攀那紀家，你要是有高攀的心，我現在早回去了。」

孫耀祖忙道：「我要是那樣的人，叫我天打雷劈！」

女人無非就是想要個知心的男人，方洙難道是看著她那混帳舅媽嗎？無非是看丈夫還不算太糊塗罷了。想著既是嫁了表兄，總要過一輩子。這男人雖是耳根子軟，只要還是過日子的心，再慢慢調理也不遲。

方洙這裡忙活著走動關係，請親戚朋友吃飯的事，孫舅媽心裡卻是很焦急兒子的差事，想著小姑子、兒媳婦趕緊求一求閣老大人把兒子的差事落實，她這心裡也就安穩了。

孫舅媽又要出來禍禍，方洙就與丈夫道：「差事按理早該求一求大祖父的，可先時已是遲了，要我說，如今也就別急在這一時半刻。咱們又不是只做三五年的官，親戚朋友的先處好了，差事晚些怕什麼？還有一句話，叫好飯不怕晚呢。」讓丈夫去勸他自己的老娘。

孫耀祖這般精明的人，焉能不知此理？要不是他娘這一齣，他的差事也耽擱不到這時。現下正往回拉人品值，他娘又出來添亂，孫耀祖真是氣個好歹。人家要是覺得你不是好人，就算礙於情面幫你安排差事，也不能是什麼好差事。磨刀不誤砍柴工！孫耀祖別個不悔，就是後悔帶了他娘來。他也算明白了，他娘這素質，也就是東家長西家短過過小戶人家的日子還成，別個是指望不上的。

孫耀祖也不勸他娘，讓他爹去勸他娘吧。孫舅舅兩拳下去，孫舅媽就老實了。

孫家請客吃飯，秦鳳儀還說：「哎喲，看不出阿洙妹妹這樣能幹啊！」尤其阿洙妹妹這一身鵝黃衫子挑線裙，越發出眾了。

方洙笑，「你看不出的事兒還多著呢！」

今天就是他們夫妻倆的朋友，方洙讓丈夫陪著客人，她就出去張羅了。

秦鳳儀與孫耀祖道：「我說你當初就該把阿洙妹妹帶來。」

孫耀祖嘆道：「我前兒還與阿悅說呢，你先時說我我還不大樂意，如今想想，阿鳳，你這眼力再不錯的。」

「這還用什麼眼力？你把你娘帶了來，叫你爹獨守空房，阿洙妹妹這剛成親，就跟你兩地分離，算什麼回事啊？不用眼力，一想就能想通。」

孫耀祖：……

方灝遞茶給秦鳳儀，「我說你個不禁誇的，吃茶堵嘴。」

大家都是一樂，阮敬雖在二榜，卻是沒考上庶起士，也是準備外放的。大家在一起，就說起這外放的話題來。

其實有時許多事真是水到渠成。

孫耀祖謀缺之事，方家並沒有袖手，便是阮敬那裡，也順帶照拂了。事實上，於方悅私心，他更喜歡阮敬的人品，奈何孫耀祖亦是精明之人，各有各的好處吧。

待得送別二人，方灝一家也便一道辭了族長一房和在京城的朋友們，南下回鄉去了。秦鳳儀方悅都去送了一回，如李鏡、方澄雖未親自去送，也備了禮物給方洙。

眼望朋友們各奔前程，秦鳳儀與方悅道：「心裡怪怪的。」

方悅笑問：「怎麼個怪法？」

秦鳳儀道：「以前我不大喜歡老孫，如今他這一走，也就覺得不那麼討厭了。」

方悅笑，「我聽阿灝說，你以前還不喜歡他呢！」

「阿灝那就是個呆子。」秦鳳儀道：「老孫不一樣，他身上有那麼種說不出來的意思。不過，他到底沒做出對不住阿洙妹妹的事，暫且算他是個好人吧。」

方悅又是一樂，秦鳳儀說不出來的意思，方悅卻是明白。孫耀祖此人，說白了就是精明太過。這樣的人，無非就是利益不夠罷了。倘今日相中他的是皇家公主，相信不論什麼姑舅結親、結髮夫妻，怕孫耀祖就得是另一種選擇了。

當然，這樣人也好驅使。這種人太擅長權衡利弊，只要讓他看到足夠的利益，他自然會做出「正確」的選擇。

兩人說著話，便回城去了。

秦鳳儀不曉得的是，在他已是記憶模糊的夢裡，不論是孫耀祖還是方洙，面對的可是另一種更無情的結局。

而在那個揚州城二月的午後，蝴蝶扇動了一下命運的翅膀，秦鳳儀驟然入夢，由此所改變的，豈止秦鳳儀一人？

把朋友們送走，秦鳳儀繼續他那走後門不住宿的事，結果哪家後門都沒走通。秦鳳儀到岳家去還感慨：「祖母，您說說，我怎麼遇到的都是這種正直無私的長輩啊？」

李老夫人直笑，「在你師傅那裡也沒走通？」

「老頭兒說我不是第一個去找他的，他吃醋了，所以不幫我。」秦鳳儀無奈，「上了年紀就跟小孩兒似的，其實這都是藉口，我就是第一個找他，他肯定也不幫我。」

李老夫人道：「住翰林院也挺好的，裡頭都是同科進士，多處一處，有性情相投的，以後就是好朋友。」

秦鳳儀道：「我聽說是一人一間小屋，這可怎麼住啊？」

「哪裡是一人一間屋了，是兩間，一間臥室，外頭還有個小廳。」

「現在也沒法兒了。」秦鳳儀悶悶的。

李鏡道：「你就別瞎嘆氣了，我聽說那裡頭還有老鼠蟑螂。」

一句話把秦鳳儀的臉都嚇白了，李鏡哈哈大笑。

秦鳳儀氣笑，「就知道嚇唬我！」

李鏡問他：「被褥什麼的都準備好了吧？」

秦鳳儀點頭，還叮囑李鏡：「我去了翰林院，得五天才能回來一趟，阿鏡，您時常過去看一看我娘。對了，咱們的新房在糊裱了，您也去瞧著些。那些個匠人們，還是得時時看著，屆時裝出來的才合心意。」

李鏡道：「你就放心去翰林念書吧。」

雖然大家好像都不需要他擔心的樣子，秦鳳儀還是每個人都叮囑了一遍，什麼「祖母不要太想我啊，小舅子們要好生念書啊，小姨子們在家好好的啊，後丈母娘不要太想我」，總之，秦鳳儀叮囑了一圈，就是沒有叮囑岳父大人，因為岳父大人不肯讓他走後門，算是把這個大女婿給得罪了。

秦鳳儀的人生格言：平生最恨不肯走後門之人。

秦鳳儀要去住宿，秦老爺和秦太太為兒子的寢居用品就準備了兩車。

景川侯預料到了秦親家的行事風格，秦老爺和秦太太自己苦日子過來的，自己吃用其實不大講究，但對秦鳳儀可不是這樣，一向是有什麼好的先往兒子身上招呼。

景川侯特意讓長子李釗去了一趟，要親家不要太誇張。

有李釗看著，東西精簡成了一車，秦鳳儀方帶著攬月和辰星兩個小廝去往翰林，開始了他的住宿生涯。

其實庶起士的第一年還是念書。

因為秦鳳儀嘴巴不嚴，到處宣傳他沒有殿試前十，是被陛下破格提拔到了探花。就為了治秦鳳儀這漏勺嘴的病，景川侯說了，明年庶起士大考，要是進不了前三，有他好看的。

秦鳳儀認為，岳父簡直就是他人生的剋星啊！

他本來想著都探花了，還念哪門子書，結果竟然有這麼個不人道的岳父。

秦鳳儀到了翰林院，李老夫人還說是兩間屋子，屋子倒是兩間，只是那叫一個窄。用秦鳳儀的話說，還不如他家丫頭住的屋子寬敞。

當然，這話秦鳳儀也只是在肚子裡說說，攬月叫苦時，秦鳳儀還正色訓斥他。

秦鳳儀道：「這麼多進士老爺都受得，你就覺得苦了？」

攬月主要是心疼他家大爺，他家大爺自小到大，哪受過這等辛苦啊！

好在秦鳳儀慣是個會裝的，他深知這些書生的性子，一臉義正詞嚴地訓斥了攬月幾句，然後就踱著步子找方悅說話去了。

秦鳳儀大致逛了逛，看到方悅這狀元的屋子與他的屋子也是一樣，心裡就平衡了。

方悅見秦鳳儀東看西看，問他：「怎麼，看看我這屋子是不是比你的大比你的好？」

秦鳳儀道：「那倒不是，我一看駱掌院就是個正直無私的。我主要是過來瞧瞧，有沒有分你一個最差的。」

方悅真是無語了。

秦鳳儀一上午沒幹別的，就各處逛了。

一科庶起士其實也就二十幾位，春闈後大家就認得了，很容易混熟，秦鳳儀還提議，晚上大家聚個餐什麼的。這個就要湊份子了，也不必多，一人一兩足矣。

待晚上讓翰林院的小廚房給做了一桌好菜，秦鳳儀又命人在外買了好酒，大家齊聚了一回。第二日就要開始繼續念書生涯，秦鳳儀顯然是班級裡成績最差的，結果不曉得阿悅師侄的岳丈駱掌院怎麼回事。依駱掌院的官職，並不是親自授課，但駱掌院時有抽查，也不知駱掌院這天下書呆的頭目是不是故意要照顧他，每次都抽問他，還問的都是不好答的問題。

不論秦鳳儀多麼努力作答，總能被駱掌院挑出毛病，想也知道，駱掌院這種在翰林院都是數一數二的學問，絕不是秦鳳儀這種才讀了四年書的人能比的。

秦鳳儀多要面子的人，他都私下問方悅：「是不是你老丈人看我不順眼啊？」

方悅道：「怎麼會？我看岳父大人很喜歡你，不然也不能每次抽問都叫你。」

「那是喜歡我啊？我沒一次抽問不被他羞辱的。淨顯他學問好，我學問差了。他怎麼不這樣喜歡你啊？」秦鳳儀與方悅道：「你去跟他說說，別讓他總問我了。就是問，也求他在課堂上給我留些面子。」

方悅道：「這怎麼說啊？」

「私下說。」秦鳳儀早有準備，跟爹娘商量後，想了個好法子，給駱掌院送禮，禮物都準備好了，「這是揚州的珠蘭茶，女眷喝最好。這是北邊新羅國的紅參，益血補氣的。你拿去孝敬岳父岳母，再悄悄說一說我這事。」

「這能成嗎？」

「一準兒成的，去吧。」

方悅挺有義氣地去了。

然後，連人帶東西被岳父攆了出來。

方悅都沒敢跟家裡說這事，私下卻是抱怨了秦鳳儀一回，「我說不成吧。我岳父的性子，剛正不阿，這回可是把他給得罪了。」

秦鳳儀問：「你怎麼說的？」

「我說你特仰慕他老人家，事兒都沒說，他就問這東西是不是你準備的？我也不能說謊啊，然後就被攆出來了。」

秦鳳儀道：「你就說是自己準備的唄，你咋這麼實在啊？」

「我說有用嗎？岳父都瞧出來了。」

秦鳳儀安慰道：「這沒事，又不是外人，你岳父把你攆出來算啥，我經常被攆出來。」

方悅心說，你以為我是你那沒臉沒皮的啊？

秦鳳儀想著，送禮不成，得另想法子。結果，他還沒想出別個法子，就被駱掌院叫去臭罵一頓。也就秦鳳儀近年學問大漲，否則駱掌院罵他的那些話他都不一定聽得懂。

人家罵，他就聽著唄。要說秦鳳儀這真不是個尋常人，倘別個庶起士被掌院這麼訓斥，命都得給訓掉半條，秦鳳儀不一樣，他面不改色。駱掌院罵累了，他立刻有眼力地給掌院端茶遞水的服侍，還很乖巧地承認錯誤，「大人的話，我都明白了。掌院儘管放心，以後我一定按掌院的訓導做人做事，也會認真念書，本本分分，踏踏實實，絕不辜負掌院的期望。」

駱掌院深深地看秦鳳儀一眼，揮揮手，打發這朽木出去了。

秦鳳儀回家跟他爹道：「阿悅親自去送禮都不好使。」

秦老爺道：「看來這位掌院不是愛收禮的人。」與兒子道：「走走人情如何？」

「阿悅剛把掌院大人給得罪了，一時半會兒的，人情也不好走了。」秦鳳儀直發愁，秦太太道：「是不是人家是為了激勵你好生念書啊？」

自從兒子有了出息，秦老爺跟著大長見識，一聽妻子這話，當下拍手道：「可不是嗎？

俗話說的好，愛之心責之切。阿鳳，掌院大人是盼你成才啊！」

秦鳳儀有些懷疑，「是這樣嗎？」

「一準兒是這樣。」秦老爺和秦太太異口同聲道。

秦鳳儀總覺得古怪，又找了李鏡，想問問媳婦的意思。李鏡聽了這事，說秦鳳儀：「你可真有本事，你以為是個阿貓阿狗的，掌院就會親自提問啊，這明擺著是器重你啊！」

秦鳳儀道：「妳不曉得，他淨問我那不好答的，答不出來多丟臉。」

「若是題目難，就是你不足之處，正好課下補習。待得庶起士明年散館也是要大考的，你本就是破格提拔，倘是考得不好，豈不是白瞎了陛下的眼光？」

秦鳳儀忽然想到，「妳說，是不是陛下讓掌院大人對我嚴加要求啊？」

這可真會往自己臉上貼金！

李鏡安撫道：「甭管是不是，你都好生念書，待散館時，可是得看各人文章好壞來安排差事的。再者，你把書念好了，你管他提什麼題目，你都答得妥妥當當的，掌院大人定不會再訓你，還得誇你。你總讓人看笑話，說到底，是你學問不扎實。學問不扎實，就該用心學。你倒好，想著送禮的邪招。」

挨媳婦一頓說，秦鳳儀也老實了。他主要是好面子，更不想擔笨蛋的名聲。

然而，奮起歸奮起，為著他，阿悅師侄把老丈人都得罪了，近來駱掌院罵方狀元的頻率都與罵他的頻率相仿了，秦鳳儀覺得，得想個法子讓阿悅師侄重得老丈人的芳心才是。

秦鳳儀這性子，按照世宦之家的審美，是最不討喜的。

譬如他岳父，景川侯就很不喜秦鳳儀這種投機份子。是的，簡直太擅長投機，那些個邪門歪道，不點就通。要不是這小子有幾分聰明，當然，擅長投機的人也很會討人喜歡。不過這種人以後為官，一般是奸臣居多。

雖然秦鳳儀一向認為自己以後一準兒是個好官。

估計朝中大員的審美多偏一致，秦鳳儀一入翰林院就在駱掌院那裡碰了壁。要是他自個兒，秦鳳儀根本不放在心上，他這性子除了投機外，還頗有些沒臉沒皮，得過且過。反正，秦鳳儀自己在翰林院雖苦些，日子也過得下去，連累阿悅師侄卻是不好了。

阿悅師侄這親事，只是口頭上說定了，到底還沒正式訂親。

這要萬一女方家反悔，豈不是耽擱了阿悅師侄的終身大事？

秦鳳儀很關心阿悅師侄在駱掌院心裡的評分，便給方悅出了主意，「咱們下回休沐，再過去請安問好。」

方悅嚇一跳，「你還打算送禮？」

「不是。」秦鳳儀道：「我是說你，你先時得罪了老丈人，就不用賠禮了。」

方悅道：「我厚著臉皮多過去幾遭就沒事了。」

秦鳳儀兩隻眼睛閃閃發光，一副過來人的口吻，「光臉皮厚沒用，你還得有技巧。」

「說說看。」

「老話說的好，丈母娘看女婿，越看越歡喜。你家丈母娘可是親丈母娘，得罪老丈人，自然要走丈母娘的路子。把丈母娘哄好，這事就成了大半。」秦鳳儀很是篤定。

甭說，方悅也覺得這主意不賴。

方悅道：「成，我曉得了。」

秦鳳儀道：「原本我該與你一道去的，只是駱掌院這些天越發挑剔我了，我學問沒大長進前要是去，怕他得多想。我與你說，你拿私房給你媳婦打一對蝴蝶釵，她一看就能明白。」

方悅都沒明白，問：「這蝴蝶釵可是有什麼寓意？」

「真是讀書讀傻了，這叫比翼雙飛。」

方悅長了見識，「你把研究這釵的心思用在念書上，我岳父一準兒能看你順眼。」

秦鳳儀摸摸自己的右手，道：「我本來想趁著不念書的時候好生把手養好的，沒想到這中了進士又要念，我這手是養不好了。」

「你的手怎麼了？」

秦鳳儀伸手兩隻白嫩嫩的十根手指，問他：「你就沒瞧出我這右手特別粗糙？」

方悅把自己左右手食指上的厚繭亮給秦鳳儀看，秦鳳儀摸了摸，道：「右手有繭倒罷了，左手怎麼還有？」

方悅道：「小時候一學就是雙手寫字。」

秦鳳儀大為佩服，道：「真不愧是我師傅的得意長孫。」又與方悅道：「你這模樣生得不好，也只好靠才學了。」

方悅……

秦鳳儀給方悅的出的這主意，甭說還挺好用的。秦鳳儀說了，不要送厚禮，就買些糕點水果的就成，主要是勤過去，嘴巴甜，當然，給未婚妻的東西可得帶著。

方悅過去討好丈母娘和未婚妻了，秦鳳儀這好不容易一有日假，也沒睡到日上三竿。自從發覺駱掌院是個不收禮的正直人後，秦鳳儀覺得，要保證自己不在翰林院遭迫害，就只有下苦功一條路可走。他在翰林院裡就恢復了以前考功名時的刻苦，那真是起得比雞早，睡得比狗晚地用功。就是回家，他也是早起先念書。

秦老爺萬分欣慰，與妻子道：「看咱們兒子，還是這麼上進。」

「是啊。」秦太太很是得意，「前兒找後鄰杜太太說話，杜太太都說，估計過不了幾年，我就能穿上兒子孝敬的誥命服啦！」

夫妻倆欣慰了一回，然後秦太太就令廚房中午燉母雞湯給兒子進補，怕兒子太刻苦，營養跟不上。秦鳳儀休沐只一日，卻也沒空在家吃飯，就在家吃了早飯，便去方家找他的師傅彙報功課進度去了。

方閣老對於愛徒的事是很清楚的，什麼讓方悅替他給駱掌院送禮的事啊，駱掌院還與方親家說了，讓方親家好生約束一下女婿。方大老爺也跟老爹提了提，方大老爺的話：「小師弟這真是滿肚子聰明沒用對地方。」倒是很機靈。

方閣老笑道：「有趣吧？」

方大老爺心說，要是我小時候這麼有趣，您老早拿大板子抽我了！想著他爹上了年紀，這審美就變了。當然，對子弟也寬鬆了。

秦鳳儀過來看望師傅，方閣老這樣的學問大家，只隨口提問幾句，就知秦鳳儀的學習進度了。方閣老道：「繼續保持就是了。」

秦鳳儀道：「我大師兄找了個青天當親家。」

方閣老道：「你少得了便宜還賣乖，二十幾個庶起士，你以為個個都在掌院眼裡的？」

秦鳳儀道：「咱們這關係，那是常人能比的？」

方閣老笑，「倒是聽說你走關係碰了一鼻子灰啊！」

「他把我罵得像孫子一般。」秦鳳儀抱怨一回，又道：「唉，有什麼法子，到底是大師兄的親家，駱掌院也算我哥了。其實想想，這樣的官兒多幾個，對百姓就是福分。我心裡是極敬佩這樣的人，說來，我大師兄找親家的眼光真不錯。」

方閣老一樂，留弟子中午一道吃飯。

秦鳳儀中午在師傅這裡吃，下午過去岳家請安。

李老夫人就喜歡秦鳳儀這副神采奕奕的模樣，看他眼若明星、歡歡喜喜的，李老夫人打心眼裡高興，問了他不少翰林院的事。

秦鳳儀道：「還成，吃的也不錯。原本我以為衙門能有什麼好菜，結果雞鴨魚肉都不缺，就是味兒不比家裡的。不過，那是衙門大鍋飯，挑不來的。」

李老夫人笑道：「翰林人稱儲相，哪裡的飯菜差了，你們的飯菜也差不了。」

秦鳳儀笑，「還有這種說法啊？」

「可不是嗎？」李老夫人又問他可交到新朋友了，秦鳳儀道：「倒有幾個跟我不錯的，也有不大睬我的。我現在也沒功夫睬他們，書還念不過來呢！」

李老夫人笑，「這麼忙啊？」

「是啊，我們掌院特別器重我，只要是他抽問，必然要問我的。我現在每天五更就起，晚上睡前也會看一會兒書。阿鏡與我說庶起士就是一年，明年散館前還得考試，看考的成績來分派差事。我可是探花進去的，起碼也得探花出來，不然臉面往哪兒擱啊！」

秦鳳儀絕口不提這是他岳父的要求，以及他送禮鬧個灰頭土臉之事，在李老夫人跟前，那叫一個奮發上進的好青年啊！

李老夫人也只當未知，「就當如此。」就讓他們小兒女去說些私房話了。

秦鳳儀一到李鏡的閨房，立刻癱在榻上了，歪著身子直叫喚：「阿鏡，過來給我捶捶肩，揉揉腿。」

李鏡道：「你怎麼不給我捶肩揉腿？」

這話一出，李鏡就知上了鬼當，因為這憊賴貨立刻精神抖擻地站起來，一副熱情得不得了的模樣，「來來來，我給妳捶肩揉腿！」

丫鬟們險些笑得摔了手裡的茶盞，連忙放下茶就退了出去。

李鏡道：「你給我老實些。」

秦鳳儀一手搭媳婦肩上，一面道：「這還不老實啊？」

兩人吃茶說話，李鏡問他在翰林可順利，秦鳳儀大大咧咧地道：「無非就是念書，也沒什麼不順利的。」

李鏡是個心細的，「你不是說有幾個與你不大好嗎？庶起士攏共才二十幾人，誰與你不大好啊？」阿鳳哥雖然有點沒頭腦，但性子爽快，等閒人都不會討厭阿鳳哥才是。

秦鳳儀道：「范四和王五。」

「這是誰？」聽著倒是像個人名。

「就是今年春闈的第四名和第五名，一個叫范正，一個叫王華。范正是第四名的傳臚，他可能覺得要是沒我這個破格提拔的探花，他就是探花了，可他也不瞅瞅他那模樣，探花哪裡有他那麼醜的？至於王華，可能是覺得，要是范正能得探花，他便是傳臚了吧。」秦鳳儀無奈，「這兩人成天見了我就醋兮兮的，我有什麼法子，也只好讓他們醋去了。」

李鏡道：「這事也不好這樣想，這探花是陛下自己點的。」

「誰說不是？」秦鳳儀懶得想這個，拉著媳婦的小手道：「妳在家都做什麼消遣？」

「也沒什麼事，無非就是準備嫁妝，還有過去看看秦嬸嬸。秦嬸嬸說要置些田地，也是永久基業，我想著是這個理，只是一時沒有合適的田莊，倒是陪著秦嬸嬸挑了幾個京城的鋪面，以後或做出租，或是自己做個小生意都使得的。」

秦鳳儀點頭，「這是正理，以後還能傳給子孫。」

李鏡笑，「你這想得可真長遠。」

「大丈夫慮事，焉能不長遠？」秦鳳儀美滋滋的。

李鏡道：「說來，家裡有一件喜事，你見了大哥，可是得恭喜大哥一回。」

「什麼事？」

「大嫂有喜了。」

「哎喲，這可真是大喜！」秦鳳儀素來粗心，這掐指一算，道：「哎，我以前也不留意，大哥大嫂成親這也好幾年了。」

「是啊。」李鏡笑道：「大哥和大嫂很是歡喜，今兒個原本大哥在家的，襄永侯府叫他們過去吃飯了，晚上就能見著。」

秦鳳儀一向會做人，晚上在岳家吃飯，自然恭喜了大舅兄一遭。

秦鳳儀靈機一動，「大哥，以後我和阿鏡成親，有了兒女，咱們不如做個兒女親家？」

李釗與秦鳳儀關係素來好，笑道：「這事我看成。」

李鏡哭笑不得，這都哪兒跟哪兒啊？

景川侯和李老夫人卻都挺歡喜，這年頭姑舅做親乃常事，以後秦鳳儀有了兒子，便是李家的外甥外甥女，委實不是外人。

就這樣，未婚的秦鳳儀就幫未來的兒女找好了一門親事，當晚還敬了李釗不少酒，待回家與父母一說，秦老爺和秦太太都誇兒子：「越發會辦事了！」

甭管以後的孫子孫女是娶是嫁，景川侯府出身的孩子也差不了啊！

兩家都挺高興的，唯景川侯有些後悔，忘了提個條件。這親事的前提得是，明年秦鳳儀庶起士考試得拿前三。為此，景川侯扼腕不已。

休沐一天，秦鳳儀就早飯夜宵在家吃。雖然中午和晚上沒在家，秦老爺和秦太太可不是一般的欣慰，想想兒子這本事，把孫子孫女的婚配問題都解決了一個。

越發出息了。

第二天早上，秦鳳儀去翰林院的時候，秦太太又幫他收拾了半車吃食叫他帶去，留著在翰林院吃。秦鳳儀哪裡吃得了這些，不過有些家不在京城又關係比較好的，秦鳳儀一向不小氣，也會與大家一道吃。有些比較稀罕的，就給方悅擱屋裡叫他記得吃。

還問方悅，巴結丈母娘的成果如何？

方悅笑嘻嘻的，悄悄與秦鳳儀道：「昨兒我早上過去，晚飯都是在岳家吃的。」

秦鳳儀輕輕捶他一記，讚他：「不錯呀！」

方悅眉眼間頗見歡喜，可知進展超速了。

秦鳳儀要進一步打聽，方悅卻是不肯說了。

秦鳳儀道：「你不與我說，我也不與你說我的事。」

方悅深知秦鳳儀那藏不住事的心思，笑道：「你可別說，只要不怕憋死，你就別說。」

「憋死也不跟你說。」

秦鳳儀馬上就不會覺得憋得慌了，因為在剛入翰林一個月，他就受到了皇帝的召見。翰林院就在皇城邊上，宮裡內侍傳召，秦鳳儀衣裳都不用換就去了。

他現在官居七品，官服是淺綠色的，這樣嫩乎乎的小顏色，換個人不得不失已是相當出眾的人物了。如秦鳳儀，仰仗其天人之姿，當真是穿出了一抹青春亮麗。

秦鳳儀以為皇帝老爺又想念他的蓋世容顏了，結果皇帝老爺是尋他下棋。

秦鳳儀一向是個敢說話的，道：「我這好久沒下棋了，上個月跟我岳父下，還輸了半子。我這也不是陛下的對手啊，必輸之局，下著有什麼意思？」

景安帝就喜歡他這份隨意，朝內朝外，誰與他下棋敢贏啊？故而，景安帝也覺得，那必贏之棋下著沒意思，景安帝道：「那朕讓你三子。」

秦鳳儀先問：「那要是陛下輸了，不會惱我吧？」

景安帝笑道：「這還沒下呢，朕就一定會輸你？」

「要是我岳父讓我三子，我定能贏他的。」秦鳳儀接了內侍捧上的茶，呷一口才道：「陛下，這要是光比輸贏也無趣。」

景安帝看他一副眉眼靈動的樣子就喜歡，問：「依你說如何？」

「咱們不如關撲。」秦鳳儀問：「陛下，您會關撲吧？」

景安帝命內侍秤二十兩銀子，問秦鳳儀可帶了銀兩。秦鳳儀荷包裡倒是有碎銀子，只是等閒誰也不會帶一斤多銀子在身上，他帶的是小額銀票。

兩人先擺好賭本，這才開始下棋。

秦鳳儀棋下得不錯，但景安帝顯然也是此道高手，不過，景安帝讓三子，秦鳳儀第一盤雖然有些險，還是贏了的。秦鳳儀笑嘻嘻地把二十兩銀子撈到手邊，還道：「臣今兒早上翻了翻黃曆，一看，宜出門，東方生財。如今看到，這黃曆還是準的。」

景安帝道：「這麼說，朕今兒財運不大好了？」

「陛下，不能這樣說。書上都說，普天之下，莫非王土，率土之濱，莫非王臣，我的就是陛下的。如今這銀子在我這裡，跟在陛下手裡沒什麼不一樣，是不是？」

秦鳳儀眉開眼笑的，景安帝也笑，「下一局朕不讓子了啊！」

秦鳳儀道：「那也成吧。」

不過，他下一局只押十兩。

景安帝財大氣粗，還是二十兩。

秦鳳儀進攻越發凌厲，景安帝道：「看鳳儀你平日為人，倒不像這樣好勝的。」

「那可不是，我自小就好勝，小時候念書，中間能休息一盞茶的時間，夫子家有棵巨高的玉蘭花樹，然後我們一個班的人比賽，看誰爬得最高，都是我爬得最高。還有，我蹴鞠在我們揚州城也是大大有名的。」秦鳳儀道：「尤其我這棋藝，雖未至化境，卻也是一流中的一流。陛下，哈哈哈哈，真是不好意思，臣要叫吃了！」

景安帝非常優雅地做了個請的姿勢，然後下一步圍殺屠龍。

秦鳳儀不禁長眉微擰，道：「我最不喜歡跟您和我岳父這樣的人下棋了，總這麼不動聲色地就佈下大招。」

景安帝只當誇獎了。

秦鳳儀擅長進攻，擅攻之人，疏漏便多。景安帝與景川侯皆是縝密之人，佈局嚴謹，不疾不徐，簡直專剋秦鳳儀這類人。秦鳳儀十分敏銳，而且處於攻勢時，便疏漏頗多，一旦轉為劣勢，他那種嚴謹的思路與眼光就能體現出來。

秦鳳儀深吸一口氣，落下一子，搶占實地。

這一來一往，足足膠著大半個時辰，最後景安帝簡直是天外飛仙的一手，將秦鳳儀大龍斬殺。秦鳳儀輸得一握雙拳，把旁邊的馬公公嚇得，以為秦探花輸昏頭，要對皇上不利。

結果，秦鳳儀只是跺腳怪叫兩聲，不甘道：「三十年未見之慘敗！」

景安帝大笑，「鳳儀，你今年也才二十吧？」

秦鳳儀完全沒有景安帝的風度，他信誓旦旦道：「以後十年我也不可能再輸這麼多！」

這條大龍，價值將近八十目。

景安帝笑道：「來，再來一局。」

「不來了。」秦鳳儀道：「我得回去好生想一想，下回怎麼贏回這八十目。」

景安帝又是大笑，「鳳儀，你銀子上可是贏了十兩的啊！」

「十兩銀子就能醫治好我的自尊心嗎？」秦鳳儀一面說，頭都未抬，盯著這棋局，指了指道：「你該是從這裡開始佈局的吧？」

馬公公有心提醒，秦探花，你可不能跟陛下「你啊我啊」的，但看陛下興致極高，便識趣地閉了嘴，想著什麼時候私下提醒秦探花一聲，一則盡了本職，二則也是給秦探花一個人情。看秦探花這模樣，很得陛下心意啊！

景安帝搖頭，「不是。」

「那是哪裡？這裡？」

「不是。」

「快告訴我吧。」秦鳳儀是個急性子。

景安帝笑著給他指了個地方，秦鳳儀險些跳起來，「這怎麼可能？你怎麼可能從這裡就佈局殺我大龍？」

景安帝笑而不語，秦鳳儀急道：「陛下，你這麼個爽快人，就別賣關子了，我是絕對不相信你從這兒就開始打算殺我大龍的！」

景安帝看他央求半日，心中高興，便說：「鳳儀，你的棋呢，前五十回合朕也不敢輕敵。剛不可久，柔不能守。你的棋風淩厲，故而不能長久，只要過了前五十步，朕便勝數可期。」

秦鳳儀不甘心道：「下回必要在五十步之內勝了你！」

景安帝笑道：「那再來一局。」

「不了，我得回去好生琢磨琢磨，下回琢磨出個絕招來，好叫你大吃一驚。」

「好好好，朕等著。」

秦鳳儀是下午過來的，這會兒一抬頭才恍然，「哎呀，都掌燈了，我得趕緊回去！」

「急什麼？」

「酉末翰林院廚房的廚子就收工了，再晚點就沒飯吃了。」

「朕也沒吃飯呢，你與朕一道用就是。」

秦鳳儀一想倒也是，立刻就歡喜了，笑道：「那小臣謝陛下賜飯。」

他眨巴眨巴著眼，還想著不知能不能再吃到獅子頭。

就秦鳳儀這點小心思，淺得景安帝一望既知。

景安帝吩咐道：「給鳳儀上三個獅子頭。」還問秦鳳儀：「是要吃仨吧？」

秦鳳儀連忙點頭，又問：「陛下，我剛剛還想呢，不知道能不能在陛下這裡吃到獅子頭，陛下怎麼就知道我在想什麼呀？」

景安帝被他逗得再次大笑，「看你那一臉饞相看出來的。」

秦鳳儀不信，「我哪裡有一臉饞相了？我只是稍稍想了一下。」然後，他又解釋道：「剛剛下棋時不覺得，這一不下就覺得餓了。唉，我主要是正在長個子的年紀，總覺得吃不飽似的。」秦鳳儀道：「陛下，您可真好。」

「給你吃獅子頭就是好了？」

「不是，關鍵是陛下您關愛小臣的一片心。」秦鳳儀道：「要是不關愛小臣的人，哪裡會想著小臣愛吃什麼呢？尤其是陛下您這樣的身分，應該是我們關心陛下您才是，結果是您更關心我們多一些。我一個只見過陛下數面的小官尚且如此，可見陛下待人有多好了。」

誰不愛聽奉承啊，景安帝也不是聖人，尤其秦鳳儀這人與常人不同，一舉一動都透出一股純真來，哪怕這馬屁拍得不怎麼樣，但一聽就能知道，秦鳳儀說的都是掏心窩的話。

景安帝更加歡喜，笑道：「你這入了翰林院，覺得如何？」

「特別好。」秦鳳儀道：「從駱掌院到教我們學問的張師傅、史師傅都很好，尤其我們掌院大人可器重我了，對我要求嚴格得很，我現在每天念書就等著明年散館時考第一了。」

景安帝險被他的話給噎著，「你這口氣可不小。」

怪道當初初來京城就敢撂下「今科狀元」的狂話！

「這不是口氣，這是信心，陛下走著瞧吧。」秦鳳儀一向自信滿滿。

一時，傳飯上來。

秦鳳儀一嘗這獅子頭便說：「咦，跟太后娘娘那裡的不是一個味兒！」

景安帝笑問：「覺得哪個更好吃些？」

「上次在太后娘娘那裡吃的，湯更香濃，這回的湯則是淡而清遠。」秦鳳儀道：「上回是中午飯，午飯自然該豐盛香濃，如今是晚飯，晚飯還是要清淡些為好。都是好廚子，連天時都能考慮進去，果然是好廚子。」

景安帝初見秦鳳儀這等江湖市井派的官員，新奇之下，甚是心喜。

特別是今日圍殺秦鳳儀八十目的大龍，景安帝很能樂上一樂了，故而，今日內侍詢問在何處寢居時，景安帝道：「去皇后那裡吧。」

景安帝過去皇后宮中時，先到太后宮裡轉了一圈。

裴太后笑道：「都這會兒了，哀家還以為皇帝不過來了呢！」

景安帝道：「原本想著傍晚過來母后這裡用飯，結果下午與鳳儀下了兩盤棋，一時就過了時辰。下完棋都掌燈了，想著母后這裡定是用過膳了，便沒過來。」

裴太后笑，「是那位秦探花？」

「母后還記得鳳儀？」

「要是別個興許記不得了，他這名兒取得好，正合皇后的正宮名兒，可不就記住了？」

「還真是如此。」

「怎麼，他棋藝不錯？」

「很是可以。」景安帝現下想想都覺可樂，「只是他一時不慎，被朕圍殺大龍，鳳儀都說三十年未見之慘敗，把朕笑得狠。」

景安帝接過侍女捧上的蜜水，又道：「這孩子，總有那麼股特別的率真。」

裴太后也說：「是啊，上次見他，就覺得這孩子有赤子之心。」

「對對對。」景安帝笑，「是有這麼個意思。」

在母親這裡小坐片刻，景安帝便去了鳳儀宮。平皇后見陛下過來自然高興，尤其景安帝一副龍心大悅的模樣，平皇后笑，「陛下今日定有喜事。」

「倒不算什麼喜事，只是贏了一盤棋罷了。」景安帝與皇后結髮夫妻，情分自然不同。秦鳳儀是三十年未有之慘敗，於景安帝就是有人拍馬屁輸他棋，也沒有直接被殺這麼慘。何況，秦鳳儀完全沒有故意輸他，而是垂死掙扎不成，被圍殺大龍。

一想到秦鳳儀輸的那模樣，景安帝就是一陣樂呵，難免又與平皇后說了一回。

平皇后道：「哎喲，我還沒見人被殺得這樣慘的！」

「妳沒見當時鳳儀的模樣，臉都白了，朕不忍心啊，可殺也殺了。皇后是沒見著他那懊惱勁兒，悔得直跺腳。」景安帝龍心大悅，夫妻倆說一回話，便早早安歇了。

秦鳳儀回翰林院的時候，天都黑了。

方悅還等著他呢，聽說秦鳳儀回來，連忙過來看他。

秦鳳儀剛洗過手臉，方悅看他一副歡喜模樣也就放心了。

方悅問他：「吃過飯沒？」

「吃了。」秦鳳儀笑，「我都忘了你肯定會幫我留飯，還跟陛下說回來晚了怕沒飯吃，陛下就留我在宮裡吃了。」

拉方悅坐下，秦鳳儀道：「阿悅，別說，陛下吃的飯也很好吃，我又吃了仨獅子頭。」

「你這不是廢話嗎？御膳房的飯，能難吃得了嗎？」方悅笑，「看你這歡喜的模樣就知道應該沒什麼事。」

「能有什麼事啊，陛下又不可能找我商量國家大事，就是找我一處下棋了。」秦鳳儀把贏的銀子掏出來給方悅看，「你看，我還贏了十兩。」

方悅嚇一跳，「你贏陛下錢了？」

攬月在一旁也頗是害怕，道：「公子，您咋這麼大的膽子啊？這可慘啦！您怎麼敢贏皇帝老爺的錢啊？」他覺得自家公子馬上就要小命不保！他這做小廝的，自然不會有好下場！

攬月幾乎可以預見到自己的悲慘人生了，秦鳳儀說他：「看你這沒出息的勁兒，趕緊給我下去吧！」攬月識趣地出去守著門了。

秦鳳儀與方悅道：「就贏了一局，第二局輸得好慘，我被圍殺了大龍，那一條大龍足足有八十目！一會兒我復盤，你幫我看看陛下是打哪裡開始算計我這大龍的，真是氣死我了！」

方悅道：「不是說這個，你怎麼能跟陛下賭錢啊？」

「下棋不賭錢，有什麼意思啊？」秦鳳儀理所當然地道：「我跟我岳父也賭錢，跟小舅子下棋也賭錢啊！」

方悅：你們這一家子是什麼人啊？

秦鳳儀道：「你好歹也在咱們老家住了四年，咱們老家出門就是關撲，你難道是從來也沒有關撲過嗎？」

「我不想賺那便宜。」

「哎呀，你可真不像咱們江南人，江南人哪裡有不愛關撲的？」秦鳳儀道：「我自小關撲到大，我看陛下也挺喜歡的。」

秦鳳儀把贏的銀子放桌上的一個紅木匣子裡，準備休沐時回家交給媳婦保管。

方悅正色道：「阿鳳，以後你就是去宮裡陪陛下下棋，也萬萬不能關撲了。倘叫御史知道了，必要參你一本不務正業，行佞臣事的。」

「關撲一下就是佞臣啦？」秦鳳儀道：「我就不信這些御史私底下就沒關撲過？阿悅，你就是太拘泥了，陛下也是人啊，我看他對關撲的門道頗是精通。來來來，跟我復盤。」

秦鳳儀正在興頭上，拉著方悅陪他復盤了大半宿，才把方悅放回去睡了。

看方悅很是倦了，秦鳳儀還說：「要不，你別回了，就在我這兒睡吧？」

方悅擺擺手，「不行，怕睡出斷袖來。」

秦鳳儀哈哈大笑，送方悅出門，讓方悅小廝扶好了他家大爺，自己也才洗洗睡了。

秦鳳儀一下子得了景安帝的召見，同學間的反應就是，有些與秦鳳儀不大熟的庶起士，也開始往秦鳳儀身邊湊了。最明顯的是王五，哦，也就是王華，春闈的第五名，因著秦鳳儀這位破格提拔的探花，王華沒能得了傳臚。

最初王華與范正很是親近，都是屬於不愛搭理秦鳳儀的人。事實上，也就秦鳳儀這自我感覺良好的，覺得自己人緣不差。其實喜歡他的女娘們不必說有多少，基本沒有女人不喜歡他，當然，後丈母娘除外，但喜歡秦鳳儀的男人真不多，尤其是秦鳳儀這種花枝招展、招蜂引蝶的，好多男人都不喜歡。

然而，秦鳳儀這般得聖心，王華明顯就開始拋棄同盟，漸漸與秦鳳儀親近起來。說親近也有些誇張，反正關係較以往是好了不少。

秦鳳儀這人吧，他不是那種事事精明的，但很詭異地，約莫是心眼少的人感覺格外的靈敏。甭看秦鳳儀沒什麼心機，他這人當真不好糊弄。就像先時孫耀祖，那樣精明殷勤的人，他難道不想跟秦鳳儀搞好關係？秦鳳儀看著白目又天真，這樣的人該好哄才是，可孫耀祖都與方悅把關係處起來了，在秦鳳儀這裡依然沒什麼進展。

秦鳳儀不是靠腦力分析做人做事的，這人一向是憑直覺的。

就是王華想法子親近他了，秦鳳儀商賈之家出身，也不會拒王華於千里之外，但還真沒把王華放入密友這個範圍裡。

秦鳳儀這個古怪的傢伙心說，你一直不理我，我還當你有骨氣，看陛下召見我，立刻就湊近來，本少爺又不傻！

秦鳳儀非但認為自己不傻，他還覺得自己很聰明。因為陛下召見他之後，他就讀書更認真了，無他，牛都吹出去了，他說了明年散館要考第一的。

這個牛吹得秦鳳儀有些後悔，私下與李鏡說起時，秦鳳儀還道：「當時的口氣有些大了，應該說個前三的。」

李鏡忍笑，「我看阿鳳哥你第一沒問題。」

「這倒也是。」秦鳳儀誇讚媳婦：「阿鏡，妳一向有眼光。」

李鏡道：「說來，我還沾了你的光呢！」

「沾我什麼光？」

「你都在翰林讀書，上回太太進宮，還特意帶我一道去了宮裡請安。我還說呢，我與皇后娘娘一向不熟，皇后娘娘卻賞了我一對雀鳥垂珠步搖。我一直疑惑來著，原來緣故在你這裡。」李鏡笑道。不必說，定是皇后娘娘覺得阿鳳哥入了陛下的眼，進而拉攏她一二罷了。

「妳要不說，我真想不起來，皇后還是咱們的後大姨呢，那陛下不就是後大姨丈了？」

秦鳳儀自己先搖頭，「親是好親，只是不是親的，就不好去攀了。」

李鏡連忙叮囑：「你可別真呆頭呆腦地去對陛下叫什麼『後大姨丈』啊！」

「我又不傻，我能幹這事？」秦鳳儀道。

「你這人有什麼準？」李鏡又說：「以後不要跟陛下關撲，被御史知道對名聲不好。」

「妳怎麼跟阿悅說的一樣啊？也沒有玩多大，就二十兩銀子，我還贏了十兩呢！」秦鳳儀把贏的錢交給媳婦保管，「妳存著吧，這是我贏來的。」

李鏡笑著收了。

秦鳳儀過來，還找岳父借了兩本棋譜，打算閒來鑽研。又要念書又要鑽研棋譜，秦鳳儀一下子更忙了，以前他從來不晚上熬夜看書的，如今晚上經常會看看棋譜，結果有一天攬月就悄悄同自家大爺道：「大爺，好幾天晚上，辰星都看到范大人的小廝往咱們屋裡看。」

「看什麼？」秦鳳儀問。

攬月顯然是與辰星都打聽明白了，攬月小聲道：「看咱們屋幾時熄燈。聽說范大人每夜苦讀，近來更是要在咱們熄燈後，范大人才會歇下。」

秦鳳儀讀書不積極，想各種賤招時那是靈光得很，他立刻讓攬月找來剪刀，剪個小紙片人，待他睡了，就把這小紙人擱燭火前頭。燈光那麼一照，影子映在窗紙上，就彷彿還有個人在案上坐著一般。

秦鳳儀偷笑，上床將帳子一放，也不影響他睡覺。

結果卻是苦了范翰林，沒幾天就被秦鳳儀這賤招折磨得面目憔悴，欲生欲死。

秦鳳儀看范翰林這憔悴的苦逼樣兒，偷樂了好幾日。

好在范翰林也不是一根筋的，總不能把命拿出來跟秦鳳儀較勁，實在支撐不下來，也就不打發小廝看秦鳳儀的熄燈時間了。

秦鳳儀還遺憾甚久哩！

（未完待續）

漾小說 198

# 龍闕❷

國家圖書館出版品預行編目資料

龍闕/ 石頭與水著. -- 初版. -- 臺北市：
晴空, 城邦文化出版：家庭傳媒城邦分公司發行,
2018.08
冊； 公分. --（漾小說 ; 198）
ISBN 978-986-96370-6-0（第2冊：平裝）

857.7 107008853



原著書名：《龙阙》，由北京晉江原創網絡科技有限公司授權出版。



作者　石頭與水
封面繪圖　畫措
責任編輯　施雅棠
國際版權　吳玲瑋　蔡傳宜
行銷　艾青荷　蘇莞婷　黃家瑜
業務　李再星　陳玫潾　陳美燕
編輯總監　劉麗真
總經理　陳逸瑛
發行人　涂玉雲
出版　晴空
城邦文化事業股份有限公司
104台北市中山區民生東路二段141號5樓
電話：（886）2-2500-7696　傳真：（886）2-2500-1967
發行　英屬蓋曼群島商家庭傳媒股份有限公司城邦分公司
104台北市中山區民生東路二段141號2樓
客服服務專線：（886）2-25007718；25007719
24小時傳真專線：（886）2-25001990；25001991
服務時間：週一至週五上午09:00~12:00；下午13:00~17:00
劃撥帳號：19863813；戶名：書虫股份有限公司
讀者服務信箱：service@readingclub.com.tw
晴空部落格　http://blog.yam.com/readsky
香港發行所　城邦（香港）出版集團有限公司
香港灣仔駱克道193號東超商業中心1樓
電話：852-25086231　傳真：852-25789337
E-mail：hkcite@biznetvigator.com
馬新發行所　城邦（馬新）出版集團【Cite (M) Sdn Bhd】
41, Jalan Radin Anum, Bandar Baru Sri Petaling,
57000 Kuala Lumpur, Malaysia.
電話：(603) 9057-8822　傳真：(603) 9057-6622
Email：cite@cite.com.my
美術設計　洸譜創意設計股份有限公司
印刷　沐春行銷創意有限公司
初版一刷　2018年08月02日
定價　320元
ISBN　978-986-96370-6-0